C. J. Daugherty

NUMBER 10

DENN SIE WERDEN DICH VERRATEN

Deutsch von Rita Gravert

Verlag Friedrich Oetinger • Hamburg

Klimaneutral
Druckprodukt
ClimatePartner.com/53248-2011-1002

Dieses Buch wurde klimaneutral produziert. Dadurch fördern wir anerkannte Nachhaltigkeitsprojekte auf der ganzen Welt. Erfahre mehr über die Projekte, die wir unterstützen, und begleite uns auf unserem Weg unter www.oetinger.de

FSC
www.fsc.org
MIX
Papier aus verantwortungsvollen Quellen
FSC® C014496

1. Auflage

Max-Brauer-Allee 34, 22765 Hamburg

Deutsch von Rita Gravert
Einbandgestaltung: Guter Punkt, München, unter Verwendung von ©Alina Prochan / GettyImages und ©Rich / AdobeStock
Druck und Bindung: GGP Media GmbH,
Karl-Marx-Straße 24, 07381 Pößneck, Deutschland
Printed 2021
ISBN 978-3-7891-1386-4

www.oetinger.de

Das Vergangene ist nicht tot,
es ist noch nicht einmal vergangen.

WILLIAM FAULKNER

EINS

Gray rannte durch eiskalte Dunkelheit. Dicht und bedrohlich umschloss sie der umliegende Wald und streckte seine Zweige nach ihr aus, als wollte er sie packen. Der Mond war schon vor einer Weile hinter den Wolken verschwunden, und sie stolperte fast blindlings den Pfad entlang. Den ganzen Tag über hatte es geregnet, und nun verwandelte der einbrechende Frost der Dezembernacht die Regentropfen zu Eis.

Schlitternd bog sie um eine Wegbiegung. Dahinter wurde der beißende Wind stärker und wehte ihr eisbedeckte Tannennadeln ins Gesicht. Ihr lief es kalt den Rücken hinunter.

Mit jedem Schritt musste sie an die Menschen denken, die sie an diesen Ort geführt hatten. Ihre Mutter, die Premierministerin. Ihr Vater, der Spionageagent. Und dann natürlich die Männer, die versucht hatten, sie umzubringen. Der Vizepremier und seine finsteren Komplizen, die um jeden Preis an die Macht wollten. Sie hatten ihr eigenes Land verraten und würden es jederzeit wieder tun.

Allein bei dem Gedanken an diese Typen knirschte sie wütend mit den Zähnen. Umso besser. Die Wut hielt sie warm.

Nur so konnte sie all das überstehen.

Sie wollte einfach nur nach Hause.

Doch wo war ihr Zuhause? Auf keinen Fall die Downing Street Number 10, wo sie gewohnt hatte, bevor sie hier gelandet war. Nein, sie sehnte sich nach ihrem Zuhause *davor*. Die Wohnung in Südlondon, in der sie mit ihren Eltern gelebt hatte, bevor alles anders geworden war. Wenn sie die Augen schloss, sah sie die ausgetretenen Teppiche vor sich, das blaue Sofa und die Kissen, die zu einem gemütlichen Nest zusammengeknautscht waren. Ihr kleines Zimmer unterm Dach, von dem aus man über Baumkronen, Schornsteine und rote Backsteinhäuser blickte.

Für einen flüchtigen Moment war die Erinnerung so stark, dass sie beinahe den herrlichen Frühstücksduft von Toast und Marmelade in der Nase hatte und die warmen Sonnenstrahlen spürte, die im Sommer auf den Holzfußboden fielen …

Ein Knacken riss sie aus ihren Träumereien.

Sie fuhr herum. Nichts rührte sich.

Was war das? Ein Fuchs?

Doch irgendetwas tief in ihrem Inneren sagte ihr, dass ein Mensch dieses Geräusch verursacht hatte. Die Härchen in ihrem Nacken stellten sich auf. Jemand schlich leise durchs Unterholz. Aber nicht leise genug.

Gleich würde er angreifen.

Ihr Herz raste.

Zum Nachdenken blieb keine Zeit. So schnell sie konnte, rannte sie den schmalen, unebenen Pfad entlang. Dabei versuchte sie sich verzweifelt daran zu erinnern, was sie gelernt hatte. Doch ihr Kopf war wie leer gefegt. Ihre Brust wurde so eng, dass sie kaum noch Luft bekam.

Schweißtropfen brannten ihr in den Augen, und der Regen kühlte ihre Wangen. Ihre Turnschuhe auf dem Waldboden kamen ihr ohrenbetäubend laut vor – wie ein greller, neonfarbener LED-Pfeil, der direkt auf sie zeigte. »Da ist sie! Da ist die Tochter der Premierministerin! Los, tötet sie!«

Gehetzt sah sie nach rechts. Dort in den Büschen bewegte sich etwas, ein dunkler Schatten, der blitzschnell wieder verschwunden war.

Durch ihren keuchenden Atem und das wilde Klopfen ihres Herzens meinte sie, das Knacken eines Zweiges ausmachen zu können. Jemand kam näher.

Panisch sah sie sich um und stolperte dabei über einen heruntergefallenen Ast. Sie stürzte der Länge nach auf den harten Waldboden. Mit zerkratzten Händen und aufgeschrammten Knien kam sie wieder auf die Beine. Wie betäubt taumelte sie weiter. Doch es war zu spät.

Eine dunkle Gestalt sprang aus dem Baumdickicht und versperrte ihr den Weg.

Ganz in Schwarz gekleidet. Mit einem Messer in der Hand, männlich …

Gray verlangsamte ihre Schritte. Sie gefror förmlich wie die Erde unter ihren Füßen.

»Verschwinde.« Das Wort entfuhr ihr in einem Atemzug und verlor sich im Wind.

Doch er dachte gar nicht daran. Unaufhaltsam kam er auf sie zu, das Gesicht hinter einer Sturmhaube verborgen, die leeren Hände zuckten an der Seite.

Kein Messer, fiel ihr wie durch einen Schleier auf. Trotzdem, zum Weglaufen war es zu spät. Schon war er über ihr.

In dem Moment, als er sie berührte, fand sie ihre Stimme wieder. Sie schrie so laut, dass ihre Kehle brannte, und wehrte sich mit aller Kraft gegen seinen Griff. Sie kratzte, und als er sie hochhob, trat sie ihm so fest sie konnte gegen die Schienenbeine.

»Lass mich los! Lass mich los!«

»Himmel, Gray, beruhige dich«, brummte ihr eine barsche, männliche Stimme ins Ohr, und sie landete wieder auf dem Boden.

Eine weitere schwarz gekleidete Gestalt brach aus den Bäumen hervor.

»Was ist los?« Der Neuankömmling zog die Maskierung vom

Kopf und entblößte einen weißblonden Haarschopf, der im Mondlicht schimmerte. Julia Matheson, ihr Bodyguard, sah sie besorgt an.

Gray begann zu schluchzen. »Es ist schohohon wieder passiert.«

Auch der Mann zog seine Maske runter. Durch den Tränenschleier erkannte sie die vertrauten, dunklen Gesichtszüge von Carter West, dem Sicherheitsexperten der Schule.

Julia holte eine Wasserflasche hervor und reichte sie ihr. »Es ist vorbei. Du bist in Sicherheit. Hier, trink was.«

Gray nahm einen Schluck. Das Wasser lief ihr angenehm kühl die wunde Kehle hinunter.

»Tut mir leid«, sagte sie, den Blick starr auf die Flasche gerichtet. Im Wald herrschte eine Eiseskälte, doch ihre Haut brannte vor Scham. »Ich habe Angst gekriegt.«

»Keine Sorge, so was geht nicht von heute auf morgen. Mit der Zeit wirst du besser. Schließlich war das heute erst der zweite Versuch.« Ihr Bodyguard klang zuversichtlich, dagegen musterte Carter sie nur nachdenklich, und sie interpretierte sein Schweigen als Kritik.

Am liebsten hätte sie ihn angeschrien. »Du hast ja keine Ahnung, wie schwer das ist! Du verstehst gar nichts!«

Aber sie hielt den Mund.

»Nun, ich denke, das reicht für heute«, sagte Julia.

Niemand widersprach. Zu dritt liefen sie den Pfad zurück, die Luft schwer von unausgesprochenen Worten.

Und plötzlich wirkte der Wald längst nicht mehr so bedrohlich wie noch vor ein paar Minuten. Die Bäume waren heller geworden, denn der Mond hatte sich wieder hinter den Wolken hervorgeschoben und die Sterne tauchten den Himmel in silbriges Licht.

Am schlimmsten ist die Dunkelheit, wenn du allein bist.

Ein eisiger Windhauch ließ den Schweiß in Grays Nacken gefrieren. Fröstelnd schob sie die Hände tiefer in die Taschen ihrer Fliesjacke und zog die Kapuze auf.

Als Julia mit der Idee angekommen war, sie solle ein paar Selbstverteidigungstechniken lernen, war Gray alles andere als begeistert gewesen. Vor allem als ihr Bodyguard vorgeschlagen hatte, die Trainingseinheiten abends abzuhalten.

Es war noch schlimmer, als sie erwartet hatte. Obwohl sie auf den Angriff vorbereitet war und eigentlich wusste, was sie zu tun hatte, überkam sie jedes Mal blanke Panik.

Vor ihr unterhielten sich Julia und Carter gedämpft. Gray hielt den Atem an, um sie zu verstehen.

»Sie wird sofort panisch, Jules«, sagte Carter sanft. »Und die Angst lähmt sie völlig.«

Der scharfe Dezemberwind heulte auf, fuhr unter Grays Kapuze und schluckte Julias Antwort. Sie hörte nur noch ihre letzten Worte: »… sie ist traumatisiert. Gib ihr Zeit.«

Traumatisiert. Dieses Wort vermittelte nicht einmal ansatzweise die bodenlose Angst, die sie jedes Mal aufs Neue überwältigte. Oder was diese Angst mit ihrem Körper machte. Wie sie die Kontrolle übernahm. Dafür gab es keine Worte.

Gedankenversunken trottete Gray hinter den beiden her, bis sich der Wald nach einer Biegung lichtete und den Blick auf das große viktorianische Schulgebäude freigab. Als wäre es urplötzlich aus der Erde gewachsen. Mit den langen Reihen erleuchteter Bogenfenster sah es fast aus wie ein Traumschloss. Der imposante, vierstöckige Bau bestand aus zwei ausgedehnten Flügeln und besaß ein Dach aus scharfen, spitzen Türmen, die sich in den Nachthimmel bohrten. Ganz oben ragten hohe Schornsteine wie Fäuste in die Luft.

Doch Gray betrachtete ihre Schule völlig emotionslos. Julia ließ sich zurückfallen und lief neben ihr. »Wir versuchen es morgen wieder«, sagte sie betont aufmunternd. »Wir trainieren einfach in der Turnhalle. Wenn es nicht dunkel ist …«

»… raste ich vielleicht nicht komplett aus?«, ergänzte Gray.

Julia berührte sie sanft am Arm. »Du kriegst das hin, das weiß ich.«

Obwohl sie die richtigen Worte fand, fühlte Gray sich kein bisschen besser. Mutlos folgte sie den beiden über den Rasen und stieg dann die Treppe hoch zu der stattlichen Eingangstür mit ihrem uralten, komplizierten Schlüsselsystem.

Drinnen war es trocken und warm und ein schwacher Geruch nach Möbelpolitur und Holzfeuer hing in der Luft. Sie durchquerten die opulente Eingangshalle mit dem ausgetretenen Steinfußboden und den riesigen Wandteppichen. Die Kerzenhalter zu beiden Seiten des offenen Kamins waren beinahe so groß wie Gray. Durch einen breiten Bogendurchgang gelangte man in einen prachtvollen Korridor, gesäumt von Eichenholzvertäfelungen und Ölgemälden in verzierten Goldrahmen.

Da schon längst Nachtruhe herrschte, war auch auf der großen Treppe niemand zu sehen. Im Lichtschein eines gewaltigen Kronleuchters schwang sich ein kunstvoll verziertes Geländer nach oben. Carter blieb unten stehen. »Gute Nacht, ihr beiden«, sagte er und fügte mit einem Blick auf Gray unerwartet freundlich hinzu: »Mach dir keinen Kopf wegen heute Abend. Das wird besser. Du musst einfach am Ball bleiben.«

In den seltenen Momenten, in denen sie den Sicherheitsbeauftragten der Schule getroffen hatte, hatte er stets ein wenig distanziert gewirkt. Darum war Gray über diese Worte so überrascht, dass sie nur mit Mühe ein »Danke« stammeln konnte. Doch er eilte schon davon.

Unter den Blicken zahlreicher Porträts von eleganten Herren in altmodischen Kleidern und Damen in aufwendigen, perlenbestickten Roben gingen Julia und Gray müde die pompöse Treppe hinauf. Im ersten Stock kamen sie an drei Statuen auf niedrigen Sockeln vorbei, die vor hohen, hinter dicken Samtvorhängen verborgenen Fenstern standen, und gelangten dann zu einer zweiten, schlichteren Treppe. Sie führte zu einem schmalen Flur, der links und rechts von identischen Türen gesäumt war, alle in schlichtem Weiß gestrichen und mit einer schwarzen Nummer versehen. Jetzt, um kurz nach elf Uhr abends, brummte der Mädchenflügel vor Leben. Schülerinnen schwirrten laut schnatternd zum Gemeinschaftsbad und zu den Duschen. Sie waren zu gut erzogen, um Gray offen anzustarren, doch als sie mit Julia die Tür mit der Nummer 326 erreichte, spürte sie ihre Blicke im Rücken. Sie trat zur Seite, damit ihr Bodyguard die Tür öffnen und das Licht anknipsen konnte.

Blitzschnell kontrollierte Julia ihr Zimmer. »Die Luft ist rein.«

Gray versuchte zu lächeln, scheiterte jedoch kläglich.

Julias Blick wurde weich. »Sieh zu, dass du ein wenig Schlaf bekommst, Firefly«, sagte sie sanft. »Morgen sieht die Welt schon wieder ganz anders aus.«

Firefly war Grays Codename unter den Agenten des Geheimdiensts, die für die Sicherheit der Premierministerin und ihrer Familie zuständig waren. Doch hier nannte sie außer Julia niemand so. Für sie war es eine Art Spitzname geworden.

»Das sagst du jedes Mal«, sagte Gray niedergeschlagen.

»Weil es wahr ist.« Julia legte ihr für einen Moment die Hand auf die Schulter. »Versprochen.«

Nachdem ihr Bodyguard gegangen war, stand Gray reglos neben ihrem Bett und dachte über ihre Worte nach. Wie gern würde sie ihr glauben. Seit sie hergekommen war, waren vierzehn schreckliche Tage vergangen. Vierzehn einsame Tage.

Sie blinzelte die aufsteigenden Tränen weg und musterte sich in dem schlichten Spiegel auf der Rückseite ihrer Zimmertür. Ihr gewelltes Haar hatte sich aus dem Pferdeschwanz gelöst, den sie vor einer Stunde gebunden hatte, dunkle Locken rahmten ihr Gesicht. Ihre Wangen waren hochrot, und ihre blauen Augen schimmerten traurig.

»Reiß dich zusammen«, befahl sie sich.

Doch in Wahrheit hatte sie keine Ahnung, wie sie das anstellen sollte.

Ihr Handy vibrierte, und sie zog es aus der Tasche ihres Kapuzenpullis. Als Chloes Name auf dem Display blinkte, wurde ihr leichter ums Herz und sie drückte auf Antworten.

Sofort strahlte ihr Chloes vertrautes Gesicht mit dem dunklen Zopf entgegen.

»Da bist du ja endlich!«, rief sie aus. »Ich versuch schon den ganzen Abend dich zu erreichen. Du ahnst nicht, was heute passiert ist! Ich hoffe, du sitzt gerade? Hör dir das an: Tyler Bolino hat mich gefragt, ob ich mit ihm zu Adrians Weihnachtsparty gehe. Kannst du dir das vorstellen? Ich war so baff, dass ich keine Ahnung hatte, was ich sagen soll. Ich meine, klar, er sieht toll aus, aber er ist auch ein bisschen langweilig. Du weißt schon …«

Aufgeregt plapperte sie weiter, und Gray ließ dankbar ihre vertraute Stimme über sich hinwegfließen. Chloe war ihre beste Freundin. Und Adrians Partys waren in ihrer Südlondoner Schule legendär. Das Event des Jahres. Sein Vater war Konzertveranstalter, und ihm gehörte ein bekannter Club. Er wusste, wie man Partys unvergessen machte.

Normalerweise wäre sie wahrscheinlich mit Jake dorthin gegangen. Aber jetzt war nichts mehr normal. Sie wusste nicht einmal, ob sie Weihnachten überhaupt zu Hause verbringen durfte. Und Jake, der vielleicht ihr Freund wäre, wenn die Dinge anders liegen würden, lebte jetzt in Leeds. Vielleicht würde er nie wieder nach London zurückkehren.

Irgendwann fiel Chloe ihr Schweigen auf, und sie sagte: »Hey, was ist los? Bist du okay?«

»Ja … Ich meine, nein. Ach, keine Ahnung.« Gray stieß ein gezwungenes Lachen aus. »Ich vermisse dich einfach so sehr. Und ich finde es schrecklich, dass ich nicht dabei sein kann.«

»Ich vermisse dich auch«, sagte Chloe. »Ohne dich macht das alles keinen Spaß. Jetzt muss ich ganz alleine entscheiden, was ich mit Tyler Bolino mache, nur weil diese blöden Terroristen hinter dir her sind. Das ist doch zum Kotzen.«

Gray lachte wieder, und diesmal war es echt. »Geh mit ihm aus, Dummerchen. Der ist doch süß. Ihr wärt ein tolles Paar.«

»Ja, aber er redet immer nur über Rugby.«

»Dann rede einfach nicht mit ihm. Trag ihn am Arm mit dir rum wie eine schicke Tasche.«

Ohne ihr Handy aus der Hand zu legen, schob Gray sich die verschwitzten Turnschuhe von den Füßen und wand sich aus ihrem Pulli. Sie ließ ihn zu den Schuhen auf den Boden fallen und machte es sich in ihrem Bett gemütlich. Unter der weichen blauen Decke ließ die Kälte, die tief in ihre Knochen gekrochen war, langsam nach.

Mit ihrer besten Freundin am Telefon konnte sie sich zumindest für einen kurzen Moment vorstellen, sie wäre zu Hause und alles wäre gut. Dass die Cimmeria Academy nur ein böser Traum war, der am Morgen wieder verschwand.

ZWEI

Julia eilte die Treppe hinunter in den ersten Stock und sprach dabei gedämpft in das Mikrofon an ihrem Handgelenk. »Firefly im Nest.« Sofort ertönte eine männliche Stimme in ihrem Ohr. »Verstanden.«

Sie wartete, doch auf der anderen Seite blieb es stumm. Kein »Danke« oder »Gute Nacht«. In London hätte jemand aus ihrem Team einen Witz gerissen oder sie auf ein Feierabendbier eingeladen. Aber hier erhielt sie am Ende eines langen Arbeitstages nur ein kühles, emotionsloses »Verstanden«.

Das sollte sie nicht weiter überraschen. Schließlich war sie trotz allem der lebendige Beweis dafür, dass die Regierung der Schule nicht zutraute, die Tochter der Premierministerin beschützen zu können.

Zu Recht, soweit Julia das beurteilen konnte. Die internen Sicherheitskräfte verbrachten einen Großteil ihrer Arbeitszeit damit, die Schüler daran zu hindern, sich nachts aus dem Haus zu schleichen, um im Wald heimlich Gras zu rauchen.

Eigenartig. Von außen sah die Schule noch exakt genauso aus wie damals, als sie mit sechzehn hier gelebt hatte, doch die Strukturen hatten sich verändert. Die Schüler wirkten verwöhnter und die Angestellten betrachteten Sicherheit als eine Selbstverständlichkeit. Es herrschte einfach nicht mehr dieselbe Disziplin.

Als sie hier noch zur Schule gegangen war … Tja. Da war alles anders gewesen.

Es kam ihr immer noch surreal vor, auf einmal wieder hier zu sein. Jahrelang hatte diese Schule sie in ihren Träumen heimgesucht. Sie hatte gedacht – *gehofft* –, sie würde sie nie wiedersehen.

Aber das Leben hat einen eigenartigen Sinn für Humor.

Unten an der Treppe hielt sie inne und lauschte. Alles war ruhig. Zu ruhig. Es hatte eine Zeit gegeben, da waren auf diesen Fluren rund um die Uhr Wachleute patrouilliert und hatten Ausschau nach Gefahren gehalten. Nun waren die Flure menschenleer und blieben nachts sich selbst überlassen. Das ganze Gebäude wirkte wie ausgestorben.

Doch als sie sich zum Gehen wandte, rührte sich etwas.

Eine winzige, beinahe unmerkliche Veränderung der Luft, aber sie wusste sofort, dass sie nicht allein war.

Alarmiert horchte sie auf. Zunächst hörte sie nur ihren eigenen Atem. Dann nahm sie darunter das leise, unmissverständliche Summen gedämpfter Stimmen wahr. Sie ebbten auf und ab wie eine sanfte Brise, die durch ein offenes Fenster weht.

Geräuschlos folgte sie dem Klang den Flur hinunter. Als sie sah, wo sie gelandet war, blieb sie stehen.

Sie befand sich direkt unter der prächtigen Treppe. Im fahlen Licht sah die mit Schnitzereien verzierte Holzvertäfelung makellos aus. Würde sie die Schule nicht wie ihre Westentasche kennen, dann hätte sie dort niemals eine Tür vermutet. Ihre Umrisse waren so kunstvoll in das Holz gearbeitet, dass sie praktisch unsichtbar war. Doch Julia wusste es besser. Eine Weile stand sie reglos da und lauschte den Stimmen, die ihr einst so vertraut gewesen waren. Doch sie waren zu leise, um jedes einzelne Wort ausmachen zu können.

Oh, meinetwegen. Ich kann ohnehin noch nicht schlafen, dachte sie und klopfte sacht gegen die Tür.

Die Stimmen verstummten.

Sie drückte die kleine Türklinge aus Messing runter. Die Tür schwang auf und eröffnete den Blick auf ein fensterloses Büro.

Wie sie dort auf einer Ecke ihres Schreibtisches hockte, strahlte die Schulleiterin Allie Sheridan wenig Autorität aus. Die glatten goldbraunen Haare fielen ihr offen bis auf die Schultern. In Jeans, deren hochgeschlagene Beine schmale Knöchel entblößten, und dem gestreiften Pullover sah sie nicht aus wie jemand, der eine Schule mit hundertfünfzig Eliteschülern leitete. Ihr ovales Gesicht war glatt und makellos, und ihre grauen Augen musterten Julia prüfend, als diese eintrat.

»Jules.« Carter stand neben Allie, immer noch im Trainingsanzug. »Ist etwas nicht in Ordnung?«

»Doch, alles okay«, versicherte sie ihm. »Gray ist auf ihrem Zimmer. Ich habe nur Stimmen gehört und dachte, ich sehe mal nach.«

»Wolltest du was Bestimmtes?« Allies Stimme war tiefer, als Julia sie von ihrer gemeinsamen Schulzeit in Erinnerung hatte. Damals war Allie eine Außenseiterin gewesen, und sie waren unfreiwillig in eine gefährliche Affäre ihrer Familien verstrickt worden. Jetzt war sie der Kopf der Schule, die den ganzen Laden schmiss, während Schulleiterin Isabelle le Fanult oben in Schottland eine Partnerschule aufbaute. Eine Aufgabe, die mehr Zeit in Anspruch nahm, als alle gedacht hatten. In einem ehrlichen Moment hatte Carter Julia gestanden, dass er sich unsicher war, ob sie überhaupt jemals zurückkehren würde.

»Ich finde, wir sollten noch mal über heute Abend sprechen.« Julia schloss die Tür und lehnte sich dagegen. Bevor sie weitersprach, warf sie Carter einen kurzen Blick zu. »Du hattest recht da draußen. Gray tut sich schwer.«

»Es lief nicht gut«, stimmte er zu. »Ihre Angst wird immer schlimmer.«

»Ihr dürft nicht vergessen, dass sie noch nicht lange hier ist«, wandte Allie ein. »Wir sollten ihr mehr Zeit geben. Sie hat eine Menge durchgemacht.«

Aus irgendeinem Grund schürten ihre Worte Julias Ärger. Allie kannte Gray kaum. Woher nahm sie sich das Recht, sie zu verteidigen?

»Und wenn uns keine Zeit mehr bleibt?«, gab sie kühl zurück.

Carter sah sie fragend an. »Warum sollten wir keine Zeit haben? Sie ist doch erst seit zwei Wochen hier.«

»Hat Raj Patel sich noch gar nicht bei dir gemeldet?«, fragte Julia überrascht. »Er hat mich vorhin angerufen und gesagt, dass die Lage sich geändert hat.«

Raj war der Chef von Talos, der Sicherheitsfirma, für die Julia arbeitete. Talos sorgte für die persönliche Sicherheit der Familie der Premierministerin sowie anderer Persönlichkeiten in hohen Positionen.

»Uns hat niemand kontaktiert. Was meint er damit, die Lage hat sich geändert?« Allie wirkte ganz und gar nicht erfreut.

»Er hat gesagt, wir müssen die Sicherheitsvorkehrungen verschärfen«, erklärte Julia. »Die Gruppe, die Gray angegriffen hat, ist wieder hinter ihr her. Er ist sich sicher, dass sie schon bald herausfinden werden, wo sie ist.«

»Warum in Gottes Namen hat er mich nicht angerufen?« Allies Stimme klang scharf. »Wenn Raj Informationen über eine meiner Schülerinnen hat, dann sollte er damit zu mir kommen.«

»Tut mir leid, ich bin davon ausgegangen, dass du Bescheid weißt«, sagte Julia.

»Ist das alles?«, fragte Carter. »Konnte er nicht sagen, wo sie nach ihr suchen oder was sie mit ihr vorhaben?«

Julia zögerte. Da sie nicht zum inneren Kreis des Sicherheitsteams gehörten, war Allie und Carter nur das Allernötigste über die Drohungen gegen Gray und ihre Mutter mitgeteilt worden. Die Informationen über die Gruppe, die versucht hatte, Gray und ihre Mutter umzubringen, waren topsecret. Allie und Carter wussten nur, dass es einen Angriff gegeben hatte und dass Gray als hoch gefährdete Person eingestuft wurde. Sie wussten nicht, dass Vizepremier John Ashford bis über beide Ohren in die Verschwörung verwickelt war oder dass die russische Regierung hinter allem steckte.

Nur wenige Leute auf den höchsten Ebenen der britischen Regierung waren eingeweiht.

»Ihr solltet Raj anrufen«, sagte sie. »Ich kann euch nur sagen, dass er befürchtet, dass die Situation gefährlicher wird.«

Carter sah zu Allie hinüber. »Das gefällt mir gar nicht.«

Julie musterte die beiden verstohlen. Da war die große, dunkle Gestalt von Carter, wie immer Allie zugewandt, als wäre er stets bereit, sie zu beschützen. Und dann die Frau, die gar keinen Beschützer benötigte und doch ständig seine Nähe suchte. Gemeinsam bildeten sie eine verschworene Einheit, und es war schwer zu glauben, dass es mal eine Zeit gegeben hatte, in der sie zwischen den beiden stand.

Ich hatte nie auch nur die leiseste Chance. Wäre ich nicht so jung gewesen, hätte ich es niemals versucht.

»Mir auch nicht.« Allie warf einen Blick auf ihre Uhr. »Wir brauchen einen Plan. Für heute ist es schon zu spät, aber lasst uns gleich morgen früh das gesamte Team versammeln und ein paar Dinge durchsprechen. Jules, dich hätte ich auch gern dabei, wenn es dir recht ist.«

»Natürlich«, erwiderte Julia steif. »Ich bin froh, wenn ich helfen kann.«

Allie fuhr fort: »Allerdings denke ich, dass wir Gray nichts sagen sollten.«

Julia erstarrte. »Warum nicht? Ich hab nicht vor, sie anzulügen. Zwischen Bodyguard und Schützling muss ein enges Vertrauensverhältnis bestehen.«

»Mag sein«, sagte Allie. »Aber wenn sie jetzt schon mit ihrer Angst zu kämpfen hat, dann könnten das alles noch schlimmer machen. Wir sollten diese Informationen so lange wie möglich vor ihr zurückhalten. Schließlich ist es unsere Aufgabe, sie zu schützen. Dazu gehört auch, dass wir ihr die Möglichkeit geben, zu genesen und hier anzukommen.«

Julia hätte zu gern widersprochen, doch leider hatte Allie recht, ob es ihr gefiel oder nicht.

»Meinetwegen«, willigte sie ein. »Dann halten wir diese Informationen fürs Erste zurück.«

»Ausgezeichnet«, erwiderte Allie knapp. Womit sie offensichtlich entlassen war.

Julia streckte die Hand nach der Klinke aus. »Gut, dann lass ich euch mal wieder allein.«

Ohne auf einen Abschiedsgruß zu warten, schlüpfte sie hinaus und stürmte wütend davon.

Sie wusste nicht, weshalb sie so aufgebracht war. Vielleicht hatte sie insgeheim gehofft, sie und Allie würden als Erwachsene miteinander auskommen. Stattdessen musste sie sich damit abfinden, dass die Zeit nicht alle Wunden heilte. Einige schmerzten für immer.

Mürrisch eilte sie in Richtung Turnhalle. Sie hatte keine Lust, schlafen zu gehen, und es gab keinen anderen Ort, wo sie hinkonnte. Es gab niemanden zum Reden. Da konnte sie genauso gut auf einen Sandsack einprügeln.

Sie hatte die Tür zur Turnhalle schon beinahe erreicht, als hinter ihr Carters Stimme ertönte. »Jules, warte mal.«

Widerstrebend drehte sie sich um. »Was denn noch?«

Ein paar Meter hinter ihr blieb er stehen. Ein wissendes Lächeln umspielte seine Lippen. »Das ist nicht besonders gut gelaufen, oder?«

Sofort schämte sie sich. Sie war Soldatin gewesen, verdammt. Warum ließ sie sich von einer alten Schulkameradin so leicht aus dem Konzept bringen?

Sie seufzte und ließ die Schultern fallen. »Tut mir leid. Sie bringt mich einfach auf die Palme.«

»Und du sie. Ihr zwei seid wie Feuer und Wasser. Ich habe nie verstanden, warum das so ist.« In seiner Stimme lag keinerlei Kritik, und doch kam sie sich vor wie eine Idiotin.

»Ich nehme einfach nicht gern Befehle von ihr entgegen«, sagte sie. »Sie ist nicht mein Boss.«

Er nickte. »Sie hat nicht vor, dich zu verärgern. Sie mag dich.«

»Sie hat kaum zehn Worte mit mir gesprochen, seit ich hier bin«, widersprach Julia.

»Na ja, soweit ich das sehe, redest du ja auch nicht mit ihr.«

Julia hasste es, wenn er ihr mit Fakten kam, gegen die sie keine Argumente hatte.

Beschwichtigend hob sie die Hände. »Schön. Ich hätte mir mehr Mühe geben können. Ich werd's versuchen.« Doch ihr Ton versprach das genaue Gegenteil. »Wie auch immer, für mich zählt nur Grays Sicherheit. Solange wir uns in dem Punkt einig sind, ist mir alles andere egal.«

»Wir sind uns einig«, versicherte er ihr. »Aber du musst auch verstehen, dass es Jahre her ist, seit wir zum letzten Mal in so einer ernsten Gefahrensituation waren. Das liegt alles schon lange zurück. Hier hat es seit mehr als fünf Jahren keine Vorfälle mehr gegeben.«

Julia schluckte ihren Ärger hinunter. Es musste doch einen Weg geben, ihm begreiflich zu machen, was auf dem Spiel stand. In dem Moment, als Gray Langtry durch die Tür dieser Schule spaziert war, hatte sich die Situation komplett geändert. Das einzige Problem bestand darin, dass die Verantwortlichen das noch nicht erkannt hatten.

Höchste Zeit, dass sie es kapierten.

»Glaub mir, Carter«, sagte sie. »Mit den Leuten, die hinter Gray und ihrer Mutter her sind, ist nicht zu spaßen. Ihr müsst aufmerksamer sein. Wir alle. Sonst werden Menschen sterben. Und zwar genau hier.«

Um ihre Aussage zu untermauern, stampfte sie mit dem Fuß auf. Der dumpfe Klang hallte durch den stillen, unbewachten Flur.

Carters Lächeln verschwand. »Hey, komm schon. Sei nicht so hart mit uns. Wir tun alles, was wir können …«

»*Gar nichts* tut ihr«, unterbrach sie ihn. »Ihr verlasst euch komplett auf eure Kameras, und die sind viel zu weiträumig verteilt und überwachen nicht genug von dem Gelände.« Sie gestikulierte auf den leeren Flur. »Wie lange stehen wir hier schon? Fünf Minuten? Und bisher ist niemand vorbeigekommen, um zu sehen, was los ist. Keiner patrouilliert hier. Keiner kümmert sich um die Sicherheit der Schüler. Alle hoffen einfach, dass schon alles gut gehen wird. Hört auf zu *hoffen* und tut endlich was.« Sie trat einen Schritt auf ihn zu. »Und vertrau mir, wenn ich dir sage, dass eben nicht alles gut ist.«

Röte stieg ihm ins Gesicht. »Okay. Vielleicht sind wir ein bisschen lax geworden, aber nur, weil nie etwas passiert ist. Wir können keinen Krieg führen, den es nicht gibt.« Sie wollte widersprechen, doch er fuhr fort. »Hör zu, ich habe dich verstanden, okay? Du hast recht. Die Dinge haben sich geändert. Wir müssen besser werden. Und Allie weiß das auch. Komm morgen zum Treffen und erzähl den anderen, was du mir gerade gesagt hast. Dann machen wir einen Plan.« Er sah ihr in die Augen. »Wir kriegen das hin, Jules.«

Bei der Art, wie er ihren Namen sagte, huschte ihr ein warmes Prickeln den Rücken hinunter. Obwohl inzwischen so viele Jahre vergangen waren, konnte sie sich immer noch nichts Schöneres vorstellen als Carter, der sagte, dass er auf ihrer Seite stand.

Mit einem Mal wollte sie einfach nicht mehr streiten. »Okay, ich komme zu dem Treffen. Aber es ist wichtig, dass alle den Ernst der Lage kapieren. Da kommt Ärger auf uns zu.«

»Das werden sie«, versprach er.

Sie hätte gern noch viel mehr gesagt. Wie sehr sie ihn vermisste. Und wie sehr alles, was damals geschehen war, immer noch wehtat. Aber wozu? Egal, was sie sagte, es würde ja doch nichts ändern. Sie waren mal ein Paar gewesen. Es hatte kein Happy End gegeben, und es war ewig her.

Sie warf einen Blick auf ihre Uhr. Schon weit nach Mitternacht. »Dann werd ich mal weiter. Ich will noch ein Workout einschieben, bevor ich ins Bett gehe.«

Seine Augen blitzten verschmitzt. »Ganz die alte Jules. Du gehst immer an deine Grenzen.«

»Tja, du kennst mich einfach zu gut.« Sie zwang sich zum Gehen und öffnete die Tür zur Turnhalle. Als sie sich noch einmal umdrehte, stand er immer noch da und sah ihr nach.

»Weißt du was? Es macht Spaß, wieder mit dir zusammenzuarbeiten«, entfuhr es ihr. Und weil es stimmte, fügte sie noch hinzu: »Gut siehst du aus.«

Sein Mund verzog sich langsam zu einem Lächeln. »Gleichfalls.«

Kaum fiel die Tür hinter ihr ins Schloss, hatte sie auch schon das Handy in der Hand und wählte Rajs Nummer.

Egal, was Carter sagte, es war mehr als offensichtlich, dass Raj einschreiten und dafür sorgen musste, dass Allie die Lage ernst nahm. Sonst war Gray hier nicht sicher.

DREI

Gray stand in einem kalten, leeren Flur. Fahles blaues Licht fiel auf grobe, nackte Betonwände an denen Kabel und Leitungen verliefen. In der Ferne hörte sie die Misstöne einer Symphonie, bei der sich alle immer wieder verspielten, das leise Summen von Stimmen und schrilles, bösartiges Gelächter.

Wie versteinert stand sie da und starrte auf die wohlbekannte Szene. Nicht schon wieder.

Warum kam sie Nacht für Nacht an diesen Ort zurück?

Sie hasste ihn.

Tief in ihrem Inneren, in einem elementaren, schützenden Teil ihres Gehirns wusste sie, dass er nicht echt war. Er existierte nur im Traum. Doch dieser kleine Teil konnte sie nicht davor bewahren. Nicht vor diesem Ort. Nicht vor der Angst, die ihr Herz ergriff und sich tief hineinfraß.

Alles kam ihr so real vor. Sie spürte den rauen Boden unter ihren nackten Füßen, hörte den Musikwechsel und spürte, wie sich ihre Härchen aufstellten.

Ihr Instinkt befahl ihr zu fliehen, doch sie hatte das Gefühl, durch eine zähe Masse zu laufen. Sie musste all ihre Kraft aufwenden, um loszurennen. Und als es ihr endlich gelang, sagte eine Stimme in ihrem Kopf, dass es sinnlos war. Sie war oft genug hier gewesen, um zu wissen, dass es kein Entkommen gab. Doch sie hörte nicht auf sie. Das konnte sie auch gar nicht, weil sie immer schneller und schneller durch die Dunkelheit lief. Jeder keuchende Atemzug stach ihr in die trockene

Kehle. Die Stimme behielt recht. Der Flur führte nirgendwohin. Ein verschlungenes Labyrinth, in dem sie immer wieder am wohlbekannten, finsteren Ausgangspunkt angelangte.
Das Blut gefror ihr in den Adern. Sie wusste, was gleich geschehen würde. Er wartete schon. Er wartete immer auf sie.
Das kaum vernehmbare Schlurfen von Füßen auf dem Boden. Ein schneller Atemzug, wie ein unterdrücktes Lachen. Sie wirbelte herum und spähte ins Nichts. Das Zucken einer Bewegung in der Dunkelheit, und dann trat er in den fahlen Lichtschein.
»Nein«, flüsterte sie und wollte zurückweichen, doch ihre Beine gehorchten ihr nicht.
Von der langen, silbernen Klinge in seiner Hand tropfte Blut.
»Eigentlich wollte ich ja deine Mutter«, sagte er und kam auf sie zu. »Jetzt bist du eben dran.«

Gray wurde von ihren eigenen Schreien geweckt. Mit rasendem Herzen saß sie aufrecht im Bett, ihr Blick zuckte panisch durch das dunkle Zimmer.

Weiß getünchter Boden. Schlichter Holzschreibtisch. Kein Mörder. Kein Mörder. Kein Mörder …

Sie holte ein paar Mal kurz und abgehackt Luft, bis der Albtraum langsam verblasste.

Erleichtert ließ sie sich zurück in die Kissen sinken. Ihre Albträume wurden immer schlimmer, und sie hatte keine Ahnung, was sie dagegen tun konnte.

Sie hatte daran gedacht, Julia davon zu erzählen, aber machte sie das nicht irgendwie noch schwächer, wenn sie nicht einmal mit einem Anschlag fertig wurde?

Direkt nach dem Anschlag hatten ihre Eltern darauf bestanden, dass sie einen Therapeuten aufsuchte. Doch damals war es ihr gut gegangen. Zumindest hatte sie das geglaubt. Die Albträume waren erst später gekommen, und auch die Angst vor der Dunkelheit. Die Angst vor allem und jedem.

Sie setzte sich wieder auf, stieß den Atem aus und ließ das Kinn auf ihren Knien ruhen. Wenn sie hier nur Freunde hätte. Irgendjemanden, mit dem sie reden könnte. Irgendjemand, der nicht über sie urteilen würde. Doch sie hatte sich bisher mit niemandem angefreundet. Das soziale Netz der Schule war eng gewebt wie ein Kaschmirtuch.

Dabei war niemand rundheraus gemein zu ihr. Alle waren stets höflich. Aber die meisten wohnten seit Jahren in dem Internat. Sie passte nicht in die verschworene Gemeinschaft. Ja, berühmt war sie, das schon. Aber trotzdem eine Außenseiterin.

In den dunklen Morgenstunden kurz vor der Dämmerung wurde die Einsamkeit auf einmal unerträglich. Sie hatte das Gefühl, in eine Leere zu fallen, tief wie ein gähnender Abgrund, aus dem sie nie wieder herauszukommen drohte.

»Ich will nach Hause«, flüsterte sie in die Stille ihres leeren Zimmers.

Der Himmel vor dem hohen Bogenfenster war immer noch pechschwarz. Der Wecker auf ihrem Nachttisch sagte ihr, dass es kurz nach sechs Uhr morgens war. Frühstück gab es erst ab halb acht, doch sie hatte nicht vor, wieder zu schlafen.

Kurz entschlossen schwang sie die Beine aus dem Bett und stieß gegen die Hausschuhe, die wie jeden Morgen dort bereitstanden. Nur eine von vielen Kuriositäten an diesem Ort. Jeden Nachmittag räumte jemand ihr Zimmer auf – machte das Bett und saugte Staub. Am Abend tauchten immer ein Paar Hausschuhe und ein sauberes Handtuch auf. Diese kleinen Nettigkeiten waren das Einzige, was sie an der Cimmeria Academy mochte. Gut, das und die Bibliothek. Da würde sie am liebsten wohnen.

An einem Haken neben der Tür hing ein weißer Bademantel. Sie zog ihn an, schlang den Gürtel um die Taille und lief den Flur hinunter zu den Duschen, die um diese Zeit vollkommen leer waren.

Sie nahm die letzte Kabine, zog den Duschvorhang hinter sich zu und stellte ihre Sachen auf einen Teakholzschemel. Dann drehte sie die Dusche heiß auf und stellte sich so lange unter den Wasserstrahl, wie sie es aushielt. Ihre Muskeln schmerzten vom katastrophalen Selbstverteidigungstraining, und ihre Narbe am Nacken ziepte ein wenig unter dem heißen Strahl.

Als sie ein paar Minuten später mit einem Handtuch um den Kopf gewickelt in das große Gemeinschaftsbad kam, war der Raum noch leer. Nur ein Mädchen stand vor einem der Waschbecken und putzte sich die Zähne.

Verfilztes Haar fiel ihr in langen, dunklen Strähnen auf den weißen Schulbademantel. Gray erhaschte einen Blick auf ihr herzförmiges Gesicht, bevor sie bemerkte, dass das Mädchen sie im Spiegel beobachtete. Schnell drehte sie sich weg.

Das Mädchen hingegen schien keine derartigen Hemmungen zu haben. Unverhohlen folgte ihr Blick jeder von Grays Bewegungen, als die ihre Zahnbürste auspackte.

Schließlich spuckte sie die Zahnpasta aus. »Das kommt vielleicht ein bisschen komisch, mich ausgerechnet hier vorzustellen, aber ich will dich schon die ganze Zeit kennenlernen.«

Grays Hand erstarrte um die halb gequetschte Zahnpastatube. »Ähm … wirklich?«

Das Mädchen nickte eifrig. »Mein Dad kennt deine Mutter. Er hat mir alles über dich erzählt. Nicht zu fassen, dass dieser Typ wirklich versucht hat, dich *umzubringen*. Was ist das denn bitte für ein *Arschloch*?«

Ihre entwaffnende Art machte es unmöglich, ihr die Worte übel zu nehmen, und brachte Gray fast zum Lachen.

Das Mädchen musste etwa in ihrem Alter sein, doch sie war kleiner und schmaler. Das Ungewöhnlichste an ihr waren die zimtfarbenen Augen, die intelligent und voller Schalk funkelten. Irgendwie kam sie Gray seltsam bekannt vor, doch sie hatte keine Ahnung, warum.

»Warte kurz.« Sie spülte sich den Mund aus und ließ ihre Zahnbürste in einen Kulturbeutel fallen, der exakt genauso aussah wie der von Gray. Sie hatte ihn bei ihrer Ankunft in ihrem Zimmer vorgefunden, zusammen mit einem Kleiderschrank voller dunkelblauer Faltenröcke, schneeweißer Blusen und gebügelter Blazer für jedes Wetter und jeden Anlass.

Das Mädchen wischte sich den Mund an ihrem Handtuch ab. »Ich bin Minal«, sagte sie. »Minal Patel.«

Da ging Gray ein Licht auf.

»Dann ist dein Vater *Raj Patel*?« Vor Überraschung stieg ihre Stimme um eine Octave. Raj war Julias Chef. Und so sehr Teil der Downing Street Number 10, dass ihr nie in den Sinn gekommen war, er könnte selbst eine Familie haben.

Minal nickte. »Ich hätte ja schon längst was gesagt, aber ich war zu schüchtern, um dich auch nur *anzusprechen.*«

Gray blinzelte verwirrt. »Warum?«

»Oh, komm schon. Du bist durch die ganze Presse gegangen. Du warst sogar im *Bijou.*« Minal klang geradezu ehrfürchtig. »Du gehörst zu denen, die auf diese Partys gehen. Du hast einen Bodyguard. Du bist einfach krass glamourös. Ich kann mir noch nicht einmal vorstellen, wie es sein muss, du zu sein. Ich will wissen, wie es ist, in der Downing Street zu leben. Im Fernsehen zu sein. Die Queen zu treffen. *Berühmt* zu sein.«

Sie strahlte Gray an und sah ihrem Vater dabei ungeheuer ähnlich. Zugleich waren sie vollkommen verschieden, denn Mr Patel blickte immer sehr ernst drein. Minal schien das genaue Gegenteil zu sein.

»Du musst mir einfach alles erzählen«, schloss sie ihre Rede.

»Okay, aber.« Gray hielt ihre Zahnpasta in die Höhe. »Darf ich mir zuerst die Zähne putzen?«

Minals Augen weiteten sich. »Oh Gott, ich Trampel, ich bin einfach in deinen Morgen reingeplatzt, stimmt's? Dann lass ich dich wenigstens für fünf Minuten allein.« Sie packte ihre Sachen und lief plappernd zu den Duschen. »Weißt du was? Echt komisch, aber du kommst so normal rüber. Ich hätte gedacht, du bist mega eingebildet.«

Gray starrte sie verblüfft an. »Warum das denn?«

Eine Hand am Duschvorhang hielt Minal vor ihrer Kabine inne. »Gute Frage. Wahrscheinlich, weil dein Leben so spannend ist? Bei mir passiert nie was. Ich wünschte, mir würde eines Tages auch mal was Aufregendes passieren.«

Ohne eine Antwort abzuwarten, verschwand sie in der Dusche, und Grays gemurmelte Worte gingen in dem Rauschen des Wassers unter.

»Pass auf, was du dir wünschst.«

Eine halbe Stunde später lief Gray, in Gedanken immer noch bei dem Gespräch, die große Treppe hinunter.

Sie hatte es nicht über sich gebracht, Minal die Wahrheit zu sagen. Dass sie es hasste, die Tochter der Premierministerin zu sein. Wie sollte sie ihr erklären, wie schrecklich sie den Wirbel um ihre Person fand? Wie unsagbar demütigend, dass die gesamte Schule wenig schmeichelhafte Fotos von ihr gesehen hatte, auf denen sie verschwitzt, mit Flecken im Gesicht, oder noch schlimmer, kotzend vor einem Nachtklub zu sehen war?

Bevor ihre Mutter sich entschieden hatte, das Land zu regieren, war Gray ein ganz normaler Teenager gewesen. Sie hatte keine Worte dafür, wie angreifbar und verletzlich sie sich unter der ganzen Aufmerksamkeit fühlte. Auf der Straße wurde sie unentwegt von Paparazzi, größtenteils großen, bulligen Männern, verfolgt. Nach allem, was passiert war, war das Sicherheitsteam gezwungen gewesen, sie in unauffälligen Autos und durch kleine Nebenstraßen aus der Number 10 zu schmuggeln und sie hierherzubringen. Andernfalls hätten vor den Toren der Cimmeria Academy mindestens zehn Fotografen gewartet und versucht, einen Schnappschuss von ihr zu machen.

Am Fuß der Treppe kam ihr Chloe in den Sinn, wie sie wütend einen Paparazzo angefunkelt hatte, der versuchte hatte, Gray unter den Rock zu fotografieren. »Sie ist sechzehn, du widerlicher Perverser«, hatte sie ihn angefaucht. »Dein beschissenes *Hemd* ist älter als sie.«

Bei der Erinnerung musste sie lächeln. Schon lange bevor Julia aufgetaucht war, hatte Chloe sie wie ein Bodyguard in Schutz genommen. Wenn sie doch nur hier wäre. Dann wäre alles erträglicher.

Aber sie war nun mal nicht hier. Und Gray musste lernen, alleine klarzukommen.

Das Gespräch mit Minal hatte ihr einen leisen Hoffnungsschimmer gegeben. Vielleicht würde sie hier doch neue Freunde finden. Sie musste einfach nur mehr aus sich herauskommen und den anderen zeigen, dass sie anders war als das Mädchen aus den Boulevardzeitungen. Sie hatte viel mehr Tiefgang als diese strahlende Fantasiefigur.

Schon etwas optimistischer gestimmt betrat sie den Speisesaal. Das Frühstück hatte eben erst begonnen. Vorn am Büfett stellte das Küchenpersonal gerade große Platten voller Käse, Marmelade und Butter auf die langen Tische. Warmes Licht fiel durch die durchscheinenden Vorhänge vor den hohen Fenstern herein und gab dem großen, holzvertäfelten Raum eine entrückte Atmosphäre. Eine Wand wurde von einem offenen Kamin beherrscht, der so groß war, dass sie bequem neben den fröhlich knisternden Flammen hätte stehen können. Der Saal war behaglich warm und roch nach Toast, Kaffee und Holzfeuer.

Vielleicht war es nicht ihr Zuhause, doch sie musste zugeben, dass der Ort etwas außerordentlich Schönes an sich hatte.

Von den jeweils acht Stühlen an den runden Tischen waren nur wenige belegt. Nur ein paar Frühaufsteher saßen über den Raum verteilt beim Frühstück. Sie alle trugen die gleichen dunkelblauen Blazer. Ein Mädchen mit auffallenden blonden Locken weiter hinten im Saal kam ihr bekannt vor. Und ein Stück entfernt saß ein hoch aufgeschossener Junge, mit dem sie mehrere Fächer zusammen hatte. Amerikaner, wenn sie sich richtig erinnerte. Er war in ein dickes Buch vertieft.

Als sie hereinkam, hoben beide den Kopf, wandten sich jedoch sofort wieder ihrem Teller zu.

Gray wurde kalt ums Herz. So lief es immer. Aber vielleicht konnte sie etwas dagegen tun.

Sie ging zum Büfett, häufte sich Cornflakes und Früchte in eine Schüssel und nahm sich ein paar Scheiben warmen Toast von einem Brotständer. Dann goss sie sich an der großen Kupferurne einen Becher Tee ein und gab einen Schuss Milch dazu.

Als Gray an ihren Tisch kam, hob das Mädchen den Kopf, und ihre Blicke trafen sich. Das war ihre Chance.

»Hi!« Laut wie ein Schuss hallte das Wort durch den leeren Saal. Die Augen des Mädchens weiteten sich.

Gray ruckte mit dem Kopf in Richtung der leeren Stühle und senkte die Stimme. »Wäre es okay für dich … Darf ich hier sitzen?«

Ein kurzes Zögern folgte.

»Klar. Wo du willst.« Das Mädchen machte eine Handbewegung zu den sieben leeren Stühlen, die um den Eichentisch herumstanden.

Erleichtert stellte Gray ihr Tablett ab und zog einen der schweren Stühle unter dem Tisch hervor.

»Ich bin Gray«, sagte sie, als sie saß.

Das Mädchen lächelte schmal. »Ich weiß. Du bist die berühmte Gray Langtry.«

Sie sprach mit einem Akzent, den Gray nicht zuordnen konnte. Mit den hohen Wangenknochen und den goldenen Locken, die in der sanften Morgensonne leuchteten, sah sie unglaublich elegant aus.

»Ich bin Maya«, fügte sie hinzu. »Kein bisschen berühmt.«

»Freut mich.« Gray versuchte offen und zugänglich zu wirken, ohne völlig bescheuert rüberzukommen.

Schweigend widmeten sie sich ihrem Frühstück. Gray hatte ihre Cornflakes schon fast aufgegessen, als Maya wieder zum Sprechen anhob.

»Wie gefällt's dir denn hier?«, fragte sie in ihrem samtweichen Akzent. »Muss komisch sein, so mitten im Schuljahr anzukommen und keinen zu kennen.«

Gray strich sich Butter auf ihren Toast.

»Ja, stimmt schon. Es fühlt sich komisch an«, sagte sie schließlich. »Ich vermisse meine Eltern mehr, als ich gedacht hätte. Aber scheint ja ganz nett hier zu sein.«

Maya schien sie zu durchschauen. »Ich bin seit drei Jahren hier«, sagte sie. »Ich bin mit dreizehn aus Polen hergekommen. Da kannte ich niemanden. Ich hatte unglaublich Schiss. Dachte, es wird schrecklich, auf eine englische Schule zu gehen, wo Englisch doch gar nicht meine Muttersprache ist. Und so war es zuerst auch. Aber jetzt fühle ich mich hier zu Hause. Die Leute nehmen dich so, wie du bist. Ich habe viele Freundinnen gefunden. So wird es dir auch gehen, wart's ab.«

»Hoffentlich«, sagte Gray. »Bisher merk ich davon noch nichts.«

»Doch, doch.« Maya klang vollkommen überzeugt. »Ich versprech's dir. Du hast eine Menge durchgemacht. Alle Welt weiß, was passiert ist …« Sie deutete auf Grays Hals, wo die Narbe über ihrem Kragen hervorblitzte. »Du bist ganz schön mutig. Der Kerl, der das getan hat …« Ein unleserlicher Ausdruck huschte über ihr Gesicht. »Ich hoffe, er sitzt im Gefängnis. Wenn irgendjemand mir oder meiner Familie so was antun würde, würde ich wollen, dass er lebenslang kriegt.«

»Ja, da hätte ich auch absolut nichts gegen einzuwenden«, stimmte Gray ihr zu.

Der Angreifer saß inzwischen seit mehreren Wochen in Untersuchungshaft, hatte sich bisher jedoch geweigert, auszusagen. Er verriet weder seine Auftraggeber noch den Grund, warum er versucht hatte, sie umzubringen. Julia hatte erzählt, dass er bei den Verhören einfach nur stumm dasaß und lächelte.

»Gray.« Das kam von hinten.

Gray drehte sich auf ihrem Stuhl um und fand sich der Schulleiterin Allie Sheridan gegenüber. »Wenn du dein Frühstück beendet hast, würde ich gern kurz mit dir reden.« Sie nickte zu dem dampfenden Becher in Grays Hand. »Deinen Tee kannst du gern mitnehmen.«

Ihr honigbraunes Haar war zu einem Pferdeschwanz hochgebunden, sie trug eine bequeme schwarze Hose und ein Oberteil mit V-Ausschnitt. Mit ihrem unverwandten Blick und den geraden Schultern strahlte sie eine natürliche Autorität aus.

»Klar.« Gray stand auf. Dann drehte sie sich noch einmal zu Maya um, die den kurzen Wortwechsel neugierig verfolgt hatte. »War schön, dich kennenzulernen. Sehen wir uns in Englisch?«

»Ja«, sagte das Mädchen mit einem warmen Lächeln. »Bis dann.«

Im Vorbeigehen kreuzte ihr Blick kurz den des schlaksigen Jungen am Nebentisch. Obwohl er sich schnell wieder seinem ledergebundenen Buch zuwandte, hatte sie den Eindruck, dass er ihr Gespräch belauscht hatte.

Doch jetzt hatte sie keine Zeit, darüber nachzudenken. Allie war schon auf halbem Wege hinaus. Ihren Becher Tee fest umklammert, eilte sie der Schulleiterin hinterher in den breiten Flur.

Inzwischen strömten immer mehr Schüler die Treppe hinunter in Richtung Speisesaal und die Luft war erfüllt vom Summen ihrer verschlafenen Stimmen.

Allie trat geduckt durch einen niedrigen Türrahmen unter der Treppe und winkte Gray in ihr Büro. Dann schloss sie hinter ihnen die Tür.

Gray sah sich neugierig um. Sie war nur ein einziges Mal hier gewesen. An ihrem ersten Schultag. Es war ein kleiner, aber geschmackvoll eingerichteter Raum mit einem verblichenen Perserteppich auf dem Boden und zwei schwarzen Ledersesseln, die vor einem großen Mahagonitisch standen. Das einzige Kunstwerk im Raum war ein modernes Gemälde, das drei Frauen mit langen, wallenden Haaren zeigte, die einander an den Händen haltend in einem Kreis herumstanden.

Gray ließ sich in einen der Ledersessel sinken. Da sie keinen Platz fand, um ihren Becher abzustellen, balancierte sie ihn vorsichtig auf dem Knie.

Allie setzte sich ihr gegenüber an den Schreibtisch und musterte sie so eingehend, dass Gray nervös wurde. »Ich dachte, wir zwei unterhalten uns mal darüber, wie du dich hier eingelebt hast. Du bist inzwischen seit zwei Wochen hier. Wie kommst du zurecht?«

»Gut. Glaube ich.« Das klang nicht sehr überzeugend, doch Allie schien ihre mangelnde Begeisterung nicht zu bemerken.

»Schön, dich an einem Tisch mit Maya Ludziak anzutreffen. Überhaupt habe ich dich heute zum ersten Mal nicht allein beim Frühstück sitzen sehen. Ich war schon etwas in Sorge, dass du Schwierigkeiten hast, dich einzuleben.«

Gray war entsetzt. Sie hätte nicht gedacht, dass sie unter Beobachtung stand. Ob die Lehrer wohl über sie redeten?

»Na ja, ich bin immer noch neu hier«, verteidigte sie sich. »Ich brauche ein bisschen Zeit.«

»Natürlich. Es ist nicht einfach, mitten im Halbjahr an dieser Schule anzukommen«, stimmte Allie zu. »Hier kennt jeder jeden. Alle sind so etwas wie eine große Familie. Wenn man zuerst hier ankommt, hat man das Gefühl, sie sind von einer Mauer umgeben, und du kommst nicht durch.«

Gray sah die Schulleiterin überrascht an. »Ja. Genauso fühlt es sich an. Keiner ist gemein. Sie sind einfach … nicht interessiert.«

»Nun, ich denke, Maya interessiert sich für dich«, sagte Allie. »Hat sie dir ein wenig über sich erzählt?«

Gray schüttelte den Kopf.

»Sie ist die Tochter des ehemaligen Premierministers von Polen. Ihr habt also eine Menge gemeinsam. Letztes Jahr wurde ein Mordanschlag auf ihren Vater verübt. Sie weiß ganz genau, wie gefährlich es ist, mit mächtigen Leuten in Verbindung zu stehen.« Die Schulleiterin bedachte Gray mit einem langen Blick. »Genau wie du.«

Gray fiel die Kinnlade herunter. Sie musste an Mayas Worte denken: *Wenn irgendjemand mir oder meiner Familie so was antun würde, würde ich wollen, dass er lebenslang kriegt …*

»Das hat sie mir gar nicht erzählt«, sagte Gray.

»Ist wahrscheinlich auch kein geeignetes Thema für ein entspanntes Frühstück. Außerdem habe ich euch beide unterbrochen, bevor sich ein längeres Gespräch entwickeln konnte.« Allie machte eine kleine Pause. »Du wirst deinen Platz hier finden, da bin ich sicher. Momentan sind alle noch ein bisschen unsicher, wie sie mit dir umgehen sollen, weil sie wissen, was du durchgemacht hast. Sie werden schon noch auf dich zugehen. Da mache ich mir gar keine Sorgen. Was mir Sorge bereitet, ist, wie du mit dem fertigwirst, was dir passiert ist.« Sie stützte die Ellbogen auf den Schreibtisch und lehnte sich vor. »Wie geht es dir? Kannst du gut schlafen?«

Gray blinzelte ertappt. »Hervorragend.«

»Keine Albträume?«

Der Mann in Schwarz schob sich mit seinem eiskalten Lächeln vor ihr inneres Auge. »Nicht mehr als sonst auch.«

»Aber du hast immer noch Panikattacken.«

»Glaub schon.« Gray zuckte die Schultern. »Ich mag einfach keine Dunkelheit. Und ich mag's nicht, wenn man mich anfasst. Aber das ist doch nicht weiter ungewöhnlich, oder?«

Warum sagte sie Allie nicht einfach die Wahrheit?

Allie stülpte die Lippen nach vor. »Jules macht sich Sorgen um dich. Sie denkt, dass du Schwierigkeiten hast. Mir wäre es lieber, wenn du mit jemandem reden würdest …«

Gray sprang auf und stieß dabei den abgekühlten Tee von ihrem Knie.

»Blödsinn«, sagte sie heftig. »Oh, ich meine, sorry.«

Allie ging einmal um den Tisch und legte ein Tuch auf die Teepfütze. »Keine Sorge. Der Teppich ist um die fünfundsiebzig Jahre alt. Dem schadet ein bisschen Tee nicht.«

Sie war vollkommen ruhig geblieben, doch Gray verknotete die Hände vor Aufregung.

»Ich will mit niemandem reden«, sagte sie vehement, als die Schulleiterin ihr wieder gegenübersaß.

Stocksteif und mit hochgezogenen Schultern saß sie da, bereit, mit Allie zu diskutieren. Sie wartete darauf, dass die Schulleiterin ihr sagte, sie müsse therapeutische Hilfe in Anspruch nehmen. Dass sie keine Wahl hätte und es zu ihrem eigenen Besten sei.

»Ich verstehe dich ja. Wirklich. Ich werde dich zu nichts zwingen.« Allie hielt inne, als suchte sie nach den richtigen Worten. »Aber eines weiß ich über Traumata. Wenn du sie ignorierst, gehen sie nicht weg. Sie setzen sich in dir fest und lassen dich nicht mehr los. Traumata haben *Krallen*. Mit der Zeit denkst du, es geht dir besser, aber in Wahrheit ist die Angst die ganze Zeit da. Sie wartet nur auf den richtigen Moment. Sie wird nicht weggehen, bevor du dir Hilfe holst. Und wir werden alles tun, um dir zu helfen. Alles, um was ich dich bitte, ist, uns zu vertrauen. Und es uns wissen lassen, wenn es dir schlechter geht. Einverstanden?«

Ihre Beschreibung traf so sehr ins Schwarze, dass sie Allie am liebsten alles erzählt hätte. Darüber, wie die Angst ihren Körper lähmte. Wie sie hilflos erstarrte.

Doch sie brauchte mehr Zeit. Zeit, um Allie besser kennenzulernen und um ihre Gefühle zu verarbeiten.

Daher sagte sie stattdessen: »Einverstanden.« Sie meinte es ernst.

»Gut.« Die Schulleiterin stand auf und durchquerte ohne Eile den Raum. Als sie die Tür öffnete, strömten die Alltagsgeräusche der Schule herein. Stimmen und Gelächter.

»Wann auch immer du bereit bist, komm durch diese Tür«, sagte sie zu Gray. »Tag und Nacht. Wenn ich nicht da bin, schick jemanden, um mich zu holen. Ich komme sofort. Versprochen. Aber jetzt mach dich besser bereit für deine erste Unterrichtsstunde.«

Gray sah sie an. »Vielen Dank. Das bedeutet mir sehr viel.«

»Du wirst dich prima machen«, versicherte Allie. »Mehr als das. Du wirst zur Überfliegerin.«

VIER

Sobald Gray zur Tür hinaus war, lehnte Allie sich dagegen und schloss die Augen.

Das hatte sie gründlich vermasselt. Sie hatte Gray zu sehr gedrängt. Es wäre besser gewesen, sie zu ihr kommen zu lassen. Nach dem Gespräch mit Julia und Carter war sie so beunruhigt gewesen, dass sie den Drang verspürt hatte, auf der Stelle etwas zu unternehmen. Dass Gray Hilfe brauchte, war offensichtlich, doch sobald sie die Panikattacken erwähnt hatte, hatte das Mädchen komplett dichtgemacht und alles bestritten. Allie hatte sie jedoch nicht täuschen können. Sie hatte gesehen, wie sich ihre Finger immer wieder aufs Neue in ihrem Schoß verknotet hatten. Da hatte sie verstanden. Sie wusste genau, wie Gray sich fühlte.

Auch sie hatte als sechzehnjähriges, traumatisiertes Mädchen einmal in diesem Büro gestanden, voller Groll und ohne Freunde. Damals hatte sie eine Schulleiterin gehabt, die geduldig genug gewesen war, um langsam, aber sicher ihren Widerstand schmelzen zu lassen. Konnte sie dieser Mensch für Gray sein?

Nach ihrer Unterhaltung war sie alles andere als überzeugt.

»Verdammt, Isabelle«, murmelte sie. »Komm zurück.«

Eigentlich sollte sie gar nicht hier sein. Erst vor acht Monaten war sie an nach Cimmeria zurückgekehrt. Isabelle hatte sie angerufen und gesagt, sie würde für eine Weile fortgehen. Dass sie ausgebrannt wäre und nur Allie und Carter ihren Job zutraute.

Zunächst hatten sie abgelehnt. Damals waren sie gerade frisch von der Uni in Oxford gekommen und lebten in London. Sie hatten zum allerersten Mal das Gefühl, wirklich unabhängig zu sein. Carter arbeitete unter Raj Patel bei Talos in der Sicherheitsbranche und wurde zum Bodyguard ausgebildet. Allie hatte ein eigenes Büro bei Aurora, der Organisation, die inzwischen unter anderem die Cimmeria Academy unterhielt. Eigentlich musste sie gar nicht arbeiten. Sie hatte sechs Jahre zuvor von ihrer verstorbenen Großmutter ein beträchtliches Vermögen geerbt. Doch sie war ehrgeizig. Sie wollte eines Tages zur Vorstandschefin von Aurora aufsteigen, um genau wie ihre Großmutter eine Kraft des Guten in der Welt zu sein. Darum hatte sie sich in verschiedene Rollen eingearbeitet. Sie waren kompliziert und technisch, doch mit der Zeit erkannte sie in alldem ihre eigene Rolle – in der gemeinnützigen Seite, die Schulen auf der ganzen Welt unterhielt, genauso wie in der finanziellen, in der kühl kalkuliert wurde, um so viel Geld wie möglich zu machen. Das war das Yin und Yang ihrer Familie.

Sie hatte sich einen Zwei-Jahres-Plan erarbeitet, um würdig in Lucindas Fußstapfen treten zu können. Zurückzublicken und die Schule zu leiten, die sie einst besucht hatten, war damals das Letzte, was sie und Carter gewollt hatten. Doch sie hatten keine andere Wahl.

Isabelle war fest entschlossen zu gehen, um eine neue Schule in ihrer Heimat Schottland zu gründen. Das war schon immer ihr Traum gewesen. Außerdem hatte sie sich für die beiden aufgeopfert, als sie noch jünger waren. Sie standen tief in ihrer Schuld.

Und da stand sie nun – eine Schulleiterin, die keinen Schimmer hatte, was sie eigentlich tat.

Das Telefon klingelte und riss sie aus ihren Gedanken. Eilig hastete sie zum Tisch und nahm ab. »Allie hier.«

»Alyson Sheridan?« Die Frau am anderen Ende der Leitung war kurz angebunden und klang offiziell. Ihr schwacher schottischer Akzent ließ sie für einen kurzen, verwirrten Moment glauben, Isabelle wäre am Telefon.

»Ja?«

»Bitte bleiben Sie in der Leitung für die Premierministerin.« Dann wurde es still.

Allie blieb noch genug Zeit, um zu flüstern: »Ach du Scheiße.« Dann klickte es in der Leitung.

»Ms Sheridan.« Eine volltönende, kultivierte Stimme, die sie aus den Nachrichten im Fernsehen kannte. »Es tut mir leid, Sie so plötzlich ohne Ankündigung anzurufen, aber ich glaube, wir müssen reden.«

»Okay … selbstverständlich, meine ich. Wie kann ich Ihnen helfen?«

Der Premierministerin schien ihr Stottern nicht aufzufallen. »Da Sie für die Sicherheit meiner Tochter verantwortlich sind und uns einige beunruhigende Neuigkeiten erreicht haben, fühle ich mich verpflichtet, Sie einzuweihen. Diese Informationen stehen allerdings unter Verschluss. Bevor ich mehr sage, muss ich fragen, ob Sie sich im Klaren darüber sind, dass Sie der Schweigepflicht unterliegen? Nichts, was ich von nun an sage, darf Dritten gegenüber ausgesprochen werden.«

»Verstanden.« Allies Beine trugen sie einmal um den Tisch. Sie ließ sich in ihren Stuhl sinken und nahm einen Bleistift zur Hand.

»Ausgezeichnet. Die Situation ist ernst. Ich nehme an, Sie wissen in Grundzügen über den Anschlag vor vier Wochen Bescheid?«

Ihre Art, geradewegs zum Punkt zu kommen, hatte etwas angenehm Ehrliches. Sie war energisch, dabei aber nicht unfreundlich. Allie hatte den Eindruck, dass sie einfach keine Zeit hatte, lange um den heißen Brei herumzureden.

»Soweit ich weiß, wurde der Mann, der Gray angegriffen hat, gefasst und sitzt in Untersuchungshaft«, erwiderte Allie.

»Richtig. Das Problem ist, dass er nicht auf eigene Faust gehandelt hat. Er war Teil einer größeren Verschwörung der russischen Regierung, in die mit großer Wahrscheinlichkeit auch Mitglieder meiner eigenen Partei verwickelt sind. Ganz offensichtlich angetrieben von der Gier nach Macht und Geld.«

Allie traute ihren Ohren kaum. Andere Politiker hatten versucht, die Premierministerin umzubringen? Sie hatten sich mit einer feindlichen Regierung gegen ihre eigene verschworen?

»Wie ist das möglich?«, flüsterte sie laut in den Hörer, zu geschockt, um die Worte zurückzuhalten.

»Eine sehr gute Frage, auf die ich auch liebend gern eine Antwort hätte«, sagte die Premierministerin. »Trotz aller Bemühungen haben wir bisher jedoch keine Beweise sammeln können, um die Beteiligten zu überführen. Sie sind sehr gut darin, ihre Spuren zu verwischen. Womit wir beim Grund für meinen Anruf wären.« Sie hielt kurz inne. »Mich haben neue Informationen erreicht, die darauf hindeuten, dass die führenden Köpfe der Verschwörung ihre Strategie geändert haben. Ich bin für sie zu schwer erreichbar. Offenbar haben sie entschieden, dass Gray ein leichteres Ziel abgibt, und sind entschlossen, sie aufzuspüren.«

Allie hatte das Gefühl, als würde sie keine Luft mehr kriegen. Jules hatte gestern Abend zwar Andeutungen in diese Richtung gemacht, doch die Einzelheiten, die sie soeben von der Premierministerin erfahren hatte, machten das Ganze ungleich schlimmer.

»Weiß denn jemand, wo Gray ist?«, fragte sie. »Irgendjemand, der vielleicht was ausplaudert?«

»Nein. Nur ihr Vater, ich und Raj Patel, der für Grays persönliche Sicherheit zuständig ist. Außerdem ein paar ausgewählte Mitarbeiter von ihm«, zählte die Premierministerin auf. »Aber ich fürchte, wir werden es nicht lange geheim halten können.«

»Die Schüler werden reden«, bestätigte Allie. »Sie werden es ihren Eltern und ihren Freunden zu Hause erzählen. Die Weihnachtsferien sind schließlich nur noch zwei Wochen hin.«

»Ganz genau. Ich denke, wir haben höchstens noch ein paar Wochen, bis sie uns auf die Schliche kommen. Vielleicht ist es aber auch nur eine Frage von Tagen.« Sie klang angespannt. »Darum rufe ich an. Ich bin mir im Klaren darüber, dass Cimmeria über eine ausgezeichnete Sicherheit verfügt, aber wir müssen sie noch besser machen. Raj hat mir erzählt, dass es Zeiten gegeben hat, in denen Ihre Sicherheitsstandards sehr hoch waren.«

»Ja«, antwortete Allie ruhig. »Ich erinnere mich noch gut an diese Zeiten.«

»Könnten Sie wieder zu diesen hohen Standards zurückkehren?«, fragte die Premierministerin. »Könnten Sie die Schule ausreichend absichern, um einen professionellen Anschlag zu verhindern? Um jemanden zu stoppen, der es in Kauf nimmt, so viele Menschen wie nötig zu verletzen, um einen einzigen zu töten?«

Die Fragen hingen in dem fensterlosen Raum, als hätte sich jedes einzelne Wort in die Holzvertäfelung gebrannt.

Es waren genau die Worte, von denen Allie gehofft hatte, sie nie wieder hören zu müssen. Dies war der Grund, warum sie gestern Abend so kühl zu Jules gewesen war. Sie hatte gehofft, diese Tage wären für immer gezählt. Doch nun, da das Unausweichliche eingetroffen war, wusste sie, dass es so hatte kommen müssen. Als hätte sie tief in ihrem Innern immer gespürt, dass diese Tage nie wirklich der Vergangenheit angehört hatten. Die schlechten Zeiten hatten nur auf den richtigen Moment gewartet, um wiederzukehren und ihre Welt auf den Kopf zu stellen.

Sie räusperte sich. »Theoretisch ja«, sagte sie. »Das können wir tun, aber es wird einige Zeit dauern …«

Die Premierministerin schnitt ihr das Wort ab. »Verstehe. Wann können Sie anfangen?«

Was die Premierministerin von ihr verlangte, würde Auswirkungen auf jeden einzelnen Schüler an dieser Schule haben. Auf hundertfünfzig Schicksale, um genau zu sein.

Trotzdem war Gray Langtry es wert. Sie wollte einfach nur überleben. Schließlich war sie ein eigenständiger Mensch und nicht bloß eine Figur auf dem Schachbrett irgendwelcher Politiker. Wer auch immer hinter alldem steckte, hielt ihr Leben für wertlos. Allie würde nicht zulassen, dass Gray etwas zustieß.

»Bevor ich hier Änderungen dieser Größenordnung vornehmen kann, muss ich mich mit ein paar Leuten abstimmen«, sagte sie. Ihr Gehirn arbeitete auf Hochtouren. »Diese Entscheidung kann ich nicht alleine treffen. Aber angenommen, alle sind einverstanden, dann könnten wir … dann können wir umgehend beginnen.«

»Führen Sie die nötigen Gespräche«, befahl die Premierministerin. »Und zwar so schnell wie möglich. Raj Patel hat die Anordnung, Ihnen alles zur Verfügung zu stellen, was Sie brauchen, inklusive zusätzlicher Sicherheitskräfte. Er wird rund um die Uhr erreichbar sein und steht in ständiger Verbindung mit mir. Wenn Sie noch irgendetwas benötigen, lassen Sie es ihn wissen, und ich werde sicherstellen, dass Sie es bekommen.«

Allie schwirrten tausend Dinge durch den Kopf, die sie gern gefragt hätte. Doch aus dem abschließenden Ton der Premierministerin ging unmissverständlich hervor, dass ihre Zeit knapp bemessen war. Darum sagte sie nur: »Das werde ich.«

»Es tut mir außerordentlich leid, Sie damit so zu überrumpeln«, fuhr die Premierministerin fort. »Aber Sie müssen verstehen, wie gefährlich die Situation ist und welche Sorgen ich mir um meine Tochter mache. Raj hat mir erzählt, dass Sie eine Menge Erfahrung auf diesem Gebiet vorweisen können. Sie sind momentan meine einzige Hoffnung.« Sie holte tief Luft. »Ich vertraue Ihnen das Wertvollste an, was ich habe. Bitte hüten Sie es gut.«

Damit wurde die Verbindung unterbrochen.

Allie starrte quer durch den Raum auf die geschlossene Tür, durch die gedämpft die fröhlichen Stimmen junger Menschen drangen, die in den Tag starteten. Die Schüler glaubten sich sicher und geschützt. Sie verschwendeten keinen Gedanken daran, dass die Welt außerhalb dieser Mauern oft ein einziges Chaos war.

Sie nahm den Hörer und wählte eine Nummer. Während es klingelte, sagte sie leise in das leere Büro: »Auf ein Neues.«

FÜNF

Die Hände tief in den Taschen ihres Blazers vergraben, lief Gray den breiten Korridor entlang und dachte über ihr Gespräch mit Allie nach. Sie wünschte, sie hätte sich getraut, ihr die Wahrheit zu sagen. Was sie über die Angst gesagt hatte, die nicht einfach so verschwand, hallte noch in ihr nach. Ihre einzige Hoffnung war, dass es sich bloß um eine Phase handelte, die wieder vorbeigehen würde. Danach wäre sie wieder ganz die Alte. Doch das selbstbewusste, unerschrockene Mädchen von damals erschien ihr heute meilenweit weg. Und sie hatte keine Ahnung, wie sie sie zurückbekam.

Ihr Handy vibrierte zornig, und sie fischte es aus einem ihrer Bücher. Julias Name blinkte auf dem Display.

»Hey«, sagte sie.

»Du bist weder auf deinem Zimmer noch im Speisesaal«, stellte Julia fest. Ihr Ton war ungewöhnlich scharf.

Gray blieb stehen. »Ich war bei der Direx. Bin grad erst zur Tür raus.«

»Schön und gut, aber du musst mich über solche Dinge informieren. Ich kann ja schließlich keine Gedanken lesen. Ich muss zu jeder Zeit wissen, wo du dich aufhältst, und immer informiert werden, wenn du von deinem Plan abweichst. Klar?« Julia klang immer noch nicht glücklich.

Gray war sprachlos. Seit sie in der Cimmeria angekommen war, hatten sie es mit den Sicherheitsvorkehrungen ziemlich entspannt gehalten. Es passte gar nicht zu Julia, sie zu kontrollieren und gleich auszurasten, nur weil sie mal nicht da war, wo sie sein sollte.

»Tut mir leid. Ich bin früh zum Frühstück runtergegangen, und da hat sie mich abgefangen. Und ja, stimmt, ich hab vergessen, dir zu sagen, dass ich heute früher frühstücke.«

»Gray. Was sage ich immer?«, bohrte Julia.

Gray seufzte und ratterte herunter: »Du kannst mich nicht beschützen, wenn du keine Ahnung hast, wo ich bin.«

»Goldrichtig. Und wo genau bist du jetzt?«

»Im großen Flur im Erdgeschoss. Nicht in Gefahr, irgendwann in den nächsten Minuten entführt zu werden.«

»Hervorragende Neuigkeiten. Ich kann also frühstücken, ohne die Kampfhubschrauber zu rufen?«

Gray verdrehte die Augen. »Ich komme ja wohl bis zu meiner Englischstunde allein klar.«

»Gut zu wissen. Aber bitte sag Bescheid, bevor du mit irgendwelchen Terroristen spazieren gehst«, ordnete ihr Bodyguard an und legte auf.

Stirnrunzelnd steckte Gray ihr Handy wieder ein. Da war doch was faul. Julia hatte sich zwar am Ende um einen leichten, unbeschwerten Ton bemüht, aber das nahm Gray ihr nicht ab. Zu Beginn des Gesprächs war sie definitiv wütend gewesen.

Sie war im Atrium angelangt und stand zwischen zwei Marmorstatuen. Bei der einen handelte es sich um eine junge Frau in einem langen, weiten Kleid, deren Taille in ein Steinkorsett gezwängt war. Ihre langen Locken waren über eine Schulter drapiert, und ihre Hand ruhte auf dem geschwungenen Griff eines Regenschirms.

Auf dem Schild am Sockel stand:

EMMA WATERFORD

Schülerin. Lehrerin. Mentorin.

Die Statue daneben zeigte einen Mann, der eine Brille mit runden Gläsern und einen langen Gehrock trug, der sich um ihn herum im Wind bauschte. Er sah aus, als hätte er es furchtbar eilig. In einer Hand hielt er ein aufgeschlagenes Buch, in der anderen eine Taschenuhr.

Auf seinem Schild stand:

EDWARD ROSENSTEIN

Geliebter Professor

Es tat überraschend gut, sich vorzustellen, wie diese lang verstorbenen Menschen genau hier entlanggelaufen waren, wo sie jetzt stand. Emma in ihrer würdevollen Haltung und Edward voller Eile.

Die Schule machte die Vergangenheit auf eine schöne Art wieder lebendig.

Plötzlich stieß jemand gegen ihre Schulter, und sie fuhr vor Schreck zusammen. Ein jüngerer Schüler, den sie nicht kannte, rief ihr über die Schulter zu: »'tschuldigung! Bin spät dran fürs Frühstück.« Und rannte weiter.

Alarmiert sah sie auf ihre Armbanduhr und stellte fest, dass ihr noch eine Viertelstunde bis zum Unterrichtsbeginn blieb. Er würde sich mit dem Frühstück beeilen müssen, aber sie hatte noch ein bisschen Zeit totzuschlagen.

Sie kehrte dem Gedränge vor dem Speisesaal den Rücken und lief an der Küche vorbei, wo das Küchenpersonal immer noch emsig an riesigen Herden arbeitete. Dahinter lag der große Saal, wie immer gespenstisch leer und verlassen. Vor der letzten Tür rechts machte sie halt.

Sie drückte die Türklinge hinunter, und die Tür öffnete sich mit einem leisen Schleifen.

Der Raum dahinter war still und schwach beleuchtet. In der Luft lag ein charakteristischer Geruch – rauchig und schwer zu beschreiben. Wie exotisches Räucherwerk. Sie holte tief Luft und wurde mit jedem Atemzug ruhiger. Ausgetretene Perserteppiche bedeckten den Boden und schluckten ihre Schritte. Wie immer hing über der Bibliothek zu dieser Zeit eine friedliche Stille. Selbst der hohe Tisch der Bibliothekarin, der weiter vorn den gesamten Raum überblickte, war nicht besetzt. Dennoch leuchteten die grünen Lampen auf den Tischen wie Juwelen. Dahinter erstreckten sich unzählige Reihen Bücherregale, deren dunkle Holzbretter so weit in die Höhe ragten, dass man die obersten nur mit einer fahrbaren Leiter erreichen konnte, die einladend danebenlehnte. Beleuchtet wurden die tausenden Bücher von runden Metallleuchten, die an Ketten von der Decke hingen.

Die Ruhe der Bibliothek empfing Gray wie eine warme Umarmung. Sie streifte zwischen den Regalen umher, strich mit den Fingern über die Buchrücken aus Leder und Stoff und blieb hier und da stehen, um ein zufälliges Exemplar herauszuziehen und durch die Seiten zu blättern.

Es gab keinen besseren Weg, der Welt zu entfliehen, als in die Bibliothek zu gehen.

Zu Hause in London war die Bibliothek ihrer Schule immer hell erleuchtet gewesen, und sie verfügte nur über ein paar niedrige Regale und viel zu viele Computer. Dagegen erschien ihr dieser Raum wie ein Relikt aus einer vergangenen Zeit. Eine Zeit lange vor den Computern, als Bücher noch die wichtigste Wissensquelle dargestellt hatten. An ihrem ersten Schultag hatte Allie ihr gesagt: »Hier in Cimmeria glauben wir noch daran, dass man aus Büchern eine Menge lernen kann.« Das war Gray nur recht. Ihr gefiel es, sich irgendwo allein mit einem Buch hinzusetzen und seine Geheimnisse zu entdecken.

In der Geschichtsabteilung erregte ein Buch namens *Die Geschichte der Suffragettenbewegunge* ihre Aufmerksamkeit. Es schien ungeheuer alt zu sein. Die Seiten zwischen ihren Fingern waren weich wie Pulver. Vorsichtig, als könnten sie unter ihrer Berührung zerfallen, blätterte sie darin. Doch sie waren offensichtlich robuster, als es den Anschein hatte. Auf dem Titelblatt prangte ein Stempel mit dem Datum »1889«.

Bereits die erste Zeile versetzte sie in Erstaunen:

»Die fortwährende Versklavung der Frau ist die dunkelste Seite in der Geschichte der Menschheit.«

Das genügte, um sie zu überzeugen. Wie gebannt stellte sie ihre Büchertasche ab, lehnte sich gegen das Regal und begann zu lesen. Sie war so sehr in das Kapitel vertieft, dass sie mit einem erschrockenen Quieken zusammenfuhr, als plötzlich eine Stimme ertönte.

»Du verpasst die erste Stunde.«

Das schwere Buch rutschte ihr aus den Händen und landete mit einem dumpfen Schlag auf dem Teppichboden.

Der große, schlaksige Junge, der beim Frühstück am Nebentisch gesessen hatte, bückte sich, um es aufzuheben. Sie kannte ihn aus dem Englischunterricht, konnte sich aber nicht mehr an seinen Namen erinnern. Irgendwas mit D. Devon oder Dexter vielleicht.

Mit hochgezogenen Brauen sah er auf den Titel.

»Elizabeth Stanton und Susan B. Anthony«, las er in einem flachen, nordamerikanischen Akzent vor und hielt ihr das Buch hin. »Liest du das etwa für Geschichte? Soweit ich weiß, nehmen wir gerade Napoleon durch.«

Sein amüsierter Tonfall verärgerte sie.

»Das ist nicht für die Schule.« Sie riss ihm das Buch aus den Händen und überprüfte, ob es beschädigt war. Zum Glück nicht. Dann schob sie es zurück in die Lücke neben ihrem Ellbogen. »Hat mich bloß interessiert.«

Er warf ihr einen skeptischen Blick von der Seite zu. »Ist auf jeden Fall ein krasses Buch, um es in einer Schülerbibliothek aufzubewahren. Überhaupt sind die meisten Bücher hier zu hoch für normale Schüler.«

Es war so schon ein langer Morgen gewesen, und aus irgendeinem Grund fand Gray seine Worte beleidigend. »Das gilt vielleicht für Amerika«, fauchte sie. »Aber hier lesen wir noch.« Dann schnappte sie sich ihre Büchertasche und ging davon.

Sofort bereute sie ihre heftige Reaktion, doch er schien es ihr nicht übel zu nehmen.

»Warte mal!«, rief er ihr nach und holte sie lachend ein. »Du kannst doch nicht einfach so was raushauen und dann abhauen, ohne einem armen Ami die Möglichkeit zu geben, sich zu verteidigen.«

Sie warf ihm einen kühlen Blick zu. »Schön. Also. Dann erzähl mal, wie viele Leute in deinem Land gerne historische Bücher lesen.«

»Ich werd dir nichts vormachen. Es stimmt, dass viele Amerikaner nicht gern lesen. Aber soweit ich weiß, ist das hier nicht anders, oder ist ganz Großbritannien neuerdings von Genies bevölkert?«

»Ich behaupte ja nicht, zu wissen, was alle mit ihrer Zeit anstellen«, erwiderte sie hochmütig. Inzwischen waren sie an der Tür angelangt. »Aber Leute mit Geschmack lesen.«

»Nun, das Buch, das dich gerade so fasziniert hat, wurde von zwei Amerikanerinnen geschrieben.« Er streckte den Arm aus und griff an ihr vorbei nach der Türklinke. »So viel dazu.«

Gray war um eine Antwort verlegen. Fakt war, sie hätte die Autorinnen googeln müssen, um zu wissen, ob er recht hatte. Aber er schien sich seiner Sache ziemlich sicher.

Sie traten hinaus auf den überfüllten Flur, und Gray musste die Stimme heben, damit er sie hören konnte. »Wie auch immer, das ist hundertfünfzig Jahre her. Was haben die seitdem schon groß geschrieben?«

Sein Grinsen wurde noch breiter. »Ach, weißt du. Im Laufe des vergangenen Jahrhunderts haben die Amerikaner schon das eine oder andere Buch geschrieben. Vielleicht stößt du ja mal auf eines.«

Er schien sich köstlich zu amüsieren.

Gray lief schneller, doch er kam mühelos mit ihr mit. Seine langen Beine machten einen Schritt, wofür sie zwei brauchte. Sie reihten sich in den Strom der Schüler ein, der sich in Richtung der Klassenzimmer bewegte.

»Wie schön, dass wir zusammenlaufen können«, bemerkte sie sarkastisch.

Er warf ihr einen beinahe bewundernden Blick zu. »Du nimmst kein Blatt vor den Mund, wie?«

»Ich mag's einfach nicht, wenn mich jemand von oben herab behandelt.«

»Und das würdest *du* ja niemals tun, nicht wahr?«

Röte stieg ihr in die Wangen.

Er war ein Meister darin, ihre eigenen Worte gegen sie zu verwenden.

Sie durchquerten das Atrium mit den beiden Statuen und betraten durch eine Doppeltür einen weiteren Flur, der auf beiden Seiten von Klassenräumen gesäumt war. Da warf er ihr einen wissenden Blick zu.

»Hey, du bist doch dieses berühmte Mädel, oder? Die Tochter von der Politikerin.«

»Ich bin kein *Mädel.*«

»Aber du bist es, oder?«

»Ich bin Gray Langtry, falls du das meinst. Ich bin für gar nichts berühmt, außer dass ich halb erstochen wurde. Wer bist du?« Es war ein Versuch, ihn in Verlegenheit zu bringen, doch er blinzelte noch nicht einmal.

»Ich bin Dylan James«, sagte er. »Ich bin niemand.«

Das bezweifelte Gray. Immerhin war er der einzige Amerikaner, den sie bisher an der Schule kennengelernt hatte. »Wenn du hier bist, kannst du gar kein Niemand sein.«

»Im Vergleich zu dir bin ich niemand.«

Sie hatte keine Ahnung, ob er sich über sie lustig machte oder nicht. Aber zum Glück hatten sie endlich die Tür zu ihrem Klassenzimmer erreicht. Fast alle Stühle waren schon belegt, nur hinten gab es noch zwei freie Plätze und einen einsamen in der ersten Reihe.

»Dylan! Hier!« Ein umwerfend gut aussehendes Mädchen mit dunklen, glänzenden Haaren und makelloser Haut deutete auf die freien Stühle neben ihr.

Sophie Montgomery war ganz ohne Zweifel die schönste Schülerin in Cimmeria. Groß und schlank und stets von einer Traube hübscher Freundinnen umgeben, schwebte sie durch die Flure wie eine Prinzessin in ihrem Schloss. Die anderen kreisten um sie herum wie Sterne um eine Sonne, eine Wolke aus wehendem Haar und blitzenden Zähnen, glücklich, einfach nur in ihrer Umlaufbahn zu schweben.

Dylan hob zur Antwort die Hand, und ein perfektes Lächeln erhellte Sophies Gesicht.

Natürlich gehörte der heiße amerikanische Austauschschüler zu ihren Anhängern. Typisch.

»Oh, gut. Danke auch für das tolle Gespräch«, sagte Gray und ging nach vorn zu dem einzigen freien Platz. Dort angekommen ließ sie ihre Büchertasche mit einem dumpfen Knall zu Boden gleiten.

Was lief heute eigentlich *verkehrt* bei denen? Erst hatten sie sie wochenlang ignoriert, und jetzt wollte anscheinend jeder sie in sein persönliches kleines Drama mit reinziehen.

Trotzdem, sie hatte überreagiert. Sie hätte ihn einfach ignorieren oder distanziert und höflich reagieren sollen. Stattdessen war ihr Temperament mit ihr durchgegangen. Jetzt würde er überall herumerzählen, dass die Tochter der Premierministerin eine eiskalte Zicke war und viel zu sehr von sich überzeugt.

Außerdem hatte sie sich krass antiamerikanisch aufgeführt und damit wahrscheinlich einen politischen Skandal ausgelöst.

Als die Lehrerin hereinkam und die Tür schloss, atmete sie erleichtert auf.

»Setzt euch, alle miteinander.« Eloise Derleth war klein und sportlich, mit glatten braunen Haaren und einer schicken Brille. Wie alle Lehrer an der Cimmeria Academy bestand sie darauf, beim Vornamen genannt zu werden. Gray hatte eine volle Woche gebraucht, um sich daran zu gewöhnen. Wenn sie ehrlich war, kam es ihr immer noch komisch vor. Am schlimmsten ging es ihr mit Allie. Wie konnte eine Schulleiterin sich denn bitte »Allie« nennen lassen?

»Ich nehme an, ihr alle habt gestern Abend unsere Lektüre für heute gelesen und brennt darauf, mit mir über Edna St. Vincent Millay zu reden.« Während sie sprach, schrieb sie den Namen in ihrer unverkennbar langen, leicht nach links geschwungenen Handschrift an die Tafel. »Hat's euch gefallen?«

Die Klasse schwieg, doch sie nahm es auf wie begeisterte Zustimmung. »Ja, mir auch. Ihr habt mehrere Gedichte gelesen, aber zunächst würde ich gern mit euch *Erste Feige* lesen. Ich brauche nur noch ein geeignetes Opfer …« Sie hielt inne. »Tut mir leid, natürlich kein Opfer. Einen *Freiwilligen*. Dieses Wort entfällt mir immer wieder. Also, ich brauche einen Freiwilligen. Wer möchte gern vortragen?«

Ein paar Hände schossen in die Höhe. Unterdessen saß Gray, in Gedanken immer noch bei ihrer Unterhaltung mit Dylan, über ihrem Buch und starrte auf die Worte, die bedeutungslos vor ihren Augen verschwammen.

Warum hatte sie sich so blöd benommen? Ihre innere Chloe war mit ihr durchgegangen. In Wahrheit war sie nicht so fies. Sie wusste ja gar nichts über ihn. Heute war er ziemlich arrogant rübergekommen, aber vielleicht hatte sie ihn nur falsch verstanden. Sie war sofort in die Luft gegangen. Die ganze Sache hatte einen unangenehmen Beigeschmack hinterlassen.

Erst nach einer Weile ging ihr auf, dass Eloise ihren Namen sagte.

»Gray? Gray Langtry? Bist du noch bei uns?«

Die Schüler hinter ihr kicherten, und sie hatte das ungute Gefühl, dass die Lehrerin schon mehrmals ihren Namen gesagt hatte.

Mit hochrotem Kopf setzte sie sich auf. »Ja?« Als sie anderen ihre zittrige Stimme hörten, wurde das Gelächter nur noch lauter.

Eloise bedachte sie mit einem vielsagenden Blick. »Oh, gut. Du bist also wach. Ich fürchte, heute ist dein Glückstag. Ich habe dich unter ...« Sie ließ den Blick durch den Raum schweifen und zählte lautlos. »... achtzehn Schülern ausgewählt, unsere Starleserin zu sein.« Als Gray sie verständnislos anstarrte, fügte sie hinzu: »Das Gedicht. *Erste Feige*. Eines der drei, die du gestern Abend als Hausaufgabe lesen solltest. Ein Gedicht, für das du zweifellos bis zwei Uhr nachts wach geblieben bist. Ich möchte dich bitten, es uns vorzutragen.«

Langsam stand Gray auf und hob ihren Gedichtband auf.

Der Tag wurde immer schlimmer. Sie hätte sich ganz nach hinten neben Dylan Arschloch James setzen sollen. Dann wäre sie davongekommen. Alles wäre besser gewesen als das hier. Lieber würde sie ins *Gefängnis* gehen, als vor der gesamten Klasse ein Gedicht vorzutragen.

Die Worte verschwammen auf der Seite, und sie brauchte einen Moment, um das richtige Gedicht zu finden. In der unangenehmen Stille erhob sich hinter ihr wieder Gekicher.

Gray nahm all ihren Mut zusammen. Wenigstens war das Gedicht kurz.

»Erste Feige«, las sie laut. Ihre Stimme bebte, und sie hielt inne, bis sie ruhig war. »Von Edna St. Vincent Millay ...«

Meine Kerze brennt an beiden Enden;
Sie dauert nicht die Nacht;
Aber ah, meine Feinde, und oh, meine Freunde—
Ein schönes Licht sie macht!

Als sie sich wieder auf ihren Stuhl fallen ließ, klatschte jemand hinter ihr höhnisch, doch ein strenger Blick von Eloise genügte, um ihn zum Schweigen zu bringen.

»Und was bedeutet das, Gray? Worüber spricht unsere Dichterin? Wer zündet beide Enden einer Kerze an?«

Tatsächlich hatte Gray am Abend zuvor ihre Hausaufgaben gemacht. Mehr als das. Das Gedicht hatte sie von Anfang an bewegt. »Es bedeutet, dass sie zu hart arbeitet. Sie gönnt sich keine Pause. Und das mit dem schönen Licht – das ist Ironie, oder? Es bedeutet, dass sie selbst langsam ausbrennt, aber das ist ihr egal. Es ist gleichzeitig was Schönes.«

»Eine Literaturkritikerin hätte es nicht besser ausdrücken können.« Eloise sah sie anerkennend an, und Grays Laune stieg um fünf Prozent. »Der einzige Weg, eine Kerze an beiden Enden abzubrennen, ist, sie gerade zu halten, wodurch die Flamme heller brennt und das Wachs schneller schmilzt. Die Kerze verschwindet also schneller, und es wird dunkel. Eine Metapher für jemanden, die überarbeitet, übermüdet und der vielleicht sogar schwindelig vor Erschöpfung ist – oder aus Liebe, weil sie nicht schläft vor Aufregung wegen einer neuen Beziehung. Das lyrische Ich weiß, dass es sich ausruhen muss. Doch es will nicht aufhören.« Sie hielt inne. »Also, was wissen wir über Edna St. Vincent Millay?«

Schweigen. »Sie war Dichterin?«, rief irgendein Witzbold. Eloise warf ihm nur einen vernichtenden Blick zu.

»Kommt schon, Leute.« Sie klatschte kurz in die Hände. »Aufwachen. Was wissen wir über diese Dichterin?«

»Sie war bisexuell«, sagte jemand.

Wieder erhob sich unterdrücktes Gekicher.

Eloise nickte. »Das war sie. Sogar offen bisexuell, und das zu einer Zeit, wo es unter Strafe stand. Sie hat sich geoutet, bevor es diesen Ausdruck überhaupt gab. Dazu gehört eine Menge Mut.« Sie wedelte mit der Hand. »Was noch?«

»Sie war Amerikanerin, oder nicht?«, kam es von hinten.

Gray erstarrte. Das war Dylans Stimme.

»Richtig. Und zwar mit einem einzigartigen Einfühlungsvermögen«, bestätigte Eloise.

Während die Lehrerin weitersprach, drehte Gray sich auf ihrem Stuhl um. In der letzten Reihe begegnete Dylan ihrem Blick mit einem Ausdruck vollendeter Unschuld.

Das war bestimmt nicht das Letzte, was sie von ihm hörte.

SECHS

Edna St. Vincent Millay schien Grays Tag wie durch Zauberhand in bessere Bahnen gelenkt zu haben. Nach dem Englischunterricht vergingen ihre restlichen Unterrichtsstunden ohne peinliche oder aufregende Zwischenfälle. Direkt nach ihrer letzten Stunde lief sie Minal Patel über den Weg, die ihr quer über den Flur zurief: »Hey Gray! Schön, dich zur Abwechslung mal mit Klamotten zu sehen!«

Alle drehten sich zu ihr um. Gray prustete los. Mit ihrer ausgelassenen Art erinnerte Minal sie herrlich an Chloe. Sie war außerordentlich beliebt und kannte wirklich jeden an der Schule. Während sie gemeinsam den Flur hinunterliefen, hielten mindestens ein Dutzend Leute an, um ihr Hallo zu sagen, sie etwas zu fragen oder ihr etwas zu erzählen. Und jedes Mal sagte Minal: »Hey, kennst du eigentlich Gray?« Oder einfach ganz beiläufig: »Das ist übrigens Gray.« Als sie schließlich am Ende des Flures angelangt waren, hatte Gray das Gefühl, die halbe Schule kennengelernt zu haben.

»Wollen wir zusammen lernen?«, schlug Gray vor. »Wir könnten in die Bibliothek gehen.«

Minal zog eine Grimasse. »Ich hab gleich Naturwissenschafts-AG. Sorry, in der Hinsicht bin ich echt mega der Nerd. Zieht sich durch meine ganze Familie. Aber versprich mir, dass du dich heute beim Abendessen zu uns an den Tisch setzt. Das wäre so cool.«

Ohne zu zögern, antwortete Gray: »Ja, gerne.«

»Yay!« Strahlend wippte Minal auf den Fußballen auf und ab. »Einige hier würden dafür sterben, dich kennenzulernen. Ich stell dich *allen* vor.« Sie warf einen Blick auf ihr Handy. »Ich muss los. Die Labore sind ganz oben am anderen Ende des Flügels. Um sieben im Speisesaal?«

»Deal«, sagte Gray.

Minal jauchzte und schoss schnell wie ein Windhund davon. Das dunkle Haar flatterte wie eine Fahne hinter ihr her. Gray lächelte. Kein Wunder, dass ihr die ganze Schule aus der Hand fraß.

Auf dem Weg zurück zum Hauptgebäude waren ihre Schritte leicht und beschwingt. Im Atrium kam sie an zwei von Minals Freundinnen vorbei und zu ihrer Überraschung winkten beide ihr zu.

»Hi, Gray«, sagte eine von ihnen, und Gray hätte ihr um den Hals fallen können.

Zu ihrem eigenen Erstaunen bekam sie plötzlich Lust, den restlichen Nachmittag im Gemeinschaftsraum zu verbringen, den sie bisher vollständig gemieden hatte. Auf einmal hatte sie das Gefühl, sie könnte alles schaffen.

Der Gemeinschaftsraum war laut und überfüllt. Zwei Schüler hämmerten einen Popsong in die Tasten des Klaviers und wurden johlend von den Umstehenden begleitet. Wiederum andere spielten Brettspiele oder saßen vor ihren Laptops.

Sie war kurz davor hineinzugehen, entdeckte jedoch in letzter Sekunde Dylan James, der allein ganz hinten saß und in ein Buch vertieft war. Da sie sich immer noch für ihre Überreaktion schämte, machte Gray auf dem Absatz kehrt. Sie war noch nicht bereit, ihm wieder unter die Augen zu treten.

Eins nach dem anderen. Vielleicht würde sie den Gemeinschaftsraum morgen in Angriff nehmen.

Allein in der Ruhe der Bibliothek erledigte sie ihre Hausaufgaben. Erst als sie den Stoff für den morgigen Tag vorbereitet hatte, fiel ihr das Buch über die Suffragetten wieder ein. Eilig lief sie zur Geschichtsabteilung. Da sie nach Jahren sortiert war, fand sie das Regal mit den Büchern aus dem späten 19. Jahrhundert mit Leichtigkeit. Doch das Buch war weg.

Stirnrunzelnd betrachtete Gray die Lücke. Seltsam, dass jemand ausgerechnet am selben Tag, an dem sie es entdeckt hatte, das Buch auslieh.

Kurz entschlossen ging sie zu dem hohen Tisch am Eingang der Bibliothek.

Die Bibliothekarin Erin Walsh, die gerade durch einen Stapel Buchkarten blätterte, sah auf. »Ausleihe?«

»Das Buch, das ich ausleihen wollte, ist nicht da, und da habe ich mich gefragt, ob es in ein anderes Regal eingeordnet wurde«, erklärte Gray.

»Das kann ich nachsehen.« Erin war noch ziemlich jung. Wahrscheinlich in den Zwanzigern. Sie hatte einen angenehm schweren, nordirischen Akzent, der hervorragend zu ihrem elfenhaften Aussehen passte. Das glatte, dunkle Haar war kurz geschnitten, reichte bis zu den Ohren und ihre hellbraunen Augen musterten Gray interessiert. »Dafür müsstest du mir den Titel verraten.«

Als Gray ihr das Buch nannte, hob sie erstaunt die Augenbrauen. »Ich bin mir sicher, dass ich es heute jemandem ausgeliehen habe. Warte kurz.« Gekonnt wirbelte sie mit ihrem Stuhl herum und landete direkt vor einer Reihe kleiner Schubladen. Nachdem sie durch ein paar Karten geblättert hatte, rollte sie in einem Schwung wieder zu Gray und hielt triumphierend eine Karte in die Höhe.

»Jep. Wusst ich's doch. Ein Mr Dylan James hat es heute ausgeliehen. Soll ich es dir vormerken?«

Dylan Arschloch James. *Schon wieder.*

Verärgert fragte Gray sich, ob er es wohl aus Rache getan hatte. Schließlich hatte er gemerkt, dass sie sich für das Buch interessierte. Hatte er geahnt, dass sie es sich ausleihen wollte?

Erin wartete immer noch auf ihre Antwort.

»Klar«, sagte sie. »Ich würde es gern vormerken.«

»Miss Langtry … würde gern die Suffragetten lesen«, murmelte die Bibliothekarin in sich hinein, während sie ihren Namen auf die Karte schrieb. Dann legte sie sie auf ihren Stapel und sagte: »Ich könnte schwören, das Buch ist in den fünf Jahren, in denen ich nun schon hier arbeite, nicht ein Mal ausgeliehen worden. Diese plötzliche Beliebtheit erfüllt mein erschöpftes Herz mit Freude.«

Gray zwang sich zu einem Lächeln und bedankte sich. Doch als sie die Treppe hoch zum Mädchenflügel eilte, um sich fürs Abendessen fertig zu machen, waren ihre Gedanken immer noch bei Dylan.

Was war das mit ihm? Er schien sie auf eine merkwürdige Art zu kennen. Auf jeden Fall wusste er, wie er sie auf die Palme brachte. Und doch hatte er etwas an sich, was sie insgeheim mochte.

Aber jetzt war nicht die Zeit für Grübeleien. In zehn Minuten sollte sie Minal schon zum Abendessen treffen. Eine von Cimmerias unumstößlichen Regeln war, dass jeder Schüler um Punkt sieben im Speisesaal zu sein hatte oder gar nichts bekam.

Sie verscheuchte Dylan aus ihren Gedanken und polterte die Treppe immer zwei Stufen auf einmal hoch in ihr Zimmer. Nachdem sie ihre Bücher aufs Bett geschmissen hatte, bürstete sie hastig ihre widerspenstigen Haare, die nach dem langen Tag wie eine Wolke um ihren Kopf standen. Die Augen, die sie aus dem Spiegel ansahen – beinahe in dem gleichen dunklen Blauton wie ihr Blazer –, sahen heller aus als noch vor einer Weile, und ihre Wangen hatten Farbe bekommen.

Sie hatte an einem Tag mit mehr Menschen gesprochen als in den gesamten zwei Wochen davor. Zum ersten Mal, seit sie hier war, kam ihr die Schule nicht mehr kalt und leer vor.

Während sie nach unten raste, vibrierte ihr Handy. Noch auf den Stufen der großen Treppe las sie Chloes Nachricht.

ICH HAB TYLER GESAGT, WIR KÖNNEN HEUTE EINEN FILM GUCKEN. WENN'S BLÖD LÄUFT, IST DAS ALLES DEINE SCHULD! WIE WAR DAS INTERNATSLEBEN HEUTE? IMMER NOCH SO ÄTZEND?

Gray hielt kurz an, um eine schnelle Antwort zu tippen.

NICHT MEHR GANZ SO SCHRECKLICH. HAB VIELLEICHT 'NE FREUNDIN GEFUNDEN.

Chloes Antwort kam binnen Sekunden.

HURRA! ABER WENN DEINE NEUE FREUNDIN MICH AUSSTECHEN WILL, KRATZ ICH IHR DIE AUGEN AUS.

Gray schrieb zurück:

KEINER KANN DICH ERSETZEN. BESTE FREUNDIN FOREVER <3

Bevor sie das Handy wieder einsteckte, sah sie, dass sie in der Bibliothek einen weiteren Anruf von Jake verpasst hatte.

Seit sie auf die Cimmeria ging, hatten sie kaum miteinander gesprochen. Er hatte sich wieder in seinem vorigen Leben in Leeds eingerichtet, seine alten Freunde getroffen und lebte bei seiner Mutter und ihrer Frau.

Auf einmal sehnte sie sich nach seiner Stimme. Nach seiner unaufgeregten, nordischen Art. Wie er Politik besser verstand als die meisten Erwachsenen. Und vor allem nach seinem kühlen, kritischen Blick.

Doch daran wollte sie jetzt nicht denken. Heute war ein schöner

Tag gewesen. Sie würde nicht zulassen, dass die Einsamkeit sie wieder überkam und alles kaputtmachte.

Als sie Julia unten an der Treppe warten sah, schenkte sie ihr ein überraschtes Lächeln. »Hey.«

»Selber hey.« Ihr Bodyguard fiel neben ihr in ihren schwungvollen Gang ein und zog eine Augenbraue hoch. »Warum auf einmal so fröhlich? Hast du was ausgefressen?«

Gray zuckte die Schultern. »Ich habe einfach nur gute Laune. Ist das etwa verboten?«

»Überhaupt nicht.« Julia hielt den Blick unverwandt auf den Flur vor ihnen gerichtet.

Gray sah sie neugierig an. In den letzten Wochen hatte sich eine Routine zwischen ihnen eingependelt. Gray meldete sich gleich nach dem Aufstehen am Morgen und dann wieder nach Unterrichtsende. Abends bevor sie schlafen ging, kontrollierte Julia ihr Zimmer. Mehr hatte sie bisher nicht zu tun. Ihr Bodyguard hatte sich oft beschwert, dass sie sich zu Tode langweilte.

Aber irgendwas hatte sich verändert. Immerhin war das heute nun schon das zweite Mal, dass sie mitten am Tag aufkreuzte, um nach ihr zu sehen.

»Ist … alles okay?«, fragte Gray.

Julia antwortete erst nach einer kurzen, aber deutlich wahrnehmbaren Pause. »Alles gut. Ich dachte nur, ich seh mal nach dir. Du hattest einen vollen Tag.«

Es klang unbekümmert, doch Gray fiel auf, dass sie ihre Schultern anspannte und ihr nicht von der Seite wich.

Doch bevor sie weiter nachfragen konnte, hatten sie den Speisesaal erreicht. An der Tür sagte Julia: »Viel Spaß und bis gleich nach dem Abendessen.« Und schon lief sie wieder den Flur hinunter und murmelte dabei etwas Unverständliches in das kleine Mikrofon an ihrem Handgelenk.

Stirnrunzelnd sah Gray ihr nach. Ganz klar, Julia machte sich Sorgen.

»'tschuldigung.« Ein Junge drängte sich an ihr vorbei. Mit flatternder, blau-weißer Krawatte stürzte er in letzter Minute in den Speisesaal.

Mist. Es war schon sieben Uhr. Gleich würden sie die Tür zumachen. Doch als sie sich suchend umsah, konnte sie Minal nicht entdecken.

Tagsüber war der große Speisesaal ein heller, lauter Ort, doch abends war er wie verwandelt. Makellos weiße Tischtücher bedeckten die runden Tische, und an jedem Platz schimmerten Kristallgläser, schweres Silberbesteck und mit dem Schulwappen geprägte Teller aus chinesischem Porzellan. Der Schein Hunderter Kerzen spiegelte sich in jeder Oberfläche, und im offenen Kamin prasselte ein Feuer. Bei diesem förmlichen Anlass drosselte sich das übliche Lärmen der Schüler zu einem gedämpften Gemurmel – alle redeten ein bisschen leiser und saßen ein bisschen aufrechter.

Gray war beinahe die Letzte. Ein paar Nachzügler huschten an ihr vorbei, doch sie drückte sich noch unschlüssig in der Tür herum, unsicher, was sie tun sollte. Da kam ihr Geschichtslehrer August Zelazny mit energischen Schritten auf sie zu, die Augen zu zornigen Schlitzen verengt.

»Was ist los, kommst du nun rein, oder stehst du da draußen Wache?«, bellte er.

Mit einem letzten, verzweifelten Blick in den Saal stammelte Gray: »I...ich warte auf jemanden.«

Demonstrativ warf er einen Blick auf seine Armbanduhr. »Ich nehme an, du bist dir im Klaren darüber, dass die Schüler pünktlich zum Abendessen zu erscheinen haben. Pünktlich bedeutet sieben Uhr. Und es bedeutet auch, dass du eigentlich in diesem Moment auf deinem Stuhl sitzen solltest.«

»Ja«, erwiderte sie eine Spur gereizt. »Weiß ich.«

Er fixierte sie mit einem stechenden Blick. »Es ist sieben Uhr. Sitzt du auf deinem Stuhl?«

Um sie herum wurde es ruhiger im Saal, als diejenigen, die in der Nähe Tür saßen, ein Drama witterten und die Ohren spitzten. Gray spürte, wie der schöne Tag langsam, aber unaufhaltsam versickerte und durch die bittere Kälte ersetzt wurde, die sie gewohnt war.

»Nein … Sir«, sagte sie.

»Na also, dann setz dich.« Zelazny wurde langsam ernstlich wütend.

Aber jetzt wollte Gray kein Abendessen mehr. Sie wollte zurück auf ihr Zimmer. Sie wollte die Zeit zurückdrehen und diese Szene noch einmal von vorne durchspielen.

Da rief eine Stimme quer durch den Saal.

»Gray! Hier drüben!«

Sie sah auf und entdeckte Minal, die wild am hintersten Ende des Saals winkte. Erleichtert schlängelte sie sich zwischen den Tischen hindurch. Minal deutete auf den freien Platz neben sich.

»Du hast mir gerade das Leben gerettet«, sagte Gray und ließ sich auf den Stuhl gleiten. »Zelazny war kurz davor, mich einzubuchten. Ich glaube, ich schulde dir meinen Erstgeborenen.«

»Iih.« Minal krauste die Nase. »Ich will keine Kinder, einschließlich meiner eigenen. Ich will Karriere machen, ein schickes Auto haben und ein Haus ohne Plastik drin. Gib mir einfach Cash für meine Heldentat.«

»Ich hätte schon gern Kinder.« Das war Maya, mit der Gray gefrühstückt hatte. Sie saß Minal gegenüber, die blonden Locken zu einem dicken Knoten gezähmt. »Aber Kätzchen sind mir lieber.«

»Babys sehen komisch aus.«

Grays Blick folgte der Stimme quer über den Tisch, und sie unterdrückte ein überraschtes Keuchen, als ihr Blick auf Sophie Montgomery fiel, die neben der hochgewachsenen Polin saß. Ihr glänzendes schokobraunes Haar steckte hinter einem perfekten, blassen Ohr. »Babys sehen ein bisschen aus wie Aliens, ganz egal wer die Eltern sind. Selbst Promis haben Alienbabys. So eins will ich nicht.«

»Okay, also von euch wird keine meine Kinder babysitten.« Ein zarter Junge mit einem glatten braunen Haarschopf und weicher, dunkler Haut verkündete: »Babys sind doch wunderschön.«

»Du hast ja noch nicht mal eine Gebärmutter«, stellte Minal hochmütig klar. »Also hast du auch kein Mitspracherecht.«

»Vorurteile, wohin man auch blickt.« Er schüttelte den Kopf.

»Ich hätte wirklich gern eine Katze«, sagte Maya mehr zu sich selbst.

Gray lachte und versuchte, Sophia nicht anzustarren, die zwischen ihnen funkelte wie ein perfekter Juwel.

Minal hob beide Hände. »Kurze Info an alle, das hier ist Gray. Gray, unsere Katzenfrau Maya kennst du schon, oder?« Maya neigte den Kopf. »Die hier, die findet, das Babys aussehen wie Aliens, ist Sophie.« Sie machte eine Handbewegung zu der schönen Brünetten. »Und Kyle Sindal findet uns alle schrecklich.«

»Schön, dich ...«, begann der Junge, wurde jedoch von Sophie übertönt, die Gray immer noch mit unverhohlenem Interesse musterte.

»Endlich ein Promi unter uns.« Sie lehnte sich vor und stützte ihr perfektes Kinn auf eine schmale Hand. »Wir hatten schon viele Kinder von Politikern, aber noch nie von einer Premierministerin. Was dir passiert ist, muss echt der Horror gewesen sein. Haben sie dich deshalb hergeschickt? Weil es hier sicherer ist?«

In ihrer Stimme schwang alter Geldadel mit, und Gray hatte das Gefühl, unter ihrem Blick zu erstrahlen wie ein Tiger im Fadenkreuz eines Millionärs auf Safari.

Ihr Kopf war auf einmal völlig leer. »Ich ... äh ...«

Bevor sie weiter über eine Antwort nachdenken konnte, sagte

eine bekannte Stimme mit amerikanischem Akzent hinter ihr: »Oh, gut. Du hast mir einen Platz frei gehalten.« Dylan James glitt auf den Stuhl neben Sophie und sah in die Runde. »Was hab ich verpasst?«

Grays Stimmung sank. Warum tauchte er plötzlich überall da auf, wo sie auch war?

»Alle Achtung. Da bist du ja gerade noch mal davongekommen.« Kyle warf einen Blick zur Tür, die inzwischen fest verschlossen war.

»Oh, bitte.« Sophie legte eine Hand besitzergreifend auf Dylans Schulter und verzog die Lippen zu einem Lächeln. »Dylan stellt seine eigenen Regeln auf. Er würde sogar mit Mord davonkommen. Selbst Zelazny liebt ihn.«

Mit einem liebenswürdigen Schulterzucken legte Dylan ein Buch auf dem Tisch neben seinem Ellbogen ab. Gray musste nicht hinsehen, um zu wissen, wie der Titel lautete.

»Ich hab im Gemeinschaftsraum gelesen und völlig die Zeit vergessen.« Er tippte auf den ledernen Band. »Ein historisches Buch, deshalb hat Zelazny es durchgehen lassen.«

»Wenn es von Napoleon handelt, kriegst du eine Auszeichnung«, sagte Minal trocken. »Der Mann ist echt besessen.«

»Er hat mich einmal mit einem Buch über Napoleon gesehen und mich für zehn Minuten vollgequatscht.« Maya erschauderte. »In meinem Land ist Napoleon absolut *kein* Held.«

»Hier auch nicht«, betonte Minal.

»Aber in Frankreich ist er der Größte, hab ich gehört.« Kyle nahm einen Kristallkrug mit Wasser von einem Silbertablett und goss sich etwas ein, bevor er ihn weiter herumreichte. »Dort lieben ihn alle.«

Während sie weiter plauderten, schoss Gray Dylan einen verstohlenen Seitenblick zu. Mit einem trockenen Lächeln lauschte er der Unterhaltung der anderen. Sophie hatte immer noch die Hand auf seiner Schulter. Gray musste zähneknirschend zugeben, dass sie ein schönes Paar abgaben.

»Mir ist heute aufgefallen, dass der Winterball nur noch zwei Wochen hin ist«, sagte Sophie an alle gewandt. »Und ich bin noch nicht einmal ansatzweise vorbereitet.«

Beim Thema Winterball sah Dylan zur Seite, doch die Gesichter der anderen hellten sich auf.

Gray, die versucht hatte, den alljährlichen Ball zu verdrängen, seit sie hier zur Schule ging, zuckte innerlich zusammen. Sie hatte ganz bestimmt nicht vor, hinzugehen und dort allein herumzustehen.

»Wird bestimmt super dieses Jahr. Ich hab gehört, die Gästeliste ist *endlos*«, sagte Minal mit leuchtenden Augen. »Meine Schwester und ihre Freundin kommen, und ich glaube, sie haben auch ein paar Promis eingeladen.«

»Und wieder steh ich ohne Date da«, seufzte Kyle. »Immer die Brautjungfer, nie die Braut.«

»Du magst doch Ben, der mit dir Geschichte hat«, erinnerte Minal ihn. »Der ist echt süß. Frag ihn doch.«

»Vielleicht.« Er klang nicht sehr überzeugt.

»Tu es«, beharrte sie. »Ihr wärt das schönste Paar weit und breit.«

»Ich weiß ja noch nicht einmal, ob er für mein *Team* spielt«, wandte er ein. »Für mich ist das nicht so leicht wie für euch.«

Das war sanft, aber deutlich. Minal verstand den Wink sofort und legte ihm entschuldigend eine Hand auf den Arm. »Tut mir leid. Ich halt jetzt den Mund.«

Dylan wechselte unvermittelt das Thema, indem er Gray ansprach. »Und, musstest du schon bei Zelazny nachsitzen?«

»Noch nicht.« Sie zog eine Braue hoch. »Ist das so eine Sache von ihm?«

Die anderen verzogen schmerzhaft die Gesichter. »Er pocht echt heftig auf die Schulordnung«, erklärte Kyle. »Ein falscher Schritt, und …« Er zog einen Finger über seine Kehle.

Minal übergab Gray den schweren, glitzernden Krug mit Wasser.

»Welche Schulordnung denn eigentlich?«, fragte sie, während sie sich ein Glas einschenkte.

Die anderen keuchten.

»Oh, komm schon.« Kyle starrte sie entgeistert an. »Sag nicht, du hast *die Schulordnung* nicht gelesen. Die war in deinem Infostapel und ist so was wie die Bibel von Cimmeria. Oder zumindest die Magna Carta. Die musst du auswendig lernen, wenn dir dein Leben lieb ist.«

Maya nickte ernst. »Da sind sie hier echt streng.«

Gray erinnerte sich dunkel an den Papierstapel, den ihre Mutter ihr in der Woche übergeben hatte, als sie hergekommen war. Damals war so viel los gewesen, dass sie kaum einen Blick darauf geworfen, sondern ihn einfach in ihren Koffer gelegt hatte.

»Ich wusste nicht, dass die so wichtig ist.«

»Sie hat die Schulordnung nicht gelesen.« Kyle sah ungläubig in die Runde. »Sie hat sie … einfach nicht gelesen.«

»Das solltest du besser nachholen«, riet Minal ihr.

Dylan und Sophie beobachteten den Wortwechsel amüsiert.

»Du kannst doch einfach deinen Bodyguard fragen, was in der Schulordnung steht«, schlug Dylan vor. »Sie ist doch auch hier zur Schule gegangen.«

»Sie war hier?«, fragte Minal überrascht. »In welchem Jahr?«

»Keine Ahnung.« Gray sah Dylan misstrauisch an. Da Julia sie darum gebeten hatte, es für sich zu behalten, hatte Gray niemandem erzählt, dass Julia auch einst Schülerin an der Cimmeria Academy gewesen war. »Woher weißt du das?«

Statt einer Antwort hielt er ihrem Blick stand. Ein verschmitztes Lächeln umspielte seine Lippen.

In dem Moment schwangen die Doppeltüren am anderen Ende des Saals auf, und schwarz gekleidete Kellner trugen Tabletts voller Essen herein.

»Gott sei Dank.« Kyle lehnte sich erleichtert in seinen Stuhl zurück. »Ich dachte schon, heute lassen sie uns verhungern.«

»Es gibt gebratenes Hähnchen«, stellte Maya genießerisch fest.

Der köstliche Duft des Abendessens genügte, um Julia auf einen Schlag aus ihren Köpfen zu vertreiben.

Sophie beugte sich zu Dylan hinüber und flüsterte ihm etwas ins Ohr. Er lächelte und antwortete ebenso leise.

Die beiden sahen aus wie das perfekte Paar – Dylan groß und schlaksig mit warmer brauner Haut und hohen Wangenknochen. Und Sophie groß und elegant mit langen, dunklen Haaren. Sie passten eher in ein Promimagazin als in ein Internat.

Platten beladen mit knusprigen Hähnchen, dampfenden Bergen grünen Brokkolis und leuchtend orangenen Karotten wurden auf ihren Tisch gestellt, und Minal riss einen Witz. Gray, in Gedanken immer noch bei der Frage, die Dylan nicht beantwortet hatte, lächelte halbherzig.

Irgendwie würde sie schon noch herausfinden, warum zur Hölle Dylan James Dinge wusste, die niemanden etwas angingen.

SIEBEN

Nach dem Abendessen gingen sie lachend und wild durcheinanderredend in den Gemeinschaftsraum. Die anderen konnten immer noch nicht glauben, dass Gray die Schulordnung nicht gelesen hatte, und zogen Gray mit echten und falschen Regeln auf. (»Um elf Uhr musst du spätestens in deinem Zimmer sein.« – »Vor dem Schlafengehen musst du deine Haare hundert Mal bürsten.« – »Mittwochs musst du einen lila Schal tragen.«) Als sie schließlich zu der Gruppe stießen, die sich um das Klavier versammelt hatte, lachte sie Tränen.

Sie suchten weiter vorn nach freien Sitzplätzen, doch der Gemeinschaftsraum war hoffnungslos überfüllt.

»Keine Chance.« Sophie rümpfte die Nase, als wäre Stehen eine unerträgliche Zumutung. »Lasst uns woanders hingehen.«

»In die Bibliothek?«, schlug Gray vor.

Die anderen lehnten ihren Vorschlag ab. »Wir wollen doch nicht *lernen*«, sagte Kyle zu ihr.

Einen Augenblick lang schwiegen alle und überlegten. Dann blickte Sophie Minal auffordernd an. »Wir könnten zur Kapelle.«

»Oh ja.« Minal hüpfte begeistert auf und ab.

»Klingt gut«, stimmte Kyle zu. »Hat irgendjemand Alk?«

»Ich hab noch eine Flasche, die kann ich mitbringen«, sagte Sophie.

»Ich hab noch ein bisschen Gras.« Kyle klopfte auf die Brusttasche seines Blazers.

»Alles klar, die Party steht«, entschied Sophie. »Holt eure Mäntel, und wir treffen uns in fünf Minuten am Waldrand.«

Dylan, der genau wie Gray nichts dazu gesagt hatte, folgte ihnen zurück in den Flur. Auch als sie die Treppe hoch zu den Schlafsälen liefen und die Jungen und Mädchen sich trennten, schwieg er. Aber Gray hatte den Eindruck, dass er den Plan missbilligte.

Und sie musste zugeben, dass sie selbst von der Idee auch nicht überzeugt war. Julia wäre ganz bestimmt nicht begeistert. Aber hier war sie in Sicherheit. Das ganze Schulgelände war von einem hohen Zaun umgeben, und das Tor konnte nur vom Büro der Schulleiterin aus geöffnet werden. Warum sollte sie nicht mit den anderen gehen? Was sollte schon passieren?

In ihrem Zimmer schnappte sie sich ihren Mantel und hielt kurz vor dem Spiegel inne, um ihre Haare glatt zu streichen und neuen Lipgloss aufzutragen.

Innerlich zitterte sie aus Vorfreude und auch Nervosität. Endlich *unternahm* sie mal etwas.

Sie musste nicht erst die Schulordnung lesen, um zu wissen, dass es wahrscheinlich gegen ein halbes Dutzend Regeln, wenn nicht gar Gesetze verstieß, spätabends in eine Kapelle tief im Wald zu gehen, um dort zu kiffen und Alkohol zu trinken. Wenn man sie erwischte, würde ihre Mutter ausrasten.

Aber ich werde nicht erwischt, sagte sie sich. *Keiner wird je davon erfahren.*

Die anderen taten das offensichtlich ständig. Wenn die Wahrscheinlichkeit groß war, dass sie Ärger dafür bekamen, wären sie bestimmt nicht so unbekümmert.

Eine Sache stand jedoch fest – sie durfte Julia nichts davon erzählen. Ihr Bodyguard würde es ihr entweder verbieten oder darauf bestehen, mitzukommen, und damit wäre alles ruiniert.

Nein. Sie würde sich den anderen anschließen und Spaß haben. Und danach wieder auf ihr Zimmer schleichen, ohne dass Julia je davon erfuhr.

Entschlossen knipste sie das Licht aus, zog die Tür hinter sich zu und eilte die Treppe hinunter. Im Laufen warf sie sich ihren Mantel über.

Die Eingangshalle mit den ausgetretenen Steinfliesen und den hohen Kerzenhaltern war leer. Alle Schüler hielten sich zu dieser Zeit im Gemeinschaftsraum oder in der Bibliothek auf, die Angestellten räumten das Abendessen weg oder putzten die Küche, und die Lehrer hatten sich auf ihre Zimmer zurückgezogen. Es war also niemand da, der hätte beobachten können, wie sie vorsichtig die Klinke der großen Eingangstür hinunterdrückte. Niemand, der hätte protestieren können, als sie aufschwang.

Eisiger Dezemberwind schlug ihr entgegen. Sie fröstelte. Die Winterluft war frisch und klar und roch nach Tannennadeln und kalter Erde.

Draußen war es stockdunkel. Bis auf ein paar Laternen an den Ecken des Schulgebäudes war das Gelände nicht beleuchtet. Hinter der kiesbedeckten Auffahrt erstreckte sich eine weitläufige Rasenfläche, die in Dunkelheit überging. Dahinter erhob sich finster und verschwommen der Wald.

Gray erschauderte. Sie hasste die Dunkelheit. Bei dem Gedanken, allein durch den Wald zu laufen, drehte sich ihr der Magen um. Aber sie konnte das Treffen schließlich nicht wegen ihrer kindischen Angst abblasen.

Trotzdem musste sie erst die Sache mit Julia regeln.

Sie zog ihr Handy aus der Tasche, scrollte durch ihre Kontakte und drückte auf die Anruftaste.

Ihr Bodyguard hob nach dem ersten Klingelton ab: »Was ist los, Firefly?«

Als sie ihre fröhliche Stimme hörte, fühlte Gray sich schuldig. Aber entschieden war entschieden.

»Ich wollte mich nur kurz melden.«

»Wie war das Abendessen?«

»Gut.« Gray zwang sich zu einem leichten Plauderton. »Ich geh jetzt in die Bibliothek, um noch ein bisschen an meinem Geschichtsaufsatz zu arbeiten, und dann direkt ins Bett. Du musst nicht extra auf mich warten.«

Sie hatte scheinbar Talent, denn Julia sagte: »Tja, wenn du sicher in der Bibliothek bist, umso besser. Dann geh ich runter in die Sporthalle und kann noch ein Workout einschieben. Aber ruf mich an, bevor du ins Bett gehst. Dann bring ich dich auf dein Zimmer.«

Die Gutgläubigkeit, mit der sie Grays Lüge akzeptierte, machte alles nur noch schlimmer.

»Cool. Viel Spaß beim Training.« Gray gab sich alle Mühe, ihren leichten Tonfall beizubehalten, doch als sie ihr Handy wieder einsteckte, sanken ihre Schultern nach vorn. Nach allem, was sie gemeinsam durchgemacht hatten, verdiente Julia es nicht, von ihr belogen zu werden. Aber es war ja nur dieses eine Mal. Was war so schlimm daran, ein bisschen Spaß zu haben?

»Sicher, dass du das tun willst?« Die missbilligenden Worte ertönten irgendwo aus der Dunkelheit hinter ihrer rechten Schulter, als wäre die Stimme der Vernunft plötzlich für alle Welt hörbar.

Gray wirbelte herum.

Das Gesicht halb unter der Kapuze verborgen lehnte Dylan James an der Mauer und beobachtete sie. Er musste dort schon die ganze Zeit gestanden und ihr Telefonat mit Julia belauscht haben. Er hatte gehört, wie sie log.

Hitze stieg ihr ins Gesicht. »Was zu Hölle«, fuhr sie ihn an. »Schleichst du mir nach, oder was? Warum tauchst du plötzlich überall auf?«

Selbst im schwachen Licht der vereinzelten Laternen sah sie, wie sich seine Lippen kräuselten. »Oh bitte, krieg dich wieder ein. *So* berühmt bist du auch wieder nicht. Das ist eine kleine Schule. Wir sind im selben Jahrgang. Klar laufen wir uns über den Weg. Ich wollte grad zur Kapelle, genau wie du.«

Es gelang ihm, gleichzeitig vernichtend und gleichgültig zu klingen.

»Und falls du es noch nicht weißt,«, fuhr er fort. »Sich ohne Erlaubnis in die Kapelle zu schleichen und sich dort zu besaufen, wird hier nicht gern gesehen.«

»Weiß ich«, fauchte sie gekränkt. »Ich hab ja auch nicht vor, mich zu besaufen. Ich will nur dabei sein.«

»Und du hältst es für eine gute Idee, deinen Bodyguard zu belügen?« Er zog die Augenbrauen hoch. »Gab's da nicht vor ein paar Monaten so ein kleines Problem? Einen kleinen Anschlag?«

Wütend funkelte sie ihn an. »Das geht dich nichts an.«

Einen Moment lang sah er sie mit einem rätselhaften Ausdruck an. Dann sagte er mit einem Schulterzucken: »Tja, ich geh jedenfalls auch in die Richtung. Wir können genauso gut zusammen gehen.«

»Ach so, ich darf nicht gegen die Schulordnung verstoßen, aber für dich geht das klar. Total logisch.« Die Worte waren heraus, bevor sie darüber nachgedacht hatte. Er hatte einen wunden Punkt getroffen. Sie schämte sich für ihr Verhalten. Doch er hatte sich bereits umgedreht, und seine Antwort wurde vom kalten Wind davongetragen. »Soweit ich weiß, bin ich nicht die Tochter der Premierministerin.«

Verunsichert lauschte Gray seinen Schritten, die sich knirschend über den Kies entfernten. Sie hatte keine Lust, mit ihm zu gehen, doch wenn sie es nicht tat, würde sie ganz allein durch den Wald laufen müssen.

Mit einem unterdrückten Fluch folgte sie ihm.

Sie liefen über die Auffahrt und erreichten nach kurzer Zeit den fein säuberlich gestutzten Rasen, der noch aufgeweicht vom Regen am Nachmittag war.

Da sie zum ersten Mal mit ihm allein war, nutzte Gray die Gelegenheit und fragte anklagend: »Woher wusstest du, dass Julia hier zur Schule gegangen ist? Ich hab niemandem davon erzählt.«

Da er vor ihr lief, konnte sie sein Gesicht nicht sehen. Nach einer kurzen Pause antwortete er: »Hab ich wohl irgendwo aufgeschnappt.«

»Von wem?« Das Misstrauen in Grays Stimme war unüberhörbar.

»Ich hab gehört, wie sie mit Carter West geredet hat«, sagte er. »Es war offensichtlich, dass sie sich von früher kannten, als sie hier zusammen zur Schule gegangen sind.«

»Wirklich?« Gray konnte ihre Überraschung nicht verbergen. Julia hatte ihr zwar erzählt, dass sie hier Schülerin gewesen war und mit siebzehn die Schule gewechselt hatte, doch dass sie Carter oder irgendjemand anderen hier kannte, hatte sie nie erwähnt.

»Ja, man hat ihnen angemerkt, dass sie sich 'ne ganze Weile nicht gesehen hatten.« Er dachte einen Moment nach. »Genau genommen haben sie sich ziemlich komisch verhalten. Als wären sie im Streit auseinander, und jetzt tut es ihnen leid.«

»Aha.« Gray fehlten die Worte. Jetzt, wo sie darüber nachdachte, arbeiteten Julia und Carter außerordentlich gut zusammen. Sie verband etwas Besonderes. Es war durchaus denkbar, dass sie sich von früher kannten. Warum hatte Julia ihr nichts davon erzählt?

Vielleicht habe ich nicht als einzige Geheimnisse.

»So wie ich das sehe, kennt sie hier jeden.« Er ließ sich zurückfallen, sodass sie nebeneinanderliefen, und zog seine Jacke enger um die Schultern, um sich vor dem kalten Wind zu schützen. »Mit Zelazny redet sie, als wären sie alte Freunde. Und Eloise, die Englischlehrerin, kennt sie auch hundertpro. Die Einzige, die sie scheinbar nicht mag, ist Allie.«

Gray schämte sich plötzlich dafür, wie wenig sie aus dem Leben ihres Bodyguards wusste. Seit sie hier war, war Julia so etwas wie ihre einzige Freundin, und trotzdem hatte Dylan mehr von ihr mitbekommen als sie.

»Das ist anscheinend komplett an mir vorbeigegangen«, antwortete sie niedergeschlagen. »Selbstsüchtig, wie ich bin.«

Er sah sie interessiert an. »Sei nicht so hart zu dir. Ich meine, immerhin hat jemand versucht dich umzubringen. Du hast von einem Tag auf den anderen alles verloren, deine Schule, deine Familie und deine Freunde. Ist schon verständlich, wenn du gerade nicht so viel aus dem Leben von deinem Bodyguard mitbekommen hast.«

Es war das erste Mal, dass er nicht selbstgefällig oder beleidigend klang. Wenn sie es nicht besser wüsste, klang er fast … verständnisvoll? Aber da musste sie sich verhört haben.

»Mag sein«, erwiderte sie. »Aber sie ist auch meine Freundin.«

Er schwieg für einen Moment und sagte dann: »Na ja, wenn du sie das nächste Mal siehst, frag sie einfach.« Und damit lief er mit langen Schritten voraus.

Gray starrte ihm fassungslos auf den Rücken. Sie wurde einfach nicht schlau aus ihm.

Während sie mühsam versuchte mit ihm Schritt zu halten, sanken ihre von der Schule gestellten ledernen Oxfordschuhe tief im feuchten Waldboden ein. Der Wind hatte nachgelassen, doch es wurde immer kälter. In weniger als drei Wochen war Weihnachten. Würde sie nach Hause gehen? Oder hierbleiben, zu ihrer eigenen Sicherheit? Das hatten ihre Eltern noch nicht entschieden.

Sie wollte gar nicht daran denken, wie es wohl wäre, Weihnachten ganz allein in diesem riesigen Kasten zu verbringen.

Die Wolken hatten sich gelichtet. Um sich abzulenken, legte sie den Kopf zurück und betrachtete die Sterne.

»Ich hab noch nie so viele Sterne gesehen«, sagte sie.

Dylan wurde langsamer und folgte ihrem Blick. »Bist wahrscheinlich ein Stadtkind, genau wie ich.«

»Woher kommst du?«, fragte sie.

Er lächelte, den Blick immer noch auf den dunklen Himmel gerichtet. »Houston, Texas. Zu Hause kann ich mit viel Glück gerade mal fünf Sterne sehen. Der Rest wird vom Stadtlicht geschluckt.«

»Ich hätte nie gedacht, dass du aus Texas kommst«, bemerkte sie überrascht.

»Warum? Weil ich keinen Cowboyhut aufhabe?«, fragte er belustigt, und sie wurde rot. »So was in der Art, ja.«

»Texas hat sich ziemlich verändert, weißt du. Viele Autos. Viele Einkaufszentren. Und viel weniger Pferde, als man denkt.« Er senkte den Blick und sah ihr in die Augen. »Ganz anders als in den Filmen.«

»Schade«, sagte sie.

Er lachte, und sie musste zu ihrer eigenen Überraschung lächeln.

»Tut mir leid, wenn ich deine Illusionen zerstört habe.« Sein Lächeln erhellte sein ganzes Gesicht.

Inzwischen hatten sie den Wald erreicht. Gray meinte, weiter vorn Stimmen zu hören. Sie lief schneller, doch zu ihrer Überraschung hielt Dylan sie am Arm zurück.

»Warte mal. Bist du dir wirklich sicher, dass du das willst? Noch kannst du umkehren.«

Wie komisch das klang. Als würde sie am Rand einer Klippe entlanglaufen und liefe Gefahr runterzufallen.

Sie runzelte die Stirn. »Alles in Ordnung«, sagte sie. »Ich hab eh nicht vor, länger als eine Stunde zu bleiben. Was soll schon passieren? Warum machst du dir so einen Kopf?«

Er warf ihr einen seiner unergründlichen Blicke zu, sagte jedoch nur: »Sei einfach vorsichtig.«

»Bin ich immer«, antwortete sie und lief voraus, um die anderen einzuholen.

ACHT

Im Wald wurde der silbrigblaue Schein der Sterne vom Blätterdach geschluckt und die Nacht noch dunkler. Im Schatten der Bäume entdeckte Gray eine Gruppe Gestalten, die direkt neben dem Weg standen. Die Kleinste unter ihnen, Minal, winkte ihr zu.

»Sorry, wir sind spät dran«, keuchte Gray und lief zu ihr.

Die anderen waren auch da. Kyle stand neben Sophie, deren weißer Kaschmirmantel mit einem Gurt um die Taille zusammengehalten wurde. Maya, groß und schmal in ihrem dunklen Mantel, stand über einen Baumstumpf gebeugt und sah sich dort irgendwas an. Sophie hatte wie immer nur Augen für Dylan. Sie überquerte den Pfad und flüsterte ihm etwas ins Ohr, das ihn zum Lächeln brachte.

Gray zwang sich, keine Miene zu verziehen. Wenn sie die beiden zusammen sah, musste sie an Jake denken. Sie fragte sich, ob er wohl auch noch an sie dachte und warum sie das Gefühl hatte, dass sie sich mit jedem Tag mehr und mehr voneinander entfernten.

Kyle, dessen Jacke viel zu dünn für die frostigen Temperaturen war, hüpfte auf und ab, um sich warm zu halten. »Na endlich. Können wir jetzt bitte gehen? Heute ist es so arschkalt wie das Herz eines Torys.« Fröstelnd blies er warmen Atem auf seine Finger.

Minal stieß ihm hart den Ellbogen in die Seite. Sie runzelte die Stirn und warf einen vielsagenden Blick auf Gray.

Seine Augen weiteten sich vor Schreck. »Oh, Scheiße. Tut mir leid, Gray. Ich meinte damit nicht deine Mutter.«

Sie winkte ab. »Keine Sorge. Ich hab auf den Plakaten schon viel Schlimmeres gelesen.«

»Los jetzt«, sagte Sophie ungeduldig und lief mit Dylan voraus. Minal und Maya folgten ihnen, Kyle bildete mit Gray die Nachhut und entschuldigte sich noch einmal.

»Ich bin so ein Trottel, das hätte ich nicht sagen sollen. Ich hab einfach für 'ne Sekunde vergessen, wer du bist.« Seine warmen braunen Augen waren voller Reue.

»Kein Ding. Wirklich«, versicherte sie ihm. »Ich bin so was gewohnt. Macht mir nix aus.«

»Okay, ich hoffe, du sagst das nicht nur so. Komisch, aber jetzt, wo ich dich besser kenne, bist du nicht mehr die berühmte Tochter, sondern einfach … Gray.«

Bei den Worten wurde ihr warm ums Herz. Genau *das* hatte sie sich erhofft. Dass sie hier, innerhalb des schützenden Zaunes und ohne Paparazzi, beleidigende Storys, Drohungen oder Gewalt, endlich wieder sie selbst sein konnte.

»Alles cool«, beteuerte sie, während sie nebeneinander durch die Dunkelheit liefen. »Und um ehrlich zu sein, habe ich politisch eh nicht die gleichen Ansichten wie meine Mutter.«

»Das muss bei euch zu Hause ja echt komisch sein«, sagte er. »Wäre das nicht heftig für sie, wenn du einer anderen Partei beitrittst? Würde sie dich rausschmeißen?«

Gray erinnerte sich daran, wie ihre Mutter Jake in ihre Wohnung eingeladen hatte, um ihr eine Freude zu machen – obwohl sein Vater Parteivorsitzender der Labour Partei war, ihr schlimmster Gegner.

»Früher vielleicht, ja«, gab sie zu. »Aber sie hat sich in den letzten Monaten ziemlich verändert. Jetzt würde sie wahrscheinlich all meine Kommunistenfreunde zu Kaffee und Kuchen einladen, und sie würden sie megasympathisch finden. Selbst Stalin würde meine Mutter mögen, wenn er sie kennengelernt hätte.«

»Also Stalin …«, erklang Mayas Stimme geisterhaft aus der Dunkelheit vor ihnen. »*Der* hatte jedenfalls kein Herz.«

»Diese Unterhaltung ist echt schräg«, kommentierte Minal. »Gefällt mir.«

»Wenn ihr euch zwischen Stalin und Dschingis Khan als Premierminister entscheiden müsstet, wen würdet ihr wählen?«, rief Dylan über die Schulter.

»Dschingis Khan«, antworteten alle im Chor.

»Wobei Stalin echt heiß aussah, als er noch jung war«, bemerkte Minal.

»Das tun Psychopathen immer«, schwärmte Sophie. »Das ist wie mit den Raubtieren. Wölfe, Tiger, Löwen – alle wunderschön. Und deshalb können sie dich auch einfach so fressen.«

»Ja«, stimmte Kyle zu. »Die fressen dein Herz, und du liegst da nur so: ›Ja los, du wunderschönes Biest, ich brauche es nicht.‹ «

Ihr Gelächter schallte zwischen den Bäumen hindurch und verlor sich im Rauschen des Windes zwischen den Blättern. Obwohl es eiskalt war, fühlte Gray sich warm und leicht. Ihr fiel auf, dass sie überhaupt keine Angst hatte, obwohl sie immer tiefer in die Finsternis liefen.

Zum ersten Mal fragte sie sich, wovor sie sich eigentlich fürchtete. Vor der Dunkelheit oder davor, allein zu sein?

»Wie weit ist es noch bis zur Kapelle?«, fragte sie Kyle.

Er sah sie erstaunt an. »Warst du da noch nie?«

Sie schüttelte den Kopf. »Wollte ich, aber seit ich hergekommen bin, war es immer so kalt und hat geregnet.«

»Hat die Schulordnung nicht gelesen. War noch nicht in der Kapelle«, zählte Kyle ihre Vergehen auf. »Man kriegt fast das Gefühl, du verbringst jeden Tag mit Lernen oder so.«

Sie konnte seinem Tonfall nicht entnehmen, ob er das gut oder schlecht fand.

»Keine Sorgen, Gray!«, rief Sophie nach hinten. »Wir verderben dich schon noch.«

»Das hat sie nicht mehr nötig. Sie war im *Bijou*«, erinnerte Minal sie.

»Sie war nicht *im Bijou*, sie hat davor *gekotzt*«, korrigierte Kyle sie.

»Oh, Gott«, stöhnte Gray. »Das habt ihr mitbekommen?«

»Die Story war der Hammer«, schwärmte Sophie. »Du bist meine Heldin. Wenn schon berühmt, dann berühmt und leben bis zum *Exzess*.«

Minal warf ihr über die Schulter einen Blick zu. »Deine Mutter ist bestimmt ausgerastet.«

»Ja.« Kyle wandte sich neugierig an Gray. »Wie hat sie reagiert?«

»Ich hatte Ewigkeiten Hausarrest«, gestand sie. »Eigentlich bis ich hergekommen bin. Theoretisch hab ich immer noch Hausarrest, soweit ich weiß.«

Sie hatten eine helle Steinmauer erreicht, die uralt und von Flechten überzogen war. Grays Augen hatten sich inzwischen an die Dunkelheit gewöhnt, und sie konnte sehen, dass die Mauer neben dem Pfad verlief. Nur an einer Stelle war sie von einem hölzernen Bogentor unterbrochen, das über die Jahrhunderte dunkel angelaufen war.

»Da wären wir!«, rief Minal aus und lehnte sich gegen das Tor. Ohne zu quietschen, schwang es auf.

»Gott sei Dank.« Kyle huschte ihr nach. »Meine Zähne klappern schon bei der Eiseskälte.«

»So kalt ist es nun auch wieder nicht«, sagte Maya abschätzig.

»Du hast leicht reden, schließlich bist du daran gewöhnt«, wandte er ein. »Ihr Polen seid knallhart, was das angeht. Ich dagegen bin eine zarte englische Blume.«

Maya rauschte mit hoch erhobenem Haupt durch das Tor. Kyle wandte sich an Minal. »Es ist doch arschkalt, oder nicht? Oder kommt das nur mir so vor?«

»Schon ziemlich kühl«, gab Gray ihm Rückendeckung.

»Ich liebe es, wie Maya einfach alles raushaut, was sie denkt«, mischte Sophie sich mit gesenkter Stimme ein und beugte sich vor. »Sie ist manchmal so brutal ehrlich. Ich wünschte, ich könnte eines Tages so direkt sein.« Ihr Atem roch leicht nach Alkohol, und Gray begriff, dass sie schon getrunken hatte. Sie fragte sich, ob es bei den anderen wohl auch der Fall war.

Seit jener Nacht im *Bijou* hatte sie keinen Alkohol mehr angerührt. Ihr war die Lust darauf gründlich vergangen.

Hinter der Mauer führte der Pfad über eine Lichtung zu einer kleinen Steinkapelle mit einem hohen Spitzdach. Davor leuchteten Grabsteine und schiefe Steinkreuze in der Dunkelheit. Totes Wintergras zeichnete schwarze Linien in den hellen Stein.

»Unheimlich, oder?« Dylan tauchte plötzlich an ihrer Seite auf, während die anderen vorweg liefen. »Ich find's gruselig hier.«

»Ich liebe den Ort«, sagte Minal und näherte sich der Kapellentür. »Da kommt die innere Wednesday Addams in mir durch.«

»Du bist ihr echt ähnlich«, sagte Kyle. »Im Herzen ein wahrer Gruftie.«

»Ooh, danke.« Minal sah ehrlich berührt aus.

Die Türklinke war ein schwerer Eisenring. Sie packte ihn mit beiden Händen und drehte mühsam. Als die Tür aufschwang und den Blick auf nichts als Finsternis freigab, sagte sie: »Ich hoffe, jemand hat an Streichhölzer gedacht.« *Gedacht … gedacht …*, hallte das Echo.

»Ich hab welche.« Kyle zauberte eine Schachtel aus der Tasche und hielt sie triumphierend in die Höhe.

Die anderen folgten den beiden, doch Gray zögerte. Nun, da sie hier war, fühlte es sich plötzlich schrecklich falsch an. Sie waren wirklich in einer Kirche. Aus irgendeinem Grund hatte sie sich eine ehemalige Kapelle vorgestellt. Eine, die sich weniger heilig anfühlte. Aber die hier war echt.

Vor ihr drehte Dylan sich im Türrahmen um. »Zum Kneifen ist es jetzt zu spät.«

»Ich kneife nicht«, widersprach sie. »Ich denke nur nach.«

Vor ihnen leuchtete ein kleines Licht auf, und die anderen jubelten.

»Du könntest drinnen weiter nachdenken, da ist es wärmer«, schlug er vor.

»Na gut.« Gray trat ein, und er machte die Tür hinter ihr zu.

Offensichtlich gab es hier keinen Strom. Die anderen zündeten mit Kyles Streichhölzern Kerzen in Kerzenhaltern und in schlichten eisernen Kandelabern an, die von der Decke hingen. In ihrem flackernden Schein erwachte das kleine Kirchenschiff zum Leben.

Die Wände waren vom Boden bis zur Decke bemalt. Aber nicht mit irgendwelchen Malereien. Diese waren alt und mit der Zeit verblasst. Das schwache Licht der Kerzen eröffnete den Blick auf chaotische Bilder – ein Vogel, ein Drache, ein Baum – und Worte. Gedichte oder Geschichten.

Es war zu viel, um alles auf einmal aufzunehmen. Langsam drehte Gray sich um die eigene Achse.

»Abgefahren, oder?« Dylan hatte ihr Staunen bemerkt. »Hier werde ich immer richtig ehrfürchtig. Ich glaube, die Kapelle ist sogar älter als mein ganzes Land.«

»Älter«, sagte Kyle quer durch den Raum, wo er gerade die letzten Kerzen anzündete. »Die ist *siebenhundert Jahre* älter als dein Land.«

»Ja, ja.« Dylan gluckste. »Du musst nicht auch noch Salz in die Wunde streuen.«

»Die Kapelle ist viel älter als die Schule«, erklärte Minal an Gray gewandt. »Sieh dir das an. Das mag ich am liebsten.« Sie zeigte auf die Malerei eines Drachen, auf dessen Rücken deutlich die Umrisse seiner Schuppen zu erkennen waren. Mit weiten Schwingen hatte er sich in die Lüfte erhoben und flog auf eine Taube zu, die nur knapp seinen Klauen entkam. »Sie entkommt den Klauen des Todes.«

»Du musst dir auf jeden Fall das Schulmotto reinziehen.« Sophie deutete träge auf die Worte über der Tür. *Exitus acta probat.*

Verständnislos starrte Gray auf die verblichenen Buchstaben.

»Na, wie steht's mit deinem Latein?«, fragte Kyle und blies ein Streichholz aus.

»Schlecht«, gab sie zu.

»Es bedeutet ›Der Zweck heiligt die Mittel‹«, übersetzte er für sie. Seine Worte wurden von den steinernen Mauern des Kapellenschiffes zurückgeworfen.

»Das … ist ein ziemlich seltsames Motto«, bemerkte Gray.

»Es geht um's Gewinnen, Süße!«, rief Sophie ihr von einer Kirchenbank zu, wo sie es sich bequem gemacht hatte, die Füße auf der Bank vor ihr und in der Hand eine kleine Flasche mit einer bernsteinfarbenen Flüssigkeit. »Will irgendjemand? Dylan?«

Der Amerikaner schüttelte den Kopf und blieb an Grays Seite.

Sophie runzelte die Stirn, doch Kyle ließ sich neben ihr auf die Bank fallen und streckte eine Hand aus. Sie gab ihm die Flasche, und er trank einen Schluck. Als er sie wieder absetzte, blies er den Atem durch gespitzte Lippen aus. »Whiskey. Der Trank der Königinnen.«

Nachdem er ihr die Flasche zurückgegeben hatte, zog er einen Joint aus seiner Brusttasche, nahm ein Streichholz und zündete ihn an. Sofort breitete sich der süßlich-saure Marihuana-Rauch in der Luft aus und vertrieb den schwachen Geruch nach Staub und Weihrauch.

Auffordernd hielt Sophie Gray die Flasche hin. »Willst du? Ich meine, klar, es ist nicht das *Bijou*, aber …«

Gray zögerte. Ein Teil von ihr hätte liebend gern für eine Weile die Kontrolle abgegeben und wollte Risiken eingehen, so wie früher. Aber dann erinnerte sie sich an die Worte ihres Vaters, als er ihr zum ersten Mal die Wahrheit über die Verschwörung erzählt hatte. »Diese Informationen sind streng vertraulich«, hatte er gesagt. »Und wir zählen auf dich. Wir glauben, dass du alt genug bist, um verantwortungsvoll damit umzugehen.«

»Nein, danke«, sagte sie leichthin. »Alkohol bekommt mir nicht so gut, wie du vielleicht aus der Zeitung mitbekommen hast. Ich neige dazu, alles wieder auszukotzen.«

»Vielleicht hast du's einfach noch nicht genug probiert«, sagte Sophie und wandte sich ab, um Maya den Whiskey anzubieten. Die setzte sich vor sie auf die Bank, nippte ladylike an der Flasche und krauste die Nase wegen des bitteren Geschmacks.

»Was Alkohol angeht, hab ich's drauf«, verkündete Sophie, den Blick immer noch unverwandt auf Dylan gerichtet, während sie von Kyle den Joint entgegennahm. Sie inhalierte, hielt die Luft an und blies den Rauch in einer samtenen Fahne wieder aus. »Ich bin richtig gut darin. Jahrelange Übung.«

Doch Dylan würdigte sie keines Blickes, sondern blieb bei Gray vor der Wandmalerei. Auch Minal ignorierte die drei auf der Bank und sah sich weiterhin die Motive an.

»Seht euch das an.« Dylan zeigte auf einen riesigen Baum, dessen verschlungenes Wurzelwerk in verschnörkelten Buchstaben die Worte »BAUM DES LEBENS« formte. Gray fiel auf, dass die Malerei in der Mitte eine Kerbe hatte.

»Ich weiß, das klingt typisch amerikanisch«, begann Dylan. »Aber der Ort ist echt magisch. Wo wir stehen, haben schon vor fast tausend Jahren Menschen gesungen und gebetet.«

Seine Begeisterung für alte Wandgemälde hatte etwas Charmantes. Gray, die zwischen alten Schlössern und Kirchen aufgewachsen und von klein auf von ihren Eltern in historische Häuser und Gärten gezerrt worden war, reagierte meistens erst mit Abwehr. Sie stempelte es als langweilig ab, ohne wirklich hinzusehen. Doch nun, da sie die Malereien durch seine Augen betrachtete, erkannte sie, wie außergewöhnlich sie waren.

»So habe ich da noch nie darüber nachgedacht«, gab sie zu und sah sich um. Die Gemälde schienen im Licht der tanzenden Flammen zum Leben zu erwachen. »Es ist wirklich schön hier.«

»Wusstet ihr, dass Heinrich VIII. mal hergekommen ist?«, fragte Minal. »Vielleicht hat er genau hier gestanden, wo wir jetzt stehen.«

Dylan schüttelte den Kopf. »Wenn man drüber nachdenkt, ist das echt abgefahren. In diesem Land – sogar in dieser Schule – kommt es mir immer vor, als würde ich durch die Zeit reisen. Man versteht auf einmal, dass all diese Leute in den Geschichtsbüchern wirklich gelebt haben, genau wie wir.«

Während er langsam umherlief und die Malereien studierte, musterte Gray ihn verstohlen. Sein kurzes Haar betonte die kantigen Gesichtszüge, und sie fand, dass er älter aussah als sechzehn. Eher wie achtzehn. Aber vielleicht kam das auch nur dadurch, dass er im Gegensatz zu den anderen eine gewisse Reife ausstrahlte. Eine Erfahrenheit, die sie nur schwer beschreiben konnte.

Als hätte er ihren Blick gespürt, drehte er sich um und erwischte sie dabei, wie sie ihn beobachtete. »Was?«, fragte er mit dem Anflug eines neugierigen Lächelns.

»Nichts.« Ertappt huschte ihr Blick zu dem Fenster über seiner linken Schulter. Durch das dicke Glas konnte sie Bäume erkennen, die sanft im Wind schaukelten. Auf dem Friedhof vor der Kapelle stand eine große Eibe. Sie war so alt, dass die Erde um ihre Wurzeln herum erodiert war und sie wie riesige, knorrige Arme hervorragten.

Daneben stand jemand.

Sie trat einen Schritt vor, um einen besseren Blick zu erhaschen. Da löste sich die Gestalt aus den Schatten und schlich davon.

»Erwartet ihr noch jemanden?«, fragte sie und versuchte zu erkennen, wohin die Gestalt verschwunden war.

»Nein. Warum?« Auf einen Schlag ernst geworden, stand Dylan unvermittelt neben ihr. »Hast du jemanden gesehen?«

»Vielleicht. Ich bin mir nicht sicher. Ich dachte kurz …« Angestrengt spähte sie hinaus in die Dunkelheit. Nichts, nur der Baum und sein Schatten im Mondlicht. »Nicht so wichtig. Wahrscheinlich hab ich mich geirrt.«

»Nein, denk nach. Was hast du gesehen?« Dylan sprach so eindringlich, dass sie überrascht zurückwich.

»Es war nur … es sah aus wie ein Mann«, sagte sie zaghaft.

Er machte auf dem Absatz kehrt und eilte auf die Tür zu. »Ihr bleibt hier drinnen!«, bellte er mit unerwarteter Autorität. »Keiner verlässt das Gebäude.«

Gray war so verblüfft, dass sie ihn mit offenem Mund anstarrte. Bevor irgendjemand sich so weit von dem Schrecken erholt hatte, um Fragen zu stellen, hatte er mit langen Schritten schon das Kapellenschiff durchquert und verschwand nach draußen.

»Was ist los?«, rief Sophie von der Kirchenbank hinüber. »Eine Invasion?«

»Ich sag ja nicht, dass es Aliens sind«, kicherte Maya. »Aber es sind Aliens.«

Die Flasche, die sie sich teilten, war inzwischen halb leer.

»Er hat so einen männlichen Befehlston drauf«, seufzte Kyle. »Ich würde alles tun, was er sagt. Ich rühr mich keinen Millimeter vom Fleck.«

»Du stehst so krass auf ihn, dass es schon fast tragisch ist«, kommentierte Sophie.

»Na und, du doch auch.« Er griff nach der Flasche.

Minal drehte sich zu Gray um und fragte leise: »Glaubst du wirklich, du hast einen Mann gesehen?«

Gray schüttelte den Kopf. »Es ist stockdunkel da draußen. Es können auch Äste gewesen sein.« Sie presste ihre Nase gegen das kühle Glas.

Vor der Kapelle eilte Dylan mit gesenktem Kopf zwischen den

Grabsteinen umher, so als suche er etwas. Als er zu der alten Eibe kam, bückte er sich und streckte die Hand zum Boden aus. Er sah auf und ließ den Blick wachsam zu allen Seiten über die Bäume schweifen. Dann verschwand er in die gleiche Richtung, in die die rätselhafte Gestalt zuvor verschwunden war.

»Was macht er da?« Minal stand neben ihr.

»Keine Ahnung«, erwiderte Gray.

Mit einem Knall flog die Tür auf. Erschrocken sprangen alle auf. Dylan stürmte herein.

»Wir müssen zurück«, sagte er bestimmt. »Sofort.«

NEUN

Die anderen tauschten erstaunte Blicke aus. Sophie ließ ihre Beine ungerührt auf der Bank vor ihr ruhen.

»Wir sind doch gerade erst hergekommen«, protestierte sie. »Das hier sollte eine Party werden.«

»Ich check's auch nicht.« Maya drehte sich auf der Bank zu Dylan um. »Was genau hast du denn da draußen gesehen?«

»Nichts, worüber ihr euch Gedanken machen müsst. Aber ich glaube, wir sollten trotzdem besser gehen.« Seine Stimme hatte einen beherrschten, warnenden Unterton. Diesen Ton kannte Gray nur zu gut. Genau so klang Julia, wenn sie ihr etwas nicht sagte.

Etwas Schlimmes.

»Wenn du keinen gesehen hast, warum können wir dann nicht hierbleiben?«, murrte Sophie. Ein trotziger Ausdruck hatte sich in ihr schönes Gesicht geschlichen.

»Weil Gray etwas gesehen hat, wo nichts hätte sein dürfen«, sagte er gelassen. »Und immerhin hat vor vier Wochen jemand versucht, sie umzubringen. Deshalb finde ich, sie sollte gehen, und ich würde es nicht gut finden, irgendjemanden allein hier zurückzulassen.«

»Der Typ wurde verhaftet.« Sophie warf Gray einen verärgerten Blick zu. »Außerdem geht's ihr doch super. Oder, Gray?«

»*Sophie*«, sagte Dylan streng.

Kyle erhob sich achselzuckend. »Von mir aus können wir zurück. Wir haben eh kaum noch Whiskey.«

Maya stand ebenfalls auf und folgte ihm durch die Tür. »Vielleicht hat sie einen Geist gesehen. Ich hab schon immer das Gefühl gehabt, dass es in dem Wald hier spukt.«

Die beiden gesellten sich zu Gray und Minal. Reglos beobachtete Sophie ihre Bewegungen. Alle drehten sich zu ihr um.

Dylan warf ihr einen starren Blick zu. »Kommst du oder nicht?«

Sophies Wangen nahmen einen rosa Schimmer an, und ihre Augen glitzerten im Kerzenschein wie Eissplitter.

Gray ertappte sich dabei, wie sie den Atem anhielt, während sie darauf wartete, was das Mädchen tun würde.

Nach einer gefühlten Ewigkeit ließ Sophie ihre Füße mit einem dumpfen Knall auf dem Boden fallen und stand auf. Dann durchquerte sie hoch erhobenen Hauptes das kleine Kapellenschiff.

»Ich hasse es, wenn Partys früh enden«, sagte sie scharf in Grays Richtung, während sie sich zu Dylan an der Tür gesellte.

Gray wurde mulmig zumute. Was auch immer sie heute an der Cimmeria gewonnen hatte, sie hatte das untrügliche Gefühl, Sophie Montgomery soeben für immer verloren zu haben.

Einer nach dem anderen traten sie hinaus in den kalten Abend. Nur Minal blieb abrupt an der Türschwelle stehen. »Was ist mit den Kerzen?«

Dylan, der bereits auf das Tor zustrebte, warf einen Blick zurück. »Würdest du sie bitte ausmachen? Ich will alle anderen in Bewegung halten.«

»Klar.« Minal rannte zurück in die Kapelle.

»Ich helf dir«, sagte Gray und lief hinterher.

Drinnen kletterte Minal auf eine Bank und pustete den Kerzenleuchter aus, der von der Decke baumelte. Nachdem sie sich versichert hatte, dass alle anderen gegangen waren, beugte sie sich vor und fragte Gray leise: »Was genau hast du denn gesehen?«

»Nur einen Schatten«, sagte Gray. »Aber … er sah aus wie ein Mann. Ich hatte das Gefühl, dass er uns beobachtet.«

Minal stellte keine weiteren Fragen. Schnell und schweigend arbeiteten sich die beiden Mädchen durch die Kerzen. Mit jedem erloschenen Licht versank der Raum wieder in Dunkelheit. Als die letzte Kerze ausgepustet war, herrschte undurchdringliche Schwärze.

»Hilfe, ist das dunkel hier«, sagte Gray. Ihre Worte wurden von den Steinwänden zurückgeworfen.

Sie erinnerte sich plötzlich, was Maya über Geister gesagt hatte, und fröstelte.

»Ich seh überhaupt nichts mehr.« Minals Stimme schien aus allen Richtungen zu kommen. Ein paar Sekunden später hörte Gray einen dumpfen Laut und wieder Minal: »*Au.*«

Danach Stille.

Gray wurde von unbändiger Angst gepackt. »Minal?«, rief sie viel zu laut.

Das Schleifen von Füßen über den Steinboden ließ sie zusammenfahren, und dann ertönte Minals Stimme ganz in ihrer Nähe: »Hier bin ich. Sei vorsichtig. Diese verdammte Bank hat mich fast umgebracht.«

Mit ausgestreckten Händen lief Gray vorsichtig in die Richtung, wo sie Minal vermutete. Zunächst fühlte sie nichts als kalte Luft, doch dann stieß sie zu ihrer großen Erleichterung gegen die warme Hand des Mädchens. Sich fest an den Händen haltend, huschten sie durch den Mittelgang zur Tür.

Nach der Dunkelheit der kleinen Kapelle erschien ihr der Friedhof im Schein der Sterne hell erleuchtet. Unter ihrem silbrigen Licht entdeckte Gray Dylan und die anderen am Tor. Eine Woge der Erleichterung überkam sie. Sie hatten auf sie gewartet.

»Da war es dunkel wie in einem Sarg.« Minal zog die Tür hinter sich zu, und das alte Metall schloss mit einem tiefen Klang.

Um sie herum ragten die Grabsteine wie verfaulte Zähne aus der Erde. Gray konnte sich kaum noch vorstellen, dass ihr der Friedhof noch vor wenigen Momenten wie verzaubert erschienen war. Jetzt empfand sie ihn nur noch als bedrohlich. Sie und Minal beeilten sich, zu den anderen zu kommen, die dicht aneinandergedrängt auf sie warteten.

»Alter, ich frier hier zu Tode«, jammerte Kyle.

Sophie hielt immer noch den Whiskey umklammert. »Du hast einfach noch nicht genug getrunken. Ich spür gar nichts.«

Gray hörte, dass sie ein klein wenig lallte, und wünschte, jemand würde ihr die Flasche wegnehmen.

Dylan ignorierte Sophie. »Los, schnell. Kyle? Bist du nüchtern?«

Kyle versuchte, am Wegesrand einen Fuß vor den anderen zu setzen, und verlor auf der Stelle das Gleichgewicht.

»Uups«, machte er.

Stirnrunzelnd bedeutete Dylan ihm mit einer Handbewegung, näher zu kommen, und wandte sich an Minal und Kyle. »Ich geh vor, und ihr beide bleibt hinten, okay?« Er klang todernst, und ausnahmsweise antwortete Kyle nicht mit einem Witz. Er und Minal nickten. »Wenn ihr irgendwas hinter uns seht oder hört, schreit sofort«, befahl Dylan. »So laut ihr könnt. Und bleibt nah bei Gray.«

»Verstanden«, sagte Minal.

Dylan wandte sich an Gray. »Bleib bei Sophie und Maya. Sie haben beide zu viel getrunken. Versuch sie in Bewegung zu halten.«

»Ich tu mein Bestes«, sagte sie und ging zu den beiden Mädchen.

Als sie an ihm vorbeilief, rief er ihr nach. »Gray?« Sie drehte sich um. »Bleib auf dem Weg.«

Da war ein Unterton in seiner Stimme, der ihr Herz bis zum Hals schlagen ließ. Irgendwas erzählte er ihnen nicht.

Augenblicklich setzte ein hoher, panischer Ton in ihrem Kopf ein, und ihr Atem wurde flach und schnell. Doch sie zwang sich, ruhig zu bleiben. Sie durfte jetzt nicht die Fassung verlieren. Wenigstens bis sie wieder in der Schule waren. Dann konnte sie alles rauslassen.

Den Blick konzentriert nach vorn gerichtet, ging Dylan voran. Die anderen folgten ihm in einem ausgefransten Gänsemarsch. Minal und Kyle nahmen ihren Job ungewöhnlich ernst und suchten unentwegt die Bäume ab.

Nur Sophie, in der Hand immer noch die Whiskeyflasche, schien taub und blind für die allgemeine Anspannung.

»Ich check einfach nicht, warum wir nur wegen ihr so einen Aufstand machen«, beschwerte sie sich und schwenkte die Flasche in Grays Richtung, bevor sie sie Maya gab.

Gray hätte ihr am liebsten zugeschrien, sie solle verhindern, dass Sophie noch mehr trank. Es war offensichtlich, dass sie zu viel intus hatte. Doch Maya belehrte sie nicht. Sie antwortete nur mit einem Schulterzucken: »Ist wohl besser, vorsichtig zu sein. Außerdem wird's eh langsam spät.«

Doch nun, da sie einmal angefangen hatte, hörte Sophie gar nicht mehr auf zu zetern. »Sie hat alles kaputtgemacht. Was glaubt sie eigentlich, wer sie ist? Ihre Mutter kann doch eh keiner leiden. Die ist 'ne Faschistin, das sagen doch alle.«

»*Sophie …*«, zischte Kyle leise.

»Ach, lasst mich doch alle in Ruhe.« Sophie verdrehte genervt die Augen. »Ihr seid einfach todlangweilig.«

Maya sagte nichts. Doch während sie neben Sophie herlief, stolperte sie über eine Baumwurzel und ließ die Flasche fallen, sodass der letzte Rest Whiskey auf dem Pfad landete.

»Typisch«, fauchte Sophie. »Jetzt haben wir nicht mal mehr das.« Und damit stürmte sie wütend voraus.

Ungerührt ließ Maya die leere Flasche in ihre Tasche gleiten.

Immerhin schien ihnen niemand zu folgen. Der Wald war geisterhaft leer. Außer dem Rascheln des Windes, der durch die Zweige fuhr, hörte Gray nur das Plätschern von Wasser. Ganz in der Nähe musste ein Bach verlaufen. Ansonsten war es totenstill.

Auch wenn Gray versuchte, sich nichts anmerken zu lassen, hatten Sophies Worte sie getroffen. Es stimmte, es *war* alles ihre Schuld. Immerhin kannte sie sich inzwischen mit Alarmsituationen aus. Sie war es gewohnt, schnell an sichere Orte gebracht zu werden. Doch für die anderen war die Situation neu und beängstigend. Und es wäre ihnen nicht passiert, wenn sie nicht auf diese Schule gekommen wäre.

Sie drehte sich zu Kyle und Minal um, die ängstliche Blicke zwischen die Bäume warfen. Sie wollte ihnen sagen, wie leid es ihr tat, den Abend ruiniert zu haben, doch bevor sie die Worte fand, zerriss ein Knacken die Stille.

Gray holte zischend Luft. Das war dasselbe Geräusch wie das, das sie beim Selbstverteidigungstraining am Abend zuvor gehört hatte. Das Knacken eines brechenden Zweiges.

»Pst«, zischte Dylan und hob die Hand, während er seine Schritte verlangsamte.

»Was ist denn jetzt schon wieder?«, stöhnte Sophie, doch Maya legte ihr warnend eine Hand auf den Arm.

Dylan machte einen Schritt auf die Bäume zu und spähte angestrengt in den Wald.

»Da!«, keuchte Kyle und streckte den Finger aus. Etwas weiter entfernt erhob sich ein Schatten, und ein plötzliches Krachen ließ alle zusammenfahren. Zweige raschelten, während etwas – oder jemand – durch die Bäume außer Sichtweite rannte.

Vor ihrem inneren Auge sah Gray einen Mann ganz in Schwarz und spürte eine Klinge an ihrer Kehle. Vergeblich versuchte sie etwas zu sagen. Zu schreien. Doch ihre Kehle war wie zugeschnürt, und irgendwas drückte ihr die Luft ab. Sie erstarrte, und die Welt um sie herum verschwamm zu dunklen Schatten. Dylan sagte etwas zu ihr, doch sie konnte ihn nicht hören.

Nur leise Wortfetzen drangen zu ihr durch, wie aus weiter Ferne. »Gray? Alles in Ordnung?«

»Sie ist leichenblass.« Minals Stimme schien vom Grund eines tiefen, kalten Brunnens zu kommen.

Dylan packte sie an den Schultern und schüttelte sie sanft. Sie hörte, wie sie schnell und keuchend nach Luft schnappte.

»Gray«, drängte er. »Wir müssen weiter.«

Hilflos schüttelte Gray den Kopf. Sie konnte sich nicht bewegen. Sie konnte keinen klaren Gedanken fassen. In ihrem Kopf gab es nur noch den Mann aus ihren Träumen. Irgendwo da draußen wartete er auf sie.

»Bitte, ich weiß, was da hilft.« Maya schob Dylan sanft aus dem Weg und baute sich vor Gray auf.

»Kannst du atmen, Gray?« Ihre blauen Augen blickten sie besorgt an. Gray versuchte ihr zu sagen, dass sie weglaufen sollte. Sie musste rennen, so schnell sie konnte. Doch sie brachte kein Wort über die Lippen und zitterte am ganzen Körper.

Ohne Vorwarnung gab Maya ihr eine Ohrfeige.

Sie brannte wie Feuer. Gray machte einen stockenden, zischenden Atemzug. Und dann noch einen.

Der Nebel vor ihren Augen lichtete sich, und sie blickte in fünf besorgte Gesichter.

»Atme ein paar Mal tief durch«, befahl Maya ihr.

Gray gehorchte.

»Besser?« Maya ließ sie immer noch nicht aus den Augen.

»Ja«, flüsterte sie, während sie spürte, wie die Wärme zurück in ihre Hände und Füße strömte.

»Nimm meine Hand.« Maya hielt Grays Hand fest und wandte sich an Dylan. »Sie ist okay.«

Mit zusammengepressten Lippen sah er von Gray zu ihr und nickte. »Kyle, nimm Sophie. Minal, bleib bei Maya und Gray. Wir bleiben dicht zusammen. Keiner verlässt den Weg.«

»Oh Gott! Da drüben! Da ist er!«, rief Minal und zeigte nach links. Gray sah verschwommen eine Bewegung. Jemand schoss parallel zu ihrem Pfad durch den Wald.

Dylan drehte sich mit todernstem Gesicht zu ihnen um. »*Lauft.*«

Alle rannten los.

Gray rannte blindlings, doch Mayas Hand hielt ihre immer noch fest umschlossen und zog sie mit sich, immer schneller und schneller. Sie hörte die anderen keuchen, ihr eigener Atem klang brüllend laut in ihren Ohren. Zweige knackten und krachten. Ob sie es war oder jemand anderes, konnte sie nicht sagen. Weiter vorn schrie jemand auf. Sophie war gestolpert. Kyle drängte sie weiter. Der Weg schien kein Ende zu nehmen. Ihre Lungen brannten, Tränen strömten ihr aus den Augen, und sie hörte jemanden schluchzen. Es dauerte einen Moment, bis sie realisierte, dass die Geräusche von ihr selbst kamen.

Endlich lichtete sich der Wald, und das massive Schulgebäude tauchte schützend vor ihnen auf. Die Fenster leuchteten beruhigend. Gray entdeckte Gestalten auf dem Rasen – Menschen kamen auf sie zu.

»Hilfe!«, rief Minal und rannte winkend auf sie zu. »Helft uns!«

Gray hätte ihr am liebsten den Mund zugehalten. In der Dunkelheit konnte man die Gesichter der Ankommenden nicht erkennen. Es könnte jeder sein. Sie verlangsamte ihre Schritte und hielt Maya zurück. Das Mädchen sagte etwas auf Polnisch und wiederholte es dann auf Englisch.

»Alles in Ordnung. Das sind unsere Leute.«

Die Gestalten kamen nun auf sie zugelaufen, und Gray erkannte Carter, Allie und neben ihnen Julia. Julia rannte auf sie zu und entwand sie Mayas Griff.

»Was zur Hölle ist passiert?«, wollte sie von Gray wissen und ließ den Blick über ihr Gesicht gleiten, als suchte sie nach Wunden. »Wir haben überall nach dir gesucht.«

»Wir waren in der Kapelle«, sagte Dylan. »Jemand muss uns gefolgt sein.«

»Wer?« Das war Allie.

»Wir konnten ihn nicht genau erkennen. Aber auf jeden Fall ein Mann, ungefähr Schuhgröße 44«, sagte Dylan schnell. »Er hat uns durchs Fenster beobachtet und ist uns dann hierhergefolgt.«

Ungefähr Schuhgröße 44? Gray starrte ihn verblüfft an. *Wie konnte er das wissen?*

Doch Dylans Aufmerksamkeit war ganz bei den Erwachsenen, die diese Information seltsamerweise nicht hinterfragten.

Allie und Carter wechselten einen Blick. »In der letzten Stunde war dort niemand auf Patrouille«, sagte Carter.

»Das muss aber nicht bedeuten, dass es ein Eindringling war«, beharrte Allie. »Vielleicht war es ein Lehrer. Oder ein Schüler.«

»Schluss mit dem Gerede, erst mal müssen alles ins Gebäude.« Julia wandte sich an die Schüler. »Rein mit euch. *Sofort.*«

Die anderen gehorchten und rannten, ohne zu murren, die Stufen zum Eingang hoch. Julia sprach in ihr Mikrofon: »Code 7. Ich wiederhole: Code 7. Möglicher Eindringling im Wald.«

Während sie lief, schob sie Gray vor sich her über den Kies und die Treppe hinauf, wie sie es schon einmal getan hatte, als jemand sie vor der Downing Street Number 10 attackiert hatte. Endlich waren sie drinnen. Das Schlusslicht bildete Allie, die die Tür hinter sich zufallen ließ und den Schlüssel im Schloss drehte.

Verwirrt und keuchend versammelten sich die Schüler in der Eingangshalle. Kyle hielt immer noch Sophies Hand. Gray hatte das Gefühl, dass er vollkommen vergessen hatte, warum er es eigentlich tat. Sophies Wangen waren hochrot, ihre schwarzen Haare zerzaust, und ihre Augen blitzten wütend. Daneben hielt Minal sich die schmerzenden Seiten und schnappte nach Luft. Maya lehnte an der Wand und hatte die Arme fest vor der Brust verschränkt.

Vier schwarz gekleidete Wachen rannten mit schweren Schritten an ihnen vorbei in Richtung Tür. Julia trat einen Schritt zurück, um ihnen Platz zu machen. Sie schlossen die Tür auf und eilten hinaus.

»Gemeinschaftsraum«, befahl Julia.

Stumm vor Schreck und völlig erschöpft trotteten sie hinter ihr her.

Der Gemeinschaftsraum war beinahe so überfüllt, wie sie ihn verlassen hatten. War das wirklich erst eine Stunde her? Gray kam es vor wie Jahre. Als Julia ein paar Lederstühle vor ein Sofa schob, bis sie alle Sitzplätze hatten, sah niemand der anderen von seinem Brettspiel oder seinem Laptop auf.

Julia wandte sich an Gray und zeigte auf den Stuhl direkt hinter ihr. »Du bleibst hier. Ich muss rausfinden, was da draußen los ist.«

Sobald sie gegangen war, wandte Kyle sich an Dylan. »Was sollte das mit der Schuhgröße? Du hast doch was draußen gesehen, oder?«

Dylan sah ihn entschuldigend an. »Ich wollte euch keine Angst einjagen, deshalb habe ich nichts gesagt. Draußen vor dem Fenster waren Fußabdrücke im Matsch. Ungefähr Schuhgröße 44. Genau wie meine.«

Gray starrte ihn an. »Dann hab ich's mir nicht eingebildet?«

»Nein«, erwiderte er. »Irgendjemand war da draußen.« Er hielt inne und holte tief Luft. »Er hat uns beobachtet.«

ZEHN

Nachdem sie Gray und die anderen Schüler sicher im Gemeinschaftsraum untergebracht hatte, rannte Julia den Flur zurück zur Eingangstür. In ihrem Ohr ertönten über Funk immer wieder kurze Meldungen der Wachleute, die das Gelände rund um die Kapelle und den Zaun absuchten.

»Aufgewühlte Erde auf dem Friedhof …«

»Keine Anzeichen auf Eindringlinge in Sektor 8 …«

»Keine Anzeichen auf Eindringlinge in Sektor 7 …«

Vor der Eingangstür traf sie auf Allie, Carter und Zelazny.

»Nichts gefunden?«, fragte sie, obwohl sie sich denken konnte, wie die Antwort lautete.

»Noch nicht. Deutete aber alles auf einen Einzeltäter hin, höchstwahrscheinlich ein Mann«, sagte Carter.

Allie sah Zelazny an. »Bist du sicher, dass es keiner unserer Wachleute oder ein Schüler war?«

Der Geschichtslehrer nickte. »In dem Gebiet waren keine Wachen. Und soweit wir wissen, kann es auch kein Schüler gewesen sein. Wir haben sie gezählt, und es sieht so aus, als wären alle drinnen.«

Die Falten schienen sich heute Abend tiefer in sein Gesicht gegraben zu haben, als habe ihn die Krise vorzeitig altern lassen. Einst hatte er das Sicherheitsteam der Schule geleitet, doch Julia wusste, dass er genau wie Isabelle von seinem Amt zurückgetreten war. Um einer neuen Generation den Vortritt zu lassen. Dennoch beruhigte sie seine Anwesenheit.

Allies Blick wanderte von ihm zu Carter. »Wer war es dann?«

»Daran arbeiten wir noch«, erwiderte Carter.

Allie starrte in die Ferne, wo dunkle Baumkronen in den Himmel ragten. »Irgendwas haben wir übersehen«, sagte sie. »Hier kommt niemand rein. Es muss ein Schüler gewesen sein.«

Julia konnte einfach nicht glauben, was sie da hörte. »Oh, bitte. Du weißt ganz genau, dass man hier reinkommt. Das haben wir doch schon mal erlebt. Wir alle.«

Die Worte kamen schärfer heraus als beabsichtigt, und Allie versteifte sich. »Seit du gegangen bist, haben wir die Sicherheit verschärft, Jules. Wir haben überall Kameras installiert. Alarmanlagen eingerichtet.« Sie hielt ihr Handy in die Höhe. »Wenn jemand das Tor auch nur berührt, kriege ich das sofort mit. Wir hatten in diesem Jahr genau einen Eindringling, und das war Sophie Montgomerys verdammter Freund. Außer ihm hat es seit Jahren niemand mehr versucht.«

»Tja, jetzt schon. Und er hatte Erfolg.« Julia machte eine Handbewegung über das dunkle Schulgelände. »Wie viele Wachleute arbeiten heute Abend? Fünf? Und die überwachen, wie viel? Fünf Hektar? Sechs? Den Wald, die Hügel und einen kilometerlangen Zaun inbegriffen.« Sie trat einen Schritt näher. »Wach auf. Jemand ist reingekommen. Ich hab dich gewarnt, dass es so weit kommen würde. Aber du wolltest mir ja nicht glauben. Wirklich toll.«

Röte stieg Allie ins Gesicht. »Zieh Leine, Jules!«, fauchte sie.

Dann machte sie auf dem Absatz kehrt und stürmte zurück ins Gebäude.

Zelazny zog die Brauen hoch und sah von Carter zu Julia. »Dann spreche ich mal besser mit diesen fünf Wachen«, sagte er und lief über den Rasen in Richtung Wald.

Carter sah Julias widerspenstigen Gesichtsausdruck und seufzte. »Ich red mit ihr.«

Julia schüttelte den Kopf. »Nein. Lass mich das machen.«

Ohne seine Antwort abzuwarten, lief sie hinter Allie her ins Schulgebäude. Ihre Füße flogen die vertrauten Steinstufen hinauf in die Wärme der Eingangshalle. Drinnen war alles ruhig – den Schülern war aufgetragen worden, entweder in ihren Zimmern oder im Gemeinschaftsraum zu bleiben. Alle Lehrer, die nicht bei der Suche im Wald halfen, hielten sich in ihrem Flügel auf.

Kurz vor der großen Halle holte sie die Schulleiterin ein.

»Allie, warte!«, rief sie. »Wir müssen reden.«

Allie wirbelte herum und sah sie an. »Hör zu. Tut mir leid, dass ich so mit dir gesprochen habe. Ich hab die Nerven verloren. Aber ich glaube nach wie vor, dass du Gespenster siehst. Wir können nicht mit Sicherheit sagen, ob es ein Eindringling war. Nicht, bevor wir das gesamte Personal und die Schüler befragt haben. Vielleicht war es ja einfach ein Lehrer, der abends joggen gegangen ist.«

»Joggen.« Julia sah sie fassungslos an. »Diese Person hat die Schüler durch den Wald verfolgt. Laut Dylan wirkte es fast so, als hätte er Spaß dabei. Glaubst du wirklich, ein Lehrer würde so was tun? Du hast doch ihre Gesichter mit eigenen Augen gesehen. Die Kinder waren zu Tode erschrocken.«

»Es gibt keine Hinweise darauf, dass irgendjemand über den Zaun gekommen ist«, beharrte Allie. »Keine der Alarmanlagen hat angeschlagen. Das Tor war verschlossen. In diesem Moment sieht sich jemand die Kameraaufnahmen an. Wenn da irgendjemand drauf ist, erfahren wir es sofort. Aber wenn nicht …«

»Ach, hör mit deinen Kameras auf. Wir beide wissen ganz genau, dass das gar nichts beweist.« Julia war laut geworden. »Was, wenn jemand dein Sicherheitssystem durchschaut hat und weiß, wo die Lücken in deiner Kameraüberwachung sind? Die können mit Leichtigkeit über den Zaun kommen, ohne Spuren zu hinterlassen. Wenn das Profis sind, merkst du erst, dass dein System geknackt wurde, wenn es schon zu spät ist.«

»Sag du mir nicht, wie ich meine Schule zu leiten habe.« Auch Allie wurde langsam wütend. »Du bist gerade mal zwei Wochen hier und spielst dich schon als Expertin auf. Was glaubst du eigentlich, wer du bist?«

»Zufällig *bin* ich Expertin auf diesem Gebiet«, antwortete Julia ruhig. »Ich bin professioneller Bodyguard, von der Premierministerin angestellt, um ihre Tochter zu schützen. Es gehört zu meinem Job, alles in Betracht zu ziehen, was schieflaufen könnte. Und ich sage dir, heute ist hier etwas ganz gewaltig schiefgelaufen.«

Allie zuckte zusammen. »Komm schon, Jules, das ist unfair. Wir beschützen Gray, wie alle anderen Schüler auch.«

»Mir scheint, ihr habt schon seit geraumer Zeit niemanden mehr beschützt. Tut mir leid, wenn ich euch nicht zutraue, Gray zu beschützen.«

»Und *mir* tut es leid, wenn ich dir nicht abnehme, dass das überhaupt irgendwas mit Gray Langtry zu tun hat«, konterte Allie.

Es war, als wäre ihre ohnehin schon kühle Unterhaltung zu Eis gefroren.

»Was genau willst du damit sagen?«, fragte Julia.

»Ich glaube, hier geht es viel mehr um das, was vor sechs Jahren passiert ist«, sagte Allie.

Julia sog scharf die Luft ein.

Das, was vor sechs Jahren passiert war. Als ihre Eltern sie mit siebzehn von der Schule genommen und auf eine neue geschickt hatten, wo sie niemanden kannte. Vor sechs Jahren, als sie Carter hierlassen musste und Allie an ihre Stelle getreten war. Vor sechs Jahren, als ihr Leben kaputtgegangen war.

Sie wollte dagegen argumentieren und Allie sagen, dass sie vollkommen falschlag.

Aber so war es nicht. Und vielleicht war es an der Zeit, sich das einzugestehen.

»Gut. Dann gehen wir das jetzt mal an.« Sie verschränkte die Arme. »Seit ich wieder hergekommen bin, behandelst du mich wie eine Feindin, und das wegen einer Sache aus unserer Teenie-Zeit. Und ja, die beschäftigt mich noch. Ich wünschte, es wäre nicht so, aber ich bin nun mal auch nur ein Mensch. Ich habe Cimmeria nicht verlassen, weil ich es wollte. Meine Eltern haben das für mich entschieden und mir keine Wahl gelassen. Sie haben meine Sachen gepackt und einen Schläger geschickt, der mich hier rausgezerrt hat.«

»Das weiß ich.« Allie klang seltsam steif.

»Tust du das, ja?« Julia trat einen Schritt auf sie zu und ließ die Arme sinken. »Tust du das wirklich? Du weißt also, dass ich auf eine Schule geschickt wurde, wo ich niemanden kannte. Wo ich vollkommen allein war. Ich wurde von meinem Freund und all meinen Freunden getrennt. Keiner hat auf meine Nachrichten geantwortet. Ich war plötzlich von allem abgeschnitten. Und dann …« Julias Stimme erstarb.

»Und dann war dein Freund auf einmal mit mir zusammen«, beendete Allie den Satz für sie.

Schweigen. Dann sagte Julia. »Das hat mir das Herz gebrochen.«

Die beiden musterten sich mit einer Mischung aus Misstrauen und Reue. Alle Wut war verraucht.

Allie ließ ebenfalls die Hände fallen. »Ich fühle mich schrecklich deshalb«, gab sie zu. »Schon immer. Wir waren jung und hatten Angst. Das alles ist damals einfach *passiert*. Aber wir wollten dir nie wehtun. Ich habe viel darüber nachgedacht. Wie schwer es für dich gewesen sein muss. Und es tut mir leid.«

Der Schmerz, den Julia all die Jahre verspürt hatte, ließ ein bisschen nach. Sie hatte das Gefühl, eine Last abzulegen, die sie schon über Hunderte Kilometer geschleppt hatte.

»Ich werde nicht bestreiten, dass ich durch die Hölle gegangen bin …« Sie hielt inne. »Aber ich glaube, ich bin schon lange darüber hinweg. Seitdem habe ich ein neues Leben angefangen. Ein gutes. Und ich bin gut in dem, was ich tue. Im Ernst, Allie, das sage ich nicht, um Eindruck zu schinden. Ich weiß wirklich mehr auf diesem Gebiet als du. Und wenn ich sage, dass die Leute, die schon einmal versucht haben, sie umzubringen, wieder hinter ihr her sind, dann musst du mir glauben. Die werden sie finden. Und dafür gehen sie über Leichen.«

Allie begegnete ihrem Blick. »Und was erwartest du jetzt von mir?«

»Ich muss die Liste deiner Wachleute durchgehen und sehen, ob wir in den nächsten Tagen mehr von ihnen einsetzen können. Wir müssen das Gelände überwachen, bis wir Verstärkung bekommen.« Julias Ton war eindringlich. »Auf dem Schulgelände und im Gebäude muss patrouilliert werden. Die Wachen müssen die Schüler und das ganze Personal kennen – sie müssen in der Lage sein, jedes unbekannte Gesicht sofort zu identifizieren.«

»Das kann ich einrichten«, erwiderte Allie. Sie schwieg und fuhr dann fort: »Tut mir leid, dass ich so kühl war, seit du zurück bist. Das kam alles ein bisschen plötzlich. Ich hab nicht darum gebeten, diese Schule zu leiten, verdammt noch mal. So habe ich mir mein Leben nicht vorgestellt. Ich habe das Gefühl, als Isabelle weggegangen ist, ist alles auf mich eingestürzt. Und das Letzte, was ich will, ist, dass du mir beim Scheitern zusiehst.«

»Dann lass mich dir helfen«, drängte Julia. »Dein Sicherheitsteam ist nicht mehr so gut, wie es einmal war. Lass uns gemeinsam dran arbeiten. Ich kann das für dich tun. Und Carter kann mir helfen.«

Allie schwieg für einen Moment und sagte dann nur: »Gute Idee.«

»Noch eine Sache.« Julia atmete tief durch. »Ich glaube, wir müssen die Night School wieder aufnehmen.«

»Jules, nein.« Allie blickte geschockt drein. »So schlimm kann es doch nicht sein, oder?«

»Betrachte es als Vorsichtsmaßnahme. Von dem Training könnten auch andere Schüler profitieren. Maya zum Beispiel – ihre Familie ist immer noch das erklärte Ziel von Extremisten. Und Kyle – sein Vater hat Drohbriefe erhalten. Wir könnten an drei Tagen in der Woche ein Selbstverteidigungstraining anbieten. Ohne großes Brimborium. Das muss keiner wissen. Nur ein paar Trainer.« Sie versuchte vernünftig zu klingen. »Ich glaube, Gray würde es helfen, wenn noch mehr Schüler mitmachen.«

Es folgte eine lange Pause. Allies Widerstand war so deutlich, dass Julia meinte, ihn wie eine kühle Brise zu spüren.

Schließlich sagte sie: »Ich teile dir meine Entscheidung morgen mit, in Ordnung? Erst muss ich dringend Isabelle anrufen und mit Zelazny und Eloise reden. Das kommt alles so plötzlich. Bevor wir irgendwelche großen Veränderungen durchführen, will ich sie um ihre Meinung bitten.«

»Natürlich«, erwiderte Julia. »In der Zwischenzeit wird Raj uns ein paar von seinen Leuten zur Verstärkung schicken.«

»Sehr gut«, sagte Allie. »Und Jules. Ich denke über die Night School nach. Wirklich. Es fällt mir nur schwer zu akzeptieren, dass wir tatsächlich wieder an diesem Punkt angelangt sind. Ich habe hart dafür gearbeitet, das alles hinter mir zu lassen.« Leise Verzweiflung hatte sich in ihre Stimme geschlichen.

»Ich weiß«, sagte Julia mitfühlend. »Aber was auch immer nötig ist, wir kriegen das hin.«

In Erinnerungen versunken sahen die beiden sich eine Weile an. Erinnerungen an zwei junge Frauen, die Seite an Seite für etwas kämpften, an das sie glaubten.

»Ich bin froh, dass du da bist, Jules«, sagte Allie. »Schön, dass du nach Hause gekommen bist.«

ELF

Als Gray am nächsten Morgen die Treppe hinunterkam, wartete Julia schon auf sie.

Gray beäugte sie vorsichtig. Seit ihr Bodyguard sie am Abend zuvor ins Gebäude gebracht und ihnen befohlen hatte, sich nicht vom Fleck zu rühren, hatten sie sich nicht mehr gesehen.

Etwa eine Stunde hatte es gedauert, bis das gesamte Schulgelände gesichert worden war. Außer denen, die in der Kapelle gewesen waren, hatte keiner der Schüler im Gemeinschaftsraum gewusst, was vor sich ging. Es hatte eine Durchsage über ein kleines Feuer in der Küche gegeben, und sie alle waren dazu aufgefordert worden, an Ort und Stelle zu bleiben. Niemand hatte die Notlüge angezweifelt.

Irgendwann war Eloise Derleth gekommen und hatte sie allesamt nach oben in ihre Zimmer gescheucht. Danach hatte Gray Julia nicht mehr zu Gesicht bekommen.

Nun, in Jeans, einer schwarzen Lederjacke und die Augen hinter einer dunklen Sonnenbrille versteckt, begrüßte ihr Bodyguard sie nur mit einem distanzierten »Guten Morgen« und wandte sich unverzüglich zum Gehen in Richtung Speisesaal. Da Gray ihr Gesicht nicht sehen konnte, war es nicht leicht abzuschätzen, wie wütend sie war. Doch ihr eisiges Schweigen sprach Bände. Verzweifelt versuchte sie sich zu entschuldigen, doch Julias unausgesprochene Vorwürfe hallten ihr durch den Kopf, und sie brachte kein Wort heraus.

Entschuldigungen waren zwecklos. Sie hatte gelogen. Schon wieder. Mehr gab es nicht zu sagen.

Vor Scham fühlte sie sich dumpf und leer.

»Gibt's was Neues?«, fragte sie nach einer Weile. »Habt ihr gestern Abend irgendwas gefunden?«

»Leider kein Glück. Wir können mit großer Sicherheit sagen, dass niemand mehr auf dem Gelände ist. Alles wurde gründlich abgesucht. Aber wir wissen immer noch nicht, wer es war oder was die wollten.«

Julia überbrachte die Nachrichten ohne die kleinste Gefühlsregung.

An der Tür zum Speisesaal blieben sie stehen. Julias dunkle Sonnenbrillengläser blickten Gray missbilligend an.

»Ich muss heute nach London. Ein Treffen mit deiner Mutter«, sagte sie knapp. »Mir wäre sehr damit geholfen, wenn du dich in der Nähe des Gebäudes aufhältst, bis wir die Sache aufgeklärt haben.«

Gray verspürte einen Stich. Wenn ihre Mutter herausfand, was sie in der Kapelle getrieben hatten, wäre sie außer sich.

»Darf ich fragen … Was willst du ihr erzählen?«

Die dunklen Gläser musterten sie einen Augenblick lang. »Keine Sorge. Es gibt momentan Wichtigeres als deine kleinen Schwindeleien.«

Damit machte Julia auf dem Absatz kehrt und eilte den Flur hinunter. Unfähig, sich zu rühren, sah Gray ihr für einen Moment nach. Doch sie durfte sie nicht einfach so gehen lassen.

»Julia!« Sie lief ihr nach. Ihr Bodyguard blieb stehen und drehte sich abrupt um. »Tut mir leid, ich hätte nicht mitgehen dürfen«, sagte Gray stockend. »Ich dachte, ich wäre in Sicherheit. Ich hätte nie gedacht, dass ich etwas riskiere, das schwöre ich. Ich wollte einfach nur Freunde finden. Mehr nicht. Ich wollte dazugehören. Wenn ich dir die Wahrheit gesagt hätte, wärst du mitgekommen, und damit hätte ich das vergessen können. Es tut mir leid. Das war falsch von mir.«

Langsam nahm Julia ihre Sonnenbrille ab und sah Gray aus müden Augen unverwandt an.

»Ich dachte auch, dass du in Sicherheit bist«, sagte sie. »Es tut mir leid, dass es nicht so war. Und es tut mir leid, dass du gestern Abend so große Angst hattest. Ich kümmere mich darum, aber dafür muss ich dir vertrauen können. Du darfst mich nie wieder anlügen, hast du verstanden? Ohne deine Hilfe schaff ich das nicht.«

»Du kannst mir vertrauen«, versicherte Gray ihr inbrünstig. »Ich riskier nichts mehr. Ich hab's jetzt kapiert.«

Julia sah ihr einen Moment in die Augen. Dann nickte sie.

»Ich glaube dir. Danke für deine Entschuldigung. Und jetzt pass auf dich auf, bis ich wieder da bin. Das ist ein Befehl.«

Das war die kürzeste Standpauke, die Gray jemals erhalten hatte, und gleichzeitig die mit der größten Wirkung. Sie bereute es zutiefst, Julia enttäuscht zu haben, und schwor sich, sich in Zukunft so zu verhalten, dass sie ihren Respekt verdiente, koste es, was es wolle. Irgendwie musste sie ihr Vertrauen gewinnen.

Im Speisesaal fingen Kyle und Minal sie schon an der Tür ab und schoben sie zu ihrem Tisch in einer ruhigen Ecke.

»Wir warten schon seit *Ewigkeiten.*« Minal drückte ihr eine Tasse Kaffee in die Hand. »Hier. Wir dachten, du frühstückst immer früh, und wollten dich gleich abfangen. Erzähl uns *alles.*«

Gray öffnete den Mund, wurde jedoch von Minal und Kyle unterbrochen, die sie aufgeregt mit Fragen bombardierten, ohne ihre Antwort abzuwarten.

»War das gestern Abend nicht der Hammer?«

»Wer, glaubst du, hat uns verfolgt?«

»War Dylan nicht megacool? Woher wusste er, wie man sich in so einer Situation verhält?«

»Wie ein echter Cop aus einer amerikanischen Serie. *Cimmeria Police Academy* oder so.«

Schließlich brachte Minal Kyle zum Schweigen und fragte: »Was hat dein Bodyguard gesagt? Weiß sie, wer es war?«

»Nicht viel.« Als sie ihre enttäuschten Gesichter sah, fügte sie hinzu: »Sie fährt gerade nach London, um mit meiner Mutter darüber zu sprechen. Mehr weiß ich auch nicht.«

»Deine Mutter wird *austicken*«, sagte Kyle mit glänzenden Augen. »Meine auch. Die werden der Schule ordentlich Dampf machen. Schließlich hat sie den Ruf, supersicher zu sein. Unsere Eltern zahlen ein Vermögen, damit wir *nicht* in irgendeiner Kapelle gekidnappt werden.«

Minal wurde ernst. »Wenn wirklich jemand aufs Gelände gekommen ist, kriegt mein Vater einen Anfall. Er hat das Sicherheitssystem selbst installiert und schwört immer Stein und Bein, dass es das beste im ganzen Land ist. Wenn der Typ reingekommen ist, muss jemand echt Scheiße gebaut haben.« Sie sah Gray besorgt an. »Die wollen dich doch nicht etwa wieder von der Schule nehmen oder so was Bescheuertes? Ich meine, immerhin wurde keiner verletzt.«

Bei ihren Worten durchlief Gray ein kalter Schauer. Die Möglichkeit, dass ihre Eltern sie nach gerade einmal zwei Wochen wieder von der neuen Schule nehmen könnten, hatte sie noch gar nicht in Betracht gezogen. Aber Minal hatte recht. Es war nicht auszuschließen.

»Ich glaube nicht …«, sagte sie langsam, doch den anderen beiden entging nicht, wie unsicher sie klang.

Kyle schaute entsetzt drein. »Das können sie nicht bringen. Du bist doch gerade erst angekommen! Endlich mal jemand, die ein bisschen Glamour und Abenteuer in unsere kleine, farblose Welt bringt. Das können sie uns nicht einfach wieder wegnehmen. Ich schmeiß mich eigenhändig vor euer Auto, wenn sie es versuchen«, schloss er theatralisch.

»Pass bloß auf, das macht er wirklich«, warnte Minal und stupste Kyle voller Zuneigung an. »Dramaqueen.«

»Ich lebe für Dramen«, stimmte Kyle leidenschaftlich zu. »Das würde mich mindestens eine Woche lang ausfüllen.«

Ihre ausgelassene Stimmung war ansteckend, und bald merkte Gray, dass sie trotz allem lächelte. »Du musst dich nicht vors Auto schmeißen«, sagte sie. »In Number 10 bin ich auch nicht sicher. Und wenn mich hier jemand findet, dann finden sie mich überall, egal wo meine Eltern mich hinschicken.«

Ihre Stimme war eine Spur düsterer geworden, doch die anderen waren zu aufgeregt, um es zu bemerken.

»Wer, glaubst du, stand wirklich vor der Kapelle?«, fragte Minal und sah von ihr zu Kyle. »Ich meine, vielleicht war's ja gar kein Eindringling. Vielleicht irgendein durchgedrehter Schüler.«

»Vielleicht ein Fotograf«, überlegte Gray. »In London sind die mir auf Schritt und Tritt gefolgt.«

Ein unangenehmer Gedanke. Wenn die Paparazzi sie ausfindig machten, wusste bald alle Welt, wo sie war. Doch Kyle war begeistert. »Wenn es ein Paparazzo war, glaubst du, dass sie Fotos von uns in der Kapelle geschossen haben, wie wir kiffen? Das wäre ein Riesenskandal. Stell dir mal die Überschriften vor: ›Reiche Teenager außer Rand und Band‹.«

Gray war weniger angetan von der Aussicht. »Keine Ahnung. Wenn es ein Paparazzo war, hätte er uns doch angehalten und Fragen gestellt. Warum sollte er so ruhig bleiben? Aber der Typ hat ja einfach nur dagestanden und ist dann … keine Ahnung, einfach verschwunden.«

»Es muss echt crazy sein, von Paparazzi verfolgt zu werden«, sagte Minal. »Ist das wirklich wie im Fernsehen? So von wegen: ›Gray, guck mal her! Mach einen Schmollmund für mich, Baby‹?«

Gray lächelte kein bisschen. »Genau so, riesige Typen, die eklige Fragen stellen und versuchen, dich aus der Reserve zu locken. Echt widerwärtig.«

»Ach so«, sagte Kyle ernüchtert. »Ich hätte gedacht, dass es lustiger ist.«

»Deshalb glaube ich auch nicht, dass sie es waren. Gestern Abend, das hat sich angefühlt wie …« Sie suchte nach Worten. »… es hat sich angefühlt, als würden wir vor einem Gespenst weglaufen.«

»Ich hoffe, es war keiner, der dir oder deiner Mutter was antun will.« Minals Miene verdüsterte sich. »Ich kann einfach nicht glauben, dass jemand zu so was fähig ist.«

»Für Macht tun die Leute doch alles.« Das war Mayas eleganter polnischer Akzent. Sie blickten auf, und da stand sie neben ihnen, mit einer Tasse Kaffee und einem Frühstücksteller, die Locken zu einem Pferdeschwanz gebändigt. »Das ist meiner Meinung nach das Schlimmste an der Menschheit.«

Ein bisschen blass sah sie aus, doch nichtsdestotrotz war ihre Kleidung wie immer tadellos. Sie ließ sich auf den Stuhl neben Gray gleiten und sah stirnrunzelnd auf den leeren Tisch. »Du isst ja gar nichts.«

»Oh, verdammt. Das ist unsere Schuld. Wir haben ihr keine Zeit dafür gelassen.« Kyle sprang auf. »Ich hol dir was. Toast? Schinken? Toast und Schinken?«

»Ganz egal«, sagte Gray lächelnd. »Und noch einen Kaffee.«

»Zu Befehl.« Er eilte zu dem langen Tischen am anderen Ende des Saals, wo Berge von Essen auf großen Platten erhitzt und auf silbernen Tabletts warm gehalten wurde.

»Wie geht's dir nach gestern Abend?«, fragte Maya und musterte Gray. »Du hattest einen Schock.«

Bisher hatte Kyles und Minals Ausgelassenheit Gray abgelenkt, doch nun erfüllte die Erinnerung an ihre Angststarre und Mayas ruhige Ohrfeige sie mit Scham.

»Ja … äh … mir geht's gut«, sagte sie errötend. »Tut mir leid, wegen …«

»Du musst dich nicht entschuldigen«, unterbrach Maya sie. »Jeder hätte Angst nach dem, was dir passiert ist. Das ist ganz normal.

Ich hab auch immer Angst, wenn ich zu Hause bin. Hier normalerweise nicht. Aber gestern Abend war echt gruselig.«

Ermutigt von diesem Eingeständnis sagte Gray zögernd: »Allie hat mir erzählt, was deinem Vater passiert ist. Dass jemand versucht hat, ihn umzubringen.«

Minal warf ihr einen überraschten Blick zu.

»Viele Male.« Mit einem dunklen Ausdruck umklammerte Maya ihre Kaffeetasse. »Wir haben Bodyguards, genau wie du. Aber seitdem er nicht mehr im Amt ist und weniger Macht hat, ist es weniger geworden. Jetzt kann ihm nichts mehr genommen werden.«

»Wie wirst du mit der Angst fertig?«, fragte Gray. »Seit dem Anschlag fürchte ich mich andauernd. Ich hab Angst, dass mir oder meiner Mutter was zustößt. Meine Welt ist total durcheinandergeraten.«

Maya musterte sie über den Rand ihrer Tasse mit dem blauen Cimmeria-Wappen. »Fertigwerden ist nicht ganz das richtige Wort. Erst hat die Angst dich fest im Griff, aber mit der Zeit wird sie zu etwas, das *du* kontrollieren kannst. Es ist ein bisschen so, als würde die Angst zu einem Möbelstück in deinem Leben werden. Ein Stuhl, über den du manchmal stolperst und denkst: Ach ja, das ist Angst. Da steht sie, um mich zum Stolpern zu bringen.« Sie hielt inne und sagte dann eindringlich: »Aber du darfst niemals zulassen, dass sie dich daran hindert, zu leben. Du bekämpfst sie, indem du weiterlebst.«

»Aber wenn jemand hier nach ihr sucht, ist es ja klar, dass sie Angst hat«, wandte Minal ein. »Ich hab mir gestern Abend fast in die Hose gemacht.«

»Mag sein.« Maya hob die Augenbrauen. »Aber bevor wir nicht sicher wissen, mit wem wir es zu tun haben, sollten wir nicht in Panik verfallen. Lasst uns erst mal ruhig bleiben und einen kühlen Kopf bewahren. Wenn wir Grund zur Sorge hätten, würden die Lehrer uns das doch sagen.«

Kyle kam quer durch den Saal zurück an ihren Tisch gestürzt, ließ ein Schinkenbrot auf Grays Teller fallen und tauschte ihre Kaffeetasse so schnell gegen eine neue aus, dass sie gar keine Zeit hatte überzuschwappen. Dann setzte er sich und ließ den Blick über ihre ernsten Mienen gleiten.

»Was hab ich verpasst? War's was Gutes? Immer verpass ich die guten Sachen.«

In dem Moment tauchte Sophie an der Tür auf. Die marineblaue Schuluniform, die sie alle trugen, sah an ihr irgendwie anders aus. Wie sie dort mit den grazilen Schritten einer Gazelle den Saal durchquerte, bekam man den Eindruck, sie wäre extra so designt worden, dass sie ihre langen Beine zur Geltung brachte.

Stumm beobachteten sie, wie sie sich Früchte und Joghurt in eine Schüssel häufte und sich dann zu einer Gruppe ähnlich wunderschöner Mädchen am anderen Ende des Saals gesellte, ohne die vier auch nur anzusehen.

Gray unterdrückte einen Seufzer. Genau das hatte sie befürchtet.

»Sie ist wütend«, stellte Maya fest.

Aller Humor wich aus Kyles ovalem Gesicht. »Gestern Abend ist ganz und gar nicht so gelaufen, wie Sophie sich das vorgestellt hat. Alles, was sie wollte, war, high zu werden und mit Dylan rumzumachen. Aber soweit ich das gesehen hab, hatte er nur Augen für Gray. Sie war schon wütend, bevor alles aus dem Ruder gelaufen ist.«

»Sie denkt doch nicht wirklich …« Gray sah die anderen entsetzt an. »Warum? Wir haben doch nicht geflirtet oder so. Wir haben uns über Kunst und Geschichte unterhalten, das ist alles.«

»Tja.« Kyle lehnte sich in seinem Stuhl zurück und hob eine Augenbraue. »Dazu kann ich nichts sagen. Ich kann dir nur sagen, wie Sophie es hundertpro gesehen hat. Und, so leid es mir tut, Dylan schien mir schon sehr an dir interessiert.«

»Fand ich auch«, stimmte Maya zu. »Er ist nicht von deiner Seite gewichen.«

»Verrat«, stieß Kyle aus und hob theatralisch seine Hand zur Stirn.

Gray stieg die Hitze ins Gesicht. »Aber ich mag ihn überhaupt nicht. Wir mögen uns nicht«, protestierte sie. »Er hat sich einfach das Buch ausgeliehen, das ich haben wollte, und behandelt mich immer so von oben herab.«

Doch dann erinnerte sie sich, wie er sie angesehen hatte, als sie sich über die Wandgemälde unterhalten hatten. Da hatte er sie überhaupt nicht von oben herab behandelt.

»Sophie ist eine harte Nuss. Warte einfach ab«, riet Minal. »Geh ihr aus dem Weg, bis sie darüber hinweg ist.«

Maya biss nachdenklich in ihren Toast. »Wir haben alle unsere dunklen Seiten. Sophie ganz besonders. Ich rede mit ihr.«

Gray sah hinüber zu der dunkelhaarigen Schönheit, die sie keines Blickes würdigte. »Wer ist sie überhaupt?«, fragte sie. »Warum verhält sie sich so?«

Maya und Kyle tauschten Blicke aus.

Dann lehnte er sich vor und sagte leise: »Ihr Vater ist ein millionenschwerer Kapitalunternehmer. Und ein Riesenarschloch. Er hat ein Vermögen damit gemacht, eine Modekette aufzukaufen und dann alle Läden zu schließen, die Leute zu feuern und ihnen die Renten zu klauen. Danach hat er so an die drei Jachten gekauft. Ihre Mutter ist eine ehemalige Schönheitskönigin aus Malaysia. Sie war Miss World oder so. Sie waren ungefähr fünf Jahre verheiratet, und als Sophie drei war, ist er mit Ehefrau Nummer zwei durchgebrannt. Hat einen fetten Treuhandfonds für sie eingerichtet und denkt anscheinend, das war's dann mit seiner Vaterrolle. Letzten Sommer hat sie mal versucht, Kontakt mit ihm aufzunehmen, um irgendeine Art von Beziehung aufzubauen. Aber als sie ihn endlich am Telefon hatte, hat er nur gesagt: ›Für so was hab ich keine Zeit. Ich tauge nicht als Vater.‹ Da hat sie eine Handvoll Schlaftabletten mit dem Wodka ihrer Mutter runtergespült und ist im Krankenhaus gelandet. Das Hausmädchen hat sie gefunden, und sie mussten ihr den Magen auspumpen.«

»Was zur Hölle.« Gray starrte ihn entsetzt an.

»Ja, ihr Vater ist echt ein Volltrottel«, sagte Minal. »Die Sache hat sie völlig fertiggemacht. Davor war sie viel netter. Seitdem zieht sie diese Nummer mit der Eisprinzessin ab. Ist richtig gemein geworden. Und unglücklich.«

Während sie sich unterhielten, hatte Maya stillschweigend ihr Frühstück gegessen. Nun schob sie ihren Teller beiseite und verkündete: »Sie hat regelrecht Mauern um sich aufgebaut, um sich davor zu schützen, dass irgendjemand sie je wieder so verletzt wie ihr Vater. Aber das entschuldigt gar nichts. Nur weil sie verletzt ist, gibt ihr das nicht das Recht, andere Leute zu verletzen.«

Einer plötzlichen Eingebung folgend drehte Gray sich zu ihr um. »Gestern Abend hast du die Flasche mit Absicht fallen lassen, oder?«

Maya zuckte die Schultern. »Sie trinkt, um ihren Schmerz zu betäuben. Aber dafür ist sie noch viel zu jung. Das kann ich nicht mit ansehen.«

»Sie ist echt 'ne Ikone«, sagte Kyle mit Bedauern. »Aber sie ist auch eine durchgeknallte Zicke.« Er sah Gray an. »Pass bloß auf. Wenn sie nicht deine wunderschöne Freundin sein kann, dann wird sie deine wunderschöne Feindin. Und sie kann einem echt wehtun.«

»Danke.« Obwohl ihr bei den Worten komisch wurde, zwang Gray sich zu einem Lächeln. Wie konnte sie jetzt schon Feinde haben, wo sie doch gerade erst angefangen hatte, Freundschaften zu schließen? Das war das Letzte, was sie im Moment brauchen konnte.

ZWÖLF

Dunkle Wolken hingen über London. Julia bog mit dem Regierungsfahrzeug auf einen nicht gekennzeichneten Parkplatz in einer ruhigen Seitenstraße in Westminster ein, der auf das verzierte, schmiedeeiserne Tor des Buckingham Palace blickte. Doch als sie ausstieg, wandte sie sich nicht in Richtung des quadratischen Palastes, sondern in die entgegengesetzte Richtung zu einem unauffälligen Sicherheitstor, das von einem Polizisten in kugelsicherer Weste und Maschinengewehr bewacht wurde.

Julia hielt ihren Pass erst vor ein elektronisches Lesegerät und dann dem Polizisten unter die Nase. Sein Blick wanderte von ihrem Passbild zu ihrem Gesicht, dann trat er mit einem Nicken einen Schritt zurück und öffnete mit einem *Klonk* das Tor. Auf der anderen Seite winkte er sie zu einem Metalldetektor.

Nachdem sie die Sicherheitskontrollen durchlaufen hatte, ging sie durch das Labyrinth der Regierungsgebäude und bog in einen schmalen Weg ein, der zur Downing Street führte.

Eine kleine Ansammlung Fotografen stand vor der berühmten Tür mit dem Türklopfer in Form eines Löwenkopfes und der schlichten Nummer 10, die sich weiß vom schwarzen Grund der Tür abhob. Bevor sie die erste Stufe erreicht hatte, schwang die Tür von innen auf, und ein weiterer Polizist trat zur Seite, um sie einzulassen.

»Name, bitte?«, fragte er knapp.

»Julia Matheson für die Premierministerin.«

Seine höfliche Miene verzog sich um keinen Millimeter. »Ich melde Sie an.«

Julia legte ihr Handy in eines der nummerierten Kästchen im polierten Holzregal neben der Tür und wartete bei den Wachen. Als Gray noch in Number 10 gewohnt hatte, hatte Julia eine Karte besessen, die ihr uneingeschränkten Zugang zum Gebäude ohne eine einzige Frage oder Kontrolle verschaffte. Diese Tage waren definitiv gezählt.

Einer der Wachleute blickte von seinem Computerbildschirm auf und sagte: »Sie dürfen, Ms Matheson.«

Julia durchquerte die Eingangshalle mit dem Schachbrettmusterboden und gelangte in den vertrauten Flur, der ins Herz des Bürogebäudes führte. Es war kurz vor Mittag, und das Gebäude wimmelte von Angestellten und Sicherheitsleiten, die in Windeseile die Flure entlanghasteten und gleichzeitig in ihre Handys sprachen. Julia löste sich aus der Menge und stieg eine Treppe hinauf, die von den Porträts ehemaliger Premierminister gesäumt war.

Auf halbem Wege kam ihr Raj Patel entgegen.

»Gut, dass du kommst«, sagte er. Schlank, aber muskulös, in einem dunkelgrauen Anzug, der an den Schultern etwas spannte, sah er aus wie immer. »Tut mir leid, dich so hineinzerren zu müssen, aber die Premierministerin ist in höchstem Maße beunruhigt wegen der Geschehnisse letzte Nacht.«

»Zu Recht«, sagte Julia nüchtern.

»Dann bist du davon überzeugt, dass jemand auf dem Gelände war? Kein Irrtum?«

»Ganz sicher.«

Raj fluchte unterdrückt. »Sie ist noch nicht einmal drei Wochen da.« Sie hatten inzwischen das obere Stockwerk erreicht. »Ich hätte gedacht, uns bleibt mehr Zeit. Wie konnten die sie so schnell ausfindig machen?«

»Entweder haben sie es selbst herausgefunden – so viele Internate dieser Art gibt es ja nicht – oder jemand hat geredet«, antwortete Julia.

»Vielleicht einer der Angestellten?«, tippte er.

»Oder einer der Lehrer. Oder ein Schüler hat es seinen Eltern erzählt.« Sie zuckte die Schultern. »Es war von vornherein unmöglich, es geheim zu halten. Das Einzige, was jetzt zählt, ist: Sind wir bereit?«

Mehr als alles andere wünschte sie sich, er möge sagen: »Ja, keine Sorge, wir haben einen Plan.« Doch seine Miene blieb ernst.

»Deshalb sind wir hier.« Er senkte die Stimme. »Sie will Gray von der Schule nehmen.«

»Was?« Julia starrte ihn fassungslos an. »Und sie wieder herholen? Wo die ganzen Drohungen angefangen haben?«

»Oder auf ein anderes Internat schicken.«

An seinen angespannten Kiefermuskeln konnte sie deutlich seine Missbilligung ablesen. Er sah genauso müde aus, wie sie sich fühlte. Momentan bekam keiner von ihnen genug Schlaf.

»Ich nehme an, du hältst davon genauso wenig wie ich?«, fragte sie.

»Das ist vollkommener Blödsinn«, sagte er. Inzwischen hatten sie die schwere Tür erreicht, die zum Büro der Premierministerin führte, und er streckte die Hand nach der Klinke aus. »Deshalb erwarte ich von dir, dass du es ihr ausredest.«

Das kleine Vorzimmer war leer. Nur die Sekretärin sah von ihrem Computer auf. »Ah, Mr Patel. Ms Matheson. Sie werden schon erwartet.« Sie machte eine Handbewegung auf die Tür zu ihrer Linken.

Julia strich ihr Jackett glatt und folgte Raj durch die Tür.

Das Büro der Premierministerin war ein großer, lichtdurchfluteter Raum mit einer Fensterfront, die durch kugelsichere Vorhänge geschützt wurde. Im Falle einer Bombardierung würden sie sich wie

Segel aufblähen und Glassplitter und Projektile abfangen. Wie so vieles wirkten sie leicht und durchlässig, waren in Wahrheit jedoch widerstandsfähig wie Eisen.

Jessica Langtry erhob sich von ihrem Stuhl hinter einem riesigen Tisch aus Walnussholz. Lichtstrahlen verfingen sich in den hellen Strähnen ihres tadellos frisierten Bobs. »Raj, Julia.« Sie schenkte ihnen ein knappes Lächeln. »Danke, dass Sie gekommen sind.« Mit einer einladenden Handbewegung auf die Ledersessel gegenüber lief sie um den Tisch herum und gesellte sich zu ihnen auf das passende Ledersofa. »Ich weiß, dass Sie einen langen Weg auf sich genommen haben, Julia, aber wir haben hier zweifellos eine beunruhigende Situation vorliegen.«

»Ja, die Situation ist besorgniserregend«, sagte Raj. »Aber nicht weiter überraschend. Obwohl es schneller passiert ist, als wir gedacht hätten, kommt es doch nicht unerwartet. Es war klar, dass die Gegenseite irgendwann herausfindet, wo sie ist.«

»Aber so?« Die Premierministerin sah ihn mit hochgezogenen Brauen an. »Indem sie im Dunkeln quer über das Schulgelände gejagt wird? Wie um alles in der Welt ist er hineingekommen?«

Raj nickte Julia zu. Sie räusperte sich. »Wir haben Fußabdrücke vor der Kapelle gefunden, in der Gray und ihre Freunde waren, als sie ihn gesehen haben. Es deutet alles darauf hin, dass es ein Mann war, der allein gehandelt hat. Wir wissen, wo er über den Zaun gekommen ist, und haben die Kameras und die Sensoren neu ausgerichtet. Wenn er es noch mal an derselben Stelle versucht, haben wir ihn.«

Obwohl sie Sophie Montgomerys Zustand auf einen Blick erkannt und den unverwechselbaren Marihuana-Geruch an Kyles Jackett wahrgenommen hatte, entschied sie sich, die Einzelheiten von Grays Ausflug in die Kapelle für sich zu behalten. Das war jetzt nicht weiter wichtig.

»Haben Sie irgendeine Idee, wer es war?«, fragte Jessica. »Haben die Kameras jemanden aufgezeichnet?«

Raj sprang ein. »Leider konnten wir ihn diesmal nicht identifizieren, Mrs Langtry. Er hat den Zugang gut gewählt, in einem blinden Fleck zwischen zwei Kameras und von Ästen verdeckt. Wir haben außerhalb der Mauer Kletterausrüstung und innerhalb der Mauer weitere Indizien gefunden – zerbrochene Zweige und so weiter. Es sieht ganz danach aus, als wäre er bis zum Schulgebäude gelaufen und hat sich dann wieder in den Wald begeben. Wahrscheinlich, nachdem er Gray und ihre Freunde entdeckt hat, die auf dem Weg zur Kapelle waren. Möglicherweise ist er ihnen schon von dem Moment an gefolgt, als sie das Schulgebäude verlassen haben.«

Zum ersten Mal in ihrem Gespräch sah Grays Mutter ernstlich schockiert aus. »So nah ist er ihr gekommen? Mein Gott, Raj. Er hätte sie umbringen können.«

»Unsere Leute waren immer in ihrer Nähe«, versicherte er ihr. »Und die Kinder haben gut reagiert. Sie haben aufeinander achtgegeben und sind direkt losgelaufen, um Hilfe zu holen.«

Die Premierministerin stand abrupt auf und ging zum Fenster. Ihr Rücken war kerzengerade. Als sie sich umdrehte, zeigten sich tiefe Sorgenfalten in ihrem Gesicht.

»Ich muss sagen, es behagt mir nicht, Gray auf dieser Schule zu lassen«, sagte sie. »Wir müssen davon ausgehen, dass diese Person zu John Ashfords Zirkel gehört. Die Tatsache, dass es ihm gelungen ist, die Sicherheitsvorkehrungen am Zaun und die Wachleute zu umgehen, deutet darauf hin, dass er höchst professionell war. Ich fürchte, einer Gruppe dieser Größenordnung ist die Schule nicht gewachsen. Dort ist sie ihnen schutzlos ausgeliefert.«

Raj wählte seine Worte mit Bedacht. »Wir müssen akzeptieren, dass keine Schule der Welt Grays Anwesenheit lange unter Verschluss halten kann. Und Cimmeria hat hohe Sicherheitsstandards …«

»So hohe, dass meine Tochter gestern Abend von einem unbekannten Angreifer durch den Wald gejagt wurde«, warf Jessica Langtry scharf ein. »Ich weiß, dass es unmöglich ist, sie hier vollständig zu schützen, aber mir gefällt der Gedanke nicht, dass sie so weit weg von zu Hause in Gefahr ist. Und Sie wissen sehr gut, Raj, dass ich von Anfang an dagegen war, sie dorthin zu schicken.«

»Das kann ich sehr gut nachvollziehen«, sagte Raj in gemessenem Ton. »Wie Sie wissen, ist meine eigene Tochter ebenfalls in Cimmeria und ich bin auch ihretwegen in Sorge.«

»Natürlich.« Jessica neigte leicht den Kopf. »Es beruhigt mich, dass unsere Töchter beide dort sind.«

Julia mischte sich ein: »Um genau zu sein, waren Minal und Gray gestern Abend sogar zusammen in der Kapelle.«

Hätte sie ihn nicht so gut gekannt, dann wäre ihr das schwache Aufflackern in Rajs Ausdruck entgangen. Sie hatte vollkommen vergessen, ihm vorher davon zu erzählen. Doch er sagte nur: »Verstehe.« Dann wandte er sich wieder an seine Chefin.

»Mrs Langtry, neben Julia haben wir das schuleigene Sicherheitsteam auf dem Gelände, das von Carter West geführt wird, einem sehr fähigen jungen Mann, den ich eigens ausgebildet habe. Ich werde ihm diese Woche zusätzliche Agenten schicken, die die Lücken im System schließen. Wir *können* sie schützen.«

Julia kam ihm zu Hilfe. »Wir haben die Patrouillen auf dem Gelände verstärkt und auf den Wald und entlang des Zaunes ausgedehnt. Mit Ihrer Erlaubnis würden wir außerdem bestimmten Schülern ein Selbstverteidigungstraining anbieten, damit sie besser vorbereitet sind, wenn es noch einmal zu solch einer Situation kommt.«

»Selbstverteidigung. Du meine Güte.« Jessica sprang wieder auf, durchmaß den Raum bis zu dem Marmorkamin und fixierte die beiden dann mit einem eindringlichen Blick. »Muss das wirklich sein?«

»In der Vergangenheit haben wir das viel gemacht«, sagte Raj. »Es ist nicht weiter ungewöhnlich für junge Menschen, die Opfer einer Entführung werden könnten, diese Art von Training zu absolvieren. Es ist sehr zielgerichtet und trägt zu ihrer Sicherheit bei.«

Jessica lauschte ihm mit unergründlicher Miene.

»Was weiß Gray eigentlich über die Geschehnisse von gestern Abend?«

»Wir haben ihr noch nicht viel erzählt«, sagte Raj. »Nur, dass wir ermitteln.«

»Und was werden Sie ihr erzählen?«, fragte sie.

Raj und Julia wechselten einen Blick.

»Ich denke nicht, dass wir ihr die Wahrheit erzählen sollten«, sagte er. »Wenn sie erfährt, dass dieselbe Gruppe wieder hinter ihr her ist und dass sie ihr so nah gekommen sind, könnte sie einen Rückfall erleiden. Sie hat psychisch immer noch mit dem Anschlag in Oxford zu kämpfen.«

Jessica wandte sich an Julia, die bisher geschwiegen hatte: »Was denken Sie?«

»Raj hat recht. Das könnte sie zurückwerfen«, sagte sie widerstrebend. »Ich hasse es, sie anzulügen. Als ihr Bodyguard brauche ich ihr vollstes Vertrauen. Aber ihr jetzt die Wahrheit zu erzählen ...« Sie machte eine Pause. »Daran könnte sie zerbrechen.«

Die Premierministerin rieb sich mit den Fingerspitzen die Stirn. »Gut. Sagen Sie es ihr nicht. Lassen wir ihr noch eine Weile ihren Frieden.« Doch als sie die Hand fallen ließ, sah sie gar nicht glücklich aus. »Ich muss sagen, keiner von Ihnen hat mich davon überzeugt, dass Gray in Cimmeria in Sicherheit ist. Ganz im Gegenteil. Ich bin mir unsicherer denn je, dass wir die richtige Entscheidung für sie getroffen haben.«

Raj öffnete den Mund, um zu antworten, doch Julia kam ihm zuvor.

»Ich denke, Sie wissen sehr gut, dass keine von ihnen beiden momentan irgendwo sicher ist«, sagte sie.

Die Miene der Premierministerin versteinerte, doch Julia sprach fester Stimme weiter.

»Von allen Orten, an denen Gray sein könnte, halte ich Cimmeria immer noch für den besten. Wir können nicht versprechen, dass nie wieder jemand über den Zaun kommt. Er verläuft über acht Kilometer durch dichten Wald. Aber wir können dafür sorgen, dass niemand Gray zu nah kommt. Wir können einen Sicherheitsplan entwerfen, der dafür sorgt, dass sie nicht gefunden werden kann, selbst wenn jemand auf das Gelände gelangt. Ich werde mit ihr arbeiten, damit sie die Risiken versteht und sich selbst schützen und verteidigen kann. Trotzdem …« Sie lehnte sich vor. »Sie hat das Recht auf ein normales Leben. Sie ist sechzehn Jahre alt. Ich werde zusehen, dass sie, wenn sie abends mit Freunden aufs Schulgelände gehen will, keine Angst haben muss.«

Jessica sah ihr in die Augen. In diesem langen Blick traten für Julia all die Gefühle zutage, die sie tief in ihrem Herz bewahrte. Ja, sie war die Premierministerin, aber sie war auch eine besorgte Mutter, die ihre Tochter über alles liebte.

»Ich weiß, dass sie Ihnen am Herzen liegt«, sagte Jessica. »Sie haben Ihr Leben für sie riskiert. Dafür bin ich Ihnen beiden unendlich dankbar. Auch wenn alles in mir danach schreit, Gray da rauszuholen – und Sie müssen verstehen, warum –, haben Sie mich überzeugt. Ich weiß, dass unsere Möglichkeiten begrenzt sind.«

Sie wandte sich an Raj. »Stellen Sie Julia alles zur Verfügung, was sie braucht, um die Sicherheitslage der Schule zu verbessern. Mehr Personal, mehr Ausrüstung. Legen Sie das Gebäude meinetwegen in Ketten, wenn es nötig ist.«

»Selbstverständlich.« Er machte eine kurze Pause und fragte dann: »Und das Selbstverteidigungstraining, das wir für besonders gefährdete Schüler ins Auge gefasst haben – wie sieht da Ihre Entscheidung aus?«

»Fangen Sie unverzüglich damit an«, befahl Jessica. »Wenn die Schüler dableiben, müssen sie lernen, sich zu verteidigen.«

»Ich denke, das ist die richtige Entscheidung«, stimmte er ihr zu.

Julia sagte nichts. Das würde Allie gar nicht gefallen. Schließlich hatte sie immer noch ihre Zweifel, ob die Situation wirklich so ernst war. Aber das war jetzt Rajs Problem.

Der Blick der Premierministerin wanderte zwischen ihnen hin und her.

»Das gefällt mir gar nicht. Mein Instinkt sagt mir, ich sollte sie nach Hause holen. Ich zähle auf Sie beide, dass Sie auf sie aufpassen. Wenn ich Gray in Cimmeria lasse, müssen Sie sie beschützen.« Sie machte eine Pause. »Was auch immer nötig ist, was auch immer Sie brauchen – ich sorge dafür, dass Sie es bekommen. Aber … bitte. Schützen Sie meine Tochter.«

DREIZEHN

Noch bevor Julia aus London wiederkam, hatte Raj Allie schon angerufen und ihr die Neuigkeiten erzählt. Am selben Nachmittag begann sie allein in ihrem Büro eine Mitteilung zu schreiben, mit der sie die Lehrer auf die Veränderungen vorbereiten wollte.

»Im Laufe der kommenden Tage wird mehr Sicherheitspersonal aus London eintreffen. Zusätzlich wird eine Gruppe auserwählter Schüler in Selbstverteidigung unterrichtet werden. Die Trainingseinheiten, die noch diese Woche beginnen, sollen vor den anderen Schülern geheim gehalten werden, um Konflikte oder Beunruhigung zu vermeiden. Daher werden die Trainingseinheiten am späten Abend in der Turnhalle oder draußen auf dem Schulgelände stattfinden ...«

Jemand klopfte an die Tür, und ihre Finger verharrten über der Tastatur. »Herein.«

Carter trat ein, und ihre angespannten Muskeln lockerten sich ein wenig.

»Hey.« Seine dunklen Augen wanderten prüfend über ihr Gesicht. »Was ist los?«

Sie unterbrach ihr Schreiben, stand auf und ging zu ihm. »Woher weißt du eigentlich immer, wenn etwas nicht stimmt?«

»Weil ich dich kenne.«

Sie legte die Arme um seinen Hals und drückte ihr Gesicht an seine Schulter. Nachdem er draußen die Installation zusätzlicher Sicherheitskameras am Zaun beaufsichtigt hatte, roch er nach frischer Luft und Kiefernnadeln.

»Ich mein's ernst«, sagte er und zog sie an sich. »Was bedrückt dich?«

»Ich muss die Night School wieder ausrufen und Gray Langtry belügen. Ich komme mir vor wie ein Monster«, murmelte sie erstickt in den Stoff seines Pullis.

»Anordnungen von ihrer Mutter?«, riet er.

Sie nickte, ohne den Kopf zu heben. Er schloss sie fester in die Arme.

»Ich hab keine Lust mehr, heutzutage erwachsen zu sein«, sagte sie. »Ich hasse es.«

»Ja, es ist zum Kotzen«, stimmte er zu.

»Das Mädchen braucht ehrliche Worte, Liebe und Zeit, um über ihr Trauma hinwegzukommen. Und jetzt bekommt sie nichts davon. Alles, was ich ihr zu geben habe, sind Lügen, Schmerz und ein paar Trainingseinheiten Krav Maga und Kickboxen.«

»Und, hat dir das geschadet, als du in ihrem Alter warst?«, fragte er.

Schweigen.

Dann sagte Allie: »Ach, sei still.«

Carters Lachen grollte dumpf an ihrer Wange. »Es tut mir leid, dass du lügen musst, ich weiß ja, wie ungern du das tust. Aber das Training wird ihr guttun. Und die Lügen kommen von ihrer Mutter, nicht von dir. Früher oder später wird die Wahrheit sowieso rauskommen. Wahrscheinlich früher als wir denken. Sie wird schon zurechtkommen. Und du bist kein Monster, sondern eine Heldin. Hör auf, dir Sorgen zu machen.«

Allie löste den Kopf aus seinem Pulli und blinzelte zu ihm auf. »Wie kommt es, dass du immer das Richtige sagst?«

Liebevoll blickte er auf sie hinunter. »Weil du mich dann manchmal so anguckst wie jetzt. Und das ist das Beste überhaupt.«

Sie hob die Lippen an seine. Seine Hände glitten ihren Rücken hinab und zogen sie näher. Sie spürte, wie seine Wärme das Eis, das das Telefonat in ihrem Herzen hinterlassen hatte, langsam zum Schmelzen brachte. Vor sieben Jahren hatten sie sich zum ersten Mal geküsst, und jedes Mal, wenn er sie an sich zog, fühlte sie sich zu Hause.

Ihre Lippen öffneten sich, um seinen salzigen Geschmack aufzunehmen, und sie spürte, wie seine Brust sich rasch hob, als er nach Luft schnappte. Seine muskulösen Arme umschlossen sie wie Stahl.

Ihre Hände fuhren über seinen Rücken, und er sah sie atemlos an. »Ich hab die Tür nicht abgeschlossen.«

Allie lachte hell auf. »Wir können doch nichts in Isabelles heiligem Büro anstellen. Das ist wie eine Kirche.«

»Stimmt auch wieder.« Er lächelte verwegen. »Aber dann will ich nachher in unserem Zimmer genau da weitermachen, wo wir aufgehört haben.«

»Abgemacht.« Allie streifte seine Schulter mit einem Kuss. »Und jetzt musst du mich entschuldigen. Ich muss die Warnung an das Personal zu Ende schreiben, dass wir eine Festung werden.«

Fünfzehn Minuten später lief sie neben Gray den Flur hinunter. Es war schon beinahe unheimlich, wie sehr sie das Mädchen an sie selbst in dem Alter erinnerte. Mit ihrem dicken, gewellten Haaren und ihren dunkelblauen Augen sah sie natürlich anders aus, aber ihre Impulsivität und ihr störrischer Überlebenswille waren Dinge, die sie teilten.

»Ist alles in Ordnung?«, fragte Gray, als sie erneut das Büro betraten, und sah sie misstrauisch an. »Ich habe das Gefühl, ich sollte mich für die Sache in der Kapelle entschuldigen. Ich hätte nicht mitgehen sollen. Das war falsch. Aber ich habe nicht getrunken oder …«

»Hör zu, es hat nicht gegen die Schulordnung verstoßen, sonst hättest du sofort nachsitzen müssen. Und glaub mir, das willst du nicht. Das läuft in Cimmeria ziemlich nach der alten Schule. Wie auch immer, hier geht's um etwas anderes.« Allie machte eine auffordernde Handbewegung in Richtung der beiden Ledersessel, die auf der anderen Seite des Tisches standen. Doch statt ihr gegenüber Platz zu nehmen, setzte sie sich neben sie und drehte den Oberkörper zu ihr. »Ich wollte dir nur etwas mehr über den Stand unserer Ermittlungen erzählen. Über die Person, die du gestern Abend gesehen hast.«

Grays Miene verdüsterte sich. »Wissen Sie, wer es war? Haben Sie ihn gefasst?«

Allie entging nicht, wie fest ihre Finger die Armlehnen umklammerten und wie ihre Kiefernmuskeln arbeiteten.

»Nicht ganz«, sagte sie. »Wir wissen, dass er das Gelände an einem schwarzen Punkt zwischen zwei Kameras über eine Leiter betreten hat. Wir wissen, dass es eine Person war, und haben zurückverfolgen können, wo er entlanggelaufen ist.«

»Hat er mich in der Kapelle gesehen?«, fragte Gray.

Ohne sich ihren Widerwillen anmerken zu lassen, lieferte Allie ihr die Geschichte, auf die Raj sie eingeschworen hatte. »Wir gehen nicht davon aus. Wir wissen, dass er es bis zum Waldrand geschafft hat, und glauben, dass er sich im Unterholz versteckt und die Schule beobachtet hat. Von dort aus hat er euch wahrscheinlich gesehen, als ihr zur Kapelle gelaufen seid. Er ist euch in den Wald gefolgt, doch wir glauben nicht, dass er nah genug herangekommen ist, um dich zu erkennen.«

Grays Gesicht war schneeweiß und voller Flecken. Wenn man diese Geschichte erfunden hatte, damit sie sich besser fühlte, dann war das gründlich danebengegangen.

»Wer war es? Jemand, der meiner Mutter was antun will?«

»Wir glauben, dass es ein Paparazzo war«, sagte Allie. »Eine der Kameras am Zaun hat ein Auto aufgezeichnet. Das Nummernschild war zwar nur teilweise zu lesen, aber Rajs Leute haben ihn anhand dessen ausfindig machen können. Wir wissen natürlich nichts mit Sicherheit, weil es ihm selbst gelungen ist, den Kameras zu entgehen. Aber es ist schon einmal ein ziemlich guter Hinweis, mit wem wir es zu tun haben.«

Gray musterte sie immer noch argwöhnisch. »Glauben Sie wirklich, es waren nicht die Leute, die meine Mutter und mich umbringen wollen? Denken Sie wirklich, es war nur die Presse?«

»Zumindest ist es das, was Raj denkt, und in meinen Augen macht es Sinn«, erwiderte Allie ausweichend.

Gray ließ sich im Stuhl zurücksinken. Erleichterung machte sich auf ihrem Gesicht breit. »Ich hatte solche Angst, dass alles wieder von vorne anfängt. Dass sie mich gefunden haben.« Alarmiert fuhr sie wieder hoch. »Aber jetzt finden sie mich auf jeden Fall. Der Typ wird die Fotos veröffentlichen und …«

Allie hob beschwichtigend eine Hand. »Sieht ganz danach aus, als hätte er keine klaren Bilder von dir bekommen. Vielleicht wusste er noch nicht einmal, ob du wirklich unter den Leuten in der Kapelle warst. Immerhin war es dunkel, und er wurde verjagt, bevor er näher herangehen konnte.«

»Dann … glauben Sie, ich bin in Sicherheit?« Die Frage kam so zögerlich, als wäre diese Vorstellung zu gewagt.

Allie schluckte ihre plötzlich aufwallende Wut herunter. Das war nicht fair. Gray war einfach nur ein Mädchen, das ein ganz normales Leben führen wollte, und die Welt hatte beschlossen, sie zu verurteilen, ihr nachzustellen, sie kaputtzumachen, ja sogar zu töten. Am schlimmsten fand Allie die Tatsache, dass man Gray, wäre sie ein Junge, wahrscheinlich noch nicht einmal ansehen würde.

Doch sie sagte nur: »Wir denken schon.«

In dem Bemühen, weiteren komplexen Lügengeschichten zu entgehen, wechselte sie das Thema. »Trotzdem erhöhen wir die Sicherheit an der Schule. Und wir möchten dich bitten, auch einen kleinen Teil dazu beizutragen.«

»Was denn?« Grays Gesicht hatte einen misstrauischen Ausdruck angenommen.

»Am wichtigsten ist es, dass du Selbstverteidigung lernst«, sagte Allie. »Ich weiß, dass du schon ein bisschen was mit Julia gemacht hast, aber wir wollen das Training ausbauen.«

Gray versteifte sich. »Warum? Ich hab doch schon einen Bodyguard. Könnte ich nicht einfach noch einen bekommen? Außerdem war es doch eh nur ein Fotograf. Warum muss ich dann trainieren?«

»Das ist nur eine generelle Vorsichtsmaßnahme«, versicherte Allie ihr. »Für den Fall, dass so etwas je wieder geschieht, hält deine Mutter es für das Beste, wenn du gewisse Fähigkeiten beherrschst.«

»Gewisse Fähigkeiten?« Gray klang verächtlich. »Wenn sie sich solche Sorgen macht, warum lernt *sie* dann nicht zu kämpfen?«

Allie sah sie mahnend an, doch Gray hielt ihrem Blick stand. »Ich bin grottenschlecht in so was«, beharrte sie hitzig. »Ich hab keine Ahnung, wie man kämpft, und will's auch nicht lernen. Das ist doch lächerlich.«

»Ist es auch«, bestätigte Allie. »Und du wirst es hoffentlich nie anwenden müssen. Das habe ich Raj Patel auch gesagt.«

Ihrer Argumente beraubt, starrte Gray sie unverwandt an. Allie fuhr fort: »Aber es stimmt auch, dass du in Oxford zwei Bodyguards und die gesamte Polizei hinter dir hattest und trotzdem beinahe bei einem Anschlag umgekommen bist. Auch das beste Sicherheitsteam der Welt kann Fehler machen.« Sie schnipste mit den Fingern. »Und dann geht ihnen etwas durch die Lappen. Das weißt du selbst am besten. Aber wenn einer von uns patzt und dir jemand zu nah kommt, kennst du zumindest ein paar grundlegende Selbstverteidigungstechniken. Du wirst darin unterrichtet, einer Gefangennahme zu entgehen.« Sie lehnte sich vor und sah Gray in die Augen. »Wir bringen dir bei, wie du zurückschlägst.«

Allie schwieg und ließ ihre Worte wirken. Dann fuhr sie fort: »Außerdem hoffe ich, dass das Training dir bei deinen Panikattacken hilft.«

Grays Gesicht wurde rot. »Woher wissen Sie davon?«, fuhr sie auf. Doch sie wusste beinahe sofort die Antwort auf ihre Frage. »Carter und Julia. Sie haben es rumerzählt.«

»Natürlich haben sie mir davon erzählt. Deine Eltern verlassen sich darauf, dass wir auf dich aufpassen.« Allies Stimme wurde weicher. »Sieh mal, Gray, du hast eine Menge zu bewältigen. Nicht nur die Verletzung, sondern auch das Trauma, mit dem du immer noch zu kämpfen hast. Wie schläfst du?«

Gray bemühte sich um einen neutralen Gesichtsausdruck. »Gut.«

»Und die Panikattacken? Wie oft hast du die?«

Gray sah zur Seite. Ihre Finger verknoteten sich in ihrem Schoß. In der Stille, die eintrat, hörte sie draußen im Flur Stimmen, fernes Rufen und Gelächter.

»Ich habe keine Kontrolle darüber«, sagte sie schließlich. »Ich mag die Dunkelheit nicht. Ich werde nicht gern einfach so angefasst ohne … meine Erlaubnis, oder so. Und ich werde nicht gern überrumpelt. Dann … passiert das immer.«

Während Allie ihre Worte mit Bedacht wählte, machte sich ein kurzes Schweigen breit.

Dann antwortete sie leise: »Das ist ganz normal. Jeder hat nach einem solchen Vorfall mit den Folgen zu kämpfen. Man erlebt so etwas wie ein wiederkehrendes Echo der unvorstellbaren Angst, die man verspürt hat. Die Sache ist nur die, dieses Echo verschwindet nicht einfach. Es wird nicht von allein besser. Im Gegenteil, es könnte sogar schlimmer werden. Und das bereitet mir Sorgen.« Sie überlegte einen Moment und fügte dann hinzu: »Weißt du, ich habe auch mal etwas Ähnliches durchgemacht wie du jetzt.«

Gray sah sie überrascht an.

»Als ich in deinem Alter war, wurde ich auch angegriffen«, erklärte Allie. »Ich hätte sterben können. Eine enge Freundin *ist* gestorben. Aber ich habe überlebt, und es hat mich stärker gemacht. Und ich schwöre dir Gray, das wirst du auch. Du kriegst das hin. Und ich würde dir gern dabei helfen.«

Ihre Blicke trafen sich, und eine Art stummes Verständnis floss zwischen ihnen hin und her. Geteilter Schmerz und Verlust.

»Ich hoffe, Sie haben recht. Ich will mich endlich besser fühlen.« Helle Tränen glitzerten in Grays Wimpern. »Ich hab's so satt, Angst zu haben. Manchmal habe ich das Gefühl, ich bestehe nur noch aus Angst. Ich würde alles dafür tun, damit es weggeht.«

Allie nahm ihre Hand.

»Dieses Gefühl kenne ich sehr gut«, sagte sie mitfühlend. »Aber ich werde dir zeigen, wie du zurückschlägst. Wenn du dir helfen lässt, verspreche ich dir, dass du dich eines Tages vor nichts mehr fürchtest.«

VIERZEHN

Als Gray am nächsten Morgen aufwachte, lag vor ihrer Zimmertür ein Briefumschlag auf dem Boden. Auf dem dicken weißen Papier stand nur ein Wort geschrieben: *GRAY*.

Verschlafen hob sie ihn auf und studierte die saubere, nüchterne Handschrift. Dann drehte sie ihn um. Der Umschlag war auf der Rückseite mit rotem Wachs und dem Cimmeria-Wappen versiegelt – drei Türme, drei Schlüssel und drei gekreuzte Schwerter.

Vorsichtig brach Gray das Siegel. In dem Umschlag steckte eine sehr förmlich wirkende Karte aus dickem Papier.

> Du bist eingeladen, mit einer Gruppe auserwählter Schüler am Selbstverteidigungstraining teilzunehmen. Melde dich heute um 22:00 Uhr im Trainingsraum 1. Um Pünktlichkeit wird gebeten. Trainingskleidung wird bereitgestellt. Die Gruppe, die Trainingseinheiten und die Inhalte, die dir vermittelt werden, sind geheim und dürfen nicht an Dritte weitergegeben werden. Sollte diese Regel gebrochen werden, kommt es zum Ausschluss aus der Gruppe.

Gray drehte die Karte um, doch die Rückseite war leer. Keine Unterschrift.

Sie las sich die Karte noch einmal durch. Vielleicht hatte sie ja etwas in dem kurzen Text übersehen. Doch die Botschaft war eindeutig.

Unruhe machte sich in ihr breit. Das Training mit Julia und Carter war so katastrophal verlaufen, dass ihr allein bei dem Gedanken, erneut und mit noch mehr Leuten zu trainieren, die ihr beim Scheitern zusahen, schlecht wurde.

Während sie duschte und sich für den Schultag fertig machte, konnte sie an nichts anderes denken. Was, wenn sie vor aller Augen erstarrte? Würden die anderen um Längen besser sein als sie? Die zwei Abende mit Julia und Carter waren alles an Training, was sie je absolviert hatte, und sie waren unterirdisch gewesen. Auf keinen Fall wollte sie, dass ihre Klassenkameraden ihr dabei zusahen.

Doch dann erinnerte sie sich daran, dass einige von ihnen schon Bescheid wussten. Sie hatten abends im Wald gesehen, wie sie keine Luft mehr bekam. Wie sie zur Salzsäule erstarrt war.

Was, wenn Allie recht hatte? Was, wenn das Training ihr half?

Sie würde alles dafür tun, dass es aufhörte.

Kurze Zeit später schloss sie sich den Schülern an, die hinunter zum Frühstück strömten, und wurde auf der Treppe von Minal eingeholt. Julia wartete wie immer unten. In Begleitung von ihrem Bodyguard lief Gray neben Minal her und lauschte ihrem Geschnatter über die Geschichtshausaufgabe, die Zelazny ihnen aufgebrummt hatte.

Nichts an ihrem Verhalten ließ darauf schließen, dass auch sie heute Morgen eine Einladung zum geheimen Selbstverteidigungstraining vor ihrer Tür gefunden hatte. Sie war fröhlich und unbeschwert wie immer. Aber vielleicht war sie auch einfach nur gut darin, Dinge für sich zu behalten.

Am Abend zuvor hatte Gray mit Julia gesprochen, nachdem sie aus London von dem Treffen mit ihrer Mutter wiedergekommen war. Doch sie hatte nur wenig erzählt. »Wir sind nur die neuen Sicherheitsprozedere durchgegangen. Nichts, worüber du dir den Kopf zerbrechen musst.«

Jetzt lächelte ihr Bodyguard nachsichtig über Minals lebhafte Beschreibung von Zelazny als »Napoleon-Groupie« und stieg sogar in die Unterhaltung ein, indem sie erzählte, dass der Geschichtslehrer schon zu ihrer Schulzeit von Napoleon besessen gewesen war.

»Er verehrt Napoleon wirklich«, sagte sie im Flur vor dem Speisesaal. »Macht besser eurer Hausaufgaben oder ihr werdet es bitter bereuen.«

Gray sah sie überrascht an. Dass Julia ihre Verbindung mit der Schule nicht länger verheimlichte, war neu. Auch Minal hatte aufgehorcht.

»Wann bist du hier zur Schule gegangen?«, fragte sie.

»Ich bin vor ungefähr sechs Jahren weg«, erwiderte Julia, den Blick auf den überfüllten Flur gerichtet.

Minal wippte aufgeregt auf und ab. »Meine Schwester Rachel war zu der Zeit auch hier Schülerin. Hast du sie gekannt?«

»Sogar sehr gut«, sagte Julia. »Wir waren befreundet.«

Minal stieß einen überraschten Ausruf aus und bettelte um peinliche Geschichten. Unterdessen beobachtete Gray ihren Bodyguard neugierig. Ihr war Julias gemäßigter Tonfall nicht entgangen, ebenso wenig wie ihre Betonung des Wortes »waren«. Damit schien sie deutlich zu machen, dass sie heutzutage keine Freundinnen mehr waren.

Eines Tages würde sie Julia fragen, was damals geschehen war und warum sie mit derart gemischten Gefühlen auf ihre Schulzeit in Cimmeria zurückblickte.

An der Tür zum Speisesaal trennten sie sich, und Minal und Gray gesellten sich zu den Scharen, die ihre Teller mit Frühstück beluden.

Als sie sich ihrem üblichen Tisch näherten, musste Gray feststellen, dass Dylan dort schon mit Kyle und Maya saß. Verstohlen musterte sie auch ihre Gesichter nach Anzeichen, dass sie eine Einladung verheimlichten, doch sie verhielten sich ganz normal. Am liebsten hätte sie nachgefragt, doch sie traute sich nicht. In dem Punkt war die Karte unmissverständlich gewesen.

Minal erzählte ihnen begeistert von irgendeinem Computerspiel, und die anderen lauschten nachsichtig und zogen sie damit auf.

»Ich weiß, es ist nerdig, aber es macht einfach so viel Spaß«, beharrte Minal lachend. »Du musst mir beistehen, Gray. Ich darf doch auch komische Dinge mögen, oder?«

Nichts an dem wachen Blick aus den funkelnden, toffeebraunen Augen deutete darauf hin, dass sie etwas geheim hielt. Trotzdem fragte Gray sich, ob die anderen einfach nur besser darin waren, sich zu verstellen.

Alle verhielten sich wie immer. Minal war lebhaft, Kyle riss anzügliche Witze, und Maya trank damenhaft ihren Kaffee und sagte hin und wieder etwas mit ihrer samtweichen Stimme.

Dylan würdigte sie keines Blickes. Seit dem Abend in der Kapelle hatten sie kaum miteinander gesprochen. Was auch immer Sophie oder Kyle damals angeblich gesehen hatten, jetzt ließ jedenfalls nichts mehr darauf schließen, dass er auch nur im Geringsten an ihr interessiert war. Wenn überhaupt, dann wirkte er ihr gegenüber gleichgültiger denn je. Er lachte über irgendeine Bemerkung von Kyle, aß sein Müsli mit Früchten und trank einen seltsam aussehenden Smoothie.

»Alter, du ernährst dich viel zu gesund«, kommentierte Kyle. »Bewundernswert, aber ich werd's dir nicht nachmachen.« Vor ihm auf dem Teller lag ein Sandwich mit Würstchen und Rührei.

Dylan antwortete mit einem Achselzucken. »Ich war heute früh joggen, jetzt brauchen meine Muskeln Energie.«

»Du warst … schon joggen?« Aus Kyles Blick sprach blankes Entsetzen. »Wann bist du denn bitte schön aufgestanden?«

»Normalerweise steh ich immer um sechs auf.« Als er Kyles Ausdruck sah, musste er lachen. »Hey, guck mich nicht so an. Ich hab heute früh im Dunkeln eine Runde um die alte Schlossruine gedreht. Bin an ein paar Hirschen vorbeigekommen, die unter einem

Baum gegrast haben. So nah.« Er hielt die Hände etwa einen Meter auseinander. »Für ein Stadtkind wie mich ist so was immer noch ein Highlight.«

Maya lächelte ihm über den Rand ihrer Kaffeetasse zu. »Da hast du aber Glück gehabt. Normalerweise sind die Hirsche hier in der Gegend sehr scheu. Sie laufen vor Menschen weg.«

»Denen schien das nichts ausgemacht zu haben«, sagte Dylan. »Ich stand da bestimmt zehn Minuten lang und habe sie angestarrt. Sie waren echt schön.«

»Hm«, machte Kyle verträumt. »Rehrücken.«

»Du Ungeheuer«, schalt Minal.

»Kann ich doch nichts dafür, dass die so lecker sind«, verteidigte Kyle sich. »Ich sehe eben beide Seiten an ihnen – sie sind schön *und* eine Delikatesse.«

Keinem von ihnen schien Grays Zerstreutheit aufzufallen. Stumm saß sie dort und grübelte, wer wohl Teil der neuen Geheimtruppe war.

Den restlichen Tag versuchte Gray sich auf den Unterricht zu konzentrieren, doch immer wieder wanderten ihre Gedanken zu der rätselhaften Einladungskarte, die in ihrem Zimmer versteckt war. Als die letzte Stunde endlich vorbei war, war sie erschöpft davon, sich unentwegt zu verstellen, und teilte Julia mit, dass sie in die Bibliothek ging, um zu lernen. Selbst dort, an ihrem absoluten Lieblingsort, wo die Teppiche alle Geräusche schluckten und die Reihen der Tischlampen ihr beruhigendes grünes Licht ausstrahlten, fiel es ihr schwer, nicht abzuschweifen.

Als sie zwischendurch aufstand, um hinten in den Regalen ein Nachschlagewerk zu suchen, sah sie Dylan James in einer ruhigen Ecke mit Sophie Montgomery. Sie steckten die Köpfe zusammen und unterhielten sich leise. Keiner von beiden hatte sie bemerkt.

Gray verspürte einen Stich im Herzen und huschte schnell weiter.

Wieder an ihrem Tisch, starrte sie in ihr Buch, doch die Worte schwammen wie Fische über die Seiten.

Warum machte es ihr etwas aus, die beiden zusammen zu sehen? Das ging sie nichts an.

Sie fand keine Antwort. Alles, was sie wusste, war, dass es ihr sehr wohl etwas ausmachte.

Nachdem sie die beiden gesehen hatte, war es mit ihrer Konzentration vollends vorbei und sie raffte ihre Bücher zusammen. Auf dem Weg zur Tür wurde sie von der Bibliothekarin gerufen.

»Gray Langtry.« Erin hielt eine Hand hoch. »Ich habe hier ein Buch für dich.«

Gray drehte sich um und ging zu dem hohen Tisch mit den altmodischen kleinen Fächern und den schmalen Schubladen voller Karten und Akten. Erin schob ein ledergebundenes Buch über den Tisch, das ihr bekannt vorkam. Auf dem Umschlag stand in verblichenen goldenen Buchstaben *Die Geschichte der Suffragettenbewegung.*

»Ich hab's schon für dich abgestempelt«, sagte Erin und fügte warnend hinzu. »Pass bloß gut darauf auf.«

»Danke.« Gray schob das Buch vorsichtig in ihre Tasche zu ihren Notizen.

Als sie sich zum Gehen wandte, näherten sich auf einmal schnelle Schritte, und Sophie rannte in einer Wolke aus flatternden, dunklen Haaren an ihr vorbei.

»Hey, die Rennbahn ist in Cheltenham!«, rief Erin missbilligend hinter ihr her.

Doch Sophie würdigte sie keines Blickes, sondern schlug die Tür hinter sich zu und trappelte den Flur hinunter.

»Da kann ich genauso gut mit einer Wand sprechen«, seufzte Erin und schob einen Stapel Bücher zusammen, um sie in die Regale zu räumen.

Als Gray in den Flur trat, war Sophie schon längst verschwunden.

Nachdenklich stieg sie die Treppe hinauf. Die schwere Tasche schlug dumpf gegen ihre Hüfte. Der Anblick von Sophie und Dylan ging ihr einfach nicht aus dem Kopf. Wenn sie genauer darüber nachdachte, hatte Sophie ganz und gar nicht glücklich ausgesehen. Irgendwas war da passiert.

In ihrem Zimmer knipste sie das Licht an, stellte ihre Tasche ab und zog das alte, schwere Buch heraus. Der Lederumschlag war im Laufe der hundert Jahre und durch Tausende Leserhände weich geworden. Behutsam blätterte sie die Seiten um und begann zu lesen. Doch immer wieder schweiften ihre Gedanken zu Dylan ab, wie er sie in der Kapelle ansah und sich die Kerzen in seinen Augen spiegelten.

Ungeduldig klappte sie das Buch zu und stellte es in ihr Regal.

Draußen vor dem Bogenfenster war es schon dunkel. In ein paar Stunden würde sie wissen, wer sonst noch in der geheimen Trainingsgruppe war. Sie würde wissen, was auf sie zukam.

Und genau darauf sollte sie sich konzentrieren, statt ihre Zeit mit Gedanken an Dylan James zu verschwenden.

FÜNFZEHN

Um kurz vor zehn rannte Gray die große Treppe hinunter. Sie war spät dran. Noch war keine Nachtruhe, und die Flure waren voller Schüler, die redend und lachend an ihr vorbeiliefen.

Zu ihrer Erleichterung stieß sie unten an der Treppe fast mit Julia zusammen. Der Bodyguard stand neben dem Büro der Schulleiterin und betrachtete etwas auf ihrem Handy. Statt ihres gewöhnlichen Blazers mit Jeans trug sie bequeme schwarze Trainingshosen. Ihr glattes, weißblondes Haar war fest zurückgebunden.

Als hätte sie Grays Anwesenheit gerochen, hob sie den Kopf und sah sie überrascht an.

»Solltest du nicht beim Training sein?«

»Da geh ich gerade hin«, erwiderte Gray.

»Dann beeil dich besser«, drängte ihr Bodyguard. Als Gray sich nicht von der Stelle rührte, warf sie ihr einen prüfenden Blick zu. »Du weißt nicht, wohin, oder?«

»Wo ist denn überhaupt dieser Trainingsraum 1?«, fragte Gray und hob ratlos die Hände.

Mit einem Seufzer ließ Julia ihr Handy zurück in die Tasche gleiten. »Okay. Mir nach.«

Die beiden liefen den Hauptflur entlang. Mit schnellen Schritten und ohne nach links und rechts zu sehen, eilte Julia voraus, bis sie an zwei Wachen vorbeikamen, die Gray noch nicht kannte. Eine schwarze Frau, hochgewachsen und athletisch, und ein breit gebauter Typ mit rötlichem Gesicht. Sie schienen den Flur entlangzupatrouillieren und musterten jeden der Vorbeikommenden eingehend. Julia nickte ihnen zu.

»Wer sind die?«, fragte Gray, als die Wachen außer Hörweite waren.

»Raj hat sie als Verstärkung geschickt. Überhaupt wirst du von jetzt an mehr Sicherheitsleuten über den Weg laufen. Außerdem haben sie das Computersystem und die Überwachungskameras verbessert.« Mit einem Seitenblick auf Gray fügte sie hinzu: »Mit anderen Worten, du kannst dich entspannen, Firefly. Die Kavallerie ist gekommen.«

Vor einer unscheinbaren Tür, die Gray noch nie zuvor aufgefallen war, blieb sie stehen. Dahinter führten Stufen vom Erdgeschoss in den Keller. Im Gegensatz zur großen Treppe war diese hier schmucklos und zweckmäßig. Über ihnen leuchtete eine nackte Neonröhre, und die Luft roch leicht nach Staub und Schweiß.

»Da unten ist das?«, fragte Gray zweifelnd.

»Jep.« Julia warf einen Blick auf ihre Uhr. »Beeilung.«

Und damit schoss sie die Stufen hinunter und einen schmalen Korridor entlang. Gray musste rennen, um mit ihr Schritt zu halten. Auf halbem Wege blieb Julia abrupt stehen und deutete auf eine Tür zu ihrer Rechten. »Da ist die Umkleide.« Dann drehte sie sich um und deutete auf eine Tür zu ihrer Linken mit dem Wort »EINS«: »Das ist der Trainingsraum. Klamotten findest du in der Umkleide, such dir einfach raus, was dir passt. Und zwar schnell. Die sehen es gar nicht gern, wenn du zu spät kommst, auch nicht am ersten Tag.«

Die Umkleide war ein großer, offener Raum mit ein paar Bankreihen und Haken darüber. Daran hingen schwarze Sportleggins und passende Oberteile. Auf der Bank darunter reihten sich Turnschuhe in verschiedenen Größen und Sportsocken. Ein paar Lücken ließen darauf schließen, dass einige Mädchen schon umgezogen waren. Darüber hingen mehrere dunkelblaue Cimmeria-Blazer, ohne preiszugeben, wer ihre Besitzer waren.

Hastig durchsuchte sie die Trainingsklamotten, bis sie etwas fand, das einigermaßen passend wirkte. Dann zog sie ihren Blazer aus, riss sich die Bluse vom Leib und schmiss sie auf einen leeren Haken, bevor sie sich das langärmelige Oberteil überzog. Es war ein bisschen zu groß, aber das war nicht weiter schlimm. Die Leggings saß besser, aber sie hatte es zu eilig, um ernsthaft einen Gedanken daran zu verschwenden. Sie kickte ihre Schuhe in eine Ecke und schnappte sich ein Paar in ihrer Größe. Auf einem Bein hüpfend, stieg sie hinein und stürzte aus dem Raum, ohne sich die Zeit zu nehmen, ihre Schnürsenkel zuzubinden.

Sie rannte quer über den Flur zur Tür mit der EINS und rammte ihre Schulter unnötig hart dagegen. Mit einem lauten Knall schwang sie auf.

Alle drehten sich zu ihr um.

Vage registrierte Gray einen schwach beleuchteten, quadratischen Raum, dessen Wände die Farbe von Kohlenstaub hatten. Dicke Matten bedeckten den Boden.

In der Mitte hatte sich eine kleine Gruppe versammelt. Sie erhaschte einen Blick auf eine verwirrt dreinblickende Minal und neben ihr, unverwechselbar groß und blond, stand Maya.

»Du bist zu spät«, stellte eine unnachgiebige, weibliche Stimme ausdruckslos fest, so als erwartete sie keine Erklärung von Gray. Die Sprecherin war eine schlanke junge Frau mit glatten braunen Haaren, die ihr knapp über die schmalen Schultern reichten, und braunen Augen. Sie wirkte nicht älter als zwanzig, vielleicht sogar jünger. Ihr ovales Gesicht war missbilligend verzogen, und sie trug ein schwarzes Trainingsoutfit, ganz ähnlich wie das von Julia.

»Tut mir leid«, sagte Gray.

Die Frau starrte sie voller Unverständnis an, als hätte sie eine andere Sprache gesprochen. »Und deine Schuhe sind offen«, fügte sie tadelnd hinzu.

»Ja … ich …«, stotterte Gray. Leises Gelächter schwappte durch den Raum, bevor sie ihre Sprache wiederfand. »Ich mach sie zu.«

»Ihr betretet diesen Raum nur mit ordentlich gebundenen Schuhen«, verkündete die Frau mit erhobener Stimme und bedachte den Rest der Schüler mit einem starren Blick, als hätten sie alle ebenfalls in Erwägung gezogen, mit offenen Schnürsenkeln aufzukreuzen.

Mit hochrotem Gesicht kniete Gray nieder, um sich die Schuhe zuzubinden. Von unten ließ sie unauffällig den Blick durch den Raum wandern. Außer Maya und Minal entdeckte sie Kyle und zwei große, herrschaftlich wirkende Jungs. Obwohl der eine blond und der andere braunhaarig war, hatten sie so ähnliche Gesichtszüge, dass sie wie Brüder wirkten. Neben ihnen standen ein stämmiger, kräftiger Typ, den sie nicht kannte, und ein Mädchen aus ihrem Englischunterricht, das sie hin und wieder mit Sophie Montgomery gesehen hatte.

Da erst bemerkte sie zu ihrem Entsetzen, wer neben dem Mädchen stand.

Die dunklen Haare zu einem dicken Zopf gebunden und in Leggins, die ihren langen, perfekten Beinen schmeichelten, beobachtete Sophie sie mit unverhohlener Häme. Als ihre Blicke sich trafen, verzogen sich ihre Lippen zu einem spöttischen Lächeln, und sie schüttelte mitleidig den Kopf, bevor sie sich abwandte.

Gray fühlte sich grauenvoll. Was zur Hölle hatte Sophie in dieser Gruppe zu suchen?

Schlimmer hätte es nicht kommen können.

»Also, fangen wir an.« Am anderen Ende des Raumes trat Allie einen Schritt vor. »Willkommen zur ersten Trainingseinheit. Dies ist der erste Schritt, um wieder mehr Kontrolle zu erlangen und zu lernen, uns zu verteidigen.«

Damit wies sie auf die junge Frau, die ihr mit leicht zur Seite geneigtem Kopf zuhörte. Gray richtete sich wieder auf.

»Das ist Zoe Glass. Zoe wird das Training leiten. Sie ist eine Absolventin von Cimmeria, die extra zurückgekehrt ist, um uns zu helfen. Mit ihr haben wir eine hochqualifizierte Fachkraft in Selbstverteidigung an unserer Seite und sind außerordentlich dankbar, dass sie neben der Uni Zeit für uns findet.«

In ihrer Stimme schwang ehrliche Zuneigung mit, doch Zoe nickte nur, und ihr Stirnrunzeln vertiefte sich ein wenig.

Allie sah wieder die Schüler an. »Ihr seid ausgewählt worden, Teil dieser Gruppe zu sein, weil eure Familien verschiedenen Bedrohungen ausgesetzt sind.« Ihr Blick fiel auf Gray. »Einige von euch haben womöglich schon Gewalt im Leben erfahren müssen. Nicht wegen etwas, das ihr getan habt, sondern allein wegen eurem Namen. Hier in diesem Raum möchten wir euch helfen, weniger angreifbar zu sein. Ihr sollt nicht als Zielscheiben, sondern als Kämpfer rausgehen.«

Ihre Worte vertrieben Grays Verlegenheit. Sie fragte sich, wer wohl die anderen im Trainingsraum waren und warum sie hier waren. Welchen Gefahren war Kyle ausgesetzt? Und warum Sophie? Soweit Gray das sehen konnte, war das Schlimmste, was ihr passieren konnte, eine schlechte Maniküre.

»Überraschung ist eure wichtigste Waffe. Deshalb darf niemand wissen, was ihr hier lernt. Die Namen der Teilnehmer werden unter Verschluss gehalten.« Allie ließ den Blick durch den Raum schweifen. »Jeder, der die Regel verletzt, wird aus der Gruppe ausscheiden und nie wieder aufgenommen. Da kenne ich kein Erbarmen.«

Durch die kleine Gruppe ging so etwas wie ein Seufzer.

»Ansonsten ist das Prozedere denkbar einfach.« Allie hielt ihre Hände in die Höhe. »Haltet euch an die Regeln. Glaubt an euch. Stellt euch der Angst. Wir wollen euch mutiger machen.«

Obwohl sie in die Runde sah, hatte Gray das Gefühl, die letzten Worte waren an sie gerichtet. Sie kamen ihr vor wie eine wohltuende Salbe auf den Wunden ihrer Seele. Um alles in der Welt wollte sie wieder mutig sein.

Die Gruppe bewegte sich, und da erst fiel ihr Dylan auf, der ganz hinten im Schatten stand. Aus irgendeinem Grund wusste sie, dass er es war, noch bevor sie sein Profil erkannte.

»Also dann. Lasst uns anfangen«, sagte die Schulleiterin. »Zoe? Sie gehören dir.«

Die jüngere Frau trat vor. Nach der sprachgewandten Schulleiterin wirkte sie schroff in ihrem Auftreten. »Bevor wir richtig anfangen, müsst ihr euch aufwärmen. Wir gehen laufen. Ich übernehme die Führung. Teilt euch in Paare auf, wer mit wem, ist egal. Hauptsache, ihr habt einen Laufpartner. Los geht's.«

Ohne abzuwarten, bis sie ihre gewehrfeuerartigen Kommandos aufgenommen hatten, schoss sie quer durch den Raum zur Tür hinaus, durch die Gray noch vor ein paar Minuten hereingestürzt war.

Einen Moment lang rührte sich keiner. Dann rief Minal: »Los, hinterher, Leute! Sonst verlieren wir sie.«

Auf einen Schlag rannten alle los und drängten sich lachend und jammernd an der Tür, bis sie einer nach dem anderen in den Flur purzelten und in Paaren hinter ihrer Trainerin herhasteten.

Auf dem Weg zur Tür streifte Sophie an Gray vorbei und flüsterte: »Gelungener Auftritt, Gray.« Mit einem spöttischen Lachen ging sie zu Dylan hinüber, der immer noch an der Wand lehnte.

Sie sagte etwas zu ihm, doch er schüttelte den Kopf. Seine Antwort konnte Gray nicht hören.

Sophie zuckte die Schultern und folgte den anderen in den Flur.

Gray ließ sich zurückfallen, um sie los zu sein. Da durchquerte Dylan den Raum und stellte sich neben sie. »Keine Müdigkeit vortäuschen. Oder willst du etwa abgehängt werden?«

»Ich will nur nicht zertrampelt werden«, verteidigte sie sich, doch sie folgte den anderen und fiel ebenfalls in ein langsames Lauftempo. Im Flur beeilte sich die Gruppe, mit Zoe Schritt zu halten, die mit weitem Abstand vorauslief. Unter ihnen waren auch Carter und Erin.

»Keine Ahnung, wo wir langlaufen«, sagte Gray.

»Ich auch nicht«, sagte Dylan fröhlich, als wäre dies ein ganz normaler Abendspaziergang. »Könnte spannend werden.«

Gray wartete darauf, dass er hinter den anderen herspurtete und die Gruppe einholte, doch er schien es nicht sonderlich eilig zu haben.

»Ich weiß ja nicht, wie's dir geht, aber ich frag mich schon die ganze Zeit, warum die Leute in der Gruppe sind«, bemerkte er, während sie um eine Kurve liefen. »Bei dir ist es klar. Aber bei ein paar anderen habe ich keine Ahnung. Bei denen da zum Beispiel.« Er zeigte auf die zwei hoch aufgeschossenen Jungs, die ihr schon vorher aufgefallen waren. »Ich frage mich, was die wohl hier zu suchen haben?«

»Was ist mit dir? Warum bist du hier?«, fragte sie unverblümt aus einem plötzlichen Impuls heraus.

»Das habe ich mich auch schon gefragt«, sage er. Sie hatten das Ende des Korridors beinahe erreicht, doch Zoe wurde nicht langsamer. »Aber mal im Ernst jetzt. Wo will sie mit uns hin?«

Gray war nicht entgangen, dass er ihrer Frage auswich. Ihr fiel auf, dass sie so gut wie nichts über ihn wusste, und ihr kam zum ersten Mal in den Sinn, ob er wohl mit Absicht so wenig über sich preisgab.

Vor ihnen sprinteten die Schüler ein paar flache Stufen hoch und durch eine Tür hinaus.

»Wir beeilen uns besser«, sagte Dylan und legte an Tempo zu.

Die beiden waren die Letzten, die in die kalte Abendluft liefen. Als sie zur Tür hinaus waren, rannten die anderen bereits über den Rasen.

Der Dezemberwind fuhr Gray eisig über die Haut, und sie bereute, dass sie ihre schwarze Fleecejacke am Haken in der Umkleide hatte hängen lassen.

Doch die Kälte war nicht ihr einziges Problem – sie fielen immer weiter zurück.

Als sie den weichen Rasen erreichten, liefen die anderen weit voraus, und Gray bekam jetzt schon kaum noch Luft. Seit dem Anschlag in Oxford waren fünf Wochen vergangen. Abgesehen von den kurzen, kläglichen Trainingsversuchen mit Julia hatte sie in der Zeit keinen Sport gemacht, und das rächte sich jetzt.

Dylan hingegen atmete noch nicht einmal schneller. Sie musste an seine Morgenrunden durch den Wald denken. Wahrscheinlich war das hier ein Kinderspiel für ihn.

»Du musst nicht mit mir laufen«, keuchte sie atemlos. »Ich bin furchtbar langsam.«

Doch er zuckte nur die Schultern. »Zoe hat gesagt, wir sollen in Zweierteams laufen. Wir sind ein Team.«

Sie wurde einfach nicht schlau aus ihm. Vor gerade einmal vier Stunden hatte er sie in der Bibliothek knallhart ignoriert. Und jetzt hatte er sie als Laufpartnerin gewählt, obwohl sie die Langsamste von allen war.

Inzwischen liefen die anderen so weit voraus, dass sie sie kaum noch erkennen konnte. Gray meinte, ganz hinten Minals dunklen Pferdeschwanz hüpfen zu sehen. Vor ihnen ragte finster und bedrohlich der Wald auf, bereit, sie zu verschlucken. Die anderen verschwanden bereits einer nach dem anderen in seinem Schatten.

Und ihr blieb nichts anderes übrig, als ihnen zu folgen.

SECHZEHN

Die ersten Fäden der Angst begannen sich um Grays Brust zu schließen und erschwerten ihr das Atmen.

»Hey, wie geht's eigentlich deinem Hals?«, fragte Dylan unvermittelt. »Tut die Narbe noch weh?«

Sie war so überrumpelt, dass sie ihre Angst für einen Moment vergaß. So offen hatte sie noch nie jemand auf ihre Verletzung angesprochen. Manchmal erwischte sie Leute dabei, wie ihr Blick auf ihrer Narbe ruhte, die sich immer noch deutlich sichtbar auf ihrer hellen Haut abzeichnete. Aber keiner hatte je etwas gesagt.

»Nee, ist okay«, keuchte sie. »Tut nicht weh.«

»Trotzdem solltest du lieber vorsichtig sein.« Er machte eine Handbewegung nach vorn. »Die rechnen nicht damit, dass du mithältst.«

Also war ihm nicht entgangen, dass sie Mühe hatte, Schritt zu halten. Sie wusste nicht, ob sie dankbar sein oder sich schämen sollte. Aber jetzt blieb ihr ohnehin keine Zeit, darüber nachzudenken – sie hatten die ersten Bäume erreicht.

Als sie in den Wald liefen, änderte sich die Luft um sie herum. Sie wurde schwerer, und in ihr lag der Geruch nach weicher, lehmhaltiger Erde. Ihre Schritte klangen lauter in ihren Ohren und wurden von den Baumstämmen zurückgeworfen.

»Ich liebe diesen Wald«, verkündete Dylan. »Ihr habt hier echt eins a Robin-Hood-Zeug am Start.«

Trotz allem musste Gray unbändig kichern. Dylan warf ihr ein schnelles Lächeln zu, und die Enge in ihrer Brust lockerte sich ein wenig. Sie konnte wieder atmen.

Mit halbem Ohr hörte sie seine Kommentare über die Bäume und welche Kiefernart hier wohl wuchs und war dankbar für die Ablenkung. So langsam gewöhnten sich ihre Augen an die Dunkelheit und sie sah sich zwischen den Bäumen mit ihren langen, schlanken Ästen um. Er hatte recht. Eigentlich waren sie gar nicht bedrohlich. Es waren einfach nur … Bäume.

Selbst als der Wald so dicht wurde, dass kein Mondlicht mehr durch die Baumkronen fiel, blieb ihre Angst nur ein schwaches Echo. Sie hatte sogar den Eindruck, dass sie mit jedem Schritt ein bisschen kleiner wurde. Als würde Dylans ruhige Anwesenheit ihr dabei helfen, sich die Dämonen vom Leib zu halten.

Ihre Lunge brannte wie Feuer, doch ihre Beine hatten ein stetiges Tempo gefunden – links … rechts … links … rechts. Gleichmäßig wie ihr Herzschlag oder eine tickende Uhr.

Dylan wirkte, als müsste er sich überhaupt nicht anstrengen. Wenn er gewollt hätte, dann hätte er einfach lossprinten und sie zurücklassen können. Doch er blieb neben ihr, den Blick unverwandt auf die Bäume gerichtet.

»Warum … tust du das?«, brachte sie mühsam zwischen zwei Atemzügen hervor.

»Was?«

»Nett zu mir … sein. Hier hinten … laufen.«

»Sie hat gesagt, wir sollen zusammenbleiben«, wiederholte er, als würde das alles erklären. »Guck mal, wir drehen schon um.« Er zeigte nach vorn, wo die letzten Schüler in einen Seitenpfad abbogen und zwischen den braunen Farnen und hohen Büschen verschwanden. »Dann geht's wohl zurück. Sie macht nur eine kurze Runde.«

»Gott … sei Dank.« Gray schnappte nach Luft. Ihre Beine fühlten sich an wie Wackelpudding.

»Los, komm schon. Mal sehen, ob wir die anderen auf dem letzten Stück einholen können.« Er bedeutete ihr, schneller zu laufen.

»Oder auch nicht?«, schlug sie vor. Doch er lief schon voraus.

Es kostete sie alle Kraft, schneller zu laufen, doch sie tat ihr Bestes, und als sie zehn Minuten später alle atemlos und schwitzend zurück ins Gebäude liefen, waren sie gar nicht mehr so weit hinter den letzten Schülern. Im Trainingsraum eins angekommen, brachen sie keuchend auf den Matten zusammen. Selbst Sophie lief der Schweiß runter.

Gray landete neben Kyle und Minal.

»Okay, das reicht«, hörte Gray Kyle zu sich selbst murmeln. »Genug trainiert.«

»Wenn mich irgendwer entführen will, bitte schön«, sagte Minal. »Ich komm gern mit, solange ich nur nicht laufen muss.«

Gray hatte nicht genug Atem, um zu antworten. Ihre Brust schmerzte und ihre Beine fühlten sich an wie Gummi. Dylan war als Einziger noch auf den Beinen und dehnte sich an einer Wand.

Doch der Abend war noch nicht vorbei. Zoe hatte noch mehr für sie auf Lager.

»Gut. Jetzt sind alle aufgewärmt.« Mit verschränkten Armen stand sie am anderen Ende des Raumes. »Dann legen wir mal los.«

Entsetzt starrte Gray sie an. Das war nur das *Aufwärmtraining*?

Wie ein General auf dem Schlachtfeld lief sie energischen Schrittes durch den quadratischen Raum mit den durcheinanderliegenden Körpern. »Wir fangen mit ein paar grundlegenden Selbstverteidigungstechniken an. Ich brauche einen Freiwilligen.« Sie sah sich in dem halbdunklen Raum um. Ihr Blick fiel auf Dylan, den einzigen, der noch stand. »Du.«

Er ging zu ihr und stieg auf dem Weg über Kyle.

»Jetzt kann ich glücklich sterben«, verkündete Kyle.

Noch immer auf dem Rücken kicherten Gray und Minal. Gray

wandte ihr den Kopf zu und flüsterte: »Du hättest ruhig mal sagen können, dass du in dieser Gruppe bist.«

Minal warf ihr ein müdes Lächeln zu. »Das ist doch topsecret, du Dummerchen.«

Zoe sah stirnrunzelnd zu ihnen hinüber. »Aufstehen, alle miteinander. Ihr müsst hinsehen, wenn ihr was lernen wollt.«

Stöhnend und stolpernd kamen die Schüler auf die Beine. Als alle standen, wandte die Trainerin sich an Dylan. »Hast du schon mal Selbstverteidigung gemacht?«

»Ein wenig«, sagte er. »In den Staaten habe ich ein paar Sachen gelernt.«

»Gut.« Zoe deutete auf ihre Kehle. »Tu so, als wolltest du mich erwürgen. Ich werde dich zu Boden bringen, will dir aber dabei nicht wehtun. Also geh bitte einfach mit der Bewegung mit. Du wirst auf dem Rücken landen, nur damit du dich nicht wunderst.«

Sie war relativ klein und zierlich – nicht größer als 1,65, schätzte Gray. Dylan dagegen ragte mit über 1,80 über ihr auf.

Doch er sagte: »Sie sind der Boss.«

Sie trat vor ihn und zeigte ihm, wie er sie greifen sollte. Um den linken Unterarm um ihre Kehle zu legen und mit der rechten Hand zu umfassen, musste er sich nach vorn beugen.

Zufrieden blickte Zoe in die Runde. »Und so geht's.«

Indem sie mit links einen Schritt nach vorn trat, brachte sie ihn aus dem Gleichgewicht. Dann ließ sie sich blitzschnell nach unten sinken und zog ihn mit aller Kraft nach rechts. Und als wäre er ein Fliegengewicht, lag Dylan plötzlich mit dem Rücken auf der dicken Matte.

Alle schnappten überrascht nach Luft. Er selbst sah verdutzt drein, doch dann wandelte sich sein Ausdruck, und er fing an zu lachen.

»Das war *der Hammer*.«

Sie nahm das Kompliment mit einem Achselzucken entgegen,

hielt ihm eine Hand hin, um ihn hochzuziehen, und befahl der Gruppe. »Ihr übt jetzt alle diese Bewegung.«

Zweifelnd starrten die Schüler zurück. Zoe runzelte die Stirn. »Drei einfache Schritte. Ein Vierjähriger könnte das tun.«

Alle begannen durcheinanderzureden.

»Euer Laufpartner ist auch euer Trainingspartner«, verkündete Zoe über den Lärm hinweg. »Ihr arbeitet zusammen.«

Grays Herz machte einen kleinen Sprung. Also würde Dylan auch mit ihr trainieren.

Sie beobachtete, wie die anderen sich in Paare aufteilten. Der hellere der beiden großen Typen ging zu Maya. Sie gaben ein schönes Paar ab und redeten leise miteinander. Sophie stand neben dem großen Dunkelhaarigen, der seinem Bruder so ähnlich sah. Gray bemerkte, wie sie wütende Blicke in Dylans Richtung schoss, aber der schien nichts davon zu bemerken.

»Ich will wissen, wer die alle sind«, flüsterte Gray Minal zu.

»Erzähl ich dir später«, versprach Minal.

Als hätten sie nur darauf gewartet, lösten Julia, Carter und Erin sich in dem Moment aus den Ecken des Raumes. Wie Zoe schnappten sie sich jeweils zwei Schülerpaare und sprachen mit ihnen am Rand der Matten die Bewegungen durch.

Julia bedeutete Gray, Dylan, Kyle und Minal, ihr zu folgen.

»Also. Minal und Kyle, wir gehen es einmal zusammen durch. Dylan und Gray, ihr schaut zu und merkt euch alles.«

»Ich bin ein Liebhaber und kein Krieger«, informierte Kyle sie todernst.

»Da kann ich Abhilfe schaffen«, versicherte der Bodyguard ihm.

Gray stellte sich neben Dylan und sah zu, wie Julia die grundlegende Beinarbeit demonstrierte. »Bei dieser Bewegung ist euer Körpergewicht eure Waffe«, erklärte sie. »Wenn ihr es richtig einsetzt, könnt ihr jemanden zu Boden bringen, der doppelt so schwer ist wie ihr.«

Sie machte vor, wie Kyle seinen Arm um Minals Kehle legen sollte.

»Das Überraschungsmoment ist dabei superwichtig«, sagte Julia zu Minal. »Du darfst dir auf keinen Fall anmerken lassen, dass du ihn gleich umschmeißt.« Dann drehte sie sich zu Kyle um und fügte hinzu: »Versuch, nicht dagegen anzukämpfen, wenn sie dich umwirft. Im Moment lernen wir, wie wir die Technik anwenden, und nicht, wie wir Widerstand leisten. Das kommt später.« Sie trat zurück. »Na los. Versucht es mal.«

Unsicher trat Kyle von hinten an Minal heran und legte ihr mit einem »Sorry, sorry, sorry« den Unterarm so lose um die Kehle, als versuchte er, sie dabei nicht zu berühren.

»Du bist der harmloseste Angreifer, den man sich vorstellen kann«, bemerkte Julia trocken. »Jetzt pass auf und bloß keine Panik, wenn sie dich umwirft. Die Matte ist weich. Du solltest …«

Ohne Vorwarnung ließ Minal plötzlich ihre Hüfte sinken, verlagerte ihr Gewicht genau so, wie sie es gelernt hatte, und zog an Kyles Arm. Er flog über ihre Schulter und landete auf dem Rücken, wo er geschockt nach Luft schnappte.

Julia starrte Minal an.

»Du hast gesagt, das Überraschungsmoment ist wichtig«, erinnerte Minal sie.

Ausnahmsweise war der Bodyguard einmal sprachlos. »Ja … stimmt.«

Minal strahlte sie an. »Das hat super funktioniert!«

»Du Brutalo«, stöhnte Kyle. »Ich glaub, du hast mir die Wirbelsäule gebrochen.«

»Beweg mal deine Zehen«, sagte Julia und hockte sich neben ihn.

Seine Turnschuhe bewegten sich heftig.

Sie sah ihn mit hochgezogenen Brauen an. »Deiner Wirbelsäule geht's prima.«

»Das werden wir ja noch sehen«, murrte er.

Minal kam an seine Seite und streckte ihm eine Hand entgegen, genau wie Zoe es bei Dylan getan hatte. »Frieden?«

»Ich erstech dich im Schlaf«, sagte er, griff aber nach ihrer Hand und ließ sich hochziehen. Sobald er wieder stand, kehrte auch seine Begeisterung zurück.

»Echt mal, ich muss unbedingt diesen Move lernen. Es gibt da ungefähr zwanzig Typen an meiner alten Schule, an denen ich das ausprobieren muss«, erklärte er ihr. »Zeig mal, wie du es gemacht hast.«

Minal begann, ihm mit einem begeisterten Redestrom alles zu erklären.

»Übt weiter, aber bitte *vorsichtig*«, sagte Julia mahnend an die beiden gewandt, bevor sie sich Dylan und Gray zuwandte. »Gray, ich mache mir ein bisschen Sorgen um deinen Hals. Ich will nicht, dass du dir dabei wehtust.«

Gray rieb sich über die linke Seite ihres Halses und ertastete die weiche Narbe unter ihren Fingerspitzen. »Sie tut schon eine ganze Weile nicht mehr weh«, sagte sie.

»Trotzdem wäre es mir lieber, wenn du nicht umgeworfen wirst. Du probierst es erst mal mit Dylan.«

Inzwischen hatten sie oft genug gesehen, was zu tun war. Während Dylan von hinten an Gray herantrat, zählte Julia ihr noch einmal die Bewegungen auf, die Minal kurz zuvor praktiziert hatte. Er legte den linken Arm lose um Grays Kehle, sodass sie atmen konnte, und griff mit der rechten danach.

Sie spürte seine Muskeln an ihrem Rücken und seine warme Haut auf ihrer. Sein sanfter Atem strich ihr über das Gesicht.

Da erst ging ihr auf, dass der Angreifer in Oxford in derselben Haltung hinter ihr gestanden hatte. Genau so hatte er sie gehalten und mit dem Messer bedroht.

Sie erstarrte.

Ihr Bodyguard ließ sie nicht aus den Augen. »Richtig. Er hat die gleiche Technik angewandt. Deshalb üben wir das jetzt. Hör mir zu. Wenn du in Panik gerätst, bleibst du das Opfer. Aber wenn du lernst, Dylan zu Boden zu bringen, kann das nie wieder jemand mit dir machen. Verstehst du? Dann hast du die Situation unter Kontrolle.«

Gray versuchte zu antworten, brachte jedoch kein Wort hervor. Ihre Brust war wie zugeschnürt und drückte ihr die Luft aus den Lungen. Sie zwang sich, langsam und tief zu atmen. Weiterzudenken. Sie konnte das. Sie musste es einfach versuchen. Sie wollte wieder die Kontrolle haben. Mutig sein.

Lass deine Schulter sinken und schwing die Hüfte. Dann zieh. Lass deine Schulter sinken und schwing die Hüfte. Dann zieh ...

Stumm sagte sie sich die Bewegungen auf.

Dylan wartete geduldig, den Unterarm immer noch um ihren Hals gelegt.

Mit geschlossenen Augen ließ Gray die Schulter sinken, schwang ihre Hüfte und zog mit aller Kraft, die sie aufbringen konnte, an seinem Arm.

Es war nicht so elegant wie bei Zoe, nicht so schnell wie bei Minal, doch Dylan fiel genau dahin, wo sie ihn haben wollte.

Ungläubig starrte Gray auf ihn herunter, und er grinste sie an.

Julia zog sie in eine feste Umarmung. »Du hast es geschafft, Gray! Du hast es wirklich geschafft!«

Schwindelig vor Freude und Erleichterung schlang Gray die Arme um sie.

Zum ersten Mal hatte sie das Gefühl, dass die Angst, die sie seit Wochen lähmte, sie langsam verließ.

SIEBZEHN

»Allie. *Allie*. Wach auf.«

Allie blinzelte, und das kalte, dunkle Schlafzimmer rückte in ihr Blickfeld.

»Was ist los?«, fragte sie heiser. Sie hatte sich gerade tief in einem Traum befunden.

Am Abend zuvor waren sie lange wach geblieben, um zu hören, wie das erste Training gelaufen war. Zoe war hart mit ihnen ins Gericht gegangen, weil die Schüler so unerfahren waren. Doch für das erste Mal hatten sie sich gut angestellt. Und Julia hatte begeistert von Grays Fortschritten erzählt. Alles in allem war es viel besser gelaufen, als sie erwartet hatten. Als sie und Carter endlich ins Bett fielen, war es schon nach Mitternacht.

Etwas sagte ihr, dass es tief in der Nacht war. Die Dunkelheit um sie herum hatte eine Schwere, wie sie nur gegen zwei Uhr morgens, in den Stunden weit entfernt von Sonnenaufgang und Sonnenuntergang, vorkam.

»Jemand ist auf dem Gelände.« Carter war schon dabei, sich anzuziehen. Während er in die Hose stieg, zeichnete sich sein muskulöser Oberkörper hell im Mondlicht ab, das durch das Fenster einfiel. Als er sich aufrichtete, bildete sein Rücken ein fast perfektes V.

Er brauchte kein Licht einschalten. Sie beide fanden sich in dem kleinen Cottage blind zurecht. Seit acht Monaten war es ihr Zuhause – seit Isabelle sie gebeten hatte zurückzukommen, weil sie eine Zeit lang fortmusste.

»Nur eine Person oder mehrere?« Allie schlug die warme Daunendecke zurück und schwang die Beine aus dem Bett. Der Fußboden war eiskalt unter ihren Füßen, und sie zitterte. Hübsch und intim war das kleine Cottage mit den Kletterrosen, die bis über das Dach wuchsen. Aber ganz sicher nicht gut geheizt.

»Mindestens zwei, vielleicht auch drei.« Seine Stimme war angespannt. »Sie sind über den Zaun gekommen und haben dabei die neue Alarmanlage ausgelöst.«

Allie nahm die Informationen blitzschnell auf und schnappte sich ihre schwarzen Sportklamotten, die noch am Schrank hingen. »Sucht jemand gerade nach ihnen?«

»Vier Wachen haben Schicht, und alle anderen wurden informiert.« Carters dunkler Kopf senkte sich, während er sich die Turnschuhe zuband. »In fünf Minuten durchkämmen wir mit sechzehn Leuten das Gelände.«

Fünf Minuten, dachte Allie. *Zu langsam.*

Ihr wurde fast schwindelig vor Sorge.

»Wo ist Julia?«, fragte sie und zog sich ein schwarzes Thermohemd über. »Weiß sie Bescheid?«

»Sie wurde direkt nach uns angerufen.« Er schlüpfte in seine Jacke, klopfte automatisch seine Taschen ab und griff dann nach seinem Kommunikationsset, das auf dem Nachttisch am Ladekabel hing. Er steckte sich den Ohrhörer ins rechte Ohr und schob das Mikrofon über sein Handgelenk.

»Wir sehen uns draußen.« Er eilte zur Tür. »Ich laufe zu Sektor zwei.«

Schon vor längerer Zeit hatten sie das hügelige, bewaldete Gelände für das Sicherheitsteam in Sektoren eingeteilt. In Sektor zwei befanden sich die Kapelle und der Bach, wo der Einbrecher beim letzten Mal auf das Gelände gelangt war. Klar, dass Carter direkt wieder dorthin ging.

»Ich komm gleich nach«, sagte sie zu ihm. »Pass auf dich auf.«

Er war schon in der Tür und drehte sich noch einmal zu ihr um. »Immer.«

Sobald die Tür hinter ihm ins Schloss gefallen war, wählte Allie Julias Nummer.

»Allie«, hob der Bodyguard ab. Sie sprach gepresst.

»Firefly?« Während sie sprach, zog Allie sich mit einer Hand die Jacke über.

»Auf dem Weg. Wie schlimm ist es?«

Sie rannte. Allie hörte ihre schnellen Schritte im Hintergrund die Treppe hinaufpoltern.

»Zwei, vielleicht drei«, gab Allie durch. »Bisher nicht lokalisiert.«

Julia fluchte unterdrückt. »Ich wusste es. Ich wusste, dass sie wiederkommen.«

»Ich auch. Pass auf sie auf und folge dem Plan«, antwortete Allie.

Beide legten auf.

In dem Versuch, die Nerven zu behalten, atmete Allie tief ein und aus. Eine Methode, die sie schon als junges Mädchen entwickelt hatte und die ihr nun zugutekam, als sie fertig angezogen in ihrer Jackentasche eine Taschenlampe ertastete. Dann schnappte sie sich ihr Handy, legte ihr eigenes Kommunikationsset an und schaltete den Ohrstöpsel ein. Sofort ertönten die Stimmen der Wachleute.

»Sektor eins sauber.«

»Fußabdrücke in Sektor fünf, direkt hinter der Hauptauffahrt. Offenbar zwei männliche Erwachsene. Sie laufen nach Westen.«

Nach Westen, dachte Allie. *Richtung Schulgebäude.*

Inzwischen musste Jules bei Gray angekommen sein. Sie würde sich melden, sobald sie das Mädchen in den Safe Room gebracht hatte. Aber so lange konnte Allie nicht warten.

Sie stieß die Cottagetür auf und rannte in die eiskalte Nacht hinaus. Über ihr hing der blasse Wintermond tief über den Baumwipfeln.

Das Cottage war von einer niedrigen Steinmauer umgeben. Vor ihr schimmerte silbrig der Fischteich, in dem sie als Schülerin nackt gebadet hatte. An seinen Ufern glitzerte eine dünne Eisschicht.

So schnell sie konnte, rannte sie durch das kleine, hölzerne Gartentor. Gefrorene Grashalme knirschten unter ihren Turnschuhen. Jeder Atemzug füllte ihre Lungen mit eiskalter Luft und bildete beim Ausatmen eine Wolke, die sich sofort wieder auflöste. Die Kälte biss ihr in die Wangen, doch sie spürte es kaum, so schnell sprintete sie in Richtung Schulgebäude. Eigentlich sollte sie zu Carter in Sektor zwei gehen. Er erwartete sie dort. Aber Jules war ganz alleine dadrin. Und schließlich waren sie hinter Gray her.

Bei dem Gedanken stieg heiße Wut in ihr auf. Das arme Mädchen.

Damit hatten sich ihre schlimmsten Befürchtungen bewahrheitet. Aus diesem Grund war Jules zur Premierministerin gegangen und Raj hatte zusätzliche Sicherheitsausrüstung installiert. Aber würden sie noch rechtzeitig kommen?

»Ich folge ihren Fußabdrücken in Sektor zwei.« Carters Stimme drang in ihr Ohr. »Ihre Spur verläuft Richtung Schule. Sieht ganz danach aus, als wären sie in drei eingedrungen, zu zwei übergelaufen, an der Kapelle vorbeigekommen, und dann verliert sich ihre Spur auf dem Weg, wo der Boden zu hart ist.«

Ohne ihre Schritte zu verlangsamen, aktivierte Allie ihr Mikrofon. »Auf dem Weg Richtung Hauptgebäude. Bisher keine Spur von ihnen.«

»Haltet eure Posten in den Sektoren, für den Fall, dass sie sich zurückziehen«, befahl Carter. »Allie deckt den Hauptweg ab.«

Es war totenstill. Der Mond war beinahe vollkommen rund und schien so hell durch das Blätterdach, dass sich auf dem Weg kleine, helle Flecken bildeten. Die eiskalte Luft strömte frisch und klar in ihre Lungen. Aber es war jemand hier. Sie spürte ihre Anwesenheit wie einen Virus in einem ansonsten gesunden System.

Aber *wo*? Im Wald um sie herum rührte sich nichts. Hier waren sie jedenfalls nicht mehr.

Noch immer kein Lebenszeichen von Jules. Eigentlich sollte sie Gray inzwischen in Sicherheit gebracht haben. Warum sagte sie nichts?

Irgendwas musste schiefgelaufen sein. Ganz schrecklich schief.

Auf einmal wurde ihr Herz so kalt wie die Dezembernacht. Sie lief schneller und sprach in ihr Mikrofon.

»Ich laufe ins Hauptgebäude. Ich glaube, sie sind dadrin.«

ACHTZEHN

Gray hatte nun schon die dritte Nacht in Folge keine Albträume mehr und schreckte aus einem tiefen, traumlosen Schlaf, als Julia sie an der Schulter rüttelte.

»Gray. *Gray*. Wach auf.«

Gray blinzelte sie verschlafen an. »Julia? Was …?«

Doch ihr Bodyguard ließ sie nicht ausreden. »Schnell. Steh auf.« Sie schnappte sich Grays Bademantel von einem Haken an der Tür, warf ihn ihr zu und zog sie im selben Moment aus dem Bett. »Wir müssen uns beeilen.«

Obwohl ihre Stimme kaum mehr als ein Flüstern war, hörte Gray ihr die Anspannung deutlich an. Da stimmte was nicht.

Mit einem Schlag rauschte Adrenalin durch ihre Adern, und sie stolperte aus dem Bett und warf sich den Bademantel über.

»Was …?«, versuchte sie es erneut, doch Julia packte sie am Arm und zog sie aus dem Zimmer.

»Später. Jetzt müssen wir uns bewegen. Und zwar sofort.«

Hastig zerrte Julia ihren Schützling mit bauschendem Bademantel den Flur entlang. Noch immer verwirrt von ihrem plötzlichen Erwachen, taumelte Gray wie betäubt hinter ihr her. Der Boden brannte unter ihren nackten Füßen, und ihr Magen war ein einziger Klumpen. Sie stellte keine weiteren Fragen. Irgendwas war passiert. Etwas Schlimmes.

Die Hand immer noch auf ihrem Arm öffnete Julia eine schlichte Tür. Dahinter verlor sich eine Wendeltreppe in der Dunkelheit.

Sie zog eine Taschenlampe aus ihrer Jacke und knipste sie an. Die alte Steintreppe schimmerte ihnen weiß wie Knochen entgegen.

»Bleib direkt hinter mir«, zischte sie Gray zu.

Schnell liefen die beiden die dunkle, staubige Treppe hinunter. Nur das scharrende Geräusch ihrer Schritte war zu hören und vor ihnen zuckte der Lichtkegel der Taschenlampe über die rauen Wände.

Grays Füße wurden langsam taub und sie zitterte – ob vor Angst oder vor Kälte konnte sie nicht sagen. Trotzdem blieb sie in Bewegung und folgte Julias flackerndem Licht.

Bald hörte sie nur noch das Blut in ihren Ohren rauschen und ihre rauen, abgehackten Atemzüge. Die Luft roch staubig. Vor ihr lief ihr Bodyguard ruhig, aber eilig voran, immer tiefer und tiefer.

Gray hätte sie gern gefragt, was los war, doch sie traute sich nicht.

Schließlich erreichten sie eine schmale Tür. Mit erhobener Hand bedeutete Julia ihr stehen zu bleiben und knipste ihre Taschenlampe aus. Es wurde so dunkel, dass Grays Herz beinahe aussetzte. Julia öffnete die Tür einen Spalt und sah nach draußen. Schwaches Licht fiel herein.

Der Bodyguard trat durch die Tür und bedeutete ihr mit einer Handbewegung, ihr zu folgen. Gray umklammerte ihren Bademantel fester und ging hinterher.

Sie traten auf den großen Hauptflur direkt gegenüber der Küche.

Wie immer war er von einigen wenigen Lampen erleuchtet. Alles schien ganz normal. Die große Küche roch schwach nach Hefe. Alles sah genauso aus wie nach dem Abendbrot. Hier hatte sie nichts zu befürchten.

Julia fing ihren Blick auf und deutete stumm den Flur hinunter.

Gray wusste, dass sie jetzt nicht reden durfte. Seite an Seite liefen sie weiter. Ihre Füße tappten beinahe lautlos über die polierten Eichendielen.

Immer wieder bildete Gray sich ein, sie hörte jemanden atmen, und wirbelte herum. Doch sie musste jedes Mal feststellen, dass es ihr eigener Atem war, der ihr in den Ohren klang.

Julia hingegen warf keinen Blick zurück. Mit den leisen, geschmeidigen Bewegungen eines Panthers lief sie den Flur entlang bis zur letzten Tür auf der rechten Seite. Sie stieß sie auf, schob Gray hindurch und verschloss sie hinter ihnen.

Verblüfft sah Gray sich in der dunklen Bibliothek um.

Julia knipste ihre Taschenlampe wieder an. Ihr Lichtstrahl glitt über die dunkelrote Wolle der persischen Teppiche. Es war das erste Mal, dass Gray den Raum ohne die lange Reihe grüner Lampen sah. Ohne sie kam er ihr fremd vor. Gefährlich.

Julia fasste sie wieder am Arm, eilte am Tisch der Bibliothekarin vorbei und bog hinter den ersten paar Regalreihen ab. Vor einer Wand aus reich verzierten Eichenholzpaneelen blieb sie stehen. Gray sah zu, wie sie ein kleines Schlüsselbund hervorzog und einen von ihnen in ein beinahe unsichtbares Schlüsselloch schob. Die anderen klingelten leise.

Die Tür, die sie noch Sekunden zuvor nicht als solche erkannt hätte, öffnete sich.

Gray blieb gerade noch genug Zeit, um einen kleinen, würfelförmigen Raum zu erkennen, da zog Julia sie auch schon hinein, machte die Tür zu und drehte den Schlüssel im Schloss. Dann knipste sie die Taschenlampe aus.

Es wurde stockfinster. Grays Atem ging schnell und flach, und ihr Herz pochte schmerzhaft gegen ihre Rippenbögen.

Julia sagte leise: »Firefly in Sicherheit.« Dann entstand eine kurze Pause, und sie sagte: »Verstanden.«

»Julia«, flüsterte Gray. »*Bitte*, was ist los?«

»Gib mir zwei Sekunden«, sagte Julia.

Gray hörte, wie sie sich bewegte. Dann das leise Schleifen von Stoff auf Stoff und endlich das erlösende Klicken.

Die Deckenleuchte flammte auf. Nach der Dunkelheit war das Licht so gleißend hell, dass Gray eine Hand vor die Augen hob, zurückstolperte und dabei gegen einen Schreibtisch stieß, der anscheinend direkt hinter ihr stand.

»Tut mir leid«, flüsterte Julia und streckte eine Hand aus, um ihr zu helfen, das Gleichgewicht wiederzufinden.

Langsam ließ Gray die Hand sinken und sah sich in dem eigenartigen, wild bemalten Raum um. Er war ziemlich klein – gerade groß genug, dass ein Schreibtisch und ein Ledersessel hineinpassten. Doch das war nicht das Interessante an dem Zimmer. Interessant war das Gemälde, das eine komplette Wand bedeckte. Es zeigte mehrere Engel mit silbernen Flügeln, die über einen grünen Hügel direkt neben einem Fluss schwebten. Unter ihnen hatten sich die Dorfbewohner versammelt. Sie alle trugen lange Schwerter und hatten sie zögerlich erhoben, so als wären sie unsicher, ob die Engel Freund oder Feind waren.

Es war so bizarr, dass Gray sich für einen Moment fragte, ob es wirklich da war. *Vielleicht halluziniere ich,* dachte sie.

Dagegen sprach, dass alles andere in dem Raum Sinn machte. Der Tisch. Der Sessel. Sie sah, dass Julia sich die Jacke ausgezogen hatte und sie vor die Lücke unter der Tür stopfte.

»Was ist das für ein Raum?«, fragte Gray verwirrt.

Julia antwortete, ohne von ihrer Arbeit aufzusehen. »Eigentlich ein Lernraum für die Oberstufenschüler. Davon gibt's ein paar hier an der Schule. Wir haben ihn als Safe Room für dich ausgewählt, für den Fall, dass jemand auf das Gelände kommt.«

»Jemand ist *in der Schule*?« Gray hatte die Stimme erhoben.

Julia drehte sich zu ihr um und bedeutete ihr, leiser zu sprechen. »Es gibt einen oder mehrere Eindringlinge«, flüsterte sie. »Die Wachen suchen gerade nach ihnen. Aber hier sind wir in Sicherheit, versprochen.«

»Wie ist er reingekommen?«, fragte Gray. »An all diesen Sicherheitsleuten und Kameras vorbei? Das versteh ich nicht.«

Julia sah sie bedächtig an. »Sie sind an einem toten Punkt genau zwischen zwei Überwachungskameras über die Mauer gekommen. Aber wir haben gestern zusätzlich einen Hightech-Bewegungsmelder installiert, und der hat einen stillen Alarm ausgelöst. Sieht aus, als wollten sie ins Schulgebäude.«

Gray zitterte und zog sich den Bademantel enger um die Schultern.

»Tut mir leid – ich muss da zuhören.« Julia deutete auf ihr Ohr. Gray nickte und lehnte sich stumm gegen den Schreibtisch, den Blick auf das seltsame Wandgemälde gerichtet. Die Minuten vergingen.

Sie musste an den Zwischenfall in der Kapelle vor ein paar Tagen denken.

Da muss es einen Zusammenhang geben, entschied sie.

Sie erwischte sich dabei, wie sie vor lauter Nervosität den Daumennagel an der Seite ihres Zeigefingers vor- und zurückrieb. Ein Versuch, die Angst zu unterdrücken, die in ihrer Brust aufwallte.

Hin und wieder sprach Julia leise etwas in ihr Mikrofon, doch ihre Worte wirkten unzusammenhängend und rätselhaft auf Gray.

Während sie warteten, verlor sie vollkommen das Zeitgefühl und versuchte, nicht darüber nachzudenken, was dort draußen wohl gerade passierte und warum es so lange dauerte.

Sie hatte keine Ahnung, wie lange sie in ihrem Versteck verharrt hatten, als von draußen plötzlich Geräusche zu hören waren. Erst eine Art Hämmern und dann kaum vernehmbare Stimmen.

Gray, die im Halbschlaf auf dem Tisch gesessen hatte, sprang auf und wich vor der Tür zurück an die rückseitige Wand mit der Malerei.

Beschwichtigend hob Julia die Hände. »Alles in Ordnung. Das sind unsere Leute.«

Ein schwaches, dreifaches Klopfen ertönte, und Gray hörte eine gedämpfte männliche Stimme. »Jules. Wir sind's.«

Julia schloss die kleine Tür auf und zog sie auf. Auf der anderen Seite standen Allie und Carter, die Wangen hochrot von ihrem Lauf durch die Kälte.

Allies Blick wanderte sofort zu Gray, und Erleichterung machte sich in ihrem Gesicht breit.

»Wir wollten nur nach dir sehen.« Sie klang atemlos. »Die Suche ist noch nicht beendet.«

»Seid ihr sicher, dass das Gebäude sauber ist?«, fragte Julia.

»Das Erdgeschoss wurde durchsucht, und jetzt arbeiten wir uns hoch«, erwiderte Allie. »Wir haben Beweise gefunden, dass sie eingedrungen sind, aber jetzt sind sie scheinbar wieder weg. Wie auch immer, dieser Raum ist jedenfalls sauber – wir haben ihn selbst durchleuchtet. Ihr könnt rauskommen.« Sie trat zurück und bedeutete Julia und Gray ihr zu folgen.

Die beiden traten in die Bibliothek. Das Licht war eingeschaltet, und der vertraute Ort kam Gray vor wie ein Refugium der Vernunft in dieser verrückten Nacht. Doch die Vorstellung, dass jemand im Gebäude nach ihr gesucht hatte, verursachte ihr Übelkeit.

»Sicher, dass sie weg sind?«, fragte sie zweifelnd.

»Ich habe die Stelle entdeckt, wo sie über den Zaun gekommen sind«, erklärte Carter ihr. »Sie haben auf der anderen Seite geparkt und das Auto im Wald versteckt. Jetzt ist es weg. Aber wir durchsuchen immer noch jedes einzelne Zimmer, um sicherzugehen.«

»Vielleicht war es wieder dieser Fotograf«, schlug Gray vor. »Vielleicht ist er zurückgekommen …« Als sie die starren Mienen der Erwachsenen sah, unterbrach sie sich. »Was ist? Habe ich was Dummes gesagt?«

Die drei tauschten Blicke aus, die sie nicht lesen konnte.

»Wir müssen es ihr sagen«, sagte Julia mit fester Stimme. »Wenn ihr es nicht tut, dann mach ich es.«

»Mir was sagen?«, fragte Gray.

Carter trat ein paar Schritte zurück und sah zur Seite.

Es entstand eine lange Pause. Schließlich ergriff Allie das Wort. »Neulich Abend bei der Kapelle, wir glauben nicht, dass es ein Paparazzo war.«

Grays Herz setzte fast aus. »Nicht? Aber Sie haben doch gesagt …«

»Ich weiß, was ich gesagt habe.« Die Schulleiterin sah müde aus. »Wir lagen falsch, fürchte ich. In vielerlei Hinsicht.«

»Dann …« Gray klang unsicher. »Wer war es dann?«

Julia hob an, doch Carter kam ihr zuvor. »Jemand, der genau wusste, was er tat. Wer auch immer heute Nacht hier war, die waren hochprofessionell. Sie kannten das Gelände, sie wussten genau, wo sie hinwollten und was sie taten. Wir glauben, es war eine Art Test, um zu sehen, wie unser Sicherheitssystem funktioniert. Das war kein Fotograf.«

Gray hatte das Gefühl, eine eiskalte Hand würde sich um ihr Herz legen und zudrücken. »Die sind das.« Sie sah Julia an. »Die sind das, stimmt's? Sie wissen, wo ich bin.«

Die Lippen ihres Bodyguards waren zu einer dünnen Linie zusammengepresst. »Ich glaube, ja«, erwiderte sie.

»Aber bei uns bist du sicher«, mischte Allie sich ein. »Wir haben dich heute Nacht in Sicherheit gebracht und werden alles tun, um dich auch in Zukunft zu beschützen.«

Gray sah sie traurig an. »Die sind in Oxford an dem Sicherheitsdienst meiner Mutter vorbeigekommen. Wie wollen Sie die aufhalten?«

Niemand sagte etwas. Dann übernahm Allie wieder entschlossen das Wort. »Es gibt eine Menge Dinge, die du über diese Schule nicht weißt. Doch eines kann ich dir sagen: Die Leute, die hier arbeiten, wissen, wie sie ihre Schüler beschützen. Sie werden niemanden an dich heranlassen. Wir haben einen Plan. Mag sein, dass turbulente Zeiten auf uns zukommen, aber wir werden dich beschützen.«

Gray hörte an der Inbrunst in ihrer Stimme, dass sie jedes Wort auch so meinte. Wie gern hätte sie ihr geglaubt.

Und doch ging ihr Oxford nicht aus dem Kopf. Das blitzende Messer im Dunkeln.

NEUNZEHN

In dieser Nacht schlief Gray wenig. Erst nach drei Uhr morgens wurde das Gebäude für sicher erklärt und danach konnte sie nicht einschlafen. Am nächsten Tag fühlte sie sich völlig zerschlagen.

Die anderen Schüler wussten natürlich nichts von dem Einbruch. Julia hatte Gray eingeimpft, den Mund zu halten.

Es fiel ihr sehr schwer, ihren Freunden nichts zu sagen. Sie würden es wissen wollen.

Dieses Geheimnis mit sich herumzutragen, fühlte sich an, als hätte sie ein Giftpille in der Tasche.

Ohne zu wissen, was Gray nachts erlebt hatte, beherrschte immer noch das aufregende Training das Gespräch der anderen.

»Ich hab Minal vier Mal umgeworfen«, prahlte Kyle.

Sie warf ihm einen trockenen Blick zu. »Nur, weil ich dich gelassen habe.«

Maya war etwas vorsichtiger. »Echt gut, so was zu können, aber ich hoffe, ich muss das Training nie im echten Leben anwenden«, sagte sie. »Ich glaube, das wäre noch mal eine ganz andere Nummer.«

»Auch wieder wahr«, stimmte Kyle zu. »Aber sag mal, hast du diesen Typen gesehen, David? Der mit Caitlyn in einem Team ist? Der ist so hot. Den würde ich jederzeit umwerfen.«

Ihr fröhliches Geplauder war eine willkommene Abwechslung für Gray und half ihr, den Einbruch für eine Weile zu vergessen. Sie wollte sich auf die schönen Dinge von gestern Abend konzentrieren. Drei Mal hatte sie Dylan zu Boden geworfen. Julia hatte ihnen beigebracht, die Köpfe zu ducken, um ihren Nacken zu schonen, während der Partner fiel, und sie hatte ihnen gezeigt, wie sie bei der Landung ihren Kopf schützen konnten.

Beim dritten Versuch war sie nicht mehr erstarrt, als Dylan den Arm um ihren Hals gelegt hatte. Sein Körper erinnerte sie nicht mehr an den Angreifer von damals, sondern er fühlte sich einfach nur angenehm fest und warm an. Er war ein toller Trainingspartner und kritisierte sie nie, egal wie lange sie brauchte, um in die Position zu kommen oder den Mut für die nächste Bewegung zu sammeln.

»Du wirst immer besser«, hatte er zu ihr gesagt, als sie ihm nach dem dritten Versuch aufgeholfen hatte.

»Danke.« Sie hatte gelächelt. »Du bist auch das perfekte Opfer.«

Sie gaben ein gutes Team ab. Etwas in seiner Art ließ schwierige Dinge auf einmal viel leichter erscheinen.

Bevor Julia sie geweckt und nach unten in den versteckten Raum hinter der Bibliothek gebracht hatte, hatte sie sich so gut wie lange nicht mehr gefühlt. Stark und zuversichtlich.

Vielleicht lag es daran, dass die Geschehnisse sie gar nicht so sehr aus dem Gleichgewicht gebracht hatten. In gewisser Weise hatte sie sogar das Gefühl, über Nacht stärker geworden zu sein. Sie war bereit, zurückzuschlagen.

Doch sie alle hatten noch jede Menge unbeantworteter Fragen.

»Was hat Sophie eigentlich in der Gruppe zu suchen?«, fragte Kyle beim Mittagessen. »Wie soll man das supergeheim halten, wenn sie einen die ganze Zeit über böse anstarrt?«

»Mögliches Entführungsopfer«, sagte Maya wie aus der Pistole geschossen und spießte ein paar Salatblätter auf ihre Gabel. »Sie hat mir mal erzählt, dass sie nur mit Bodyguards auf Reisen geht. Anscheinend hat vor ein paar Jahren schon mal jemand versucht sie zu entführen, um Geld von ihrem Vater zu erpressen.«

»Oh, krass«, sagte Minal. »Dann ist sie ja wirklich in Gefahr. Ich bin dagegen nur dabei, weil mein Vater will, dass ich fitter werde. So kann er mich zum Sport zwingen.«

»Ihr wisst ja, warum Maya und ich dabei sind. Aber was ist mit dir?« Gray sah Kyle fragend an. Er wurde rot. »Ach, das ist ein bisschen peinlich.« Er schob seinen leeren Teller beiseite. »Die Kurzfassung ist, dass mein Vater ein paar Jahre, nachdem viele Leute viel Geld in irgendeiner üblen Kapitalanlage verloren haben, gegen einen zwielichtigen Typen ausgesagt hat. Der Typ wurde eingebuchtet und hat meine Familie bedroht. Deshalb bin ich hier.«

»Keine Sorge.« Minal legte ihm eine Hand auf die Schulter. »Wenn der böse Mann kommt, beschütz ich dich.«

»*Vier Mal*«, erinnerte er sie lachend. »Vier Mal hab ich dich umgeworfen.«

Durch die abendlichen Trainingseinheiten blieb weniger Zeit für die Hausaufgaben. Deshalb ging Gray direkt nach dem Unterricht in die Bibliothek, um den Stoff vorzubereiten. Erleichtert stellte sie fest, dass dort alles wie immer war. Die grünen Tischlampen glommen beruhigend, und Erin thronte an ihrem hohen Tisch.

Statt sich wie gewöhnlich an einen Tisch ganz hinten zu setzen, trugen ihre Füße sie wie von selbst an den Bücherreihen vorbei zu der Wand mit den reich verzierten Eichenpaneelen. Obwohl sie wusste, dass sie dort sein musste – schließlich hatte sie mit eigenen Augen gesehen, wie sie geöffnet wurde –, konnte sie die Tür in den Schnitzereien nicht mehr entdecken.

»Hey, alles in Ordnung?«, ertönte eine männliche Stimme hinter ihr, und Gray wirbelte herum.

Dylan stand vor einem Bücherregal. Sein Rucksack und Notizblock lagen etwas weiter entfernt auf einem Tisch. Sie musste direkt an ihm vorbeigegangen sein, ohne ihn zu bemerken.

»Mir geht's gut«, sagte sie. »Warum?«

»Ich habe gerade erfahren, was gestern Nacht passiert ist«, sagte er mit gesenkter Stimme. »Ich fass es nicht.«

Gray war völlig überrumpelt. Woher wusste er das? Sie hatte niemandem davon erzählt.

»Wovon redest du?«, fragte sie in gespielter Unschuld.

»Ach, komm schon. Ich weiß, dass jemand hinter dir her ist«, erwiderte er. »Das ist echt heftig.«

Fassungslos starrte sie ihn an. »Woher weißt du das?«

Er machte eine vage Geste. »Ich stand zufällig in der Nähe, als ein paar Lehrer sich darüber unterhalten haben. Das muss furchtbar für dich gewesen sein.«

Gray vergewisserte sich, dass sie nicht belauscht wurden, und beschwor ihn: »Du darfst keinem davon erzählen. Sie wollen nicht, dass hier die totale Panik ausbricht.«

»Tu ich nicht.« Dylan zeigte auf seinen Tisch. »Setz dich doch zu mir. Lass uns reden.« Er saß genau dort, wo sie ihn erst einen Tag zuvor mit Sophie gesehen hatte.

»Worüber?«, fragte Gray und setzte sich auf den Stuhl ihm gegenüber.

»Stimmt es, dass der Kerl es geschafft hat, in die Schule zu kommen?«, fragte er. »Wenn ich das richtig mitbekommen habe, war er im Gebäude.«

Sie zögerte. Doch wenn er eh schon so viel wusste, machte es keinen großen Unterschied, ihm auch noch die Einzelheiten zu erzählen.

»Mir wurde nur gesagt, dass er drinnen war, aber dann wieder raus ist«, erklärte sie. »Er ist auf den Überwachungskameras zu sehen, aber er war maskiert.«

Julia hatte ihr gleich nach dem Aufstehen die Bilder gezeigt – ein dunkler Schatten, der sich mit gesenktem Kopf schnell und geschmeidig vorwärtsbewegte. Bei dem Anblick war Gray das Blut in den Adern gefroren.

»Tut mir leid, das zu sagen, aber so nah sollte dir eigentlich niemand kommen«, sagte er. »Wenn du mich fragst, hat dein Sicherheitsteam komplett versagt.«

Sie sah ihn zweifelnd an. »Nimm's mir nicht übel, aber du kennst dich damit doch gar nicht aus. Julia hat mir gesagt, sie haben alles unter Kontrolle. Und ich glaube ihr.«

Seine geraden Augenbrauen zogen sich zusammen. »Sieh mal, in meiner letzten Schule gab es auch einmal einen Einbruchsversuch, und die hatten den Typen innerhalb von fünf Minuten. Wer auch immer da gestern Abend reingekommen ist, dem ist es gelungen für Gott weiß wie lange auf dem Gelände herumzuspazieren und wieder rauszukommen, ohne gefasst zu werden. Der war bestimmt nicht allein, und wir wissen noch nicht einmal, wer die waren oder was die getrieben haben. Das ist echt heftig, Gray. Du hättest dabei draufgehen können.«

Gray machte den Mund auf, um ihm zu widersprechen, schloss ihn dann aber wieder. Er hatte recht.

»Die Schule ist nicht schuld«, sagte sie. »Julia meinte, die waren hochprofessionell.«

Seine Augen flackerten interessiert auf, und im selben Moment bereute sie, ihm auch noch dieses Detail auf die Nase gebunden zu haben.

»Was meint sie damit?«, fragte er. »Inwiefern hochprofessionell?«

»Keine Ahnung.« Gray zuckte die Schultern. »Sie hat nur gesagt, es sieht ganz danach aus, als wären sie dafür ausgebildet.«

Er dachte einen Moment lang nach. »Wenn man bedenkt, wie weit sie gekommen sind, hatten sie wahrscheinlich eine militärische Ausbildung. Aber in dem Fall ...« Er verstummte.

»In dem Fall, was?«, hakte Gray nach.

»Nichts«, sagte er. »Einfach nur, dass sie in dem Fall nicht zwei Mal denselben Fehler machen werden. Die haben das Sicherheitssystem zwei Mal getestet. Jetzt wissen sie, wie es funktioniert. Sie wissen, wie sie diesmal den Alarm ausgelöst haben. Die werden sich anpassen.« Er sah ihr in die Augen. »Beim nächsten Mal passiert ihnen das ganz bestimmt nicht mehr.«

Gray starrte ihn an. Während seine Worte in ihr nachhallten, ergriff die vertraute Angst Besitz von ihr. Es dauerte einen Moment, bis sie ihre Stimme wiederfand. »Sag so was nicht, okay? Immerhin reden wir hier über mein Leben. Und es ist so schon schwer genug.«

Zu ihrer Überraschung hob er entschuldigend die Hände. »Tut mir leid. Du hast recht. Ich war nur sauer, weil sie die nicht gekriegt haben. Das war gedankenlos von mir.«

»Schon okay«, sagte sie, doch seine Worte wirbelten weiterhin durch ihren Kopf.

Warum *hatten* sie die Typen nicht gefasst? Wie hatten sie trotz der Wachen und der vielen Kameras einfach so entkommen können?

»Immerhin bist du nicht allein in diesem ganzen Wahnsinn«, sagte er, wohl um sie zu trösten. »Maya hat mir erzählt, dass ihre Eltern sie hergeschickt haben, nachdem sie eine Warnung erhalten haben, dass sie aus ihrer Schule in Polen entführt und nach Russland gebracht werden soll. Dort wollten sie sie umbringen.«

»Oh mein Gott.« Gray war geschockt. »Ich wusste zwar, dass es schlimm bei ihr ist, aber sie hat mir nie gesagt, *wie* schlimm.«

»Sie redet nicht viel darüber«, sagte er. »Aber, sei ehrlich, wie oft redest du selbst darüber?«

»Stimmt auch wieder«, gab sie zu. »Es ist nicht leicht zu reden, wenn dein Leben auf dem Spiel steht.« Neugierig musterte sie ihn. »Was ist mit dir? Bekommen deine Eltern auch Drohungen?«

Er verzog den Mund zu einem schmalen Lächeln. »Mein Vater ist der erste schwarze Generalstaatsanwalt von Texas. Was glaubst du wohl?« Ironie lag in seiner Stimme, doch da war noch etwas anderes. Ein Schmerz, der tiefer lag und den er zu verschleiern versuchte.

»Was läuft eigentlich schief in dieser Welt, dass die Leute sich nicht einfach gegenseitig akzeptieren können?«, fragte sie stirnrunzelnd. »Ich versteh's einfach nicht. Alles, was wir tun müssten, ist, miteinander leben und nett zueinander sein. Stattdessen lassen alle die Welt gegen die Wand fahren, weil sie nicht genauso ist, wie sie sie gern hätten. Das versteh ich einfach nicht.«

»Erzähl mir mehr.« Er musterte sie interessiert. »Weißt du, für die Tochter einer konservativen Premierministerin hast du ziemlich interessante Ansichten.«

»Na ja, ich bin eben nicht meine Mutter«, sagte sie trocken. »Ich meine, versteh mich nicht falsch, ich liebe und respektiere sie. Sie ist der stärkste Mensch, den ich kenne. Aber ich bin ich. Und ich habe meine eigenen Ansichten.«

Er legte den Kopf zur Seite. »Du sagst das, als wäre es völlig selbstverständlich, aber ich kenne jede Menge Kinder von Politikern, und die meisten von ihnen vertreten die gleichen politischen Ansichten wie ihre Eltern. Wenn du dich politisch von jemandem wie Jessica Langtry distanzierst, musst du schon einen ziemlich starken Kopf haben. Ich muss sagen, mit ihrer Politik bin ich nicht einverstanden, aber ich bewundere sie als Mensch. Man muss verdammt stark sein, um es als Frau bis zur Premierministerin zu bringen.«

Gray lächelte. »Du klingst wie mein Freund Jake.«

»Wer ist das?«, fragte er sofort.

Bildete sie sich das ein oder war da eine Spur Eifersucht in seiner Stimme?

»Jake McIntyre. Sein Vater ist …«

»Tom McIntyre. Der Vorsitzende der Labour Partei?« Seine Stimme wanderte ungläubig um ein paar Oktaven nach oben. »Sein Sohn ist dein *Freund*?«

Sie nickte. »Ja, wir sind zur selben Schule gegangen und haben uns angefreundet.«

Er pfiff leise durch die Zähne. »Was sagt deine Mutter dazu?«

»Zuerst war sie nicht begeistert«, gab sie zu. »Aber Jake ist ein lieber Kerl, und irgendwann hat es ihr nichts mehr ausgemacht.«

»Ich erinnere dich also an Jake McIntyre?« Er klang belustigt.

Sie nickte. »Er interessiert sich sehr für Politik, genau wie du. Ist fast so was wie sein Hobby. Ich hab das immer gemieden. War irgendwie das Ding meiner Mutter, nicht meins. Außerdem streiten wir uns fast immer, wenn's um Politik geht.«

Gray wartete bis ein älterer Schülar an ihnen vorbei gelaufen war.

»Ich weiß auch nicht, warum ich nicht ihrer Meinung bin«, sagte sie langsam. »Irgendwie hab ich das Gefühl, wir sehen die Welt einfach mit unterschiedlichen Augen.« Sie überlegte kurz. »Sie will wirklich, dass das Leben der Menschen besser wird. Das ist ihr wichtig. Aber alle sind so unglaublich wütend auf sie.« Sie stieß den Atem in einem langen Zug aus. »Keine Ahnung, es ist echt schwer, zu sagen ›Du liegst da falsch, Mum‹, wenn du gerade mal sechzehn bist und deine Mutter die Verantwortung für das ganze Land trägt. Also ist es manchmal einfacher, gar nicht über Politik zu reden.«

Er sah sie mit einem seltsamen Ausdruck an.

Sie wurde rot. »Tut mir leid. Das hört sich bestimmt dumm an.«

»Eigentlich habe ich gerade gedacht, wie weise du klingst«, sagte er. »Für dein Alter.«

»Oh.« Ehrlich verblüfft von dem unerwarteten Kompliment wurden ihre Wangen noch heißer. »Äh. Danke. Glaube ich.«

»Das finde ich wirklich«, beharrte er. »Du gehst deinen eigenen Weg. Und so wie ich das sehe, ist es das Beste, was man machen kann. Den eigenen Weg finden und ihn verfolgen. Lass dich von keinem davon abbringen. Mach dein Ding.«

Er hatte gesagt, dass sie für ihr Alter ungewöhnlich weise war, doch sie dachte genau dasselbe über ihn. Manchmal klang er eher wie ein Lehrer als ein Schüler.

Am meisten gefiel Gray, dass er sich genau merkte, was man sagte. Er konnte gut zuhören. Vielleicht wusste er deshalb immer mehr als alle anderen, was gerade so an der Schule vor sich ging. Er … hörte einfach zu.

Trotzdem war es seltsam, dass er *so* viel wusste.

»Ist es nicht komisch für dich, hier zu sein?« Sie machte eine Handbewegung. »Ich meine, so weit weg von zu Hause.«

»Ich liebe es hier«, antwortete er, ohne zu zögern. »England fasziniert mich. Zu Hause an der Highschool haben wir ein Jahr lang texanische Geschichte durchgenommen. Ein ganzes Jahr lang. Texas ist den Vereinigten Staaten 1845 beigetreten. Davor war es ungefähr fünf Jahre lang eine Republik und davor das Land von irgendjemandem. Mit der Geschichte vor der Kolonialisierung haben wir uns nicht groß auseinandergesetzt. Sprich, wir haben etwa hundertfünfzig Jahre Texas.« Er tippte mit dem Finger auf den Tisch. »In dieser Bibliothek gibt es Bücher, die älter sind. Ich wette, das Gebäude ist auch älter.«

Sie verzog schmerzhaft das Gesicht. »Viel älter.«

»Siehst du, darum geht's mir ja gerade.« Er streckte die Hände aus. »Selbst irgendein beliebiges britisches Wohnzimmer hat mehr Geschichte als mein ganzes Land. Das ist irgendwie … keine Ahnung, einschüchternd, dass mein Land im Vergleich zu anderen Nationen seit ungefähr fünf Minuten existiert. Ich lerne hier Demut. Und viele geschichtliche Dinge. Das ist echt spannend.«

»Find ich gut«, sagte Gray. »Für mich ist das alles oft selbstverständlich. Die alten Gebäude und die Geschichte. Für uns ist Amerika viel aufregender. Es wirkt, als würde da andauernd was Großartiges passieren. Das liegt wahrscheinlich daran, dass man die Dinge von weiter weg ganz anders sieht.«

Er lächelte sie an, und Gray spürte, wie sich eine angenehme Wärme bis in ihre Fingerspitzen ausbreitete. Ihre Blicke trafen sich.

Ein drückendes Schweigen machte sich breit. Gray wusste nicht, was sie sagen sollte. Ihre Gedanken waren irgendwo bei seinen Wangenknochen, seinen warmen braunen Augen und den langen Muskeln seiner Handgelenke gefangen, die unter den hochgekrempelten Ärmeln seines marineblauen Sweatshirts hervorlugten.

Sie musste die Zeichen falsch deuten. Denn ansonsten sah es so aus, als *interessierte* Dylan James sich für sie. Aber das konnte nicht sein. Schließlich war er immer mit Sophie zu sehen. Bestimmt waren die beiden ein Paar?

Sie räusperte sich. »Na ja, ich sollte mal loslegen. Ich muss noch jede Menge Hausaufgaben machen, und heute Abend habe wir wieder Training.«

Ihr plötzlicher Sinneswandel schien ihn aus der Fassung zu bringen. »Oh, 'türlich«, sagte er, strich seine Notizen glatt und sah zur Seite. »Tut mir leid. Ich wollte dich nicht vom Lernen abhalten.«

Gray stand hastig auf. »War schön, mit dir zu reden, und danke, dass du wegen gestern Nacht nachgefragt hast.«

»Klar. Schön, dass es dir gut geht.« Er nickte knapp.

Unsicher, ob sie das Richtige tat, eilte Gray zu ihrem eigentlichen Platz, änderte jedoch in letzter Sekunde ihre Meinung und wandte sich so abrupt in Richtung Tür, dass sie beinahe Erin über den Haufen lief.

»Piep, piep«, sagte die Bibliothekarin fröhlich. »Du hast den Blinker vergessen.«

»Sorry«, murmelte Gray und stürzte aus der Tür.

Auf dem Flur stand ein Mann in schwarzem Overall auf einer Leiter und brachte etwas an der Decke an. Ohne ihn wirklich zu registrieren, rannte sie an ihm vorbei.

Was war nur los? *Stand* sie etwa auf Dylan James?

Und noch viel wichtiger – stand er auf sie?

ZWANZIG

Ziellos lief Gray den Flur hinunter. Sie war so in Gedanken versunken, dass es einen Moment dauerte, bis sie Julia bemerkte, die unten an der Treppe stand und einen weiteren Handwerker auf einer Leiter beobachtete.

»Firefly.« Ihre Stimme war heiser nach der durchwachten Nacht, und die Müdigkeit hatte sich tief in ihr Gesicht gegraben. »Wo willst du denn so schnell hin?«

»Nirgendwohin«, gestand Gray.

»Gut. Dann komm mit mir mit, ich würde dir gern was zeigen.«

Gray war heilfroh, dass sie mit Julia gehen konnte. Sie musste sich über ihre Gefühle für Dylan klar werden, und das ging nur, wenn er nicht schön und ablenkend in ihrer Nähe saß.

Darum stellte sie keine weiteren Fragen und folgte Julia an den drei Statuen im Atrium vorbei und durch die Flügeltür in den Gebäudetrakt, der die Klassenzimmer beherbergte. Die letzte Unterrichtsstunde war schon eine ganze Weile her, und ihre Schritte hallten laut durch das leere Treppenhaus.

Da erst fragte Gray: »Was ist los?«

Doch Julia lächelte nur: »Wirst du gleich sehen.«

Wegen Renovierungsarbeiten wurde der gesamte dritte Stock von Lehrern und Schülern derzeit nicht genutzt. Im Gegensatz zum gut erhaltenen Rest des Gebäudes wirkten die Räume in diesem Teil heruntergekommen. Farbe blätterte von den Fensterrahmen, die Dielen waren zerschrammt, und die weißen Wände abgewetzt und gelblich verfärbt. Eine einsame Tafel setzte Staub an. Durch die offenen Türen sah Gray lange, ordentliche Tischreihen und dahinter Fenster, durch die fahles graues Dämmerlicht fiel.

Es war gerade einmal vier Uhr, doch der Winter schluckte schon jetzt das letzte Tageslicht.

Am Ende des Flures hörte Gray leises Stimmengewirr und die untrüglichen Geräusche von Menschen bei der Arbeit. Schlurfende Schritte. Dinge wurden bewegt.

An der letzten Tür zu ihrer Linken blieb Julia schließlich stehen. »Da wären wir«, sagte sie fröhlich und stieß sie auf.

In dem Raum dahinter summte es geschäftig wie in einem Bienenstock. Die Schulpulte waren durch lange Tische ersetzt worden, auf der eine Armee surrender Computer stand. Auf fünf Monitoren flackerten unentwegt die Bilder der Überwachungskameras in den Fluren und entlang des Zaunes. Davor saß ein Sicherheitsmann in der schwarzen Uniform von Talos Security, dessen Blick unablässig den ständig wechselnden Bildern folgte. Über seine Schulter sah Gray das bunte Treiben der Schüler auf den Fluren und im überfüllten Gemeinschaftsraum. Dann wechselte das Bild, und sie sah, wie das Küchenpersonal den Speisesaal für das Abendessen vorbereitete und weiße Tischtücher ausbreitete.

Vor anderen Monitoren saßen weitere Wachen in Gruppen zusammen und unterhielten sich leise. Einer von ihnen hatte Kopfhörer auf und redete unentwegt in ein Mikrofon.

»Was ist das hier?«, fragte Gray erstaunt.

»Das Kommando Gold«, verkündete Julia. »Die neue Zentrale des Sicherheitspersonals von Cimmeria. Raj hat heute Morgen ein Team geschickt, um das Sicherheitssystem aufzurüsten. Sie haben schon den ganzen Tag neue Geräte installiert, und heute Abend kommen noch mehr. Bis Morgen haben wir jeden Zentimeter des Geländes unter Kontrolle.«

Ungläubig betrachtete Gray die Bilder der Überwachungskamera. Im Gemeinschaftsraum spielte jemand Klavier. Dann flackerte das Bild, und sie sah Schüler, die lachend und redend den geschäftigen Hauptflur entlangliefen.

»Die haben das alles *heute* auf die Beine gestellt?«

»Das meiste jedenfalls«, erwiderte Julia. »Ein bisschen was war schon da, aber jetzt haben wir genug Personal, um es richtig zu nutzen.« Sie hielt inne, damit Gray die ganze Ausrüstung, die vielen Monitore und das Sicherheitspersonal aufnehmen konnte, das umhereilte und leise und effizient miteinander kommunizierte. »Ich wollte es dir zeigen, damit du siehst, dass so etwas wie letzte Nacht nicht mehr passieren wird«, sagte sie dann mit fester Stimme. »Wir arbeiten hart daran, um das zu garantieren.«

Am anderen Ende des Raumes entdeckte Gray Allie und Carter, die sich mit Zoe Glass und zwei Wachen unterhielten. Allie winkte sie zu sich.

»Willkommen in unserer neuen Zentrale, Gray«, sagte die Schulleiterin lächelnd und wandte sich dann an Julia. »Jules, ich hab hier jemanden für dich.«

Die beiden Sicherheitsangestellten drehten sich um.

»Hi«, sagte Riley und auf seinem breiten, gebräunten Gesicht breitete sich ein Lächeln aus. »Lange nicht gesehen.«

»Ach du Scheiße.« Julia starrte den Mann an, der ihr Partner bei Talos gewesen war, bevor sie London den Rücken gekehrt hatte. »Seit wann bist du denn hier?«

»Seit zwanzig Minuten«, sagte er. »Hab gehört, ihr könnt ein bisschen Unterstützung gebrauchen.«

Die beiden umarmten sich kurz und ungelenk und klopften sich dabei etwas zu hart auf die Schultern. Dann wandte er sich an Gray und streckte die Hand aus. »Schön zu sehen, dass es dir gut geht. Hast du dich schon eingelebt?«

Sie nickte und schüttelte ihm etwas steif die Hand. Sie kannte Riley nicht so gut wie Julia, doch sie mochte ihn. Wenn es hart auf hart kam, war er immer für sie da gewesen, auch wenn sie den Eindruck hatte, dass er nicht immer viel von ihr hielt.

»Gut«, antwortete sie. »Danke.«

»Bis auf gestern Nacht, nehme ich an?«, fragte er.

Ihr Lächeln verschwand. »Ja, bis auf das.«

»Tja, und genau deshalb sind wir hier.« Er zwinkerte Julia zu. »Endlich haben sie die richtigen Leute an Bord geholt, wie?«

Sie verdrehte die Augen, doch Gray konnte sehen, dass sie froh über seine Hilfe war.

»Kommt erst mal an und dann trinken wir einen Kaffee zusammen«, sagte Julia zu ihm. »Ich bring dich auf den neuesten Stand.«

Die Agentin neben ihm hatte ihre Unterhaltung mit einem amüsierten Ausdruck verfolgt. Sie hatte eine kurvige Figur, dicke, dunkle Haare und lebhafte braune Augen.

»Oh, ganz vergessen.« Riley drehte sich zu ihr um. »Das ist Cameron Perez. Wir arbeiten in London zusammen. Raj hat sie auch als Verstärkung geschickt.«

»Ich hab schon eine Menge von dir gehört«, sagte Cameron zu Julia. »Riley und Raj sind große Fans.«

»Total gelogen«, warf Riley trocken ein.

Als Cameron lächelte, erschienen Grübchen auf ihren Wangen. Sie gaben ihr einen verschmitzten Ausdruck, den Gray sofort mochte.

»Tja, dann hoffe ich mal, dass ich eure Erwartungen nicht enttäusche«, sagte Julia leichthin, doch Gray konnte sehen, dass sie geschmeichelt war.

Cameron wandte sich Gray zu. »Von dir habe ich auch eine Menge gehört. Ich werde mein Bestes geben, um die Typen zu kriegen, die hinter dir her sind. Mit unserem Team.«

»Alles klar«, unterbrach Allie sie und brachte das Gespräch zurück zum eigentlichen Thema. »Die Ausrüstung ist an Ort und Stelle, wir haben neue Leute bekommen und viel diskutiert, ob wir die Schule geöffnet lassen oder sie schließen sollten. Und, falls wir sie weiterhin geöffnet lassen, ob wir einfach so weitermachen oder etwas verändern.« Sie sah in die Runde. »Ich denke, wir sind alle der Meinung, dass die Schule geöffnet bleiben und der Unterricht ganz normal weitergehen sollte, richtig?«

Alle nickten.

»In zwei Wochen fangen die Winterferien an«, erklärte Allie Julia und Gray. »Dann haben wir eine lange Pause, um uns die Sicherheitsvorkehrungen noch mal anzusehen und alles dafür zu tun, um die Schüler zu schützen. Davor macht es eigentlich keinen Sinn mehr, die Schule zu schließen.« Sie holte tief Luft. »Eine andere große Frage ist: Was machen wir mit dem Winterball? Der ist nur noch zwei Wochen hin. Nach allem, was gestern Nacht passiert ist, würde ich vorschlagen, wir blasen ihn ab.«

»Sehe ich genauso«, stimmte Julia ohne Zögern zu. »Dafür ausreichend Sicherheit zu garantieren wäre der reinste Albtraum.«

Riley und Cameron sahen sich verständnislos an. »Okay, klärt uns auf«, sagte Riley. »Was ist der Winterball?«

»Eine große Spendenveranstaltung, die jedes Jahr kurz vor Weihnachten stattfindet«, erklärte Julia. »Da kommen jede Menge Alumni und hohe Tiere, und es werden Spenden für die Schule und die Organisationen gesammelt, die wir unterstützen.«

»Wie viele Leute kommen da zusammen?«, fragte Cameron.

»Wir erwarten dieses Jahr etwa hundertfünfzig Gäste«, sagte Allie.

Riley stieß einen leisen Pfiff aus. »Das wäre ein riesiger Aufwand, die alle zu überwachen.«

»Es geht nicht nur darum, wie viele kommen, sondern auch wer«, erklärte Julia. »Die Premierministerin ist eingeladen, Parlamentarier, junge Royals und viele Promis. Das ist ein Riesending.«

»Das kommt jedes Jahr groß in den Zeitungen. Draußen am Tor warten immer Fotografen und Journalisten, mit allem Drum und Dran«, erklärte Allie.

»Ich denke, wir sollten es besser absagen«, sagte Carter. »Wenn wir es sofort machen, ist es noch rechtzeitig.«

»Aber es darf auch nicht zu auffällig sein. Sonst stellen die Leute unangenehme Fragen«, sagte Riley. »Wir versuchen das alles so unaufgeregt wie möglich zu machen. Wurde dieser Ball schon mal abgesagt?«

»Keine Ahnung.« Allie sah Carter an, der leicht die Schultern zuckte. »Wir können ja irgendwas vorschieben. Probleme mit der Heizung oder so.«

Schweigend hörte Gray zu, wie die Erwachsenen unterschiedliche Szenarien besprachen, den Ball abzusagen oder stattfinden zu lassen. Seltsam. Bisher hatte sie kaum einen Gedanken an den Ball verschwendet. Sie hatte noch nicht einmal vorgehabt hinzugehen, auch wenn ihre Mutter sie überredet hatte, ein Kleid mitzunehmen. Nur für den Fall, dass sie ihre Meinung änderte. Doch auf einmal machte der Gedanke daran, einfach alles abzusagen, sie unsagbar traurig.

Zum Winterball wurde nur die Oberstufe eingeladen. Für die Schüler war es ein großes Privileg, und sie alle freuten sich darauf. Schon in ihrer allerersten Unterhaltung mit ihr hatten Minal und Kyle über den Winterball gesprochen.

Trotzdem wusste sie, dass es keinen Sinn hatte, krampfhaft daran festzuhalten. Schließlich hatte John Ashford auch beim letzten Mal eine Spendengala in Oxford für seinen Anschlag genutzt. In dem Gedränge der Party hatte sein Killer sich an Grays Mutter heranmachen sollen. Doch da ihm das nicht gelungen war, hatte er am Ende stattdessen Gray genommen.

Da kam ihr plötzlich ein Gedanke. Bevor sie wusste, wie ihr geschah, hatte sie ihn laut ausgesprochen.

»Sagt ihn nicht ab.«

Die anderen unterbrachen ihr Gespräch.

»Bitte?«, Julia sah sie erstaunt an. »Was hast du gesagt?«

»Sagt den Ball nicht ab.« Gray sah die Erwachsenen der Reihe nach an. »Nutzt ihn lieber.«

Allie und Carter wechselten schnell einen Blick. »Wie meinst du das?«, fragte Carter.

»Beim letzten Mal hat Ashford eine Spendengala in Oxford für den Anschlag auf meine Mutter gewählt. Was, wenn …« Gray unterbrach sich und suchte nach den richtigen Worten. »Was, wenn wir ihn wieder dazu bringen könnten? Nur, dass wir diesmal darauf vorbereitet sind?«

»Lieber nicht«, wehrte Julia zweifelnd ab. »Das ist viel zu gefährlich.«

»Moment mal.« Cameron sah Riley an. »Da ist was dran. Wenn die Premierministerin kommt, könnten wir sie als Köder benutzen und Ashford eine Falle stellen.«

Riley zog eine Braue hoch und überlegte. »Keine schlechte Idee. Immerhin haben wir die Schule ohnehin schon bis in den letzten Winkel mit Sicherheitssystemen verkabelt. Aber das kann er nicht wissen.«

Cameron nickte. »Dass wir das Sicherheitspersonal aufgestockt haben, auch nicht.«

»Wenn wir ihm einen Köder hinwerfen …«, sagte Riley.

»… beißt er vielleicht an«, beendete Cameron den Satz für ihn.

Allie hob die Hände. »Entschuldigung, kann mich mal jemand aufklären? Was meint ihr mit Anbeißen?«

Cameron drehte sich zu ihr um. »Wir glauben, dass diese Anschläge auf die Schule weitergehen werden«, erklärte sie. »Das ist eine staatlich organisierte Gruppe, finanziert mit russischem Geld und ausgebildet von russischen Experten. Egal, wie sehr wir die Sicherheit verschärfen, irgendwann werden sie das System knacken. Jedes Sicherheitssystem, das wir an einem Ort wie diesem installieren können. Was wir brauchen, ist ein Angriff in einem Moment, wenn wir darauf vorbereitet sind. Dann können wir sie auf frischer Tat ertappen. Die Gruppe öffentlich machen. Die Wahrheit ans Licht bringen. Letztlich ist es die einzige Möglichkeit, sie ein für alle Mal loszuwerden.«

»Sie wollen ihn auf dem Winterball in eine Falle locken?«, fragte Carter stirnrunzelnd.

»Ein riskanter Plan, ich weiß«, gab Riley zu. »Aber wenn diese Veranstaltung so ist, wie Sie sie beschreiben, dann wird diese Gruppe zuschlagen.«

»Das wäre ein gefundenes Fressen für sie. Ich bin mir sicher, dass sie da auftauchen«, sagte Cameron. »Wir könnten uns darauf vorbereiten. Mehr Wachposten auffahren. Jede Menge Ausrüstung, die in Cateringwagen versteckt ist. Die würden nichts davon mitbekommen.« Sie sah Gray anerkennend an. »Deine Art zu denken gefällt mir.«

Gray spürte, wie sie von der allgemeinen Aufregung angesteckt wurde und ihr Puls schneller ging. Wenn das klappte – wenn sie nur beweisen könnten, wer darin verwickelt war, und alles öffentlich machten –, dann hätte das Ganze vielleicht ein Ende.

»Aber wir haben es hier nicht nur mit den Gästen zu tun. Es werden auch Schüler auf dem Ball sein«, wandte Allie ein. »Alle, die sechzehn Jahre und älter sind, werden kommen. Wie sollen wir so viele beschützen?«

»Nun, die Jüngeren reisen am Tag vorher ab«, stellte Julia fest. »In der Woche sind nur noch rund fünfzig an der Schule.«

»Fünfzig sind immer noch zu viel«, sagte Allie.

»Vielleicht können wir weniger daraus machen«, überlegte Julia. »Schick mehr von ihnen nach Hause. Du könntest eine Kerngruppe hierbehalten, damit die Falle nicht zu offensichtlich wird. Eine kleinere Gruppe, die wir leicht im Auge behalten können.«

Allie überlegte, doch Gray sah ihr an, dass sie immer noch zögerte. Alles, was Schüler mit hineinzog, war ein Spiel mit dem Feuer.

»Sie können doch die vom Selbstverteidigungstraining hierbehalten«, schlug Gray vor. »Dann ist es nicht so offensichtlich, dass die anderen nicht da sind.«

Julia blickte Allie an. »Das könnte funktionieren«, sagte sie leise.

»Es gibt eine Menge, was wir tun können, um sie zu schützen«, sagte Cameron. »Wir könnten die Zahl der geladenen Gäste halbieren und die meisten durch Undercoveragenten ersetzen. Wir werden da nicht unvorsichtig reingehen. Wir werden bereit sein.«

»Camerons Spezialgebiet ist Strategie und Risikomanagement«, erklärte Riley. »Sie macht so was die ganze Zeit.«

»Moment mal.« Allie hielt die Hände hoch. »Ich versteh's immer noch nicht ganz. Es wäre also so was wie der Winterball, aber in Wahrheit nicht?«

»Genau, es wäre alles Fake«, erklärte Cameron. »Wir würden es aussehen lassen wie einen ganz normalen Ball, aber nur als Tarnung. An jedem Eingang stehen als Gäste verkleidete Wachposten und die Polizei wäre einsatzbereit. Kameras halten jedes Gesicht und jedes Nummernschild fest. Uns entgeht nichts. Wenn sie auch nur einen Schritt gegen Gray oder ihre Mutter machen, haben wir alles auf Band. Die Angreifer werden verhaftet, und wir gehen mit dem Ganzen zum Geheimdienst oder sorgen dafür, dass die Presse von John Ashfords Machenschaften Wind bekommt.« Sie klatschte in die Hände. »Game over.«

Ein langes, nachdenkliches Schweigen machte sich breit. Gray beobachtete, wie die Erwachsenen überlegten.

Der Plan klang so riskant, dass ihre Mutter sich wahrscheinlich weigern würde. Doch sie würde es gern versuchen.

»Könnte funktionieren«, sagte Carter schließlich.

»Ziemlich gefährlich«, sagte Allie zweifelnd.

»Das ist Nichtstun auch«, erinnerte Julia sie.

Allie begegnete Grays Blick. »Und du willst wirklich bei der Sache mitmachen? Wir würden dich zur Zielscheibe machen.«

»Aber ihr wärt ja auch hier, um mich zu beschützen«, wandte Gray ein. »Und wir können nicht einfach darauf warten, dass sie auftauchen, wann immer sie wollen. So laden wir sie ein und behalten die Kontrolle.«

Damit schien der Plan besiegelt.

Allie wandte sich an Cameron. »Erstellen Sie einen ausgearbeiteten Plan. Ich muss sehen, wie das funktionieren soll und wie wir die Schüler schützen, bevor ich mich entscheide.«

»Geht klar, Boss«, sagte Cameron fröhlich.

Gray widerstand dem Drang zu jubeln. Sie würden ihre Idee tatsächlich in die Tat umsetzen.

Jetzt mussten sie im Training alles geben. Ihnen blieben nur noch zwei Wochen, dann mussten sie bereit sein.

EINUNDZWANZIG

»Ihr seid alle gekommen.« Stirnrunzelnd musterte Zoe Glass die zehn Schüler, die sich im Trainingsraum eins vor ihr versammelt hatten. »Das hätte ich nicht erwartet.«

Kyle starrte sie fasziniert an, und Minal flüsterte in sich hinein: »Sie ist 'ne Wucht.« Maya war zurückhaltender und blickte die Trainerin nur abwartend an.

Neben ihr wippte Gray ungeduldig auf den Zehen. Sie wollte so schnell wie möglich loslegen. Da sie Allie und Julia Geheimhaltung hatte schwören müssen, hatte sie keiner Menschenseele von dem Treffen und ihren Überlegungen zu dem Winterball erzählt. Erst wollten sie einen Plan ausarbeiten.

Es gefiel ihr nicht, wie das Geheimnis eine unsichtbare Linie zwischen sie und die anderen zog. Von dem Einbruch wussten sie auch nichts.

Sie erwischte sich dabei, wie sie den Raum nach Dylan absuchte. Da war er, an seinem üblichen Platz am Rand der Gruppe, lässig gegen die raue Betonwand gelehnt, den Blick unverwandt auf Zoe gerichtet. Bei seinem Anblick vibrierte sie geradezu vor Energie.

Als sie sich wieder umdrehte, fiel ihr Blick auf Sophies dunkle Augen. Ihr langes Haar war zu einem Zopf geflochten, ihr Make-up perfekt, und doch lag ein wütender, verletzter Ausdruck in ihrem Blick, der Gray schnell wieder wegschauen ließ.

Sie musste an die Szene in der Bibliothek denken – Sophie, wie sie leise mit Dylan redete und dann zur Tür hinausstürmte. Was war nur passiert?

Hatten sie sich etwa getrennt?

Trotz allem fühlte sie sich bei dem Gedanken leicht wie eine Feder, und vorsichtige Hoffnung keimte in ihr auf.

Auf der anderen Seite des Raumes verkündete Zoe gerade der Gruppe: »Wir fangen genauso an wie beim letzten Mal. Ihr lauft wieder mit demselben Partner. Ihr müsst euch aufwärmen, bevor wir irgendwas Neues üben«, erklärte sie und fügte etwas verteidigend hinzu. »So ist das Prozedere.« Als niemand sich vom Fleck rührte, zeigte sie ungeduldig auf die Tür. »Na los, bewegt euch.«

Diesmal kam es zu keinem chaotischen Gedränge an der Tür. Die Schüler stellten sich in Zweierteams in eine Reihe und joggten dann den Flur hinunter.

Gray beobachtete, wie Sophie und ihr Partner, genauso groß und blond, wie sie groß und dunkel war, die Führung übernahmen. Sie musste unbedingt herausfinden, was bei ihr los war.

»Meine Schwester hat mir erzählt, dass Zoe einen Doktor in Physik macht, obwohl sie noch nicht einmal zwanzig ist«, erzählte Minal, während sie sich auf die Tür zubewegten. »Sie hat gesagt, sie ist so was wie ein Genie. Ich find sie so cool.«

»Ja, sie hat echt ein Rad ab, aber im besten Sinne«, stimmte Kyle zu.

An der Tür zum Flur drehte Gray sich nach Dylan um, nur um festzustellen, dass er urplötzlich neben ihr aufgetaucht war. Offensichtlich war er lange genug da, um mit anzuhören, was Minal erzählt hatte.

»Ich habe versucht rauszufinden, warum sie und nicht Julia oder Carter das Training leiten«, sagte er.

»Weil ich die Beste bin.« Das war Zoes Stimme. Sie war direkt hinter ihnen gelaufen. Jetzt legte sie den Kopf zur Seite und musterte sie mit ihren hellen, vogelartigen Augen. »Ihr seid zu langsam. Hört auf zu reden.«

Und damit sprintete sie mit leichten, federnden Schritten zum anderen Ende des Flurs.

Die drei wechselten amüsierte Blicke.

»Los, Partner.« Minal stieß Kyle an. »Beweg dich.«

»Laufen gehört nicht zu meinen Superkräften«, beklagte er sich, lief jedoch mit Minal hinter ihrer Trainerin her.

»Ich finde meinen Partner nicht«, stellte Maya fest und blickte suchend nach vorn. Gray sah, wie Seb – unverkennbar durch sein helles Haar und seine hochgewachsene Statur – stehen blieb und sich nach ihr umsah.

Mayas Gesicht hellte sich auf, und sie rannte los, um ihn einzuholen.

Dylan und Gray bildeten wieder das Schlusslicht.

»Tja, sieht so aus, als müsstest du wieder mit mir laufen«, sagte sie.

Er warf ihr einen Seitenblick zu. »Kann mir weitaus schlechtere Partner vorstellen.«

Grays Herz setzte aus.

Als sie in die Kälte hinausliefen, zog sie, ohne langsamer zu werden, den Reißverschluss ihrer Jacke zu. Diesmal war sie besser vorbereitet.

Obwohl sie bald schwer atmete, zwang sie sich, ein gleichmäßiges Lauftempo beizubehalten, und diesmal schafften sie es, mit den anderen mitzukommen. Sie waren direkt hinter Minal und Kyle.

»Du wirst schneller«, stellte Dylan fest.

»Ich arbeite dran«, antwortete sie atemlos. »Will ja nicht ewig … die Letzte sein.«

Mit knirschenden Schritten überquerten sie den gefrorenen Rasen und liefen auf den Wald zu.

Zoe schien heute ein etwas langsameres Tempo anzuschlagen und hielt die Gruppe eng beisammen. Die anderen Trainer hatten sich aufgeteilt. Carter und Julia liefen links und rechts neben den Schülern, und Erin war direkt hinter ihnen.

»Sie behalten uns im Auge«, sagte sie zu Dylan.

»Jep«, stimmte er zu und warf über die Schulter einen Blick auf Erin. »Wird auch langsam Zeit.«

In der Dunkelheit des Waldes wurde der Unterschied zum letzten Training noch deutlicher. Julia lief direkt vor Gray, Erin kam von hinten näher, und Carter übernahm neben Zoe die Führung.

Auf Gray wirkte es fast wie ein geplantes Manöver, und sie sah aus den Augenwinkeln, wie Dylan das Geschehen interessiert verfolgte. Als sie die Stelle erreichten, wo sie beim letzten Mal umgekehrt waren, lief Zoe weiter geradeaus.

»Sie ändern die Route«, stellte er fest. »Clever. Immer schön unvorhersehbar bleiben.«

Danach sprachen sie nur noch wenig. Gray konzentrierte sich darauf, heruntergefallenen Ästen und Löchern auf dem Weg auszuweichen. Sie war jetzt schon müde, und ihre Lunge brannte.

Es würde wohl noch einige Zeit dauern, bis sie in Form war.

Fünf Minuten später stellte sie erleichtert fest, dass sie rechts in einen Pfad einbogen und in einem Bogen zurückliefen. Dieser Pfad war enger und unebener als der Hauptweg. Die Gruppe wurde langsamer und verteilte sich. Julia blieb vor Gray und Dylan ließ sich hinter sie fallen.

Mühsam stolperte Gray durch das finstere, unwegsame Gelände und versuchte nicht umzuknicken.

Irgendwo in der Ferne bellte ein Fuchs. Ein wehklagender, unheimlicher Laut, bei dem sich die Härchen in ihrem Nacken aufstellten.

Warum liefen sie bloß hier entlang? Der Weg erschien ihr ungeeigneter als die alte Route.

Sie hätte Julia gern gefragt, doch ihr Bodyguard lief weiter vor, den Blick unverwandt auf den dunklen Wald gerichtet. Hin und wieder sagte sie etwas in ihr Mikrofon, aber ihre Worte waren zu leise, um sie zu verstehen.

Nach einer gefühlten Ewigkeit traf der schmale Pfad auf eine Straße. Es dauerte einen Moment, bis Gray erkannte, dass es sich um die Hauptzufahrt zur Schule handelte. Sie hatten eine Abkürzung genommen.

Als die Schüler einer nach dem anderen aus dem schmalen Pfad auf die breite Straße liefen, wurden die vorderen plötzlich langsamer und versammelten sich vor etwas, das Gray nicht erkennen konnte.

Julia hielt sie mit der Hand zurück.

»Was ist los?«, fragte Gray. Doch ihr Bodyguard schüttelte nur den Kopf, und ihr besorgter Ausdruck vertiefte sich. Dylan lief auf der anderen Seite neben Gray. Angestrengt spähten sie nach vorn.

Rufe ertönten. Die Schüler liefen aufgeregt durcheinander und starrten etwas zu ihrer Linken an.

Als sie auch aus dem Wald traten, wurde der Grund für die allgemeine Unruhe sofort offensichtlich. Das hohe eiserne Tor der Schule stand weit offen. Hoch oben an seiner Spitze hing etwas und flatterte geisterhaft im eisigen Wind.

Fassungslos starrte Gray darauf. »Warum ist das Tor auf? Und was ist das?«

Zoe, die nach vorn zum Tor gelaufen war, machte auf dem Absatz kehrt und schoss wieder auf sie zu.

»Alle zurück ins Gebäude«, befahl sie mit erhobener Stimme. »*Sofort.*«

Gray sah, wie sie im Vorbeilaufen einen warnenden, unheilvollen Blick mit Julia wechselte.

Für einen Moment gehorchte niemand. Reglos starrten sie auf das dunkle, offene Tor und den flatternden silbrigen Stoff, der an seiner Spitze aufgespießt war.

»Los, bewegt euch!«, rief Julia und scheuchte sie vom Tor weg. Stolpernd setzten sie sich in Bewegung. Erst langsam, dann immer schneller.

Die Erwachsenen begannen Befehle zu brüllen. »Los, los, *los!*«, rief Carter.

»Schneller!«, schrie Zoe.

Bald rannten sie in Höchstgeschwindigkeit. Ihre Schuhe trappelten dumpf über den Asphalt.

Julia lief an Grays Seite.

»Was war das?«, fragte Gray.

»Jetzt nicht«, sagte ihr Bodyguard angespannt. »Wir müssen schleunigst nach drinnen.«

Es ist wieder passiert, dachte Gray. *Sie sind reingekommen.*

Eiskalte Angst packte sie, und sie drehte sich um, um sicherzugehen, dass Dylan in der Nähe war. Er lief direkt hinter ihr, mit gleichmäßigen Schritten und einem starren Ausdruck im Gesicht.

»Weiter!« Zoe umkreiste die Gruppe wie ein gut geschulter Hütehund.

Zum ersten Mal fand Gray ein schnelles Tempo und flog über die gefrorene Erde, bis das Gebäude schließlich in Sicht war und der Untergrund zu Kies wurde, der unter ihren Füßen knirschte und rutschte.

Julia sagte in ihr Mikrofon: »Firefly auf der Zufahrt. Nähern uns dem Gebäude.«

Kaum hatte sie die Worte gesagt, da löste sich auch schon eine Gruppe dunkel gekleideter Wachleute aus dem Schatten des Schulgebäudes und rannte mit schnellen, leisen Schritten in die entgegengesetzte Richtung, die Gesichter hinter schwarzen Masken verborgen, die Mund und Nase bedeckten.

Einer nach dem anderen stürzten die Schüler durch die geöffnete Kellertür und waren bald wieder im Trainingsraum. Diesmal ließ sich niemand auf die Matten fallen, und man hörte keine Witze über ihre Erschöpfung. Stattdessen standen sie dicht gedrängt in der Mitte des Raumes und flüsterten erschrocken aufeinander ein.

»Was war das?«, frage Minal und blickte mit weit aufgerissenen Augen von Gray zu Dylan und weiter zu Maya. »Habt ihr das gesehen? Was da oben am Tor hing?«

»Sah aus wie ein Kleid, findet ihr nicht?« Maya klang unsicher.

»Vielleicht funktioniert das Tor nicht richtig?«, schlug Kyle vor. »Vor unserem Landhaus haben wir ein Tor, das nur dann aufgeht, wenn du es nicht willst.«

»Und hängt es auch seine eigenen *Klamotten* auf?«, fragte Minal zweifelnd.

»Punkt für dich«, gab er zu.

Auf der anderen Seite des Raumes unterhielten sich Julia, Erin, Carter und Zoe mit gedämpften Stimmen. Ihre düsteren Mienen sprachen Bände.

Gray gelang es einfach nicht, die Kälte zu vertreiben, die ihr tief in den Knochen saß.

Dylan fing ihren Blick auf und bedeutete ihr mit geneigtem Kopf, sich von der Gruppe abzusondern. Gray sah, dass Sophie sie mit düsterer Miene beobachtete. Doch dann kehrte sie ihnen den Rücken zu, trat näher an ihren Trainingspartner heran und lächelte zu ihm auf.

Dylan schien nichts von alledem zu bemerken. Als sie außer Hörweite waren, sagte er leise: »Erst gestern Nacht und jetzt das hier.«

»Jemand ist wieder reingekommen, stimmt's?«, erwiderte sie.

»Ich glaube schon.«

»Ruhe.« Das war Zoe. Die Gruppe der Erwachsenen hatte sich aufgelöst, und die Trainerin stand ihnen mit gerunzelter Stirn gegenüber. »Das ist eine ernste Sache. Das Tor dürfte nicht offen stehen. Während das Gelände abgesucht wird, verlässt keiner das Gebäude.«

Das war nicht sonderlich beruhigend, und als Antwort erhob sich besorgtes Geraune. Zoe hob die Stimme, um sie zu übertönen.

»Hier seid ihr in Sicherheit. Und da wir uns im Gebäude befinden, können wir genauso gut das Training abhalten. Eigentlich umso mehr ein Anreiz, warum ihr lernen solltet, euch zu verteidigen. Kommt mit eurem Partner zusammen. Ich bringe euch bei, euch zu verteidigen. Sollte hier irgendjemand reinkommen, will ich, dass ihr wisst, wie ihr ihm in den Arsch tretet.«

Zoe ging mit ihnen eine Menge neuer Techniken durch. Sie zeigte ihnen, wie man jemanden schlug, der von hinten nach ihnen griff. Wie man einen Angriff von vorn mit einem gezielten Tritt abwehrte und wie man den Ellbogen gegen einen Angreifer von der Seite einsetzte. Gray versuchte sich zu konzentrieren, doch immer wieder wanderten ihre Gedanken zu dem offenen Tor und was es wohl zu bedeuten hatte.

Offensichtlich war sie nicht die Einzige, der es schwerfiel, sich auf das Training zu konzentrieren. Seb endete mit einem blauen Auge auf der Matte, weil Maya den Winkel falsch eingeschätzt und ihn mit dem Ellbogen im Gesicht getroffen hatte.

Erin rannte in Richtung Küche, um Eis zu holen, und Maya kniete sich besorgt neben Seb.

»Es tut mir so leid«, sagte sie bestimmt zum hundertsten Mal.

»Schon gut«, beruhigte er sie, obwohl sein Auge langsam zuschwoll. »Tut nicht weh.«

»Passt besser auf«, befahl Zoe und funkelte die anderen Schüler mahnend an, während die beiden sich in eine Ecke des Raumes verzogen. »Das ist kein Spiel.«

Gray, Minal, Dylan und Kyle wurden wieder von Julia beaufsichtigt. Sie versuchte sie zu beruhigen, indem sie sagte: »Wir machen ganz langsam. Ich weiß, dass es heute nicht leicht ist, sich zu konzentrieren.«

Kaum hatte sie die Worte gesagt, da wurde die Tür aufgestoßen. In Erwartung von Erin, die mit dem Eisbeutel zurückkam, sah Gray auf. Doch stattdessen kam die Schulleiterin herein. Ohne die anderen zu beachten, winkte sie Julia und Zoe zu sich. Die drei unterhielten sich leise und blickten dann zu Gray hinüber.

Ihr rutschte das Herz in die Hose. Als Julia und Allie auf sie zukamen, spürte sie, wie Dylan sich neben ihr verspannte.

»Wir müssen kurz mit dir reden«, sagte Julia leise.

»Natürlich.« Auf wackeligen Beinen folgte sie den beiden aus dem Raum.

Allie führte sie in die Mädchenumkleide und steuerte dort eine Tasche an, die auf einer Bank lag.

»Ich habe hier etwas, das du dir ansehen solltest«, sagte sie.

Julia trat einen Schritt näher, als wollte sie Gray vor einer Explosion abschirmen.

Die Schulleiterin hob die Tasche hoch und griff hinein. »Das hing am Tor. Ich würde gern von dir wissen, ob es dir gehört.«

Sie zog einen grau-blauen Stoff heraus.

Gray musste nicht hinsehen, um zu wissen, dass es sich um ein Kleid mit einem weiten Rock und einem breiten Ausschnitt handelte. Oder dass der Stoff genau die Art von Seide war, die ihre Mutter wegen ihres besonderen Schimmers so liebte. Erst kurz bevor sie nach Cimmeria gekommen war, hatten sie es zusammen ausgesucht. Sie hatte es auf dem Winterball tragen wollen.

»Das ist meins.« Ihre Worte waren kaum mehr als ein Flüstern. Ihre Kehle war auf einmal so eng, dass ihr das Sprechen schwerfiel. Trotzdem drehte sie sich fragend zu Julia um. »Wie kann das sein?«

Ihre Miene war ausdruckslos, doch Gray sah die Wut in ihren Augen und die Muskeln, die in ihrem Kiefer spielten.

»Wo hast du das Kleid aufbewahrt?«, fragte Allie. »Und wann hast du es zum letzten Mal gesehen?«

»I-i-in meinem Schrank«, stammelte Gray. Bei der Erkenntnis, was das bedeutete, kroch Angst in ihr hoch. »Wann, weiß ich nicht mehr. Vor ein paar Tagen? Letzte Woche?« Wieder wandte sie sich ungläubig an ihren Bodyguard. »Julia. Die waren in meinem *Zimmer*?«

Julia drückte beruhigend ihren Arm und wandte sich an die Schulleiterin. »Wie konnte das passieren? Wissen wir das?«

»Wir glauben, dass es möglicherweise letzte Nacht aus ihrem Schrank entwendet wurde«, sagte Allie mit gespannter Stimme. »Heute Nacht hat laut Kameras keiner das Gelände betreten.«

Fassungslos starrte Gray das Kleid an. Irgendetwas stimmte nicht. Es sah in Allies Händen irgendwie anders aus.

»Was haben sie damit gemacht?«, fragte sie und streckte eine Hand aus, ohne das Kleid zu berühren.

Lange Risse klafften im zarten Stoff des einst wunderschönen Kleidungsstücks.

Allie sah Julia an, bevor sie antwortete.

»Jemand hat es aufgeschlitzt.«

ZWEIUNDZWANZIG

Danach wollte Gray nicht zum Training zurück, doch Allie und Julia bestanden darauf. Im Laufe der nächsten Stunde bewegte sie sich hölzern von einer Position in die andere und tat, was man ihr sagte, doch in Gedanken war sie immer noch bei dem Kleid und was es wohl zu bedeuten hatte.

Nachdem sie zum dritten Mal eine einfache Bewegungsabfolge verpatzt hatte, fragte Dylan leise: »Was ist los?« Doch sie schüttelte nur stumm den Kopf und versuchte es erneut. Sein Blick folgte ihr besorgt, aber er fragte nicht weiter. Dafür war sie ihm dankbar.

Um sie herum zischten unentwegt im Flüsterton erhobene Spekulationen über die Sicherheitslücke.

»Ich will einfach nur wissen, was da draußen passiert ist«, raunte Gray Julia leise zu, nachdem sie erneut für einen Anruf hinausgegangen war.

»Ich hab gehört, wie Zoe gesagt hat, dass die Schüler sich alle im Gemeinschaftsraum und in der Bibliothek versammeln sollen, während das Gebäude durchsucht wird«, flüsterte Minal.

»Was sagen sie denen? Wollen sie ihnen ernsthaft weismachen, dass schon wieder ein Feuer in der Küche ausgebrochen ist?« Kyle zog spöttisch die Augenbrauen hoch. »Die sollten mal mehr Feuerlöscher anschaffen.«

Als Zoe verkündete, dass das Training vorbei und das Gebäude gesichert sei, atmeten alle erleichtert auf.

Die Trainer geleiteten die Schüler zum Schlaftrakt. In Grays Zimmer angekommen, machte Julia die Tür hinter ihnen zu und drehte sich zu ihr um: »Hör zu. Ich weiß, das sieht übel aus, aber du brauchst keine Angst haben. Du bist in Sicherheit. Versprochen.«

Gray war es langsam leid, zu hören, dass sie in Sicherheit war.

»Woher wussten die, welches mein Zimmer ist?« Seit sie die Überreste ihres Kleides gesehen hatte, quälte sie diese Frage. »Die haben das Kleid aus meinem Schrank geholt.« Sie schwenkte den Arm in Richtung des schuldigen Möbelstücks. »Woher wussten die das?«

»Das kann ich dir nicht sagen«, sagte Julia nach einem kurzen Zögern. »Wir glauben, dass sie einfach Glück hatten.«

Das war keine Antwort.

»Ich versteh's einfach nicht«, fuhr Gray anklagend auf. »All die Wachen. All die Technik. Wie konnten die trotzdem reinkommen? Wie kannst du sagen, dass ich in Sicherheit bin, wenn die einfach so durchs Tor spazieren konnten?«

Die Schockstarre, die sie beim Anblick ihres Kleides überkommen hatte, verwandelte sich nun in Zorn. Nicht auf Julia. Auf alles.

Ihr Bodyguard sah zur Seite. Als sie wieder sprach, wählte sie ihre Worte mit Bedacht. »Ich verstehe ja, dass du verärgert bist. Sieht so aus, als wären sie gestern Nacht, kurz nachdem ich dich hier rausgeholt habe, in dem Mädchentrakt gelangt. Wir haben Kameraaufnahmen, die einen Mann im Flur zeigen. Sein Gesicht ist nicht zu erkennen. Anscheinend wusste er, welches dein Zimmer ist.«

Wut stieg in Grays Kehle hoch, und sie schluckte hart. »Wie konnte er das wissen?«

Wieder entstand eine kleine Pause. Julia suchte nach Worten. »Entweder hat er eine langwierige Observierung mit Drohnen oder Ähnlichem durchgeführt oder …« Sie hielt inne, als müsste sie ihren Mut zusammennehmen. »Oder er hatte Hilfe von innen.«

Gray stockte der Atem. »Hilfe? Von wem?«

»Wir durchleuchten gerade jeden Einzelnen«, sagte Julia ausweichend. »Aber es gibt unendlich viele Möglichkeiten. Lehrer. Reinigungspersonal.«

»Sicherheitsleute«, beendete Gray die Liste für sie.

»Von den Wachen war es keiner, dafür lege ich meine Hand ins Feuer«, wehrte Julia ab. »Wir werden zig Mal durchleuchtet. Ich wette, es war jemand, der von außen ganz harmlos wirkt. Jemand, den man nicht zweimal ansieht. Jemand, der hierhergehört.«

»Ein Lehrer«, riet Gray und beobachtete mit Argusaugen ihre Reaktion.

»Wäre nicht das erste Mal.« Bitterkeit sprach aus ihrer Stimme, und sie holte tief Luft, bevor sie weitersprach. »Heute Abend ging es nicht darum, dir etwas anzutun. Das war eine Warnung. Die wissen, dass wir unsere Sicherheit verschärft haben und bereit sind. Überall in der Schule ist der Alarm losgegangen. Dass wir quasi an ihnen vorbeigerannt sind, war reiner Zufall. Wenn die gewusst hätten, dass wir fast zur gleichen Zeit da vorbeikommen …«

Sie musste den Satz nicht beenden. Gray wusste, was sie sagen wollte. Wenn sie gewusst hätten, dass sie ausgerechnet in dem Moment ganz in ihrer Nähe gewesen war, dann hätten sie sie geschnappt, und das Spiel wäre aus gewesen.

Als Gray nichts sagte, fuhr Julia fort: »Ich habe das Zimmer direkt neben dir. In den nächsten Stunden helfe ich bei den Patrouillen aus, aber danach bin ich nur drei Schritte von dir entfernt. Wenn du mich brauchst, musst du nur rufen.« Sie sah ihr fest in die Augen. »Jetzt bist du in Sicherheit. Versprochen.«

Es war beruhigend, sie so nahe zu wissen, doch Gray musste den Tatsachen ins Auge sehen. Jemand war in ihrem Zimmer gewesen. Sie hatten ihre Klamotten durchwühlt und das Foto von ihr und Chloe gesehen. Sie hatten *all* ihre persönlichen Sachen gesehen. Der Gedanke machte sie wütend, und die Wut machte ihren Kopf auf einmal ganz klar.

Wenn sie in diesem Jahr etwas gelernt hatte, dann dass der Kampf schon halb gewonnen war, wenn man nur an sich glaubte. Noch vor zwei Stunden hatte sie an sich geglaubt. Das musste sie wieder tun.

Sie würde weiter lernen zu kämpfen, weiter lernen, sich zu verteidigen. Sie allein würde entscheiden, wem sie vertraute, und sie würde jeden umbringen, der ihr oder denen, die sie liebte, etwas antun wollte.

Außerdem würde sie keinem Erwachsenen von ihrem Plan erzählen. Denn das Letzte, was sie brauchen konnte, war jemand, der sie nicht beschützt hatte und ihr jetzt erzählte, sie wäre in Sicherheit.

»Verstehe«, sagte sie mit eisiger Ruhe. »Danke.«

»Unten an der Treppe steht ein Wachposten«, sagte Julia noch im Gehen. »Wenn irgendwas ist, ruf, und er kommt sofort. Oder ruf mich an.« Sie hielt ihr Handy in die Höhe. »Dann bin ich sofort bei dir.«

Nachdem ihr Bodyguard gegangen war, stand Gray einen Moment lang reglos da und sah sich in ihrem Zimmer um. Wie fremd es ihr am Anfang vorgekommen war. Diese Woche hatte sie sich zum ersten Mal zu Hause gefühlt.

Sie würde sich ganz bestimmt nicht von ein paar Kriminellen vertreiben lassen. Sie würde nicht zulassen, dass sie ihr das wieder kaputtmachten.

Irgendwie würde sie sich hier ein Leben aufbauen. Und niemand würde sie daran hindern.

Entschlossen nahm sie ihre Zahnbürste und ging zum Gemeinschaftsbad. Am liebsten hätte sie weiter in Ruhe nachgedacht, doch nach dem vorübergehenden Arrest im Gemeinschaftsraum und in der Bibliothek war es voller schnatternder Mädchen. Gray entnahm ihren aufgeregten Gesprächen, dass man ihnen zwar von dem Einbruch erzählt, ihnen aber auch versichert hatte, dass es keinen Grund zur Sorge gab. Und sie hatten es offensichtlich geglaubt.

»Wahrscheinlich war das wieder Sophie Montgomerys Freund«, sagte ein Mädchen in einem pinken Pyjama schwärmerisch. »Letztes Jahr ist er auch hier eingebrochen, wisst ihr noch? Der ist megaheiß.«

»Meinst du, er hat es ernsthaft noch mal versucht?« Die Augen ihrer Freundin weiteten sich vor Bewunderung. »Das wäre so verwegen.«

»Wahre Liebe eben«, versicherte ihr das erste Mädchen.

Gray verzog ihr Gesicht vorm Spiegel zu einer Grimasse, putzte sich jedoch weiterhin schweigend die Zähne, während die anderen vor sich hin plapperten. Immerhin hatten sie das Ganze nicht mit ihr in Verbindung gebracht. Das waren doch gute Nachrichten.

Die meisten fanden die ganze Sache eher aufregend als beängstigend.

Als Gray an ihrem Waschbecken fast fertig war, kam Sophie höchstpersönlich hereinstolziert.

»War das Matt?«, wollten die Mädchen sofort wissen und schwirrten um sie herum. »Hat er es geschafft? Haben sie ihn gekriegt?«

Die hochgewachsene, dunkle Schönheit schien sich köstlich zu amüsieren. »Falls er reingekommen ist, hat's mir jedenfalls keiner erzählt. Aber es würde zu Matt passen. Er bringt immer so verrückt-romantische Sachen. Und er ist schon mal über den Zaun gekommen. Er ist einfach so athletisch, da ist das ein Klacks für ihn.«

Sie sah auf, und ihre Blicke trafen sich.

»Oh, hey, Gray, du kannst uns doch sicher weiterhelfen. Du bist hier doch so gut vernetzt. War es Matt?«, fragte sie. Die Mädchen verstummten und drehten sich zu Gray um, die in der Tür stand. »Oder sucht mal wieder einer von den netten *Freunden* deiner Mutter nach dir?«

Sophie mochte eine gemeine Ziege sein, aber dumm war sie nicht.

Gray hatte gerade überhaupt keine Lust, sich mit ihr auseinanderzusetzen. »Keine Ahnung«, sagte sie kühl. »Aber ich wüsste nicht, warum jemand über den Zaun klettern sollte, um *dich* zu sehen.«

Und damit rauschte sie mit ihrer Zahnbürste aus dem Raum, ohne das schockierte Keuchen und Kichern der Mädchen zu beachten.

Bevor die Tür ins Schloss fiel, hörte sie noch, wie Sophie lachte: »Tja, da habe ich wohl ins Schwarze getroffen.«

Bevor sie sich Schlafen legte, spielte sich die Szene wieder und wieder in ihrem Kopf ab. Sie brummte wütend in sich hinein, schlug heftig auf ihr Kissen ein und fuhr zusammen, als plötzlich ihr Handy vibrierte.

Auf dem Display leuchtete ihr Jakes Name entgegen.

Für ein paar lange Sekunden hielt sie das Handy unentschlossen in der Hand. Sie hätte ihm gern so vieles erzählt, doch es war schwer zu erklären, was bei ihr gerade los war. Und dann waren da noch Dylan und ihre verwirrenden Gedanken über ihn.

Sie ließ das Handy auf den Tisch fallen.

Als es aufhörte zu vibrieren, krabbelte sie in ihr Bett. Doch eine Minute später vibrierte es erneut, diesmal mit einer Voicemail.

Als sie auf Play drückte, hörte sie zuerst laute Musik und Stimmen, die sich zu einem betäubenden Hintergrundlärm vermischten. Neben dem Handy lachte jemand, und dann hörte sie eine Mädchenstimme: »Sei nicht so blöd.« Dann ertönte laut Jakes breiter Manchester-Akzent: »Gray, ich bin's. Wir verpassen uns andauernd. Tut mir leid, ist grad echt viel …« Er unterbrach sich, und die Geräusche wurden gedämpft. Dann hörte sie, wie er zu jemandem sagte: »Ganz kurz. Ich red grad mit einer Freundin.« Dann wieder die Mädchenstimme, diesmal schmollend: »Immer bist du am Telefon.«

Dann war Jake wieder am Telefon. »Jetzt hab ich vergessen, was ich sagen wollte. Aber ich hoffe, dir geht's gut. Du musst echt mal herkommen und es selbst sehen. Hier ist 'ne Menge los. Ich versuch dich später noch mal anzurufen. Mach's gut.«

Die Partygeräusche brachen abrupt ab.

Gray legte das Handy zur Seite und schlang die Arme um ihre Knie. Vor gerade einmal fünf Wochen waren sie und Jake gemeinsam durch das Parlament gerannt und hatten nach Hinweisen gesucht, wer es auf ihre Mutter abgesehen haben könnte. Sie waren ein Team gewesen.

Sie hatte das deutliche Gefühl, nicht mehr zu seinem Team zu gehören. Vielleicht war es okay. Vielleicht hatte sie inzwischen auch ein neues Team. Und mit dem würde sie jetzt gern reden.

Sie sprang aus dem Bett und warf sich ihren Bademantel über. Nachdem sie in ihre Hausschuhe geschlüpft war, öffnete sie die Tür einen Spaltbreit und spähte hinaus. Der Flur war leer. Alle anderen Mädchen waren auf ihre Zimmer gegangen.

Leise trat sie hinaus und schloss die Tür hinter sich. Dann lief sie auf Zehenspitzen den Flur hinunter.

Vor der vierten Tür blieb sie stehen und klopfte leise.

Mit einem leisen Quietschen ging sie auf, und Mayas Gesicht erschien. Sie hatte eine helle Creme im Gesicht, und im Kontrast zu ihrem dunkelblauen Pyjama war ihre Haut weiß wie Milch. Ihre goldenen Locken waren hochgebunden und bildeten einen Heiligenschein um ihren Kopf.

»Ah, sehr gut, du bist's«, sagte sie erleichtert. »Ich dachte schon, es ist einer von den Wachen. Komm rein. Wir quatschen gerade.«

Sie trat einen Schritt zurück, und Gray entdeckte Minal, die auf einem Kelimkissen auf dem Boden saß. Auch sie trug einen Bademantel, und ihre Haare wurden von einem weißen Stirnband zurückgehalten. Ihr ebenfalls eingecremtes Gesicht schimmerte Gray geisterhaft entgegen.

Bevor Gray etwas sagen konnte, machte sie eine Handbewegung auf ihre Wangen. »Die Welt ist niemals zu gefährlich für eine Gesichtsmaske. Mag ja sein, dass ich Angst habe, aber meine Poren nicht.«

Gray erstickte ihr Lachen mit einer Hand vor dem Mund. Genau das brauchte sie jetzt. Mit Menschen reden, die sie verstanden.

»Wo ist Julia?«, fragte Maya und gesellte sich wieder zu ihnen.

»Sie sucht das Gelände ab«, erklärte Gray. »Unten an der Treppe steht eine Wache, für den Fall, dass wir Schiss kriegen.«

»Ich hab Schiss.« Minal hob die Hand. »Seit zwei Tagen schon.«

»Setz dich.« Maya deutete auf ihr Bett.

Nachdem Gray sich gesetzt hatte, drückte Minal ihr eine Plastikdose in die Hand. »Gesichtsmaske«, erklärte sie. »Die ist spitze. Wir benutzen die alle.«

Für einen kurzen Moment zögerte Gray, doch dann dachte sie: *Warum eigentlich nicht?* Und damit tunkte sie ihre Fingerspitzen in die kühle weiße Creme, schnupperte ihren beruhigenden Duft und schmierte sie sich ins Gesicht.

»Hier.« Minal reichte ihr einen kleinen Spiegel.

Am anderen Ende des Bettes zog Maya ihre Füße hoch und verschränkte sie elegant wie eine Katze ihre Pfoten vor dem Körper.

Ihr Raum hatte dieselben schlichten Wände und weißen Dielen wie Grays, doch ihr Bücherschrank platzte fast vor Büchern, und an den Wänden hingen mehrere gerahmte Bilder, die meisten davon moderne Kunstwerke in lebhaften Farben. Ein schwacher Duft nach Räucherstäbchen hing in der Luft, und ein heller purpurroter Teppich bedeckte den Boden.

Während sie ihre Maske auftrug, warf Minal ihr einen lauernden Blick zu. »Du weißt doch was. Das spür ich.« Sie schnippte mit den Fingern. »Los, wir wollen Einzelheiten.«

»Sophie lässt alle glauben, dass ihr Freund der Einbrecher war, weil er sie so dringend sehen will«, verkündete Gray.

»Klar.« Minal verdrehte die Augen. »Die macht doch alles für ein bisschen Aufmerksamkeit. Außerdem ist sie halb krank vor Eifersucht wegen dir und Dylan und will nicht, dass jemand es mitkriegt.«

»Ja, vor allem seit das mit ihr und Dylan vorbei ist«, bemerkte Maya. »Falls sie überhaupt jemals zusammen waren.«

Gray wurde rot unter ihrer Maske.

»Das hab ich auch gehört!«, sagte Minal. »Da gab es wohl eine Szene in der Bücherei.«

»Angeblich hat er ihr gesagt, er will ihr nichts vormachen und sie verdient jemand Besseren.« Maya zuckte mit den Achseln. »Ich glaube, er will sie schon seit dem Tag, an dem Gray gekommen ist, loswerden.«

Beide sahen Gray an.

»Spuck's aus«, befahl Minal. »Was läuft da?«

»Gar nichts«, beteuerte Gray.

»Gut, aber er hätte gern, dass da was läuft«, beharrte Maya. »So wie er dich *anguckt.*«

»So verträumt«, stimmte Minal zu.

So langsam fragte Gray sich, ob die Maske schmelzen konnte.

»So sieht Seb dich aber auch an«, sagte sie zu Maya, in der Hoffnung, die beiden auf ein anderes Thema zu lenken.

Maya antwortete ihr mit einem kleinen Lächeln. »Seb ist superlieb.«

»Obwohl du ihn heute fast umgebracht hättest«, erinnerte Minal sie.

Maya vergrub das Gesicht in den Händen und verschmierte dabei ihre Maske. Seufzend stand sie auf, nahm eine Box mit Taschentüchern vom Schreibtisch und begann, die Creme zu entfernen.

»Ach, das hat er mir vergeben«, sagte sie und ignorierte ihr Gekicher.

Für eine Weile plauderten sie über Jungs und das Training, doch dann wandte sich das Gespräch dem Kleid am Tor zu.

»Jetzt mal im Ernst. Worum ging's da heute Abend?«, fragte Minal. »Die Wachen wirkten völlig aus dem Häuschen.«

»Das haben sie nicht erwartet«, stimmte Maya zu. »Sie dachten, mit ihrer Technik kann uns nichts passieren.«

Gray holte tief Luft. »Es gibt da was, das ich euch erzählen muss.«

Beide sahen sie an. Minal, die ebenfalls angefangen hatte, die Maske von ihrem Gesicht zu entfernen, hielt inne.

»Das war mein Kleid da oben am Tor«, sagte Gray. »Irgendjemand hat es gestern Nacht aus meinem Schrank geklaut.«

»Gestern Nacht? Aber warum? Und warum hat er es da oben aufgehängt?«, fragte Minal.

»Das ist eine Nachricht«, hauchte Maya. »Jemand will dir sagen, dass er jederzeit an dich herankommen kann. Klassiker.«

»Aber wie sind sie an das Kleid gekommen? Und wie haben sie das Tor aufgekriegt? Carter und Allie sind doch megastreng mit den Kontrollen.«

»Die glauben, es wurde gehackt«, sagte Gray.

Minals Kinnlade fiel herunter. »Mein Vater wird ausrasten, wenn er das erfährt. Da hat er gerade erst diese ganzen Techniktypen vorbeigeschickt und neue Kameras und so 'n Kram installiert und dann das. Wie konnte denn so schnell jemand einbrechen?«

»Wären wir bei mir zu Hause, dann würde ich sagen, es waren Russen. Die sind extrem gut im Hacken. Aber das kann nicht sein.« Maya sah Gray an. »Das würde überhaupt keinen Sinn machen.«

»Doch, es macht schon Sinn«, sagte Gray langsam.

Sie hatte sich entschieden, dass es an der Zeit war, die ganze Wahrheit zu sagen. Immerhin schwebten die beiden genauso in Gefahr wie sie selbst. Außerdem waren sie jetzt ein Team. Sie vertraute ihnen.

So schnell, dass sie sich fast verhaspelte, erzählte sie ihnen, was sonst kaum jemand wusste – von der russischen Verschwörung, die plante ihre Mutter umzubringen und durch Vizepremier John Ashford zu ersetzen. »Mein Vater sagt, die Russen stecken hinter alldem. Ashford steckt mit denen unter einer Decke. Mit den russischen Spionen. Ich hab vergessen, wie die heißen. Nicht mehr KGB, sondern irgendwas anderes. Andere Buchstaben.«

»Der FSB«, sagte Maya tonlos. »So heißt ihr Geheimdienst.« Ihre Finger umklammerten den Rand ihres Bademantels. »Bist du dir sicher? Das hat deine Mutter gesagt?«

Gray nickte. »Die stecken dahinter. Aber es gibt mächtige Briten wie Ashford, die für die arbeiten und von ihnen geschmiert werden. Die haben Hilfe von innen.«

Die beiden Mädchen starrten sie an.

»Weiß mein Vater davon?«, fragte Minal.

»Dein Vater leitet die Ermittlungen«, erklärte Gray. »Aber solange sie keine Beweise haben, können sie nicht viel tun. Die Leute, die darin verwickelt sind, verwischen ihre Spuren sehr gründlich. Solange die keinen Fehler machen, kann man nicht viel tun. Dann steht Aussage gegen Aussage. Und die kommen näher. Dein Vater glaubt, sie wollen wieder versuchen mich zu kidnappen. Oder … schlimmer.«

»Das macht alles Sinn«, sagte Maya grimmig. »Auf diese Schule gehen viele Kinder von Politikern und britischen Elitefamilien. Wenn die uns treffen, ist das eine Art Sieg für die Russen. Sie hassen die Briten. Wobei, eigentlich jeden, der nicht Russe ist.« Sie wandte sich an Gray. »Das ist ein schlimmer Feind.«

Gray begegnete ihrem Blick. »Dylan hat mir von den Drohungen gegen dich erzählt. Waren das auch die Russen?«

»Zumindest waren die darin verwickelt. Sie wollten meinen Vater so sehr einschüchtern, dass er alles tut, was sie wollen.«

»Jetzt wollen sie meine Mutter einschüchtern«, stellte Gray fest. »Aus demselben Grund.«

»Was für ein Haufen Arschlöcher«, verkündete Minal. »Warum bedrohen die euch? Ihr seid doch nicht eure Eltern.«

»Wir sind aber ein leichteres Ziel als unsere Eltern«, erklärte Maya mit brutaler Offenheit. »So funktioniert Erpressung.«

Gray streckte die Hand aus und berührte den weichen Saum ihres Frotteebademantels. »Heute Abend war nicht das erste Mal, dass sie uns so nah gekommen sind.«

Maya runzelte die Stirn. »Was willst du damit sagen?«

»Gestern sind welche mitten in der Nacht über den Zaun gekommen. Sie haben den Alarm ausgelöst, und die Wachen haben sie anscheinend wieder vertrieben. Ich war in einem Safe Room.« Sie sah zu Minal hinüber. »Wahrscheinlich haben sie dabei mein Kleid mitgenommen.«

»Warum wissen wir nichts davon?« Minal wurde laut und zwang sich, ihre Stimme wieder zu senken. »Die waren hier oben, während wir *geschlafen* haben?«

»Ich wollte es euch erzählen, aber ich musste Allie und Julia versprechen, niemandem was davon zu sagen«, verteidigte Gray sich. »Sie haben Angst, dass hier die totale Panik ausbricht.«

Maya winkte ab. »Du brauchst dich nicht zu entschuldigen. Ich bin froh, dass wir jetzt Bescheid wissen. Wenn sie gleich zwei Mal in einer Woche gekommen sind, dann meinen sie es ernst. Und sind sich ziemlich sicher, dass sie ungeschoren davonkommen.«

»Zu Recht, würde ich sagen. Erst waren wir den halben Abend eingesperrt und jetzt glucken wir hier zusammen und haben Todesangst.« Minal verschränkte die Arme fest vor der Brust. »Ich ruf morgen meinen Vater an. Er muss unbedingt was tun.«

»Ich hoffe, er kann uns helfen«, sagte Maya düster. »Die Russen sind echt gnadenlos. Die werden nicht nachgeben, bevor sie bekommen, was sie wollen.«

DREIUNDZWANZIG

Am nächsten Tag hatte das Leben in Cimmeria einen deutlichen Wandel unterlaufen. Das merkten die Schüler von dem Moment an, als sie aus ihren Schlafzimmern die Treppe hinunterliefen. Auf den Fluren herrschte ein höheres Aufgebot an Wachposten, die mit kühlem Blick jeden Vorbeikommenden musterten. Ein kalter, winterlicher Regen lief an den Fenstern herunter, doch diejenigen, die hartgesotten genug waren, um rauszugehen, fanden sich auch dort schwarz gekleidetem Sicherheitspersonal gegenüber, das im Wald und entlang des Zaunes patrouillierte. Als es um vier Uhr nachmittags dämmerte, glitzerten die roten Punkte der Nachtlichtkameras auf Wänden und Zäunen.

Die Lehrer reagierten auf die neuen Gegebenheiten, indem sie den Schülern Berge von Hausaufgaben aufluden. Auf einmal mussten alle lange Aufsätze schreiben und hatten einen Riesenberg an Lesestoff zu bewältigen. Egal wie sehr sie baten und bettelten, die Lehrer waren nicht zu der Einsicht zu bewegen, wie unangemessen der neue Arbeitsumfang war.

Gray glaubte zu wissen, woher der plötzliche Anstieg der Lernanforderungen kam. Heute war Freitag. Normalerweise fanden am Wochenende jede Menge heimliche Partys im Wald und in den Zimmern statt. Für die Wachen wäre das ein Albtraum. Für sie war es viel einfacher, die Lage unter Kontrolle zu haben, wenn alle in der Bibliothek saßen.

Trotzdem starrte sie am Ende der Geschichtsstunde ungläubig an die Tafel, wo Zelazny gerade die Hausaufgaben hinkritzelte.

»ESSAY – 2000 Wörter – DIE SCHLACHT BEI AUSTERLITZ.«

Die Schüler stöhnten auf. Jeder Buchstabe war ein schwarzer Hieb, der ihr Wochenende in Stücke riss.

Minal ließ sich tiefer in ihren Stuhl gleiten. »Zwei*tausend*? Das kann doch nicht sein Ernst sein.«

»Ich muss bis Montag schon tausend Wörter über Virginia Woolf schreiben«, sagte Gray niedergeschlagen. »Macht dreitausend Wörter in zwei Tagen. Wie soll ich das denn schaffen?«

Den Marker immer noch in der Hand, drehte Zelazny sich ohne eine Spur von Nachsicht zu seinen zunehmend verärgerten Schülern um. »Der Abgabetermin steht fest und kann nicht verschoben werden. Der Aufsatz zählt übrigens zu euren Endnoten. Ich würde vorschlagen, ihr lernt, Prioritäten zu setzen.«

Danach war die sonst so ausgelassene Stimmung im Flur gedämpft.

»Das ist echt das Allerschlimmste«, beschwerte Minal sich. »Erst gestern Abend und jetzt das. Sie bestrafen uns für die Einbrüche. Das ist nicht fair. Wir haben schließlich nichts getan.«

Kyle holte sie mit genervter Miene ein.

»Jetzt drehen die Lehrer völlig durch«, schnaubte er.

»Deine auch?« Minal sah ihn an.

»Ich muss bis Montag – wie viele? – vier Essays schreiben.« Verzweifelt warf er die Hände in die Luft. »Ich bräuchte vier von mir, um das hinzukriegen. Man müsste mich klonen.«

»Kommt mir fast so vor, als wollten sie wirklich, dass wir das ganze Wochenende in der Bib hocken«, murrte Minal.

»Das ist eine ungewöhnlich grausame Strafe«, stimmte Kyle zu.

»Hallo, haben die mal was von den Genfer Konventionen gehört?«, fuhr Minal auf.

»Sag das bloß nicht zu laut«, sagte Gray. »Sonst müssen wir darüber auch noch zweitausend Wörter schreiben.«

Während sie mit der Menge in die Bibliothek strömten, hielt sie Ausschau nach Julia. Seit dem Frühstück hatte sie ihren Bodyguard nicht mehr gesehen und auch da hatten sie nur Zeit für einen flüchtigen Wortwechsel gehabt. Gray brannte darauf zu erfahren, ob die Sicherheitsleute etwas gefunden hatten. Oder ob sie einen der Einbrecher identifiziert hatten.

Sie hatten sich gerade an einen Tisch gesetzt, da kam Sophie hereingeschwebt. Sie bedachte Gray mit einem langen, amüsierten Blick und setzte sich anmutig zu einer Gruppe an einen Tisch weiter vorn. Dort beugte sie sich flüsternd zu ihren Tischnachbarinnen hinüber und warf auffällige Blicke in Grays Richtung.

»Ihre neuen besten Freunde.« Kyle versuchte unbekümmert zu klingen, doch Gray wusste, dass Sophies Verlust ihn traurig stimmte. Er hatte sie bewundert und sie hatte ihn weggeworfen wie ein Paar Schuhe vom letzten Jahr.

Minal blätterte in ihrem Geschichtsbuch. »Einfach nicht beachten. Ihre kostbaren Gefühle wurden verletzt. Sie wird drüber hinwegkommen.«

»Oh, bitte«, brummte Kyle und schlug mit einem dumpfen Knall sein Chemiebuch auf. »Um Gefühle zu haben, brauchst du ein Herz.«

Alle mussten lachen.

»Was ist denn so lustig?« Dylan war von hinten an sie herangetreten. Seine Büchertasche hing auf einer Seite, der blau-weiß gestreifte Schlips hing ihm lose und etwas schief um den Hals und den Blazer hatte er über eine Schulter geworfen. Irgendwie gelang es ihm, die Cimmeria-Uniform cool aussehen zu lassen.

»Kyle hat uns die außergewöhnliche Anatomie von Sophie Montgomery erklärt«, erklärte Minal.

»Ach so.«

Er sah kurz in ihre Richtung und wandte den Blick schnell wieder ab. Gray fragte sich, ob die beiden wirklich zusammen gewesen waren. Ob er wirklich wegen ihr mit Sophie Schluss gemacht hatte.

»Warum setzt du dich nicht zu uns?«, schlug Minal vor. »Wir müssen bis morgen ungefähr zehntausend Wörter schreiben.«

Da alle Stühle am Tisch belegt waren, zog er einen heran und schob ihn beiläufig neben Grays.

Ihr Herz machte einen kleinen Sprung, doch sie bemühte sich um eine möglichst unbeteiligte Miene.

Als er sich hinsetzte, bemerkte sie, dass Sophie ihnen einen rätselhaften Blick zuwarf und sich dann mit steifen Schultern wieder ihren Freundinnen zuwandte.

»Hast du noch mitgekriegt, was passiert ist? Haben sie seit gestern noch irgendwas rausgefunden?«, fragte Minal Dylan. »Du weißt doch sonst immer so gut Bescheid.«

Er zuckte leicht mit den Schultern. »Viel weiß ich nicht. Ich hab zwei Wachen belauscht. Einer meinte, das war ein schneller Angriff. Das Tor wurde von außen gehackt und ist deshalb aufgegangen. Dann haben überall die Alarmanlagen angeschlagen, und die Sicherheitsleute kamen angerannt. Das alles muss nur eine oder zwei Minuten passiert sein, bevor wir da waren. Der Typ meinte, wenn die ein bisschen länger geblieben wären, wären wir direkt in sie reingerannt.«

»Die ganze Sache jagt einem echt eine Heidenangst ein«, sagte Minal. »Ich hab meinen Vater angerufen, und er meinte, das war der beste Hackerangriff, den er je gesehen hat. Die haben auf einen Schlag ungefähr achtzehn Firewalls geknackt. Morgen schickt er mehr Leute zur Verstärkung her.«

Dylan wandte sich ihr zu. »Dein Vater ist der Boss dieser großen Sicherheitsfirma, oder? Wie hieß die noch mal? Talos, oder?«

Sie nickte. »Die haben die Kameras installiert.«

»Wem gehörte überhaupt das Kleid?«, fragte Kyle. »Ist doch komisch, so was zu machen. Das einfach so da aufzuhängen. Wie eine Fahne oder so.«

Minal und Gray wechselten einen Blick.

»Es war meins«, sagte Gray.

Dann erzählte sie Dylan und Kyle, was sie den anderen schon gestern Abend erzählt hatte.

Kyle und Minal begannen sofort eine angeregte Unterhaltung über gestohlene Klamotten und Einbrüche, doch Gray fiel auf, dass Dylan überhaupt nicht auf die Neuigkeit reagiert hatte.

Er wusste es schon. Woher?

Immer wusste er Dinge, die er eigentlich nicht wissen sollte. Das machte keinen Sinn. Er war doch nur ein Schüler wie sie alle. Oder etwa nicht?

Als hätte er ihre Gedanken gelesen, drehte er sich zu ihr um und sagte leise: »Vielleicht solltest du nach Hause gehen.«

Die anderen redeten immer noch lautstark durcheinander und hatten ihn nicht gehört. Gray starrte ihn schockiert und ein wenig verletzt an.

»Warum?«, fragte sie, unfähig ihre Verwirrung zu verbergen.

»Weil sie immer näher kommen.« Seine Stimme war kaum mehr als ein Flüstern, und sie musste sich vorbeugen, um ihn zu verstehen. Sie war ihm so nah, dass sie den schwachen Kräuterduft seiner Seife roch. Das brachte sie ziemlich aus dem Konzept, vor allem wenn man bedachte, was er als Nächstes sagte: »Hier bist du nicht sicher.«

Ihre Blicke trafen sich. Sie hatte das Gefühl, dass er noch mehr sagen wollte.

»Ich bin hergekommen, weil ich zu Hause nicht mehr sicher war«, flüsterte sie zurück.

»Was flüstert ihr zwei denn da?«, verlangte Minal quer über den Tisch zu wissen.

Mit hochrotem Kopf beugte Gray sich wieder über ihre Bücher.

»Ach, geht nur um die Hausaufgaben«, sagte Dylan und wandte sich ebenfalls wieder seinen Büchern zu.

»Na klar.« Grinsend warf Minal ihnen einen spöttischen Blick zu.

Dylan beachtete sie nicht, sondern war mit seinem Notizblock beschäftigt. Er schrieb etwas auf ein leeres Blatt. Als gerade niemand hinsah, drehte er es so zu Gray hin, dass sie seine unverwechselbare, enge Handschrift lesen konnte: *Wir müssen reden. Treffen wir uns später?*

Bevor sie antworten konnte, vibrierte ihr Handy. Sie blickte nach unten und sah Jakes Namen auf dem Display.

Sie konnte ihn nicht schon wieder ignorieren. Bestimmt war ihm ihr Schweigen genauso aufgefallen wie ihr seines.

Sie hielt das Handy hoch und stand auf: »Da muss ich drangehen.«

Da Telefonieren in der Bibliothek streng verboten war, lief sie quer durch den Saal zur Tür.

Noch im selben Moment, als sie die Tür aufstieß, drückte sie auf Annehmen. »Jake?«, stieß sie außer Atem hervor.

»Da bist du ja endlich.« Seine Stimme mit dem breiten, nordischen Akzent klang überrascht. »Ich dachte schon, ich verpasse dich wieder.«

»Nee, da bin ich.«

»Ist alles okay bei dir? Ich hab schon länger nichts mehr von dir gehört. Gestern Abend hab ich auch angerufen.«

Sie lehnte sich gegen die Wand und schloss die Augen. »Tut mir leid. Ich war einfach krass beschäftigt. Viele Hausaufgaben und so.«

»Oh, klar. Verstehe. Tja … wie läuft's?«, fragte er. »Hast du schon neue Freunde gefunden?«

Dylans Gesicht mit der weichen braunen Haut, den hohen Wangenknochen und dem lässigen Lächeln schob sich vor ihr inneres Auge.

»Ja«, erwiderte sie und fühlte sich sofort schuldig. »Raj Patels Tochter ist auch hier. Sie ist sehr nett. Und dann ist da noch Maya. Ihr Vater ist der ehemalige Premierminister von Polen, und wir haben ein paar Dinge gemeinsam.«

»Oh … gut.«

Ein kurzes Schweigen trat ein. Gray hörte Musik und Stimmen im Hintergrund, so als wäre er in einem Café.

»Was ist mit dir?«, fragte sie. »Gefällt's dir noch so hoch im Norden?«

»Jaah, super geht's mir.« Seine Stimme wurde fröhlicher. »Viel zu tun, weißt du. Versuche mich in der neuen Schule einzugewöhnen, treffe alte Freunde. Aber es ist schön. Viel gechillter als bei meinem Vater. Meine Mutter gibt sich echt Mühe.«

Wieder fielen ihr die Musik und die Stimmen im Hintergrund auf. Ein Mädchen lachte ganz in der Nähe. Sie klang genauso wie die Mädchenstimme, die sie am vorigen Abend auf der Voicemail gehört hatte.

»Wo bist du denn gerade?«, fragte sie.

»In einem Café in der Nähe von meiner Schule mit ein paar Freunden.« Er klang beneidenswert unbeschwert. »Du würdest es lieben. Es heißt Caffeine Scheme und der Frozen Mocha hier ist *der Hammer*. Am Wochenende gibt es abends immer Konzerte. Dir würde es hier oben gefallen. Es ist einfach ganz anders als London. Viel freundlicher. Man wird schnell von allen aufgenommen.«

Gray hätte ihm gern zugestimmt, doch sie konnte sich leider nicht vorstellen, einfach mit ein paar Freunden in einem Café abzuhängen. Nicht bevor ein Sicherheitsteam den ganzen Laden auf den Kopf gestellt hatte. Und selbst dann würde sie wahrscheinlich flankiert von zwei Bodyguards reinmarschieren. Alle würden sie anstarren.

Sie würde nie ein normales Leben haben wie er. Zumindest für eine sehr lange Zeit nicht. Diese Erkenntnis schien die Distanz zwischen ihnen von einem schmalen Spalt zu einem breit gähnenden Abgrund zu erweitern.

»Klingt super«, sagte sie.

»Komm schon, Jake.« Das war wieder die lachende Stimme des Mädchens im Hintergrund. »Alle warten auf dich.«

Sie hörte, wie er die Hand auf das Handy legte, und seine gedämpfte Stimme: »Ich komm ja schon. Gleich. Ich muss nur kurz zu Ende telefonieren.«

Gestern hatte das Mädchen ihm auch schon gesagt, er solle sich beeilen.

»Hört sich ganz so an, als hättest du noch was Dringendes vor«, stellte sie fest.

»Ja, ich muss los.« Ihr kühler Unterton war ihm anscheinend völlig entgangen. »Wir gehen später auf eine Party. Mein Kumpel Mike hat ein Auto und fährt. Sorry. Er wartet nicht gern.«

Gray hatte genug gehört. Sie wollte nicht wissen, wer Mike war. Oder wie das Mädchen hieß. Sie wollte nicht hören, was für tolle neue Freunde er hatte. Außerdem musste er auch gar nichts sagen. Sie hatte ihn noch nie so glücklich gehört.

»Na, dann viel Spaß. War schön, mit dir zu reden«, sagte sie.

»Ja, dir auch! Viel Erfolg bei allem.«

Und mit einem ausgelassenen Ciao wurde der Anruf beendet.

Gray stand einen Moment lang reglos da und starrte auf das Display, bis es sich verdunkelte.

Sie hatte das Gefühl, dass er und Chloe sich auf eine Reise begaben, von der sie ausgeschlossen war. Das Gefühl, das in ihr aufwallte, war so stark, dass sie einen Moment brauchte, um zu erkennen, dass es Eifersucht war. Sie war schrecklich eifersüchtig. Eifersüchtig auf Chloe und ihre Dates. Eifersüchtig auf Jake in dem Café und seine Freunde, die ihn an irgendeinen Ort zerrten, wo sie niemals hinkönnte. Eifersüchtig auf das fremde, lachende Mädchen.

Sie ließ sich gegen die Wand sinken, stützte ihre Stirn in die Hand und atmete tief ein und aus. Ihr blieb nichts anderes übrig, als ihn gehen zu lassen.

Er war ja ohnehin schon weg.

»Alles okay?«

Ihr Kopf fuhr hoch. Dylan stand neben ihr und sah sie besorgt an. Er musste ihr aus der Bibliothek gefolgt sein. »Sorry, ich wollte nicht stören«, sagte er. »Aber du siehst aus, als wärst du ein bisschen durch den Wind.«

»Durch den Wind«, wiederholte sie langsam. »Das trifft es ganz gut.«

»Kam der Anruf von deiner Mutter?«, tippte er.

Gray schüttelte den Kopf. »Von meinem Ex-Freund. Oder so was Ähnliches.«

»Oh. *So* ein Anruf war das also.«

»Ja.« Sie sah hinunter auf ihr schwarzes Display. »Wir waren nie wirklich zusammen. Es sind einfach nur ein paar Dinge zwischen uns passiert. Und jetzt … passieren sie irgendwie nicht mehr. Anscheinend ist er ohne mich megaglücklich. Und mir geht's auch gut. Ich bin einfach ich.« Sie unterbrach sich. »Tut mir leid. Fühlt sich nur total komisch an. Glaub mir, alles okay.«

»Weiß ich«, sagte er. »Aber das macht die Sache ja nicht leichter. Auch nicht, dass du jetzt hier bist. So weit weg von der echten Welt.« Er sah aus, als wollte er noch mehr sagen. Doch dann schien er es sich anders zu überlegen und sagte: »Hör mal, wenn ich eins weiß, dann, dass du nicht lange allein bleiben wirst. Wart's ab, bald stehen die Jungs Schlange. Du wirst sehen.«

Doch als sie ihn ansah, wusste sie eines mit Sicherheit. Sie wollte nicht, dass irgendwelche Jungs bei ihr Schlange standen. Sie wollte *ihn*.

Im selben Moment rief jemand ihren Namen.

»Gray Langtry?«

Ein Mädchen, das sie nicht kannte, kam den Flur hinunter. Ihre kniehohen Lederreitstiefel zeichneten sie als Vertrauensschülerin aus, denn nur ihnen war es erlaubt, ihre eigenen Schuhe zu tragen. Alle anderen trugen die von der Schule gestellten Oxfordschuhe.

»Ja?«, fragte Gray stirnrunzelnd.

Das Mädchen legte den Kopf zur Seite, sodass ihr langer blonder Pferdeschwanz über die Schulter schwang. »Die Schulleiterin bittet dich in ihr Büro. Sofort.«

VIERUNDZWANZIG

»Was hast du angestellt?«, fragte Dylan und sah Gray neugierig an.

»Nichts«, verteidigte sie sich.

Seite an Seite liefen sie den breiten, holzvertäfelten Flur entlang. Die fahle Wintersonne fiel schräg durch die hohen Fenster vor ihnen.

»Wenn du nichts getan hast, warum zitiert die Direktorin dich dann in ihr Büro?«, beharrte er. »Bitte erzähl mir nicht, du hast die Schulordnung immer noch nicht gelesen.«

»Im Ernst, ich hab nicht die leiseste Ahnung, was sie von mir will«, antwortete Gray lachend. »Vielleicht will sie nur sichergehen, dass ich mich nicht schon wieder in den Wald schleiche.«

»Ja, vielleicht.« Mit einem zerstreuten Ausdruck vergrub er die Hände in den Hosentaschen und ging mit langen Schritten neben ihr her. Gray kam wieder die Szene in der Bibliothek in den Sinn, die sie ungewollt beobachtet hatte – Dylan und Sophie, beide mit unglücklichen Mienen in eine Unterhaltung vertieft.

»Ich weiß, es geht mich nichts an, aber ich hab gehört, dass du nicht mehr mit Sophie zusammen bist. Habt ihr Schluss gemacht?« Sie versuchte, beiläufig zu klingen.

Scheinbar völlig überrascht von diesem unvermittelten Themenwechsel sah er auf. »Das hat sich also schon rumgesprochen, wie? Ging ja schnell.«

»Es ist nur … ich hab euch in der Bib gesehen. Als ich nach einem Buch gesucht habe. Und dann ist Sophie an mir vorbeigerannt …«

»Ja, an dem Tag war sie ziemlich sauer auf mich. Eigentlich seitdem. Die Sache ist die, wir waren nie zusammen. Nicht wirklich. Sie wollte es, aber ich hab ihr immer wieder gesagt, dass es keine gute Idee ist. Sie wollte mir nur nicht glauben.« Reumütig rieb er sich die Wange. »Jetzt muss sie es wohl glauben. Und sie ist ganz und gar nicht glücklich darüber.«

»Oh, verstehe«, sagte Gray betont gleichgültig, doch innerlich hüpfte sie auf und ab.

Sie sind nicht zusammen! Er wollte nie mit ihr zusammen sein!

Wobei es kaum zu glauben war, dass jemand nicht mit Sophie Montgomery zusammen sein wollte. Zumindest von außen betrachtet. Hatte sie selbst nicht Chloe erst vor ein paar Tagen gesagt, dass sie mit einem der Bolinos ausgehen sollte, nur weil er gut aussah?

»Versteh mich nicht falsch, aber warum wolltest du nicht mit ihr zusammen sein?«, fragte sie und hasste sich für ihre Neugierde.

Er warf ihr einen Seitenblick zu. »Schon mal was von Privatsphäre gehört oder gibt's das in England nicht?«

Entschuldigend hob sie die Hände. »Sorry … tut mir leid. Das geht mich nichts an. Ich nehm's zurück.«

»Vor allem dich geht's nichts an«, stimmte er zu. »Aber wenn du es unbedingt wissen willst, sie ist nicht mein Typ.«

»Oh, okay«, sagte Gray.

»Ich meine, versteh mich nicht falsch – sie sieht toll aus. Aber ich kann nicht mit ihrem zickigen Gehabe«, erklärte er, als hätte sie weiter gefragt. »Eigentlich ist sie gar nicht so gemein, aber momentan kann sie wohl nicht anders. Wie auch immer.« Er zuckte leicht die Schultern. »Ich hab noch andere Gründe.«

Andere Gründe. Alles, was er sagte, machte ihr Hoffnungen und sagte ihr zugleich überhaupt nichts. Es war furchtbar quälend.

Irgendwann mussten sie stehen geblieben sein. Vor ihnen lag der große Saal. Gray hörte Geräusche aus dem ansonsten so stillen Raum und spähte neugierig durch die geöffnete Tür.

Einige Angestellte hatten die Tische beiseitegeräumt und polierten den Boden und die staubige Holzvertäfelung.

»Sie bereiten alles für den Winterball vor«, sagte sie mehr zu sich selbst.

Allein bei dem Gedanken zog sich ihr Magen vor Aufregung zusammen. Vielleicht würden sie Beweise gegen John Ashford sammeln können. Vielleicht würde sie danach endlich wieder frei leben können, ohne ständig in Gefahr zu schweben.

Dylan folgte ihrem Blick. »Oh, stimmt. Der steht wohl an.« Er sah sie von der Seite an. »Kommt deine Mutter nicht auch? Ich meine, ich hätte das irgendwo gelesen.«

»Ja, sie ist auch da.«

Plötzlich voller Angst, mehr von ihren jüngsten Plänen zu verraten und zugleich etwas enttäuscht, dass er so wenig Interesse an dem Ball zu haben schien, ging Gray weiter.

»Scheint mir nicht gerade die beste Idee, ausgerechnet jetzt 'ne Party zu schmeißen«, überlegte Dylan. »Du solltest lieber nicht hingehen.«

Gray blieb unvermittelt stehen. »Warum nicht?«

Er sah sie erstaunt an. »Na, weil es viel zu gefährlich ist. Vor allem nach dieser Woche. Die sind hinter dir her, das ist doch klar. Wo ist überhaupt dein Bodyguard?« Er sah sich in dem stillen Flur um, als könnte Julia plötzlich aus dem Boden wachsen. »Warum passt sie momentan nicht rund um die Uhr auf dich auf?«

»Was soll das denn heißen?«

»Ich mein ja nur. Sie ist nicht bei dir, wenn es nötig wäre.« Er klang sachlich. »Gestern Abend zum Beispiel. Warum hat sie nicht verhindert, dass du in Gefahr gerätst? Du bist ja quasi direkt in die Typen reingerannt.«

Gray konnte viele Dinge aushalten, doch Kritik an Julia gehörte nicht dazu.

»Du hast ja keine Ahnung«, sagte sie. »Sie ist der beste Bodyguard, den ich je hatte. Die meisten haben mich nur rumgeschubst oder behandelt, als wäre ich ein Problem, das sie lösen müssen. Julia behandelt mich wie eine Erwachsene. Und wenn ich sie jetzt anrufe, ist sie innerhalb von 30 Sekunden hier. Wir können das gerne testen, wenn du willst.«

»Okay, okay. Tut mir leid. Ich wollte nicht anmaßend sein.« Er hob beschwichtigend die Hände. »Mir gefällt nur nicht, wie chaotisch es in den letzten Tagen zugegangen ist.«

»Ich find's auch nicht toll«, sagte sie schnippisch. »Aber da kann Julia nichts für.«

Danach liefen sie für eine Weile schweigend nebeneinanderher.

Als das Schweigen quälend wurde, sagte Gray: »Sie hat ihr Leben für mich riskiert, weißt du. Ich vertraue ihr.«

Er machte eine Pause und erwiderte dann: »Das ist ihr Job. Aber ich verstehe, was du meinst.«

Sie warf ihm einen Blick von der Seite zu. »Hattest du einen Bodyguard in Amerika?«

Er versteifte sich kaum merklich, doch es war ihr trotzdem aufgefallen. Nach einer Weile erwiderte er: »Nachdem die Drohungen gegen meine Eltern konkreter wurden, haben sie einen Bodyguard für mich eingestellt. Er hieß Mike. War ein toller Kerl. Ein ehemaliger Soldat, ziemlich jung und echt clever. Kam aus armen Verhältnissen, aber hat sich hochgearbeitet, weil er Talent und Ehrgeiz hatte. Wenn er mich von der Schule abgeholt hat, haben wir uns immer lange unterhalten. Wenn ich mich gelangweilt habe, haben wir ein paar Körbe geworfen. Eigentlich durfte ich nirgendwohin, aber manchmal ist er mit mir zu Starbucks gegangen und hat mir einen Eiskaffee geholt, um mich aufzumuntern.«

Als er nicht weiterredete, hakte sie nach: »Und dann? Was ist mit ihm passiert? Nach England konnte er nicht mit, oder?«

Sie wurden immer langsamer, bis sie sich kaum noch von der Stelle bewegten. Dylans Gesicht hatte einen unnahbaren Ausdruck angenommen.

»Eines Tages habe ich ihn angebettelt, dass wir in eine Shopping Mall gehen. Ich wollte meiner Mutter ein Geburtstagsgeschenk kaufen. Ich hätte natürlich auch einfach was im Internet bestellen können, aber ich wusste genau, was ich wollte und wo ich es bekomme. Es wäre eine Sache von zehn Minuten. Keiner würde es mitkriegen, und in der Mall bin ich als Kind schon tausend Mal gewesen. Ich dachte, da passiert mir nichts.« Er sah sie hilflos an. »Da war mir nie was passiert.«

Die Geräusche um sie herum schienen plötzlich gedämpft, bis nur noch sie beide da waren, allein mit seinen Erinnerungen.

Inzwischen standen sie direkt vor den Marmorstatuen.

Sie wollte nicht weiter nachfragen, doch sie musste es einfach wissen.

»Was ist passiert?« Ihre Worte waren kaum mehr als ein Flüstern.

»Es war mitten im August. Draußen waren bestimmt über vierzig Grad im Schatten.« Sein Blick war in sich gekehrt, als sähe er jenen Nachmittag in der grellen texanischen Sonne vor sich. »Wir sind ins Auto gestiegen, er hat wie immer die Klimaanlage voll aufgedreht. Ich hab das Radio lauter gestellt. Wir haben es bis zum Stoppschild an der Ecke geschafft. Da ist hinter einem SUV plötzlich jemand mit einem Gewehr aufgetaucht. Mike hat ihn sofort gesehen und hat Gas gegeben. Es war so laut. Die Musik. Die Klimaanlage. Der Schuss. Irgendwie wurde alles eins.« Er blinzelte, und ein Muskel zuckte an seinem angespannten Kiefer. »Wir sind in einen Vorgarten gekracht. Der Typ ist abgehauen. Irgendein besoffener Idiot, der wütend war, weil mein Vater immer noch am Leben war. So viel, wie der intus hatte, konnte der eigentlich gar nicht mehr zielen. Reiner Zufall, dass es ein Treffer war. Einfach Pech. Verdammtes Pech.« Er senkte den Blick und sah sie an. »Wie auch immer. Das ist jedenfalls der Grund, warum Mike nicht hier ist.«

Gray fühlte seinen Schmerz. Wenn Julia so was zustoßen würde, könnte sie es nicht aushalten. Zwischen einem Bodyguard und seinem Schützling entstand eine Verbindung. Manchmal so stark wie Liebe.

»Es tut mir so leid«, sagte sie sanft. »Klingt, als wäre er ein toller Mensch gewesen.«

Er sah zur Seite. Doch als er sprach, war seine Stimme ganz ruhig. »Er hat mir das Leben gerettet. Wenn Julia also deins gerettet hat, dann verstehe ich das. Okay? Ich weiß, wie es ist, jemandem auf diese Art zu vertrauen.«

Dort standen sie am Ende des Hauptflures und sahen einander in die Augen. Langsam streckte er die Hand nach ihrer aus und ihre Finger verschränkten sich. Seine Berührung sandte ein Kribbeln durch Grays gesamten Körper.

Sie war sich vage bewusst, dass zwei schwarz gekleidete Wachen vom anderen Ende des Flures auf sie zukamen, doch sie wollte nicht, dass der Moment aufhörte. Sie hatte das Gefühl, endlich alles zu begreifen. Warum er hier war. Warum er verstand, was das Sicherheitspersonal tat. Warum er so ruhig blieb, wenn Panik ausbrach.

»Gray …«, setzte er an, entdeckte dann jedoch die Wachen, die näher kamen, und biss sich auf die Lippen. Für einen kurzen Moment schlangen sich seine Finger fester um ihre, dann ließ er los. »Du kommst zu spät zu deinem Treffen.«

Von ihrem Standort aus konnte Gray die große Treppe sehen, unter der sich Allies Büro befand. Aber sie wollte noch nicht gehen.

»Wir …«, begann sie, doch er schüttelte lächelnd den Kopf.

»Lass uns später reden. Von uns geht doch keiner hier weg, oder? Du kannst die Schulleiterin nicht warten lassen.« Er trat einen Schritt zurück. »Wir sehen uns spätestens beim Abendessen.«

Ohne ihre Antwort abzuwarten, machte er auf dem Absatz kehrt und ging zurück in Richtung Bibliothek. Einen Augenblick lang verharrte Gray, wo sie war, und sah ihm nach, wie er, die Hände in den Taschen vergraben, mit langen, lässigen Schritten davonlief.

Dann seufzte sie und ging zu der Tür unter der Treppe. Davor hielt sie kurz inne, verbannte Dylan aus ihren Gedanken und klopfte dann leise gegen die geschwungenen Umrisse einer Eichel, die in das aufwendig bearbeitete Eichenholzpaneel geschnitzt war.

»Herein!«, ertönte Allies Stimme.

Als Gray eintrat, stand die Schulleiterin hinter ihrem Schreibtisch über eine Akte gebeugt.

Ihr gegenüber saß Grays Vater. Für den Bruchteil einer Sekunde war sie in Gedanken noch so tief in Dylans Geschichte versunken, dass sie nicht glauben konnte, ihn wirklich vor sich zu sehen. Ungläubig starrte sie ihn an. Er sah exakt genauso aus wie bei ihrem letzten Treffen. Sein gewelltes Haar war von silbrigen Strähnen durchzogen, sein Gesicht nachdenklich und ein Bartschatten lag auf seinem Kinn.

Seine Augen, genauso meerblau wie ihre, hellten sich auf.

»Da ist ja mein Mädchen«, sagte er und stand auf.

Damit war der Bann gebrochen.

Wortlos stürzte sie durchs Zimmer und warf sich in seine Arme.

FÜNFUNDZWANZIG

»Hey.« Sie spürte das Lachen ihres Vaters wie ein Donnergrollen an ihrer Wange. »Wir haben uns doch erst vor ein paar Wochen gesehen. *So* sehr kannst du mich gar nicht vermisst haben.«

Als er losließ, trat sie einen Schritt zurück und musterte ihn besorgt. »Warum bist du hier? Ist was passiert? Mit Mum?«

»Alles in Ordnung«, beruhigte er sie. »Ich soll dir Alles Liebe sagen. Sie wäre selbst gekommen, aber sie ist …«

»… beschäftigt«, beendete Gray den Satz für ihn. »Ich weiß.«

Doch überraschenderweise verspürte sie keine Bitterkeit bei den Worten. In den letzten Monaten hatte sie verstanden, unter welchem Druck ihre Mutter stand. Als Premierministerin standen ihre Karriere und ihr Leben ständig auf dem Spiel.

Sie lächelte. »Ich freu mich auch, dich allein zu sehen.«

Allie nahm ihr Handy und ging zur Tür. »Ich lasse Sie beide mal allein. In ein paar Minuten bin ich zurück. Lassen Sie sich Zeit.«

Als sie gegangen war, wies Grays Vater auf die beiden Ledersessel, und sie setzten sich.

Gray konnte einfach nicht aufhören zu strahlen. »Das ist die schönste Überraschung überhaupt. Ich dachte, du wärst noch im Ausland.«

»Ich bin vor ein paar Tagen zurückgekommen.« Sein Lächeln wich einer ernsten Miene. »Deshalb bin ich hier. Ich wollte nach dir sehen und gucken, ob du hier gut aufgehoben bist.«

»Mum hat dir von den komischen Dingen erzählt, die hier passiert sind, oder? Und jetzt machst du dir Sorgen.«

»Sie hat ein paar Vorfälle erwähnt.« Er musterte sie eingehend. »Wie kommst du damit zurecht? Du musst eine Menge verarbeiten.«

»Komisch eigentlich, aber ich fühl mich gut«, antwortete sie. »Ich komm mir nur schlecht vor, weil ich der Schule so viel Ärger eingebrockt habe. Bis ich hier aufgetaucht bin, war alles ruhig.«

Ihre Worte hingen in der Luft, und da ging ihr auf, warum er hier war. Sie blickte ihm fest in die Augen. »Ich will nicht nach Hause, Dad.«

Der überraschte Ausdruck, der kurz in seinen Augen aufflackerte, sagte ihr, dass sie ins Schwarze getroffen hatte.

»Darum bin ich hier«, gab er zu. »Deine Mutter und ich haben miteinander geredet, und wir fragen uns, ob du am richtigen Ort bist.«

»Das habe ich mir schon gedacht.« Gray drehte sich in ihrem Stuhl, sodass sie ihm direkt gegenübersaß. »Ich habe auch darüber nachgedacht, vor allem nach dem, was gestern Nacht passiert ist. Aber Cimmeria ist nicht das Problem. Ich bin das Problem.«

Seltsam. Noch vor zwei Wochen hätte sie alles darum gegeben, nach Hause zu dürfen. Inzwischen sah sie die Sache völlig anders. Sie war es leid, wegzulaufen. Und die Schule gab ihr die Möglichkeit zurückzuschlagen.

»Aber zwei Angriffsversuche innerhalb von nur zwei Tagen«, sagte ihr Vater. »Die waren *in* deinem Zimmer. Das ist für uns sehr schwer zu ertragen.«

»Für mich auch.« Gray hielt inne und suchte nach Worten, die auszudrücken vermochten, welche Angst sie ausgestanden hatte. Wie schwer es für sie gewesen war und wie sie manchmal geglaubt hatte, nie wieder mutig zu sein. »Ich weiß ja, dass ihr mich nur beschützen wollt. Aber irgendwann muss ich auch lernen, auf mich selbst aufzupassen. Ich glaube, jetzt ist es so weit. Außerdem habe ich ja Julia. Und eine ganze Armee Sicherheitsleute. Mir wird nichts passieren.«

Ihr Vater musterte sie erstaunt, beinahe, als sähe er sie zum ersten Mal. »Wann bist du eigentlich so weise geworden?«

Sie lächelte. »Das war ich schon immer. Dir ist es einfach nur nicht aufgefallen.«

Doch der Moment der Leichtigkeit verging schnell, und seine Miene wurde wieder ernst. »Ich will mit dir über diesen Ball reden. Raj hat uns von eurem Plan erzählt.«

Gray sank das Herz in die Hose. »Du und Mum, ihr müsst es erlauben«, beschwor sie ihn. »Das ist vielleicht unsere einzige Chance zu beweisen, dass Ashford hinter all dem steckt. Ich weiß, dass es gefährlich ist, aber der Plan ist gut ...«

Beschwichtigend hob er die Hände.

»Ich sage ja auch gar nicht, dass der Plan schlecht ist. Ich sage nur, dass es verdammt gefährlich ist.« Seine Stimme wurde scharf. »Ich mag ja vielleicht das Risiko eingehen, dich auf einer Schule zu lassen, die ihr Bestes gibt, um für deine Sicherheit zu sorgen, aber ich lasse ganz sicher nicht zu, dass meine Tochter als Köder benutzt wird.« Er sah sie streng an. »Der Mann ist gefährlich, Gray. Das solltest du am besten wissen. Er hat schon mal versucht, dich zu entführen, und er nimmt in Kauf, dass du dabei draufgehst. Ich kann nicht zulassen, dass du dich in Gefahr begibst.«

»Ich *weiß* ja, dass es gefährlich ist.« Gray holte tief Luft und versuchte, ihren Frust zu verbergen. Wenn sie ihn überzeugen wollte, musste sie Ruhe bewahren. »Hör zu, sie arbeiten gerade einen Sicherheitsplan für den Ball aus, und ich weiß hundertpro, dass ich rund um die Uhr von Wachen umgeben sein werde. Sie haben davon geredet, die Hälfte der Gäste durch Undercoveragenten von Talos zu ersetzen. Ich kenne noch nicht alle Einzelheiten, aber ich weiß, dass sie auf mich aufpassen.«

Er sah ganz und gar nicht überzeugt aus.

Gray schwieg. Immer wieder ging ihr der Anblick der silbernen Fetzen ihres Kleides durch den Kopf, das wie ein Warnsignal an der schwarzen Spitze des Tores aufgespießt war.

»Dad, wir müssen was tun, um John Ashford zu stoppen, sonst wird er Mum eines Tages was antun«, sagte sie leise. »Das weißt du so gut wie ich. Lass es uns versuchen. Lass mich ihnen helfen. Vielleicht können wir es damit ein für alle Mal beenden.«

»Ich weiß nicht«, beharrte er. »Deine Mutter …«

Sie unterbrach ihn. »Mum muss mich endlich mal erwachsen werden lassen, verdammt. Ich bin kein Baby mehr.«

Er sah sie ruhig an. »Ich wollte sagen, deine Mutter ist einverstanden. Sie will, dass der Ball stattfindet. Ich bin derjenige, dem es zu gefährlich ist.«

»Oh.«

Das kam unerwartet. Bisher war ihre Mutter immer diejenige gewesen, die sie wie ein Kind behandelt hatte. Ihr Vater … tja. Das war komplizierter. Sie hatten sich immer nahegestanden, bis er vor ein paar Jahren angefangen hatte, monatelang für den britischen Geheimdienst unterwegs zu sein. In diesen Monaten war sie erwachsen geworden.

»Ich verstehe ja, dass du helfen willst«, sagte er. »Deine Mutter ist davon überzeugt, dass du damit zurechtkommst. Ich weniger.«

»Dad«, mahnte Gray. »Immerhin ist sie die Premierministerin, oder nicht? Vielleicht solltest du ihren Entscheidungen ein bisschen mehr vertrauen.«

Es gab eine kurze Pause, dann gluckste er leise.

»Eigentlich ist das überhaupt nicht lustig«, sagte er.

»Ich weiß.« Sie griff nach seiner Hand. »Ich liebe dich. Und ich will dir keine Angst einjagen. Aber ich bin mir sicher, dass ich es schaffe. Mum wird hier sein und jede Menge Sicherheitsleute von

Raj. Die werden alle auf mich aufpassen. Und wenn wir das Ganze dadurch vielleicht beenden können – wäre das nicht einen Versuch wert?«

Er musterte sie einen Moment lang so eingehend, dass sie schon dachte, er würde ablehnen. Dann hielt er die Hände hoch.

»Okay, okay. Keine Ahnung, wie ich darauf gekommen bin, ich könnte mich gegen dich und deine Mutter durchsetzen. Aber ich werde mich bei Rajs Planung einschalten und dich da rausziehen, wenn ich denke, es ist zu gefährlich. Einverstanden?«

»Einverstanden«, sagte sie, ohne zu zögern. Sie hatte das untrügliche Gefühl, dass sie mit ihrer Mutter auf ihrer Seite gar nicht verlieren konnte.

»Also dann, trommeln wir alle zusammen und hören uns diesen Plan mal an«, verkündete ihr Vater und ging zu Tür.

Zehn Minuten später waren Allie, Carter und Julia im Büro versammelt.

»Ich habe schon mit Raj gesprochen«, sagte Grays Vater. »Aber es gibt noch ein paar Dinge, die ich gern mit Ihnen durchgehen würde.«

Carter breitete eine Karte vom Schulgelände auf Allies Schreibtisch aus und erklärte ihm ihren Plan.

Den meisten der geladenen Gäste würde gesagt werden, dass der Ball in diesem Jahr wegen notwendiger Renovierungsarbeiten am Gebäude kleiner ausfallen würde. Sie wurden still und heimlich ausgeladen und durch verkleidete Sicherheitsleute ersetzt.

»Wie viele Schüler werden da sein?«, fragte ihr Vater. »Dieser Teil bereitet mir am meisten Bauchschmerzen.«

»Zehn«, antwortete Allie. »Sie wurden sorgsam ausgewählt und in Selbstverteidigung trainiert.«

»Mir wäre es wesentlich lieber, wenn gar keine Schüler kommen würden.«

»Das wäre zu auffällig«, wandte Allie ein. »Ashford könnte misstrauisch werden.«

»Das hat Raj auch gesagt.« Er schien ganz und gar nicht überzeugt, ließ das Thema aber dennoch fallen und wandte sich wieder der Karte zu. »Wo stehen die Wachposten? Am Zaun?«

»Wir postieren Wachen am Tor und an strategischen Punkten überall auf dem Gelände verteilt.« Carter deutete auf zwei Bereiche des Zaunes. »Hier haben sie am Zaun mögliche Zugangspunkte erprobt. Ich glaube zwar nicht, dass sie noch mal an derselben Stelle einbrechen, aber wir lassen sie zur Sicherheit bewachen.«

»Gut.« Stirnrunzelnd blickte Grays Vater auf die Karte. »Die Premierministerin wird sich verspäten. Das sollte niemanden überraschen, dafür ist sie bekannt.« Mit dem Anflug eines Lächelns warf er Gray einen Blick zu und wurde dann wieder ernst. »Zu dem Zeitpunkt sollten alle anderen schon eingetroffen sein. Sie werden also alle bereitstehen. Julia und ein Team aus Undercover-Bodyguards werden Gray den ganzen Ball über im Auge behalten. Die Premierministerin wird ihren eigenen Personenschutz mitbringen.« Er sah zu Allie hinüber. »Haben Sie schon Antwort von John Ashford?«

Sie nickte. »Er hat gestern zugesagt.«

»Gut.« Kalte Zufriedenheit breitete sich auf seinem Gesicht aus. »Alle behalten Ashford im Auge. Er darf nie der Überwachung entgehen, auch nicht für einen Moment. Wenn er Richtung Tür geht, ist das euer Signal. Ärger im Anmarsch. Er will nicht im Gebäude sein, wenn es losgeht. Er wird seine Leute reinrufen und sich selbst aus dem Staub machen.«

Carter runzelte die Stirn. »Wenn er rausgeht, folgen wir ihm?«

»Lasst eine Person an ihm dran, nur für alle Fälle«, ordnete Grays Vater an. »Alle anderen beobachten die möglichen Zugangspunkte. Sobald sie eintreffen, müssen wir Gray und ihre Mutter da rausholen.«

Mit ernster Miene studierte er die Karte. »Ich glaube nicht, dass sie diesmal über den Zaun kommen werden«, sagte er schließlich. »Ich glaube, sie kommen direkt durchs Haupttor – entweder, indem sie es hacken oder mit roher Gewalt. Inzwischen kennen sie sich auf dem Gelände aus, immerhin waren sie schon oft genug hier. Ich glaube, diesmal kommen sie in einer größeren Gruppe, bereit, alles zu zerschlagen und sich zu nehmen, was sie wollen.« Er sah Julia an. »Sie müssen sich eine Strategie überlegen, wie Sie Gray und die Schüler aus dem Ballsaal bekommen und schnell verstecken. Wir müssen die Schüler unbedingt aus der Schusslinie halten. Um alles andere werden sich die verkleideten Wachleute kümmern.«

»Mach dir um mich keine Sorgen«, sagte Gray. »Ich helfe den Schülern, sich zu verstecken.«

Sie war zuversichtlich. Jetzt, wo sie den Plan vor sich sah, war sie sich sicher, dass alles klappen würde. Es sah so einfach aus. Was konnte schon schiefgehen?

»Mr Langtry, wenn Sie davon überzeugt sind, dass Ashford sich aus dem Staub macht, bevor es überhaupt losgeht, wie sollen wir ihm dann nachweisen, dass er darin verwickelt ist?«, fragte Allie.

»Nennen Sie mich James«, sagte er mit einem leichten Lächeln. »Wenn wir gemeinsame Sache machen, um Ashford aufzuhalten, können wir genauso gut zum Du übergehen. Wir haben überall Kameras installiert. Wir zeichnen jedes einzelne Kennzeichen und jedes einzelne Gesicht auf. Irgendwo unter all diesen Informationen werden wir eine Verbindung zwischen den Angreifern und John Ashford finden. Irgendwas, aus dem er auch mit seinen Lügen nicht mehr herauskommt.«

Gray hatte erst vor wenigen Wochen herausgefunden, dass ihr Vater als Spion für den MI6 arbeitete, und war nun fasziniert, diese Seite von ihm zu erleben.

Ein wenig später verließen sie zusammen das Schulgebäude. Gray hielt seine Hand fest umklammert. Obwohl es erst fünf Uhr war, war es bereits dunkel. Während sie über die Auffahrt liefen, knirschte der Kies unter ihren Füßen, und Gray zitterte vor Kälte.

Neben einem blauen Sportwagen, den Gray noch nie zuvor gesehen hatte, blieb ihr Vater stehen.

»Ist das deiner?«, fragte sie überrascht.

Er lächelte verschmitzt. »Hab ich mir vom Staat geliehen.«

»Dad«, begann sie zaghaft. »Glaubst du, wir tun das Richtige?«

Darüber dachte er eine ganze Weile nach. »Männer wie Ashford habe ich schon einige getroffen«, sagte er schließlich. »Und ich kenne die Leute, mit denen er zusammenarbeitet. Er will die absolute Macht. Der einzige Weg, ihn aufzuhalten, besteht darin, ihn mit etwas zu locken.« Er begegnete ihrem Blick. »Das bist du. Er wird nicht widerstehen können, all das an sich zu reißen. Es ist gefährlich, Liebes. Sehr gefährlich.«

Sie zuckte die Schultern. »Alles ist gefährlich. Damit komme ich schon klar.«

Er schloss sie in seine Arme. »Pass bloß auf dich auf«, mahnte er. »Sonst hast du wieder Hausarrest.«

Gray lächelte gegen die raue Wolle seiner Jacke. »Versprochen.«

Entgegen ihrer tapferen Worte fiel es ihr schwer, ihn gehen zu lassen. Es fiel ihr schwer, ihn ins Auto steigen und wegfahren zu sehen.

Als sie dort allein in der Kälte stand und dem Auto nachsah, dessen leuchtend rote Rücklichter zwischen den Bäumen verschwanden, fühlte sie sich auf einmal schrecklich allein. Schließlich wurden die Lichter vollständig von der Dunkelheit geschluckt.

SECHSUNDZWANZIG

Am Samstagabend, kurz bevor das Abendessen serviert wurde, verkündete Allie den Oberstufenschülern die Neuigkeiten vom Winterball.

Neben dem riesigen Kamin, der fast eine gesamte Seite des Speisesaals einnahm, sagte sie: »Darf ich für einen Augenblick um eure Aufmerksamkeit bitten? Ich fürchte, ich habe schlechte Nachrichten für euch.« Langsam verebbte das Stimmengewirr, und alle Schüler drehten sich zu ihr um. »Bestimmt sind euch in den letzten Tagen die vielen Handwerker im Gebäude aufgefallen. Sie haben ein Problem mit der Heizung untersucht. Die letzte Kältewelle hat alles noch schlimmer gemacht, da das Heizungssystem stark ausgelastet war. Ihnen zufolge kann es nicht vor Weihnachten repariert werden. Um das System nicht noch weiter zu überlasten, sehen wir uns gezwungen, die Zahl der Gäste auf dem Winterball zu reduzieren. Es tut mir sehr leid, euch mitteilen zu müssen, dass in diesem Jahr keine Schüler eingeladen sind.«

Schockiertes Raunen erhob sich im Saal. Allie hob mahnend die Hände. »Ich weiß, dass das für alle Oberstufenschüler eine herbe Enttäuschung ist, und es tut mir von Herzen leid. Doch leider halten wir es für unumgänglich, damit ihr alle nach den Ferien in ein warmes Gebäude zurückkehren könnt. Ich bin sicher, ihr versteht, wie wichtig das ist. Die gute Nachricht ist, dass eure Ferien durch diesen Umstand zwei Tage früher beginnen. Eure Eltern sind bereits informiert und sorgen dafür, dass ihr am Mittwoch abgeholt werdet.«

Am Ende war es leichter gewesen, als sie erwartet hatte. Die Aussicht auf einen früheren Ferienbeginn hatte die schlechten Nachrichten ausreichend gelindert, damit alle die ziemlich schwache Erklärung hinnahmen.

Doch der schwerste Teil kam noch. Am Abend erzählten sie und Zoe den Teilnehmern der Night School von ihrem Plan.

Gleich zu Beginn des Trainings versammelte Zoe die Schüler und verkündete: »Heute Abend werden wir nicht laufen gehen. Stattdessen haben wir euch etwas zu sagen.«

Die Schüler tauschten nervöse Blicke aus, warteten jedoch schweigend. Auch Gray, die als Einzige wusste, was jetzt kam, verknotete nervös ihre Finger ineinander.

Zoe fuhr fort: »Wie ihr alle wisst, gab es in letzter Zeit schwerwiegende Sicherheitslücken. Wir nehmen an, dass es sich um gezielte Angriffe gegen Gray handelt, um sie zu entführen oder einzuschüchtern.«

Alle Augen richteten sich auf Gray, die wiederum auf ihre Turnschuhe starrte.

»Wir glauben, dass sie es am Abend des Winterballs wieder versuchen werden«, sagte Zoe. »Deshalb brauchen wir eure Hilfe. Wir stellen dieser Gruppe eine Falle, und dafür brauchen wir Schüler, die am Ball teilnehmen. Ansonsten würden sie misstrauisch werden. Daher bitten wir euch zu kommen.«

Überraschtes Gemurmel erhob sich, und Zoe bedeutete Allie weiterzumachen.

Sie erläuterte die Grundzüge ihres Plans. Sie alle würden sich als normale Ballgäste ausgeben und einander nicht aus den Augen lassen. Doch beim ersten Anzeichen von Ärger würden sie in Sicherheit gebracht werden.

»Wir wollen nicht, dass ihr kämpft – dafür reicht euer Training bei Weitem noch nicht aus. Ihr seid nur da, um Misstrauen auf der

Gegenseite zu vermeiden.« Allie sah sie der Reihe nach an. Kyle und Minal wirkten aufgeregt, Dylan besorgt und Seb und Alex neugierig. Nur in Mayas Gesicht spiegelte sich blankes Entsetzen.

»Eure Teilnahme ist natürlich vollkommen freiwillig«, fuhr Allie fort. Ihr Blick ruhte auf Maya. »Wenn ihr das nicht machen wollt, könnt ihr wie alle anderen Schüler am Mittwoch nach Hause fahren. Teilt Zoe einfach am Ende des Trainings eure Entscheidung mit.«

Bis auf Maya hatten alle die Ankündigung gut aufgenommen. Doch immerhin hatte sie die Arbeit des russischen Spionageapparats als Einzige von ihnen am eigenen Leibe erleben müssen. Sie hatte schlimme Erfahrungen mit ihnen gemacht, und Allie sah deutlich die Angst in ihren Augen.

Auf dem Weg nach draußen blieb Allie kurz neben Maya stehen und sagte leise: »Hab keine Angst. Wir passen auf dich auf.«

Maya antwortete nicht.

Ihr Trainingspartner ließ den Blick verwundert zwischen ihr und der Schulleiterin hin- und herwandern, doch Allie lieferte keine weiteren Erklärungen. Das musste Maya selbst entscheiden.

Ihren Gesichtern nach zu urteilen, rechnete Allie damit, dass drei der Schüler ausscheiden würden. David, der deutsche Austauschschüler, der ganz sicher nicht in die Sache mit hineingezogen werden wollte. Außerdem Maya und Sophie Montgomery.

Am Ende der Trainingseinheit kehrte sie noch einmal zum Trainingsraum zurück. Zoe wartete bereits in dem dunklen Raum, wo sie beide selbst als Schülerinnen trainiert hatten. Mit ihrer zierlichen Figur und dem glatten, aus dem ovalen Gesicht zurückgebundenen Haar sah sie noch genauso jung aus wie damals. Doch Allie wusste, dass sie der intelligenteste Mensch der ganzen Schule war.

Als die beiden sich zum ersten Mal begegnet waren, hatte Zoe bereits als Dreizehnjährige Unikurse absolviert. Inzwischen, mit gerade einmal zwanzig Jahren, hatte sie mehrere Universitätsabschlüsse in der Tasche. Durch das Asperger-Syndrom hatte sie eine eigenartige Art, sich auszudrücken, doch das brachte auch eine reizende Offenheit mit sich und hatte ihr nie im Weg gestanden.

»Wie viele scheiden aus?«, fragte Allie sie und wappnete sich für schlechte Nachrichten.

Innerlich focht sie einen Kampf aus. Einerseits wollte sie keine Schüler dabeihaben, andererseits würde es ohne sie nicht funktionieren.

Zoe sah sie an. »Keiner.«

»*Keiner*?«, fragte Allie ungläubig. »Keiner ist raus? Noch nicht einmal Maya? Oder Sophie?«

Zoe nickte. »Nicht einmal die. Sophie hat gesagt ›Ich hab ein fabelhaftes Kleid gekauft, und ich werde es tragen, komme, was wolle.‹ «

Sie imitierte Sophies volle Altstimme so täuschend echt, dass Allie losprustete und ihr Lachen schnell mit der Hand erstickte.

»Okay, ich hätte mir denken können, dass sie das Ganze aus einer modischen Perspektive betrachtet. Aber …« Sie schüttelte den Kopf. »Zoe, sie haben kaum trainiert.«

»Sie sind nicht bereit. Sie haben gerade einmal fünf Dinge gelernt und arbeiten immer noch daran, selbst die richtig auszuführen.« Die junge Frau runzelte die Stirn. »Das gefällt mir nicht. Wir haben zu wenig Zeit. Es ist nicht dasselbe wie bei uns, als wir in ihrem Alter waren. Wir konnten uns verteidigen. Sie nicht.«

»Ich weiß.« Allie dachte nach. »Wir brauchen einen soliden Fluchtplan, um sie auf dem Ball zu schützen. Könntest du daran arbeiten? Ich kann dir ein paar Leute zur Seite stellen. Wir brauchen einen Ort, an den wir die Schüler schnell in Sicherheit bringen können.«

Zoe wandte ihr makelloses, helles Gesicht, das ein bisschen an einen Vogel erinnerte, ab. Dann sah sie Allie wieder an. »Der alte Keller vielleicht?«

»Stimmt.« Eine hervorragende Idee. Im historischen Teil der

Schule gab es ein labyrinthisches Geflecht aus alten Kellergewölben, die sehr viel älter waren als der Rest des Gebäudes. Sie wurden nicht mehr genutzt. Einige waren nicht einmal mehr auf den Gebäudeplänen verzeichnet. »Da ist es zwar kalt, aber dort unten sollten sie in Sicherheit sein. Kannst du sie darauf vorbereiten?«

Zoe nickte kurz und knapp und sah Allie mit ernsten braunen Augen unverwandt an.

»Ich dachte, es wäre für immer vorbei«, sagte sie.

»Ich auch.«

Der Winterball fand traditionell am 21. Dezember statt. Der letzte Tag vor den Weihnachtsferien und gleichzeitig Wintersonnenwende. Die längste Nacht des Jahres.

In diesem Jahr fiel sie auf einen Donnerstag. Fünf Tage, nachdem Allie und Zoe die Schüler beim Abendtraining eingeweiht hatten.

Der Ball mochte zwar eine Farce sein, doch er musste täuschend echt wirken. Schließlich war Ashford schon häufig Gast gewesen und wusste, was ihn erwartete. Wenn ihm irgendwas verdächtig vorkam, liefen sie Gefahr, dass er die ganze Aktion abblies und sie wieder bei null anfingen. Darum war die Schule genauso opulent geschmückt wie immer zu dieser Jahreszeit. Den gesamten Sonntag und bis in den Montag hinein war eine ganze Schar von Angestellten damit beschäftigt, die Bäume entlang der gewundenen Zufahrt mit Lichterketten zu schmücken. Drinnen wurden dicke Girlanden aus Tannenzweigen mit roten Beeren und Schleifen geschmückt, um das Geländer der großen Treppe gewunden und entlang der Holzvertäfelung befestigt. Die verzierten silbernen Kandelaber waren auf Hochglanz poliert und standen je auf einem der marmornen Tische. Es wurde kistenweise Champagner geliefert.

Am Montagmorgen fuhr ein LKW mit einer riesigen Nordmanntanne vor dem Tor vor. Um ihn zu entladen und in das Atrium zu bringen, waren zehn Männer nötig. Als er schließlich dort stand, war das gesamte Gebäude mit einem Mal vom Geruch der Tannennadeln erfüllt. Fünf Mitarbeiter waren einen ganzen Nachmittag damit beschäftigt, den Baum zu schmücken.

Die Schüler, nicht ahnend, welche Gefahr vor ihnen lag, beobachteten aufgeregt, wie sich das ausgedehnte viktorianische Gebäude langsam in ein Weihnachtswunderland verwandelte. Unterdessen parierte Allie alle Fragen über das Budget und kaputte Lampen, über die Anzahl der Sicherheitsleute auf dem Weihnachtsball, ob sie bewaffnet sein sollten und ob genug Hühnchen für das Abendessen der Schüler bestellt worden war. Die schwindelerregende Mischung aus ungeheuer wichtigen Fragen und Belanglosigkeiten erforderten ein Maß an Geduld und Ruhe, von dem sie nicht gedacht hätte, dass sie es besaß. Doch sie stellte fest, dass sie relativ gelassen Schritt für Schritt den Stapel an Entscheidungen abarbeitete.

Bis auf die der zehn Night-School-Schüler waren alle Eltern gebeten worden, ihre Kinder bereits am Mittwoch abzuholen.

Ihr Handy hatte bestimmt hundert Mal geklingelt, und jedes Mal einen neuen kleinen Brandherd enthüllt. Als es am Montagnachmittag um kurz vor fünf wieder klingelte, nahm sie es von ihrem Schreibtisch, ohne auch nur auf das Display zu schauen.

»Allie hier«, sagte sie, den Blick unverwandt auf das Spreadsheet vor sich gerichtet.

»Allie.« Die männliche Stimme kam ihr bekannt vor. Raffiniert, seidenweich und süßlich. Noch bevor er sich zu erkennen gab, wusste sie, wer dort anrief. »Hier ist Nathaniel St. John. Wir müssen reden.«

Ihre Lippen bewegten sich, doch vor Überraschung brachte sie kein Wort heraus.

Beim letzten Mal, als Cimmeria unter Beschuss gestanden hatte, war Nathaniel St. John der Drahtzieher hinter den bösen Machenschaften gewesen. Er hatte mehrere Schüler entführt und es sogar bei ihr versucht, als sie sechzehn Jahre alt war. Erst als sie, Isabelle und Raj ihm Geld und Macht angeboten hatten, woran sie selbst nicht interessiert waren, hatte er aufgehört.

Auf ihr überraschtes Keuchen folgte brennend heiße Wut.

»Warum zum Teufel rufst du mich an?«, fauchte sie. »Woher hast du meine Nummer?«

»Ich verstehe ja, dass du mich nicht leiden kannst«, sagte er mit jener kühlen Ruhe, an die sie sich nur zu gut erinnerte. »Ich habe Dinge getan, auf die ich wahrlich nicht stolz bin, und das aus Gründen, die du nicht nachvollziehen kannst. Ich bin mir meiner Fehler durchaus bewusst und habe meinen Teil dazu beigetragen, sie wiedergutzumachen. Zum einen habe ich mich von dir ferngehalten. Du hast in den letzten sechs Jahren kein Sterbenswort von mir gehört, richtig?«

»Nicht lange genug«, knurrte Allie.

»Es mag dich vielleicht überraschen, aber das sehe ich genauso. Daher habe ich diesen Anruf auch viel zu lange hinausgeschoben. Aber nun konnte ich nicht länger warten. Ich verfüge über Informationen, die für dich ungeheuer wichtig sind.«

»Ich habe keine Ahnung, wovon du redest«, sagte sie. »Warum rufst du an? Was für Informationen kannst du schon haben?«

»Wenn ich das richtig verstanden haben, findet der Winterball leichtsinnigerweise statt«, stellte er fest. »Und mir ist bekannt, dass du auch John Ashford eingeladen hast. Eine weitere sehr unkluge Entscheidung, wenn du mich fragst.«

Eine furchtbare Ahnung beschlich Allie. Wie konnte er das wissen?

»Ja, der Ball findet statt, wie immer«, erwiderte sie. »Und kann sein, dass Ashford unter den Gästen ist, ich habe die Liste gerade nicht vor mir liegen.«

Er hob die Stimme. »Wenn dir die Schule etwas bedeutet, dann lass Ashford auf keinen Fall in ihre Nähe.«

Er weiß es.

Allie starrte ins Leere. Ihr Gehirn arbeitete auf Hochtouren. Nathaniel wusste also aus irgendeinem Grund von den Drohungen und Ashfords Rolle dabei. Er wusste, dass er den Weihnachtsball für seinen Angriff nutzen wollte. Im Grunde wusste er alles, außer dass auch sie Bescheid wusste. Das war immerhin eine Karte, die sie ausspielen konnte.

»Worum geht es hier eigentlich, Nathaniel?«, fragte sie. »Du rufst mich doch nicht aus heiterem Himmel an, um mir zu erzählen, wen ich zu meinen Partys einladen soll.«

»Das weißt du ganz genau, Allie, oder etwa nicht?« Nun klang er angespannt. »Kannst du dir nicht denken, warum ich anrufe? Dann lass dich aufklären. Es geht um Gray Langtry. Ashford will sie benutzen, um an ihre Mutter ranzukommen. Er spielt ein doppeltes Spiel als russischer Agent und will auf diese Weise zu unvorstellbarer Macht und Reichtum gelangen. Der hat keine Skrupel. Nichts wird ihn aufhalten. Und wenn du ihn zum Winterball einlädst, servierst du ihm das Mädchen auf dem Silbertablett.«

Zum zweiten Mal innerhalb weniger Minuten war Allie sprachlos.

»T-t-tut mir leid«, stotterte sie. »Aber woher weißt du das?«

»Ich weiß es eben«, lautete seine Antwort. Dann, als hätte er Angst, sie würde ihm nicht glauben, fügte er eindringlich hinzu: »Du weißt, wer ich bin und wie ich arbeite. Ich mache Geschäfte und bin dabei nicht wählerisch. Ashford versucht schon seit Monaten, mich an Bord zu holen. Er hat mir schon alles Mögliche versprochen. Einen Sitz im Parlament. In das House of Lords zu ziehen. Alles, was du dir vorstellen kannst. Und als Teil seiner Charmeoffensive hat er mir von seinen Plänen erzählt. Oder zumindest genug, damit ich mir den Rest zusammenreimen konnte. Er ist hinter Gray und ihrer Mutter her, und der Winterball kommt ihm dafür wie gerufen.«

Da erst bemerkte Allie, dass sie das Handy so fest umklammerte, dass ihre Fingerknöchel weiß hervortraten. Sie zwang sich, ihren Griff zu lockern.

»Warum sollte ich ausgerechnet dir vertrauen?«, fragte sie. »Du hast bisher nichts getan, außer mir und der Schule zu schaden. Vergib mir, wenn ich dir den guten Samariter nicht abnehme, der sich plötzlich für die Gesellschaft einsetzt und verzweifelt versucht die Premierministerin zu retten.«

»Es geht mir nicht um die Premierministerin«, erwiderte er in einem schärferen Ton. »Sondern um unser Land. Jessica Langtry kann sich schon um sich selbst kümmern, aber wenn Ashford Erfolg hat, dann ist unsere gesamte Nation in Gefahr. Die Demokratie stünde auf dem Spiel. Ich glaube daran, für das zu kämpfen, was man haben will. Ich habe kein Problem mit krummen Geschäften. Aber eine russische Puppe in der Downing Street Number 10? Das geht zu weit. Damit will ich nichts zu tun haben. Es widert mich an.« Er machte eine kurze Pause und fuhr dann fort: »Ich mag ja vieles sein, aber ein Verräter bin ich nicht.«

Schweigen machte sich breit, während Allie in Windeseile ihre Antwort abwog.

Erstens log er. Nathaniel musste irgendeinen persönlichen Vorteil daraus ziehen, sonst würde er es nicht machen. Die Demokratie war ihm herzlich egal. Wenn er könnte, würde er das halbe Land verkaufen, nur um daraus Gewinn zu schlagen.

Aber er war gegen Ashford. Und er kannte viele mächtige Persönlichkeiten. Vielleicht konnte sie sich das zunutze machen.

»Alles klar«, sagte sie und zog ein Blatt Papier und einen Stift zu sich heran. »Dann erzähl mir alles, was du weißt. Ich bin ganz Ohr.«

SIEBENUNDZWANZIG

Für die Schüler der Night School hatten die Neuigkeiten vom Winterball Weihnachten auf einen Schlag aus ihren Köpfen vertrieben. Das Halbjahr war vorbei, und am Freitag würden sie allesamt nach Hause fahren, doch seltsamerweise sprach niemand darüber. All ihre Gedanken waren beim Donnerstagabend. Kyle wiederholte mehrmals, dass sie den Winterball zum Wrackball umtaufen sollten, wenn man bedachte, was er mit allen anrichtete.

Seit Allie ihnen von dem Plan erzählt hatte, gab es kein anderes Thema mehr. Für Gray war es beinahe eine Erleichterung. Endlich hatte sie Leute, mit denen sie darüber reden konnte. Die meisten waren aufgeregt oder zumindest neugierig. Doch am schlimmsten ging es Maya mit dem bevorstehenden Ereignis. Sie war still und in sich gekehrt, und immer wenn jemand fragte, was mit ihr los war, wechselte sie das Thema.

Für die Clique war es zur Gewohnheit geworden, sich nach dem Unterricht in der Bibliothek zu treffen, um gemeinsam die Hausaufgaben zu machen und sich gegenseitig vom Prokrastinieren abzuhalten. Nur so war es ihnen gelungen, ihre straffen Abgabetermine nach dem Wochenende einzuhalten. Indem sie einander halfen, konzentriert zu bleiben.

Am Dienstag war Minal nicht dabei, weil sie zum letzten Mal in diesem Halbjahr ihre Naturwissenschafts-AG hatte, doch Kyle, Dylan und Gray saßen nach dem Unterricht an ihrem gewohnten Platz. Maya war schon am Montagnachmittag nicht erschienen, und für einen Weile dachte Gray, sie würde sie auch heute meiden. Der Gedanke bereitete ihr Sorgen.

Doch zwanzig Minuten später tauchte sie kommentarlos auf und nahm am anderen Ende des Tisches gegenüber von Kyle Platz. Schlechtes Timing. Kyle hatte einen Laberanfall und redete ununterbrochen.

»Den Russen ist echt zuzutrauen, dass sie eine gute Party kaputtmachen«, sagte er und blätterte in seinem Chemiebuch. »Vielleicht sind sie sauer, weil es ihnen nicht edel genug ist. Nicht genug goldenes Lamé.« Er hielt kurz inne und fügte dann hinzu. »Wobei ich zugeben muss, dass sie damit recht haben.«

Dylan hörte Kyle amüsiert zu, Maya starrte angestrengt in ihr Geschichtsbuch, und Gray sah, dass sie die Hände im Schoss umklammert hielt. Sie wünschte, Kyle würde aufhören zu reden. Doch er kam gerade erst in Fahrt.

»Vielleicht lassen sie uns in Ruhe, wenn wir ihnen sagen, dass wir ein paar Prostituierte und Kokaindealer eingeladen haben«, bemerkte er fröhlich. »Dann genügen wir den russischen Standards an Geschmacklosigkeit …«

»Für dich ist wohl alles nur ein Witz, wie?«, fuhr Maya ihn plötzlich an. Ihre Augen blitzten wütend. »Kannst du eigentlich auch mal ernst sein?«

Erstaunt blinzelte Kyle sie an. Seine Lippen formten ein perfektes O. »Ähm, sorry?«, sagte er, als er seine Sprache wiedergefunden hatte. »Wer hat dir denn heute in die Piroggen gepisst?«

»Das ist überhaupt nicht lustig.« Auf Mayas Wangen bildeten sich rote Flecken. »Was ist lustig daran, wenn vielleicht Leute sterben? In drei Tagen könnten in diesem Raum Leichen liegen. Das sind *Mörder*. Reißt du über den Tod etwa auch Witze?«

Kyle zuckte die Schultern. »Tja, um ehrlich zu sein …«

»Lass es, Kyle«, zischte Gray, bevor er seinen Satz zu Ende bringen konnte. Dann wandte sie sich an Maya. »Wir machen alle Witze, um uns aufzuheitern. Aber wir wissen, dass es furchtbar für dich sein muss nach allem, was deine Familie durchgemacht hat.«

Kyle holte tief Luft, als wollte er sich verteidigen, doch sie warf ihm einen warnenden Blick zu.

»Ich mache mir Sorgen um dich«, sagte Gray zu Maya. »Wir alle. Was hast du vor?«

Ein langes Schweigen kehrte ein, bevor Maya antwortete.

»Ich habe gerade mit Allie geredet.« Mit einem Ausdruck würdevoller Verletzlichkeit sah sie sie der Reihe nach an. »Ich habe ihr gesagt, dass ich nach Hause will. Ich fühle mich hier nicht mehr sicher. Ich will nicht auf den Ball gehen. Ich will weg.«

Selbst Kyle war geschockt von dieser Nachricht. Fassungslos starrte er sie an. Dann begannen alle durcheinanderzureden.

»Das kannst du nicht machen«, sagte Gray.

»Bitte geh nicht, nur weil ich ein Idiot bin«, flehte Kyle.

Dylan, der all das schweigend beobachtet hatte, sagte: »Überleg's dir noch mal, Maya. Lass uns dir helfen.«

Doch die junge Polin hielt abwehrend die Hände hoch. »Keine Sorge. Meine Eltern haben sich eh geweigert. Ich muss unter erhöhten Sicherheitsbedingungen reisen, und das ist alles schon für Freitag organisiert. Sie glauben, ich bin in Sicherheit. Darum bleibe ich und füge mich meinem Schicksal.« Sie drehte sich zu Kyle um. »Aber ich höre mir hier ganz bestimmt nicht stillschweigend an, wie du Witze über so eine ernste Sache reißt. Die haben schon genug Leute auf dem Gewissen. Die könnten uns umbringen.«

Und damit begann sie, ihre Bücher zusammenzuraffen. Auf ihrem Gesicht mischten sich Schmerz, Wut und Angst.

»Maya, warte.« Gray stand auf und ging einmal um den Tisch zu ihr herum. »Bitte bleib bei uns. Kyle hat's nicht so gemeint.«

»Ja, wirklich«, sagte er zerknirscht. »Bitte geh nicht. Ich fühl mich furchtbar.«

Maya hielt in der Bewegung inne. Ihre langen, blassen Finger ruhten auf dem Bücherstapel, als wäre er ihr einziger Halt. Wirre blonde Locken kringelten sich um ihre hohen Wangenknochen, und ihre Augen waren voller Tränen.

»Ich hab einfach so Angst«, hauchte sie. Ihre Unterlippe zitterte. »Meine Eltern haben mich hergeschickt, damit ich vor diesen Typen sicher bin. Und jetzt scheint es, als gäbe es kein Entkommen. Sie finden mich überall. Was habe ich denen denn bitte getan? Nichts. Ich habe keinem was getan.«

Gray legte einen Arm um ihre Schultern, doch Dylan kam ihr mit seiner Antwort zuvor.

»Ich weiß, wie du dich fühlst«, sagte er. »Aber du kannst hier sicher sein. Wir helfen einander. Wir beschützen uns gegenseitig. Das haben wir doch bisher auch versucht.«

»Ich wünschte, ich könnte daran glauben.« Eine Träne rann ihre Wange herunter und hinterließ eine Spur. Sie schien es nicht zu bemerken. »Eigentlich sind sie doch hinter Gray her, oder nicht? Warum kann *sie* nicht einfach nach Hause gehen? Dann wären wir alle in Sicherheit. Tut mir leid, Gray, aber so ist es nun mal.«

Wie von einer Wespe gestochen zog Gray ihren Arm zurück und ließ ihn fallen.

Kyle war empört, doch Dylan blickte Maya unverwandt an. »Du musst dich darauf konzentrieren, wie du dich selbst schützen kannst. Was ist denn mit deinem Trainingspartner? Wie heißt er noch mal … Seb, oder? Vertraust du ihm?«

Maya presste die Lippen aufeinander und nickte. »Seb ist ein ehrlicher Kerl. Sein Vater war als General der britischen Armee in Afghanistan. Darum steht er bei den Extremisten immer noch auf der Abschussliste. Er weiß, wie es ist, ständig in Gefahr zu schweben.«

»Gut. Dann hast du ja jemanden, dem du vertrauen kannst.« Dylan stand auf. »Wollen wir uns mal in Ruhe unterhalten?«

Maya, die sich inzwischen beruhigt hatte, nickte eifrig. »Gerne.«

Gray und Kyle sahen den beiden nach, wie sie die Bibliothek verließen und dabei die Köpfe zusammensteckten.

Es dauerte einen Moment, bis Kyle etwas sagte, den Blick immer noch unverwandt auf die beiden gerichtet. »Auf die Gefahr hin, dass ich innerhalb von fünf Minuten zwei Mal was völlig Falsches sage – worum zur Hölle ging's hier gerade?«

»Keine Ahnung.« Gray beobachtete, wie die beiden verschwanden.

»Ich meine, das war doch komisch, oder?« Kyle sah sie an. »Jetzt nicht der Teil, wo ich Maya zurück nach Polen getrieben habe, nur damit sie mich für immer los ist. Oder als sie dich krass beleidigt hat. Sondern wie sie und Dylan sich verhalten haben. Als wäre er ihr Guru oder so was.«

»Echt seltsam«, stimmte Gray zu.

»Find ich auch.« Kyle sah sich in der lang gestreckten Bibliothek mit der langen Reihe schwerer Tische und den grünen Lampen darauf um, als könnte er die Antwort in einem der Bücherregale oder in einer stillen Ecke finden. »Ich check überhaupt nichts mehr.«

»Hey.« Erin kam mit einem strengen Ausdruck in ihrem herzförmigen Gesicht auf sie zu. »Ruhe da drüben. Wenn ihr reden wollt, geht zu Starbucks.« Unter dem Witz blitzte ihr Ärger deutlich hervor.

»Tut uns leid«, sagte Kyle. »Wir hatten hier ein kleines Drama. Ist jetzt vorbei.«

Beide setzten sich wieder hin und öffneten ihre Bücher. Gray versuchte sich auf ihre Hausaufgaben zu konzentrieren, doch immer wieder schweifte ihr Blick in Richtung Tür. Sie hatte Maya immer für die Klügste der Gruppe gehalten. Diejenige, die meistens recht behielt. Dass sie so große Angst hatte, versetzte ihr einen Stich ins Herz. Sie versuchte sich einzureden, dass alles gut werden würde, obwohl es dafür keinerlei Anhaltspunkte gab.

Kyle hatte recht. Dylan hatte sich komisch verhalten. Aber vielleicht, sagte sie sich, waren die beiden mal zusammen gewesen, bevor sie hergekommen war. Sie hatten einander zwar nie sonderlich nah gewirkt, aber vielleicht war es so, und Maya wandte sich immer noch an Dylan, wenn sie etwas bedrückte.

Sie dachte an den Abend in der Kapelle zurück und an die Art, wie er die Führung übernommen hatte. An den Abend vorn am Tor, wo er ihr nicht von der Seite gewichen war. An all die Dinge, die er wusste, aber eigentlich nicht wissen sollte. Dinge über die Schule und ihr Sicherheitssystem. Und über sie.

Dylan verbarg irgendwas vor ihr. Und dies war nicht die Zeit für Geheimnisse.

ACHTUNDZWANZIG

Bis zu Allies Büro war es nur ein kurzer Weg, doch für Gray war er lang genug, um sich zu fragen, warum sie schon wieder zur Direktorin zitiert wurde. Ging es um Maya oder Dylan oder – das war ihre heimliche Hoffnung – war ihr Vater aus irgendeinem Grund zurückgekommen?

Doch als sie die Tür unter der Treppe erreichte, war das Büro leer. Gedämpfte Jazzmusik klang aus unsichtbaren Lautsprechern, am Rand von Allies Schreibtisch stand eine leere Tasse, und der schwache, blumige Duft von Earl Grey Tee hing in der Luft.

»Tut mir leid, dich von deinen Hausaufgaben wegzuholen«, erklang in dem Moment Allies Stimme hinter ihr. »Ich weiß, dass die Lehrer euch momentan ganz schön viel zumuten.« Nachdem sie die Tür hinter sich geschlossen hatte, bedeutete Allie ihr, sich zu setzen, und ging zu ihrem Stuhl hinter dem Tisch. »Ich wollte nur kurz hören, wie du mit allem zurechtkommst. Wie geht das Training voran?«

»Gut. Ich gehe gern hin. Zoe ist eine tolle Trainerin.« Noch immer ging Gray die Szene mit Maya und Dylan nicht aus dem Kopf. »Eigentlich wollte ich Sie ohnehin was fragen.«

»Natürlich. Ganz egal, was.« Allie lehnte sich in ihrem Stuhl zurück und schlug die Beine übereinander.

Sie trug Röhrenjeans mit kniehohen schwarzen Stiefeln und ein schwarzes Oberteil. Mit ihrem Pferdeschwanz sah sie kaum älter aus als eine Schülerin.

»Wer ist Dylan James in Wahrheit? Ist er jemand Wichtiges? Er hat mir zwar einiges über sich erzählt, aber es gibt da ein paar Dinge, die ich nicht verstehe.«

Für einen kurzen Moment starrte Allie sie mit offenem Mund an. Dann fing sie sich wieder und faltete ihre Hände in ihrem Schoß. »Er ist ein Austauschschüler. Einer von fünfzehn in diesem Jahr«, erwiderte sie mit gemessener Stimme. »Der einzige Amerikaner, aber wir haben noch drei aus Frankreich und vier aus Deutschland – einer davon ist der Neffe des deutschen Bundeskanzlers. Er trainiert auch in der Night School. David. Hast du ihn schon getroffen? Ein kräftiger, blonder Junge. Sehr sportlich.«

Sie redete zu viel. Und es hatte nichts mit Dylan zu tun.

Grays Misstrauen wuchs, doch zugleich auch ihre Neugierde. Unsicher, wie sie reagieren sollte, sagte sie nur: »Ja, ich hab ihn gesehen.«

»Seine Familie steht unter Beschuss aus dem ultrarechten Lager. Sein Vater ist der Geschäftsführer einer großen Bank und seine Mutter ist Politikerin, genau wie deine.« Allie zwinkerte ihr strahlend zu, als müsste diese Tatsache noch betont werden.

»… interessant«, antwortete Gray zögerlich. Wie waren sie von ihrer ursprünglichen Frage hier gelandet?

»Ich werde euch einander vorstellen«, sagte Allie fröhlich. »Wenn sich eine Gelegenheit bietet und nichts Schlimmes passiert, mache ich das am besten auf dem Ball. Womit wir beim eigentlichen Thema wären.« Sie lächelte Gray verschwörerisch zu und stand auf. »Ich habe da etwas für dich.«

Das Gespräch nun endgültig von Dylan abgewendet, trat sie an einen hohen Schrank in einer Ecke des Büros, öffnete ihn und zog eine kanariengelbe Tüte mit dem bekannten schwarzen Logo des Londoner Luxuskaufhauses Harvey Nichols heraus.

Mit einem zufriedenen Lächeln hielt sie Gray die Tüte hin.

»Das hat deine Mutter dir geschickt.«

Gray stand auf und nahm sie neugierig entgegen. Weißes, raschelndes Seidenpapier lugte heraus.

Allies Lächeln wurde breiter. »Na los, mach sie auf.«

Gray stellte die Tüte auf einen Stuhl, löste die Schleife und schob das Seidenpapier beiseite. Edler blassblauer Stoff schimmerte ihr entgegen. Noch bevor sie die weiche Seide berührte, wusste sie, was es war.

Ein Kleid mit Dreiviertelärmeln, einem V-Ausschnitt und einem Band um die Taille. Unverkennbar ein Jessica-Langtry-Klassiker – geschmackvoll, nicht im Geringsten trashig und absolut unwiderstehlich.

In dem Moment vermisste Gray ihre Mutter so sehr, dass Worte es kaum auszudrücken vermochten. Sie drückte das Kleid an sich, als könnte sie auf diese Weise ihre Zuneigung zurück zu ihrer Mutter nach London senden.

»Sieht toll aus«, sagte Allie und betrachtete den Stoff eingehend.

Gray strich über die weiche Seide. »Ich liebe es.«

»Sie hat mir gesagt, dass du etwas ganz Besonderes brauchst, nach allem, was passiert ist«, erklärte die Schulleiterin. »Das hier sieht aus, als würde es dir perfekt passen. Und wenn du es direkt aufhängst, muss es nicht gebügelt werden. Bring es gern hoch in dein Zimmer.«

Gray war so begeistert von ihrem neuen Kleid und so voller Heimweh, dass ihr erst auf halber Treppe auffiel, dass es Allie gelungen war, das Thema Dylan vollkommen fallen zu lassen.

Eigenartig. Aber, sagte sie sich, vielleicht war wirklich nichts weiter besonders an Dylan, und die Schulleiterin war nur verwundert über ihre abwegigen Fragen.

Trotzdem.

In ihrem Zimmer wählte Gray die Handynummer ihrer Mutter und stellte es auf Lautsprecher, während sie in ihrem Kleiderschrank Platz für das Kleid machte.

Ihre Mutter hob nach dem zweiten Klingeln ab. »Gray? Hast du das Kleid bekommen?« Sie klang so aufgeregt, als wäre das Geschenk für sie selbst.

»Ich liebe es!« Gray zog das Kleid aus der Tüte und hielt es sich an die Hüfte. »Es ist einfach perfekt.«

»Als ich es auf der Website gesehen habe, musste ich sofort an dich denken.« Sie hörte das Lächeln ihrer Mutter durch die Leitung. »Da hab ich Anna gestern losgeschickt, um es abzuholen. Sie war richtig neidisch.«

Anna war ihre Pressesprecherin, aber auch diejenige, die familiäre Notfälle regelte. Dazu gehörte auch Geschenkeeinkaufen.

Sie unterhielten sich noch eine Weile über das Kleid, die Schule und den jüngsten Besuch ihres Vaters. Währenddessen hängte Gray das Kleid behutsam in den Schrank und schob die Tüte auf den Boden, sodass sie ihr entgegenblitzte, wann immer sie die Tür öffnete.

Schließlich wurde ihre Mutter ernst. »Dein Vater hat gesagt, du bist fest entschlossen zum Winterball zu gehen und den Plan umzusetzen. Aber ich wollte es noch einmal von dir selbst hören. Es gefällt mir gar nicht, dich einer solchen Gefahr auszusetzen. Bist du sicher, dass du das willst, nach allem, was in Oxford geschehen ist?«

»Ich bin mir sicher«, sagte Gray fest. »Ich habe jeden Abend trainiert. Du würdest staunen, wie fit ich geworden bin. Du weißt ja, wie sehr ich Sport hasse. Aber ich wollte mich darauf vorbereiten, und ich weiß, wie hart du und Dad dafür gearbeitet habt. Ich will euch nicht enttäuschen.«

»Du enttäuschst uns niemals«, widersprach ihre Mutter. »So was darfst du gar nicht erst denken. Wir verlangen von unserem eigenen Kind, sein Leben zu riskieren. Das ist furchtbar. Wir würden noch nicht einmal daran denken, wenn es nicht eine einmalige Chance wäre, dieser Verschwörung ein Ende zu bereiten.«

Die Vorstellung, dass sich die Bedrohung, die seit Monaten wie ein Damoklesschwert über ihnen hing, einfach so in Luft auflösen könnte, sandte Gray einen Schauer den Rücken hinunter. Sie konnte sich kaum noch daran erinnern, wie es gewesen war, ohne die ständige Angst zu leben.

»Ich würde alles dafür tun, John Ashford ins Gefängnis zu bringen«, erklärte sie ihrer Mutter unerwartet hitzig. »Ich würde jedes Risiko eingehen. Ich hasse ihn.«

»Dein Vater hat mir erzählt, dass du das sagen würdest.« Ihre Mutter machte eine kleine Pause. »Und du weißt natürlich, wenn es klappt, müsstest du auch nicht länger in Cimmeria bleiben. Du könntest wieder nach Hause kommen.«

Das kam so unerwartet, dass Gray um eine Antwort verlegen war. Es war ihr noch gar nicht in den Sinn gekommen, dass ein Ende der Verschwörung sie wieder in ihr altes Leben zurückbefördern würde. Ihre alte Schule. London. Chloe. Number 10.

Moment mal, flüsterte eine Stimme leise in ihrem Kopf. *Willst du das alles wirklich wiederhaben?*

Sie vermisste Chloe. Und sie vermisste London mit all seinen Museen, Geschäften und den belebten Restaurants.

Trotzdem war der Gedanke, Cimmeria verlassen zu müssen, überraschend schmerzhaft.

Irgendwann in den vergangenen Wochen war die Schule ihr Zuhause geworden. Sie war sich nicht sicher, wann genau das passiert war, doch so war es. Sie hatte Freunde gefunden und gerade erst damit begonnen, das Gelände zu erkunden und seine Geheimnisse zu entdecken. Sie hatte noch nie die Burgruine oben auf dem Hügel besucht – es war viel zu kalt und regnerisch gewesen. Doch sie träumte von langen Spaziergängen und einem Picknick zwischen den Ruinen im Frühling. Von Badeausflügen zu dem kleinen Teich hinter der Kapelle.

Ganz deutlich sah sie vor sich, wie sie sich auf einer Decke neben einem Korb voller Sandwiches ausstreckte und über eine Bemerkung von Kyle lachte. Minal würde die Augen verdrehen, und Maya würde irgendeinen weisen, durchdachten Kommentar dazu abgeben. Und Dylan würde in letzter Minute auftauchen, sich schwindelerregend nah zu ihr setzen, ihnen zuhören und hin und wieder lakonisch etwas einwerfen.

Bei der Vorstellung, all das niemals tun zu können, zog sich ihr Herz zusammen.

Doch sie war noch nicht so weit, das Thema mit ihrer Mutter zu diskutieren. Sie hatten gerade erst alte Wunden verheilen lassen und ihre vielen Streits beigelegt. Und sie vermisste sie schrecklich. Vielleicht würde sie ihr an Weihnachten die Wahrheit sagen.

Denn die Wahrheit war: Sie wollte bleiben.

NEUNUNDZWANZIG

Am Tag darauf reisten die Schüler einer nach dem anderen über die Weihnachtsferien nach Hause. Den ganzen Tag über fuhren Audis, Teslas und Bentleys mit brummenden Motoren vor und wieder ab. Das Rumpeln der Rollkoffer auf den Dielen wurde zu einem beständigen Hintergrundgeräusch. Gray wurde beinahe melancholisch. Die Schule war hell und festlich. Lichter funkelten am riesigen Weihnachtsbaum im Atrium und an dem kleineren im Gemeinschaftsraum. Weihnachtskugeln und Samtbänder schmückten das Treppengeländer. Alles sah wunderschön aus, doch im Verlauf des Tages leerte sich das Gebäude zusehends.

Als Gray mittags die Treppe in Richtung Speisesaal hinunterlief, hallten ihre Schritte einsam von den hohen Wänden wider. Da durchbrach ein ersticktes Geräusch die Stille. Es dauerte einen Moment, bis sie realisierte, dass jemand weinte.

Stirnrunzelnd sah sie sich um. Der Flur vor dem Speisesaal und dem Gemeinschaftsraum war leer. Erst als sie in die andere Richtung blickte, entdeckte sie Sophie. Sie stand in der Eingangshalle und umarmte eine ihrer Freundinnen fest.

»Wird schon alles werden«, tröstete ihre Freundin sie. »Und wenn's zu schlimm wird, komm einfach zu mir. Mum würde es nichts ausmachen.«

»Weiß ich«, flüsterte Sophie. Tränenspuren hatten sich auf ihren makellosen Wangen gebildet.

Kurz darauf löste sich das Mädchen – Gray konnte sich nicht an ihren Namen erinnern, sie war eines der schönen Mädchen, mit denen Sophie sich immer umgab – sanft aus Sophies Armen.

»Ich muss gehen. Der Fahrer wartet.«

Sophie wischte sich mit dem Handrücken die Tränen ab, nickte und trat zurück. Das Mädchen sagte noch etwas, das Gray nicht verstand, und eilte dann zu einem eleganten schwarzen Auto.

Gray hörte, wie es anfuhr. Die Reifen knirschten über den Kies. Sophie stand immer noch reglos und mit hängenden Schultern da und starrte ins Leere. Ihre Hände verkrampften und lösten sich wieder, und ihr Atem schien in schweren Stößen zu kommen, so als müsste sie sich dazu zwingen. Als müsste sie mühsam Luft durch ihren Körper pressen.

In dem Moment war sie ganz und gar nicht die perfekte Millionärstochter. Sondern ein einsames Mädchen.

Gray zögerte. Sie hatte das Gefühl, in einen sehr intimen Moment hineingeplatzt zu sein. Doch Sophie so zu sehen, zerriss ihr das Herz. Niemand sollte so allein sein.

Zaghaft ging sie zu ihr hinüber.

»Sophie.«

Das andere Mädchen schien ihre Schritte nicht gehört zu haben, denn bei ihren Worten wirbelte sie mit fliegendem Haar herum. Ihre Haut war vom Weinen rot und fleckig und ihr Mascara völlig verschmiert. Als sie Gray entdeckte, verwandelte sich ihr verletzter Ausdruck sofort in Angriffslust.

»Was treibst du hier, schleichst du mir nach?«, fauchte sie.

»Nein«, verteidigte Gray sich. »Ich dachte nur, ich hätte dich gehört.«

»Und jetzt willst du dich über mich lustig machen, weil ich die einzige Schülerin bin, die an Weihnachten nirgendwohin kann. Die einzige, deren Eltern noch nicht mal eine Angestellte schicken, um sie abzuholen.« Die Wut wich aus ihrem Gesicht, und sie brach wieder in Tränen aus. Eine Hand hielt sie erhoben, als wollte sie Gray abwehren.

»Hey«, sagte Gray sanft. »Ich würde mich niemals über dich lustig machen. Außerdem muss ich an Weihnachten vielleicht auch hierbleiben.«

Sophie holte zitternd Luft. »Ja, aber bei dir liegt es nicht daran, dass deine Eltern dich nicht lieben.«

»Nein«, gab Gray zu. »Deshalb nicht.«

»Oh Gott.« Sophie hielt sich die Hand unter die laufende Nase. »Ich bin völlig durch den Wind.«

Gray fischte ein Taschentuch aus ihrer Tasche und hielt es ihr hin. »Hier.«

»Danke.« Widerstrebend nahm Sophie es an und wischte sich damit das Gesicht ab. Danach starrte sie entsetzt auf die schwarzen Mascarastreifen. »Ich muss ja echt scheiße aussehen.«

»Du siehst …« Gray suchte nach dem richtigen Wort. »… traurig aus.«

»Traurig.« Sophie lachte hohl. »Das trifft es wohl am besten.« Sie musterte Gray, als sähe sie sie zum ersten Mal. »Du hast ja keine Ahnung, wie das ist. Ich meine, ich weiß, dass dein Leben auch das totale Chaos ist und wir das ganze Theater hier veranstalten, weil irgendwelche Russen hinter dir her sind. Aber immerhin hast du ein Zuhause, wo du hinkönntest. Ich war seit letztem Weihnachten nicht mehr zu Hause. Da habe ich meine Mutter übrigens auch zum letzten Mal gesehen.«

Erfreut, dass Sophie Montgomery ihr etwas anvertraute, ging Gray auf sie ein. »Was ist denn letztes Weihnachten passiert?«

»Meine Mutter hat mir eine Mulberry-Tasche und Manolo Blahniks geschenkt, mit denen ich einen Meter *achtzig* groß bin, und hat mich dann ihrem Verlobten Mario vorgestellt.« Sophies klang bitter. »Er ist zehn Jahre jünger, hat ein krasses Sixpack und will meine

Mutter bloß wegen ihrem Geld. Das hab ich ihr auch gesagt.« Sie streckte die Hände aus, als wollte sie die leere Eingangshalle mit den erloschenen Kerzen und dem kalten Kamin in sich aufnehmen. »Das war das letzte Mal, dass sie mich zu sich nach Hause kommen lassen hat. Anscheinend ist Mario ihr wichtiger als ich. Sie verbringt Weihnachten mit ihm auf den Seychellen. Angeblich gibt's da kein Zimmer mehr für mich. Aber sie meinte, es macht mir sicher nichts aus, hier alleine zu bleiben.«

Es war ungewohnt, Mitleid für Sophie zu hegen. Seit Gray in Cimmeria angekommen war, hatte sie alles Menschenmögliche getan, um Gray das Leben schwer zu machen. Doch jetzt fühlte Gray mit ihr. Grausame Eltern machen grausame Kinder. Und Sophies Eltern klangen furchtbar.

»Das tut mir leid«, sagte sie, und so meinte sie es auch. »Das hast du nicht verdient. Ich wünschte, ich könnte dir helfen.«

»Tja, um ehrlich zu sein, haben deine Stalker mir das Ganze wesentlich erträglicher gemacht«, sagte Sophie. Als sie Grays verständnislose Miene sah, erklärte sie: »Das Training. Ich find's richtig gut. Ich meine, ich weiß, es ist gefährlich und all das, weil diese Leute uns entführen wollen, aber irgendwie fühle ich mich damit besser. Verstehst du?«

»Ich weiß genau, was du meinst«, erwiderte Gray. »Ich fühle mich seitdem stärker. Als hätte ich mein Leben besser unter Kontrolle.«

»Ganz genau!«, stimmte Sophie ihr enthusiastisch zu. »Wir treffen uns für zwei Stunden, und danach bin ich ein einziges Wrack, aber währenddessen fühle ich mich *stark*. Als könnte mir nie wieder jemand wehtun.«

Unausgesprochenes Verständnis hing zwischen ihnen, und Gray fragte sich, ob sie wohl irgendwann befreundet sein konnten.

»Hey, gleich gibt's Mittagessen«, sagte sie aus einem Impuls heraus. »Wollen wir zusammen hin?«

Da das Halbjahr offiziell vorbei war und kein Unterricht mehr stattfand, hatte Allie für die zehn Night-School-Schüler eine Trainingseinheit am Nachmittag vorgesehen. Doch die begann erst um zwei Uhr.

Sophie warf ihr einen Blick zu, aus dem Gray nicht ganz schlau wurde, schüttelte dann aber den Kopf. »Nee, ich mach jetzt lieber mein Trollgesicht sauber.« Sie wies auf ihren Kopf. »Aber danke. Wir sehen uns nachher beim Training.«

»Ja«, sagte Gray. Zu ihrer Überraschung musste sie feststellen, dass sie ein klein wenig enttäuscht war.

Sie hätte gern länger mit Sophie gesprochen. Sie hätte sie gern über Dylan ausgefragt und warum er nicht derjenige zu sein schien, als der er sich ausgab. Bestimmt kannte Sophie die Wahrheit. Und es gab jede Menge Dinge, die Gray ihr über ihre eigenen Eltern hätte erzählen können – wie sie eine halbe Ewigkeit Hausarrest gehabt hatte und sich nun von ihnen abgeschnitten fühlte. Und von ihrem schrecklichen Stiefvater und wie er die Familie auseinandergerissen hatte.

Eigentlich wollte sie Sophie nicht mehr zur Feindin haben. Sie hatte so schon genug Feinde. Außerdem hatte sie den Eindruck, dass Sophie mehr Menschen in ihrem Leben brauchte, denen sie vertrauen konnte. Menschen, die sie an Weihnachten nicht allein ließen.

Obwohl die Trainer der Night School gemeinsam mit allen Wachen und den Sicherheitsleuten von Talos den Schülern beim Abendessen Gesellschaft leisteten, kam ihnen der Speisesaal riesig und leer vor.

Zu zehnt an einem Tisch für acht aneinandergedrängt fühlten sich die Schüler der Selbstverteidigungsgruppe zum ersten Mal wirklich wie ein Team.

Neben Gray, Sophie, Maya und Minal saß noch Caitlyn, ein nachdenkliches Mädchen aus Nordirland mit gewellten braunen Haaren und großen Augen, die ihr herzförmiges Gesicht beherrschten. Im echten Leben war sie eher schüchtern, doch im Training war sie absolut furchtlos. Als Gray das kommentierte, erklärte Caitlyn, dass sie Martial Arts praktizierte, seit sie fünf Jahre alt war.

»Meine Eltern fanden es niedlich, mich in einen dieser weißen Umhänge zu stecken. Mit zwölf hatte ich den schwarzen Gürtel«, vertraute sie den anderen an. »Und es hat sich rausgestellt, dass ich echt gern auf Dinge eintrete.«

Neben ihr war Sophie, perfekt wie immer. Sie saß dicht neben Alex, ihrem Trainingspartner, und würdigte Gray kaum eines Blickes.

Als wäre das in der Eingangshalle nicht passiert, dachte Gray.

Von den Jungs waren Kyle, Dylan und außer Alex auch sein Bruder Seb da. Wenn sie nicht gerade trainierten, trug Alex eine Brille, die ihm eine weltfremde Würde verlieh. Seit ihr Vater in Afghanistan stationiert war, besuchten sie ein Internat.

»Da haben die Drohungen angefangen«, erklärte er nüchtern.

Caitlyns Trainingspartner David, Sohn einer deutschen Politikerin, die von Rechtsextremen bedroht wurde, war nicht nur als Einziger der Gruppe fitter als Dylan, sondern gehörte außerdem zu den besten Schülern ihres Jahrgangs. Sein Englisch war fast akzentfrei. Doch er redete nur wenig. Nicht, weil er schüchtern war, dachte Gray, vielmehr war er jemand, der nur den Mund aufmachte, wenn er wirklich etwas zu sagen hatte.

»Was denkt ihr über morgen?«, fragte Alex in einen stillen Moment hinein.

»Ich hab ein bisschen Sorge, dass ich einen neuen Anzug bräuchte«, witzelte Kyle. Keiner lachte.

»Ich glaube, es wird komisch«, sagte Sophie nach einer kleinen Pause.

»Ja«, stimmte Minal zu. »Sie haben uns noch nicht einmal wirklich gesagt, was uns erwartet. Nur: ›Passt auf, so tritt man Leuten in den Arsch. Und jetzt los, scheißt euch ein.‹«

»Es wird schon gut gehen.« Dylan klang zuversichtlich. »Wir halten einfach zusammen.«

Gray hoffte von ganzem Herzen, dass er recht behalten würde.

Obwohl sie bereits am Nachmittag trainiert hatten, fand kurz nach dem Abendessen wie üblich das abendliche Training statt, sodass ihnen nicht viel Zeit zum Ausruhen blieb.

Während die anderen Schüler sich in Vorbereitung auf ihren Aufwärmlauf auf den Matten dehnten, erwischte Gray sich dabei, wie sie Dylan aus den Augenwinkeln beobachtete. Sie wusste so wenig über ihn. Und je mehr Ungereimtheiten ihr auffielen, desto verwirrender wurde es.

Er sah auf und begegnete ihrem Blick.

»Was?«, fragte er.

Es gab so vieles, was sie ihn gern gefragt hätte. »Wie kommt es, dass du Dinge weißt, die du nicht wissen solltest? Wie kommt es, dass du mein Trainingspartner bist? Bist du wirklich der, der du zu sein scheinst?« Aber um sie herum waren zu viele Leute, und abgesehen davon würde ohnehin nichts dabei rauskommen. Bisher hatte er seine Geheimnisse für sich behalten. Warum sollte das jetzt anders sein?

»Nichts«, sagte sie und ging wieder in ihre Vorbeuge.

Zoe klatschte in die Hände. »Aufgepasst, allerseits.« Neben ihr stand Cameron, der Bodyguard, der Gray in letzter Zeit oft mit Julia gesehen hatte. Sie hielt ein Blatt Papier in der Hand.

»Bevor wir uns warmlaufen, zeige ich euch eure Verstecke für morgen«, verkündete Zoe mit gleichgültiger Stimme.

Besorgtes Geraune erhob sich. Gray fing Minals Blick auf.

»So ist der *Plan*«, betonte Zoe ärgerlich. »Cameron wird euch alles erklären.«

Stirnrunzelnd trat sie einen Schritt zurück, und die junge Sicherheitsexpertin nahm ihren Platz ein. »Der Plan ist ganz einfach«, begann sie. »Um acht Uhr müssen wir alle auf dem Ball sein. Dort seht ihr hübsch und glücklich aus, tanzt, trinkt nicht mehr als ein Glas Champagner und seid einfach ihr selbst. Während der ganzen Veranstaltung haltet ihr euch ausschließlich im großen Saal, im Speisesaal oder irgendwo dazwischen auf. Behaltet eure Partner im Auge, passt auf euch auf, und beim kleinsten Anzeichen von Ärger oder wenn jemand verloren geht, sagt ihr einem der Wachposten Bescheid. Verstanden?«

Alle nickten.

»Ihr werdet den ganzen Abend über verkabelt sein, genau wie wir.« Sie hielt ihr Handgelenk in die Höhe, und das schmale, dünne Band, das für gewöhnlich unter ihrem Ärmel verborgen war, kam zum Vorschein. »Genau wie wir werdet ihr Ohrstöpsel tragen, damit wir euch Befehle durchgeben können. Wenn ihr die Worte »Code 9« hört, ist das euer Zeichen, dass ihr euch so schnell wie möglich vom Acker macht. Dieser Code wird nur im äußersten Notfall verwendet. Wenn ihr ihn also hört, verhaltet ihr euch folgendermaßen.« Sie zählte die Schritte an ihren Fingern ab. »Erstens: Sucht euren Partner. Zweitens: Entfernt euch schnell, aber unauffällig vom Geschehen und nehmt einen der Fluchtwege, die Zoe und ich euch gleich zeigen werden. Versucht bloß keine Aufmerksamkeit zu erregen. Drittens: Begebt euch an einen sicheren Ort und bewegt euch nicht mehr von der Stelle.«

Sie musterte die Schüler kühl. »Kontaktiert uns nicht und gebt uns auf keinen Fall durch, wo ihr seid – unsere Funkverbindung ist an dem Abend möglicherweise nicht sicher. Aus demselben Grund ruft ihr auch auf keinen Fall einen anderen Schüler oder eure Eltern an und sagt denen, wo ihr seid. Bleibt still. Sobald die Lage sich beruhigt hat, kommen wir euch holen. Verstanden?«

Die Schüler tauschten unsichere Blicke aus und sagten dann zögerlich: »J-ja.«

Cameron blickte sich um. »Fragen?«

Seb meldete sich zuerst. »Was meinen Sie damit, dass unsere Funkverbindung möglicherweise nicht sicher ist?«

»Gut möglich, dass die Gruppe, die an dem Abend kommt, in der Lage ist, unsere Kommunikation zu unterbrechen oder abzuhören«, erwiderte Cameron frei heraus. »Natürlich können wir nicht mit Sicherheit sagen, dass sie es tun werden, aber möglich ist es. Daher lasst auch eure Handys besser ausgeschaltet. Das könnte sie direkt zu euch führen.«

Es herrschte Totenstille. Alles, was die Schüler bisher über den Plan für morgen gehört hatten, ließ das Ganze noch gefährlicher erscheinen. Realer.

»Dann los«, sagte Cameron, als niemand mehr Fragen stellte. »Zoe zeigt euch, wo ihr euch verstecken könnt.«

DREIßIG

Zoe ging zur Tür. »Folgt mir und prägt euch alles gut ein. Noch mal zeigen wir euch das Versteck nicht, und morgen müsst ihr wissen, wo ihr hinmüsst. Es ist ungeheuer wichtig, dass ihr aus dem Weg seid, sobald was schiefläuft, und euer Versteck nicht verlasst, bis wir alles unter Kontrolle haben.«

»Ich zieh ein neues Kleid an«, sagte Sophie und eilte ihr nach. »Da wird's doch wohl nicht schmutzig sein, oder?«

Zoe legte den Kopf schief. »Doch.« Und lief weiter.

Nach kurzem Zögern folgten sie ihr in den ungewohnt ruhigen Flur. Dylan war wie immer neben Gray aufgetaucht.

Auch jetzt fühlte sie sich unbehaglich neben ihm wegen all der Dinge, die sie nicht über ihn wusste.

Weiter vorn machte Zoe vor einer schlichten Tür halt, hinter der sich ein enger, dunkler Durchgang verbarg. Mit einem Wink bedeutete sie ihnen, ihr zu folgen.

»Wow«, sagte Kyle. »Warum wusste ich nichts davon?«

Gray ging es ähnlich. Sie waren den Flur unzählige Male entlanggelaufen. Warum war ihr die Tür nie aufgefallen?

Der schmale Gang war schwach beleuchtet – nur ein paar Wandleuchten flackerten unheimlich, warfen zuckende Schatten an die Wände und drohten sie jederzeit in vollkommener Dunkelheit zu lassen. Hier war es auf einmal viel kälter als im Hauptflur, und es roch nach altem Staub.

»Dieser Keller ist alles, was vom ursprünglichen Herrenhaus geblieben ist«, verkündete Zoe. Ihre Stimme hallte von den steinernen Mauern und dem Boden wider. »Auf vielen modernen Gebäudeplänen ist er nicht mehr verzeichnet, er wird schon seit Jahren nicht mehr genutzt. Folgt mir. Bleibt zusammen.«

»Oh Gott, ich bin jetzt schon ganz dreckig.« Sophie wischte sich Staub und Spinnenweben von ihrem Zopf und sah sich angeekelt um.

»Hey«, flüsterte Dylan und stupste Gray leicht an der Schulter an.

Stirnrunzelnd drehte sie sich zu ihm um. »Was?«

»Was ist los?«

»Nichts«, flüsterte sie.

»Du hast doch was«, beharrte er. »Du bist so still.«

»Ich konzentrier mich und versuch mir den Weg merken.«

»Oh, das ist es also«, sagte er. »Ich dachte schon, es wäre was anderes.«

»Dann hast du falsch gedacht.«

»Komm schon«, drängte er sanft. »Ich seh doch, dass was nicht stimmt.«

Gray wurde langsamer und sah ihn fest an. »Ich bin bereit für die Wahrheit.«

»Was soll das denn heißen?«

Doch bevor sie antworten konnte, verbreiterte sich der Gang zu einem Gewölberaum, der mit niedrigen steinernen Gewölbebögen und Säulen in den Ecken aussah wie ein kleines Kirchenschiff. Nur ein paar uralte, verstaubte Glaslaternen warfen ein schwaches Licht. Sie waren mit toten Insekten bedeckt. Zoe stellte sich in die Mitte des Raumes und versammelte sie um sich herum.

»Wir befinden uns jetzt im Herz des alten Kellers. Hierher führen genau drei Wege. Der Weg, auf dem wir gekommen sind, und zwei weitere, die ich euch gleich zeige. Hier unten gibt es Dutzende Versteckmöglichkeiten. Dies ist Ort Nummer eins, den ihr im Notfall bitte aufsucht.« Sie machte eine Handbewegung hinter sich, und sie drängten sich aneinander, um die Reihe alter Eichentüren zu begutachten.

»Es ist so dunkel«, flüsterte Maya Seb zu, und ihre Stimme wurde vom Echo vervielfacht.

Dunkel ... dunkel ... dunkel ...

»Uh, ist ja überhaupt nicht unheimlich hier unten«, sagte Minal und schüttelte sich.

Zoe ignorierte die beiden und zeigte auf die Türen. »All diese Türen bleiben unverschlossen. Dahinter sind kleine Kammern. Schaltet die Lichter nicht an, begebt euch in eine dieser Kammern, setzt euch hin und seid still, bis wir kommen. Das kann Stunden dauern, also macht euch bereit.«

»*Stunden*?«, fragte Sophie empört. »Das kann doch nicht Ihr Ernst sein.«

Ausnahmsweise musste Gray ihr recht geben. Die Idee, Stunde um Stunde hier unten in der Finsternis verbringen zu müssen, behagte ihr gar nicht.

Doch Zoe, zufrieden, dass sie ihnen den Ort gezeigt hatte, eilte schon den nächsten Gang entlang. »Ich zeige euch jetzt die anderen Eingänge. Egal, wo ihr euch gerade befindet, wenn wir ›Code 9‹ sagen, kennt ihr einen Weg hier hinunter.« Ihre Stimme verlor sich, und die Schüler beeilten sich, ihr zu folgen. Wieder bildeten Gray und Dylan das Schlusslicht und hatten Mühe, sie zu verstehen.

»Gray, komm schon.« Dylan gab nicht auf. Mit verwirrter Miene lief er neben ihr her. »Wir müssen darüber reden. Ich hab das Gefühl, dass ich dich irgendwie verärgert habe, und versteh nicht, was ich getan habe. Bitte sag's mir, damit wir das klären können.«

»Gut. Reden wir darüber. Fangen wir doch mal mit der Wahrheit an«, sagte sie plötzlich herausfordernd und sah Überraschung in seinem Blick aufflackern. »Woher weißt du Dinge, die eigentlich nur Wachen und Lehrer wissen können? Bist du wirklich der, der du vorgibst zu sein?«

Er hatte sich schnell wieder gefangen und runzelte die Stirn. »Red keinen Quatsch. Du weißt, wer ich bin und warum ich hier bin. Was ist los?«

»Warum weißt du dann so viel darüber, was hier passiert? Woher weißt du so viel über *mich*? Bist du wirklich zufällig mein Trainingspartner geworden?«

Er holte tief Luft, als wollte er etwas sagen, hielt dann aber inne. Den Blick unverwandt auf sie gerichtet, entdeckte sie etwas Neues in seinem Ausdruck. War es Reue? Oder Verwirrung? Was auch immer es war, was auch immer die Wahrheit war, er wollte es ihr erzählen.

»Hör zu«, sagte er schließlich. »Es ist kompliziert.«

»Mein ganzes Leben ist kompliziert«, entgegnete Gray. »Das weißt du ganz genau. Ich kann damit umgehen. Ich will einfach nur die Wahrheit über dich wissen.«

Da war wieder dieser Blick. Beinahe so etwas wie Sehnsucht.

Die Luft zwischen ihnen schien dicker zu werden, und der Raum um sie herum enger.

»Gray«, stieß er ihren Namen aus. Es sandte ihr einen Schauder den Rücken hinunter. »Ich kann nicht …«

Sie machte einen Schritt auf ihn zu, bis sie seinen Atem auf ihrer Wange spürte.

»Kannst du wohl«, sagte sie leise. »Du kannst mir alles sagen.«

Ihre Hände berührten sich, und sie spürte seine Finger auf ihrem Handrücken. Ihre Haut war wie elektrisiert. Sie konnte den Blick nicht abwenden. Sie war sich nicht einmal mehr sicher, worüber sie gerade geredet hatten. Sie hatte sich in seinen Augen verloren.

»Es gibt einige Dinge, die ich dir nicht erzählen kann«, sagte er. »Aber du kannst mir vertrauen.«

»Das macht doch keinen Sinn«, widersprach sie. Doch ihre Finger hielten seine immer noch fest umschlungen. Sie war sich der Wärme seiner Haut auf ihrer und seines Atems, der über ihre Wange strich, überaus bewusst.

Er trat näher. »Hör zu …«

»Da seid ihr.«

Die beiden wirbelten herum und standen Minal gegenüber, die sie vom anderen Ende des kleinen Gewölberaumes interessiert beobachtete. »Zoe schickt mich. Sie hat Angst, dass ihr euch verlaufen habt.«

»Mein Fehler, tut mir leid. Wir haben uns verquatscht.« Dylan klang beneidenswert unbekümmert, als wäre nichts geschehen.

Doch der Blick, den Minal Gray zuwarf, sprach Bände. Auf wackeligen Beinen folgte sie ihrer Freundin den dunklen Gang entlang.

»Was war das denn?«, zischte Minal ihr zu.

Gray schüttelte den Kopf und formte lautlos mit den Lippen: »Später.«

»Passt auf, wo wir gleich rauskommen«, sagte Minal mit lauter Stimme, sodass Dylan sie hören konnte. »Echt abgefahren.«

Die anderen warteten am Ende des engen, dunklen Gangs. Sobald sie sie eingeholt hatten, bedeutete Zoe ihnen mit einem ungeduldigen Wink, ihr zu folgen.

In den nächsten zehn Minuten liefen sie mehrere Fluchtwege ab, öffneten Türen, an denen sie bestimmt schon tausend Male vorbeigelaufen waren, ohne sie zu bemerken, und entdeckten alte Treppen, die nach oben ins Erdgeschoss und nach unten in den historischen Keller führten.

Gray und Dylan lauschten aufmerksam und vermieden es, einander anzusehen. Es war, als wären sie einer Flamme zu nahe gekommen und versuchten nun, dem Feuer auszuweichen.

Gray wusste nicht, was sie von dem Moment unten im Keller halten sollte. Dylan war so schwer zu lesen. Sie hatte das Gefühl, er zeigte nur das, was er auch zeigen wollte. Und das machte es umso schwerer für sie, ihren eigenen Gefühlen zu vertrauen.

Doch auf der surrealen Kellerwanderung hatte sie zum Glück keine Zeit, weiter darüber nachzugrübeln. Bald darauf führte Zoe sie wieder nach draußen für den Aufwärmlauf.

In der vagen Hoffnung, Dylan für einen Moment loszuwerden und Zeit zum Nachdenken zu haben, ließ Gray die anderen vorlaufen. Doch egal, was sie tat, er blieb immer an ihrer Seite. Wenn sie schneller lief, tat er es ihr nach. Und wenn sie sich zurückfallen ließ, wurde er ebenfalls langsamer.

Er war so fest entschlossen, bei ihr zu bleiben und nach ihr zu sehen, dass sie es irgendwann nicht mehr ertrug.

»Sag es mir jetzt einfach«, stieß sie hervor, ohne ihr Tempo zu verlangsamen. »Warum bist du hier?«

Er hielt an, und sie tat es ihm nach. Die anderen verschwanden in der Dunkelheit.

»Ich bin aus dem gleichen Grund wie du in Cimmeria«, sagte er und atmete schwer. »Weil ich muss.« Und bevor sie ihn daran hindern konnte, verflocht er seine Finger mit ihren. »Und hier im Wald, bei dir, bin ich, weil ich es will.«

Gray begegnete seinem Blick. Ihre Lungen waren so fest verkrampft, dass sie kaum Luft bekam. »Ich verstehe nicht, wer du bist.«

Er zog sie näher, und sie stellte fest, dass ihre Füße wie von selbst auf ihn zugingen.

»Doch, tust du«, flüsterte er. Sein Atem strich über ihren Mund. Und dann waren seine Lippen auf ihren, und ihre Hände, auf einmal frei, lagen um seinen Hals und zogen ihn näher.

In dem Moment wusste sie plötzlich ganz genau, wer er war. Er war der Mensch, der sie vergessen lassen konnte, dass sie Angst hatte. Der Mensch, der immer hinter ihr stand. Der Einzige dem sie – ganz sicher – vertrauen konnte.

Sein Mund war fest und fordernd und nahm ihr den letzten Atem. Seine Brust drückte hart gegen ihre, und seine Arme umschlossen sie stark und fest. Er schmeckte salzig und ein bisschen süß wie Honig.

In seiner Nähe wurde ihr schwindelig. Von dem Selbstvertrauen, das in seinem Kuss lag.

Seine Zunge umspielte ihre Mundwinkel, bis sie ihn öffnete, seinen Atem einatmete und in den weichen Stoff seiner Jacke griff.

Ihr wurde heiß von Kopf bis Fuß, als stünden sie in einer Wüste, und sie klammerte sich an ihn, als wäre er das Einzige, was ihr noch Halt gab.

Er reagierte auf jede ihrer Berührungen. Als sie ihre Hände flach gegen seinen Rücken presste, stockte sein Atem. Sie selbst spürte seine Berührungen wie Feuer auf der Haut, und seine Lippen hinterließen eine brennende Spur auf ihrem Kiefer.

Doch nach einer Weile siegte ihre Vernunft über die Leidenschaft, und sie entzog sich seiner Umarmung.

»Das geht nicht«, sagte sie und schnappte nach Luft. »Sie werden uns suchen.«

Er suchte ihren Blick. »Ist das wirklich der Grund, warum du aufhören willst?«

Gab es eigentlich irgendwas, was er nicht durchschaute?

»Ein Grund«, sagte sie.

Er ließ sie los und trat einen Schritt zurück. Sofort fröstelte sie.

»Und der andere Grund?«, fragte er.

Gray biss sich auf die Lippe, die immer noch wund war von seinen Küssen. »Ich muss dich verstehen. Ich will die Wahrheit wissen.«

»Gray, bitte.« Seine Hände verkrampften sich an seiner Seite und sie sah wieder den Konflikt in seinen Augen. »Es gibt da ein paar Dinge, die ich dir gern erzählen würde, aber jetzt ist nicht der richtige Moment. Du musst mir einfach glauben, wenn ich dir sage, dass ich auf deiner Seite bin.«

»Früher oder später musst du mir sagen, was los ist«, sagte sie warnend. »Ich will es verstehen.«

»Das mach ich. Versprochen.« Er sah ihr tief in die Augen. »Du kannst mir vertrauen, Gray. Das schwöre ich.«

Seine Stimme war ruhig und vertrauenerweckend. Und als sie lossprinteten, um die anderen einzuholen, wollte Gray ihm gern glauben. Der Kuss hatte ein Feuer in ihrem Körper entfacht, und seine Berührungen hatten jeden Nerv in ihr getroffen.

Trotzdem war sie sich sicher, dass er etwas vor ihr verbarg. Etwas Wichtiges.

Dylan hatte Geheimnisse vor ihr, und sie hatte keine Ahnung warum.

EINUNDDREIẞIG

Geduldig wartete Julia vor der Mädchenumkleide auf Gray. Es war schon elf Uhr. Das Training hatte heute lang gedauert.

Julia lehnte sich mit dem Rücken gegen die abgewetzte Wand und rieb sich die Augen. Seit Tagen hatten sie nie mehr als ein paar Stunden am Stück geschlafen.

Immerhin war der Ball morgen, sagte sie sich. Morgen um diese Uhrzeit würden sie wissen, was Ashford und seine Leute geplant hatte. Und hoffentlich genug Beweise gegen ihn gesammelt haben, um ihn für lange Zeit hinter Gitter zu bringen.

Dann könnte sie sich endlich ausruhen.

Auf der anderen Seite des Flures öffnete sich die Tür der Jungenumkleide. Sie sah auf. Dylan James kam heraus. Er hatte sich die Schuluniform lässig übergeworfen und das Hemd nur halb zugeknöpft, sodass man seine glatte, muskulöse Brust sehen konnte. Den blau-weiß gestreiften Schlips hatte er in der Hand.

»Hi, Julia«, sagte er beiläufig und wollte an ihr vorbeigehen, doch sie trat ihm in den Weg.

»Moment mal. Was ist da draußen passiert? Du und Gray, ihr wart viel zu weit hinten. Du bist dafür da, um genau das zu verhindern. Da draußen ist es nicht sicher für sie.« Sie versteckte ihr Misstrauen nicht, doch er ließ sich nicht aus der Ruhe bringen.

»War nicht weiter schlimm«, sagte er mit einem gleichgültigen Schulterzucken. »Sie war heute Abend einfach nur ein bisschen langsam. Schien abgelenkt. Vielleicht wegen dem Ball.«

»Ach, wirklich. Zoe hat mir nämlich erzählt, dass ihr davor auch schon im Keller verschwunden seid. War Gray da etwa auch *abgelenkt*?« Julia starrte ihn unerbittlich an.

»Das war mein Fehler. Wir haben geredet, und ich hab die Zeit aus den Augen verloren.« Er sah sie mit arglos geweiteten Augen an, doch sie glaubte ihm nicht. Schließlich war es gar nicht so lange her, seit sie selbst Schülerin hier gewesen und plötzlich mit Jungs in diesen Fluren verschwunden war. Die Gründe waren selten unschuldiger Natur gewesen.

»Pass bloß auf«, warnte sie. »Gray ist gerade mal sechzehn. Sie ist noch ziemlich unschuldig, egal, was du vielleicht in der Zeitung über sie gelesen hast. Und ihre Sicherheit hängt von dir ab. Wir alle zählen auf dich. Lass dich bloß nicht ablenken.«

Seine Miene verhärtete sich. Der jungenhafte Ausdruck verschwand, plötzlich stand sie einem verärgerten Mann gegenüber.

»Verrenn dich nicht in irgendwas, Julia. Das ist keine gute Idee. Du liegst vollkommen falsch.«

»Eigentlich lieg ich selten falsch«, konterte sie hitzig, doch anstelle weiter mit ihr zu diskutieren, verfiel er in einen Laufschritt Richtung Treppe und rief noch über die Schulter: »Gute Nacht, Julia.« Das Gespräch war für ihn anscheinend beendet.

Während sie ihm nachsah, wie er mit federnden Schritten davonlief, hoffte Julia inständig, dass sie falschlag. Vielleicht ging ihr Beschützerinstinkt mit ihr durch. Seit er sich ihnen angeschlossen hatte, hatte Dylan sich keinen Fehler erlaubt. Er hatte all ihre Erwartungen erfüllt. Mehr noch, er hatte die Sache mit Gray toll gemacht.

Aber warum verschwanden die beiden gleich zwei Mal an einem Abend? Gut möglich, dass es eine harmlose Erklärung gab, doch vielleicht ging er auch Risiken ein, die sie sich nicht leisten konnten.

In dem Moment wurde die Tür zum Trainingsraum aufgestoßen, und Cameron und Zoe traten auf den Flur.

Die drei Frauen unterhielten sich kurz. »Sie werden besser«, stellte Zoe fest. »Trotzdem bräuchte ich ungefähr vier Wochen, um sie angemessen auf Donnerstagabend vorzubereiten.«

Julia schenkte ihr ein müdes Lächeln. »Du hast wahre Wunder vollbracht. Sie haben sich alle weiterentwickelt. Hast du Sophie Montgomery heute gesehen?«

»Sie war super«, stimmte Cameron zu. »Wenn sie einmal aufhört, sich darüber Gedanken zu machen, was die anderen wohl über sie denken, ist sie die geborene Kämpferin. Da steckt jede Menge Aggressionspotenzial in ihr.«

»Tja. Morgen ist der große Tag.« Zoe gähnte ausgiebig. »Ich leg mich besser hin.«

Sie wünschten einander gute Nacht, und Zoe ging mit der für sie üblichen ruppigen Art davon.

Als sie weg war, musterte Cameron Julia kritisch. »Du siehst ziemlich kaputt aus. Bleibst du immer noch jede Nacht wach, um auf Firefly aufzupassen?«

»Ja, aber das ist schon okay. Ich kann vor lauter Sorge ohnehin nicht schlafen.«

Cameron überlegte kurz. »Ich habe gerade die Nachricht bekommen, dass ich heute Abend nicht arbeite, und morgen Vormittag habe ich auch frei. Soll ich mit zu dir aufs Zimmer kommen und Wache halten? Dann kannst du ein Nickerchen machen, und Gray ist in Sicherheit.«

Julia wünschte sich nichts lieber als das, doch sie zögerte. »Das ist doch unfair. Du hast schließlich auch eine Nachtschicht hinter dir.«

Cameron winkte ab. »Ich habe bis heute Nachmittag geschlafen. Bin ohnehin gerade in diesem Rhythmus, dann kann ich auch genauso gut dabei bleiben.«

»Na, wenn es dir wirklich nichts ausmacht.« Julia konnte ihre Erleichterung nicht verbergen.

»Kein bisschen. Also, wie machen wir's?« Cameron legte den Kopf schief. Ihre dicken Locken hatten sich aus dem Zopfgummi gelöst, das sie immer bei der Arbeit trug, und fielen nun anmutig zu einer Seite. »Willst du mein Zimmer nehmen und ich deins?«

Camerons Zimmer befand sich im Lehrerflügel und damit so weit von Grays Zimmer entfernt wie nur möglich. Sofort hatte Julia ein komisches Gefühl. Der Gedanke, ihren Schützling allein zu lassen, gefiel ihr gar nicht.

»Wenn ich weiß, dass sie in Sicherheit ist, kann neben mir ein Hurrikan toben«, sagte sie. »Wenn's dir nichts ausmacht, würde ich einfach in meinem Bett schlafen und der Rest des Zimmers gehört dir. Es liegt direkt neben Grays.« Sie schwieg für einen Augenblick. »Ich würde gern in ihrer Nähe sein, verstehst du? Nur für alle Fälle.«

»Klar.« Cameron warf einen Blick auf ihre Uhr. »Treffen wir uns in 'ner Viertelstunde oben an der Treppe? Ich muss noch ein paar Sachen aus meinem Zimmer holen.«

»Super.«

Bei der Vorstellung zu schlafen – richtig zu schlafen –, wurde Julia beinahe schwindelig vor Freude. Ihr Körper bettelte geradezu darum. Seit Tagen hatte sie es nicht mehr gewagt, wirklich tief und fest zu schlafen. Seit dem ersten Einbruch. Zu groß war die Angst gewesen, dass Gray etwas zustoßen könnte, während sie ausgeknockt war.

Nun sah sie ihrer Kollegin nach, die mit langen, athletischen Schritten davonlief, um ihre Sachen zu holen. Es berührte sie, dass Cameron aufgefallen war, wie müde sie aussah. Und dass sie ihre freie Nacht opferte, um ihr zu helfen.

Hinter ihr ging die Tür auf, und alle fünf Mädchen kamen heraus. Sie unterhielten sich leise. Bis vor Kurzem hatten sie noch zwei unterschiedliche Teams gebildet – Gray, Minal und Maya in dem einen und Caitlyn und Sophie in dem anderen. Doch die Fronten waren dabei, sich aufzulösen. Zwischen Sophie und Gray war zwar immer noch eine Spannung zu spüren, doch sie arbeiteten daran. Das war gut. In den nächsten vierundzwanzig Stunden würden sie einander brauchen.

Ashfords Leute waren zwar hinter Gray her, aber falls sie bei ihr keinen Erfolg hatten, konnte es gut sein, dass sie sich einen der anderen Schüler schnappen würden.

Julia richtete sich auf. »Also dann, meine Damen, wir haben eigentlich schon Nachtruhe. Auf nach oben.«

Erschöpft von dem anstrengenden Training stiegen die Mädchen ungewöhnlich schweigsam die Treppe hinauf zum Mädchenflügel. Der kleine Flur mit den weißen Türen war still und leer.

Julia kontrollierte schnell Grays Zimmer und ließ sie hinein, um sich bettfertig zu machen. Dann schloss sie die Tür hinter ihr und ging zu der Tür rechts daneben. Bevor sie eintrat, hielt sie einen Moment inne und sah den Flur hinunter Richtung Zimmer Nummer 301. Die weiße Bogentür sah genauso aus wie vor sieben Jahren, als dies ihr Zimmer gewesen war. Wenn sie hineingehen würde, würde sie dieselben Möbel aus harter Eiche und Kiefernholz vorfinden. Hier blieb alles beim Alten. Nur sie hatte sich verändert.

Die verständnisvolle und etwas rechthaberische Vertrauensschülerin von damals war verschwunden. Das Leben hatte sie Demut gelehrt. Die schockierende Erkenntnis, wer ihre Eltern waren, und ihr Wunsch, ein anderes Leben zu führen als sie, hatte sie verändert. Sie hatte eine Menge aufgegeben, um die zu werden, die sie heute war. Und um diesen Job zu bekommen.

»Ich bereue nichts«, flüsterte sie zu sich selbst. Dieses Mantra hatte sie sich in besonders harten Nächten als Soldatin vorgebetet. *Wenn du weißt, dass du das Richtige tust, wird die Einsamkeit erträglicher.*

Sie kehrte der Vergangenheit den Rücken zu und öffnete ihre Tür. Ihr Zimmer war in ihrer Abwesenheit aufgeräumt worden. Weiche weiße Hausschuhe standen bereit, und am Ende des schmalen Metallbettes lag eine zusätzliche Decke.

Julia kickte ihre Schuhe in eine Ecke und ließ sich aufs Bett fallen. Sie würde mit dem Zähneputzen warten, bis die Mädchen im Bad fertig waren.

Sie musste sofort eingenickt sein, denn das Nächste, was sie registrierte, war, wie die Tür aufgestoßen wurde.

In einer fließenden Bewegung sprang sie vom Bett und landete mit erhobenen Fäusten auf ihren Füßen.

Cameron, in einer Hand eine Laptoptasche, in der anderen eine Thermoskanne Kaffee, musterte sie belustigt. »Hast du mein Klopfen nicht gehört?«

Peinlich berührt ließ Julia die Fäuste sinken. »Sorry. Ich muss eingeschlafen sein.«

»Du wachst auf wie ein Soldat.« Cameron ließ ihr Bettzeug in eine Ecke fallen und legte ihre Laptoptasche auf den Schreibtisch. »Mein Bruder war in der Armee. Der war genauso. Hat auf der Decke geschlafen und ist kampfbereit aufgewacht.«

»Macht er das immer noch?«, fragte Julia.

»Er hat es nie abgelegt. Er ist gefallen«, erwiderte Cameron nüchtern, doch Julia sah, wie sich ein trauriger Schatten über ihre warmen braunen Augen legte.

Sie verzog entschuldigend das Gesicht. »Oh Gott, tut mir so leid. Was bin ich doch für ein gefühlloser Trampel.«

»Ach was, das konntest du ja nicht wissen.« Cameron zog den Reißverschluss ihrer Laptoptasche auf und holte einen silbernen Laptop heraus, den Julia sofort als einen von Talos' Sicherheitscomputern erkannte. In ihrer Schreibtischschublade steckte einer, der exakt genauso aussah. »Ich bin das Sandwichkind. Marcus war der Jüngste. Ich habe ihn geliebt. Aber Bomben scheren sich bekanntermaßen nicht um Familien.«

Julia hätte sich in den Arsch treten können. »Das tut mir sehr leid. Ich hätte ihn gern kennengelernt«, sagte sie sanft.

»Du hättest ihm gefallen«, erwiderte Cameron lächelnd, und ihre Traurigkeit verflog ein wenig. »Er stand auf Blonde. Ich übrigens auch.«

Julia wusste nicht, was sie davon halten sollte. Machte sie sich über sie lustig? Oder flirtete sie?

Doch Cameron hatte sich wieder ihrem Computer zugewandt und kehrte ihr den Rücken zu.

»Geh du mal ins Bett«, sagte sie, während ihre Finger leise über die Tastatur tickten. »Ich sitze hier und arbeite ein bisschen. Und mach dir keine Sorgen um Firefly. Ich halte Augen und Ohren offen.«

Immer noch unsicher wegen ihres eigenartigen Kommentars über Blonde hielt Julia etwas linkisch ihre Zahnbürste in die Höhe. »Ich bin mal kurz weg. Bis gleich.«

Das Bad war leer, und Julia ließ sich Zeit beim Zähneputzen und mit der Katzenwäsche. Ihre Gedanken waren bei Cameron. Bei ihren zimtfarbenen Augen und ihren geschickten Händen.

Julia hatte sich noch nie mit einer Frau verabredet, aber schon oft darüber nachgedacht. In ihren Beziehungen mit Männern hatte immer irgendwas gefehlt. Carter war der Einzige gewesen, den sie wirklich geliebt hatte, und das hatte ein katastrophales Ende genommen. Außerdem war sie gerade einmal siebzehn gewesen. Als Erwachsene hatte sie nie wieder eine funktionierende Beziehung gehabt und sich immer selbst die Schuld daran gegeben. Ihr Job brachte viele Überstunden und unvorhergesehene Aufenthalte außerhalb der Stadt mit sich. Und das Schlimmste daran: Sie durfte niemandem erzählen, was sie tat. Das schuf eine Distanz zwischen ihr und Menschen mit einem ganz normalen, geregelten Alltag.

Sie spuckte die Zahnpasta aus und begegnete im Spiegel ihrem kritischen Blick aus blauen Augen.

»Was zur Hölle treibst du hier eigentlich?«, fragte sie streng. »Konzentrier dich gefälligst auf deine Arbeit.«

Aus ihr sprach eindeutig die Erschöpfung, entschied sie und packte ihre Sachen zusammen. Schließlich war sie nicht hier, um ihre bisexuellen Neigungen auszuleben oder was auch immer sie gerade tat. Sie war hier, um auf Firefly aufzupassen und sie vor Angriffen zu beschützen. Alles andere – und zwar wirklich *alles* – war unnötige Ablenkung.

Trotzdem, als sie zurück in ihr Zimmer kam und Cameron dort an ihrem Schreibtisch sitzen sah, machte ihr Herz einen kleinen Sprung.

Cameron drehte sich um und sah sie an. »Übrigens echt beeindruckend, was du hier draus gemacht hast«, bemerkte sie mit einer Handbewegung über die weißen Wände und leeren Regale.

Julia musste lachen. »Ich hatte keine Zeit, mich einzurichten. Und ich glaube, das wird auch nicht mehr passieren.« Sie verstaute ihr Handtuch und ihre Zahnpasta und zog ihr Schlafshirt aus einer Schublade. »Ich will genug Beweise sammeln, um Ashford und seine russischen Kumpels einzubuchten, das ist alles. Dann kann ich zurück nach London in meine eigene Wohnung und wieder in meinem Bett schlafen. Mir nach der Arbeit um die Ecke Sushi bestellen und morgens auf dem Weg zur Arbeit einen Latte holen. Mehr will ich gar nicht.«

»Lebe deinen Traum«, sagte Cameron, während Julia ihr Oberteil auszog und es in den Wäschekorb schmiss.

Beim Militär hatte sie sich vor so vielen Leuten umgezogen, dass sie keinen Gedanken mehr daran verschwendete. Doch als sie nun ihren BH auszog und ihn hinter dem Oberteil herwarf, war sie sich Camerons Blick auf einmal überdeutlich bewusst. Verlegen zog sie den Bauch ein und versuchte, nicht allzu unbeholfen aus der Leggins zu steigen.

»Wie viele Geschwister hast du?«, fragte sie, um sich von ihrem plötzlichen Nervenkitzel abzulenken.

»Wir waren zu dritt«, antwortete Cameron. »Jetzt nur noch zu zweit. Meine große Schwester Amelia lebt inzwischen in Kanada. Sie arbeitet als Hebamme und liebt es da oben. Keine Ahnung, wie sie mit dem ganzen Schnee klarkommt. Ihr scheint's nichts auszumachen.«

Unwillkürlich fragte Julia sich, ob ihre Schwester wohl dieselben warmen Augen hatte wie Cameron. Doch sie schob den Gedanken schnell beiseite.

In einem blauen T-Shirt und kurzen Pyjamahosen ließ sie sich aufs Bett sinken. »Du vermisst sie bestimmt.«

»Klar. Aber ich hab mich dran gewöhnt.« Cameron dachte nach. »Ich meine, ist schon seltsam, von einer großen Familie mit Bruder und Schwester plötzlich gefühlt zum Einzelkind zu werden. Weihnachten war echt komisch. Ich hab versucht, mich zu beschäftigen. Hab gearbeitet.« Sie lehnte sich in ihrem Stuhl zurück. »Was ist mit dir? Irgendwelche Geschwister?«

»Einzelkind«, erwiderte Julia. »Und mit meinen Eltern rede ich nicht mehr. Also kenne ich mich aus mit komischen Weihnachten. Seit ich neunzehn bin, habe ich fast immer an Weihnachten gearbeitet.«

»Einzelkind und keinen Kontakt zu den Eltern?« Cameron sah sie neugierig an. »Was ist denn da passiert? Einzelkinder sind doch sonst immer supereng mit ihren Eltern.«

»Nicht mit *meinen* Eltern«, sagte Julia knapp. »Die sind wie die Spinnen und fressen ihre Kinder.«

»Verstehe.«

Es entstand eine kleine Pause, dann hob Cameron erneut zum Reden an: »Ich geb's zu, ich hab dich gestalkt. Ich weiß, dass dein Vater Investor ist und deine Familie eine Menge Kohle hat.« Sie machte eine entschuldigende Handbewegung. »Nicht cool von mir, ich weiß. Tut mir leid. Aber du hast dem ganzen Geld den Rücken gekehrt? Die müssen ja echt schlimme Sachen gemacht haben.«

»Du musst dich nicht entschuldigen. Ich kann's gut nachvollziehen. Ich wäre auch neugierig.« Julia dachte über ihre Antwort nach. Sie könnte lügen – sich irgendwas ausdenken und dann schnell das Thema wechseln. Aber aus irgendeinem Grund fühlte sie sich nicht wohl bei dem Gedanken, Cameron anzulügen. Sie hörte ihr mit einer Geduld und Aufmerksamkeit zu, als würde es sie wirklich interessieren. Sie wollte ihr die Wahrheit sagen.

»Meine Eltern wollten nie wirklich ein Kind. Ich kannte sie nicht gut. Meistens war ich auf einem Internat und den Rest der Zeit haben sich Nannys, Au-pairs und Privatlehrer um mich gekümmert – alle außer ihnen. Irgendwann bin ich einfach hiergeblieben und gar nicht mehr nach Hause gekommen.«

»Hier?« Cameron sah sie scharf an. »Du bist hier zur Schule gegangen?«

Julia nickte. »Bis ich sechzehn war. Dann haben sie mich auf ein Internat in der Schweiz geschickt. Ich wollte nicht gehen. Sie haben mich gezwungen. Sie haben noch nicht einmal mit mir darüber geredet. Nur einen Chauffeur geschickt.« Auch nach all diesen Jahren klang ihre Stimme noch bitter. »Ich bin dort genau bis zu meinem achtzehnten Geburtstag geblieben, noch am selben Tag zur Tür raus und nie zurückgekommen. Stattdessen bin ich zur Armee gegangen. Hab drei Jahre gedient und danach für die Regierung gearbeitet. Dann hat Raj mir einen Job angeboten.« Sie zuckte die Schultern und mummelte sich tiefer unter ihre Decke. »Jetzt bin ich hier.«

»Warte mal, du könntest also alles Geld der Welt haben. Du könntest unvorstellbar reich sein. Und stattdessen hast du dich selbst über Wasser gehalten, seit du achtzehn bist?« Cameron dachte nach und musterte sie dabei interessiert. »Du bist anders, weißt du das? Vielleicht ein bisschen verrückt. Aber alle Achtung für das Leben, das du gewählt hast. Für jemanden wie mich war's hart. Ich bin in einer kleinen Wohnung in Hackney aufgewachsen. Mein Vater war Bauarbeiter, meine Mutter Lehrerin. Mit drei Kindern war das Geld immer knapp. Für mich ist es schwer zu verstehen, dass man so ein Vermögen ablehnt.«

»Wenn es deine einzige Möglichkeit ist, frei zu sein, würdest du das auch tun«, sagte Julia, ohne zu zögern. »Dafür würdest du alles aufgeben.«

»Vielleicht.« Cameron sah sie immer noch mit einem so intensiven Blick an, dass Julia rot wurde. »Weißt du, als ich gesagt habe, dass ich auf Blonde stehe, habe ich das ernst gemeint.«

Julia wurde auf einmal heiß und kalt. Sie hätte gern eine charmante, unbekümmerte Antwort parat gehabt, aber leider war sie noch nie gut im Flirten gewesen.

Sie räusperte sich. »Wirklich?«

Ein Lächeln umspielte Camerons Lippen. »Und ich versuche noch herauszufinden, ob du auf Frauen wie mich stehst. Oder generell auf Frauen.«

Julias Kehle war staubtrocken. Ihr gesamter Körper kribbelte vor Aufregung und Begehren.

»Ich weiß es nicht«, erwiderte sie leise. »Ich hatte noch nie ein Date mit einer Frau.«

»Tja«, sagte Cameron, und diese eine Silbe schien Bände zu sprechen. »Würdest du es gerne mal ausprobieren?«

Zu Julias eigener Überraschung fiel ihr die Antwort auf diese Frage leicht.

»Um ehrlich zu sein, ja.«

Cameron lächelte, und die hübschen symmetrischen Grübchen in ihren Wangen vertieften sich.

»Siehst du, so eine bist du also«, stellte sie fest. »Todesmutig.« Sie warf einen Blick auf ihre Armbanduhr. »Und jetzt schlaf mal eine Runde. Schließlich bin ich nicht da, um mit dir zu flirten, sondern um auf dein Mädchen aufzupassen, während du dich ausruhst.«

Julia lehnte sich zu ihr hinüber, und für einen Moment berührten sich ihre Finger.

»Danke«, sagte sie. Die Berührung sandte einen Schauer durch ihren Körper.

Cameron erschauderte, als ginge es ihr genauso. Doch alles, was sie sagte, war: »Jederzeit. Schlaf jetzt.«

Sie entzog ihr die Hand und stand auf, um das Licht auszuschalten.

ZWEIUNDDREIßIG

Der Tag des Winterballs begann klar und bitterkalt. Im Speisesaal knisterten die Flammen im Kamin, und die Schüler glänzten durch Abwesenheit. Da kein Unterricht mehr stattfand, mussten sie sich auch nicht an die üblichen Essenszeiten halten. Einige genossen die neue Freiheit in vollen Zügen und schliefen bis in den Nachmittag hinein.

Nur Gray hatte nicht schlafen können. Sie wachte früh genug auf, um zu sehen, wie die aufgehende Sonne die Dezemberdunkelheit in Apricottöne und flüssiges Gold verwandelte. Eine ganze Weile blieb sie noch im Bett liegen und sah sich mit gemischten Gefühlen die Welt durch das alte Bogenfenster an. Die Aussicht auf den Ball am Abend hing bedrohlich über allem. Eigentlich sollten sich ihre Gedanken allein darum drehen. Doch stattdessen fühlte sie sich vor Aufregung und Vorfreude ganz kribbelig. Irgendetwas besetzte den Teil ihres Gehirns, wo sie eigentlich hätte Angst verspüren sollen.

Der *Kuss*.

Selbst jetzt, wo alles kurz bevorstand, kam es ihr vor, als könnte sie immer noch Dylans Lippen auf ihren spüren und seine warmen Hände auf ihrem Rücken.

Es war nicht mit den wenigen Küssen vergleichbar gewesen, die sie bisher erlebt hatte. Auf eine gewisse Art, die sie nicht erklären konnte, hatte es sich realer angefühlt. Erwachsener. Ein unausgesprochenes Versprechen nach mehr hatte darin gelegen. Mehr als nur Küssen. Mehr als nur Hände auf ihrem Rücken. Es war ein *echter* Kuss gewesen. So echt, dass er alle Angst aus ihrem Kopf gespült und ihre Gedanken im Chaos zurückgelassen hatte.

Es war ungeheuer schwer, sich auf die wirklich wichtigen Dinge zu konzentrieren, wenn sie insgeheim mehr als alles andere Dylan wieder küssen wollte.

Doch als sie zum Frühstück hinunterkam – was sich noch seltsamer und einsamer anfühlte als das Abendessen –, war der Speisesaal menschenleer. Keine Spur von ihm. Auch nicht im Gemeinschaftsraum, wo die meisten der wenigen verbliebenen Schüler den Nachmittag verbrachten.

Minal und Kyle saßen neben ihr und waren so aufgeregt, dass sie kaum still sitzen konnten. Während sie herumalberten, huschte Grays Blick immer wieder zur Tür in der Hoffnung, dass Dylan hereinkam. Doch sie blieb verschlossen.

»Hörst du uns überhaupt zu?«, fragte Kyle stirnrunzelnd und zupfte sie am Ärmel. »Wir sind so lustig und faszinierend, aber bei dir ist das die reinste Zeitverschwendung. Nach wem hältst du denn die ganze Zeit Ausschau?«

»Dylan natürlich.« Minal warf Gray einen wissenden Blick zu. »Stimmt's?«

»Den hab ich den ganzen Tag noch nicht gesehen«, stellte Kyle fest. »Da sieht man's mal wieder. Kaum haben die Leute mal einen Tag frei, bricht Anarchie aus. So entstehen Kriege.«

Als Minal nicht auf seinen Witz reagierte, sah er sie erstaunt an, doch ihr Blick ruhte immer noch auf Gray. »Was ist los? Warum starrst du Gray so an?«

»Weil ich wissen will, was gestern Abend los war.« Minals Blick wurde noch unnachgiebiger. »Ich hab euch beide da unten im Keller gesehen. *Irgendwas* ist da auf jeden Fall gelaufen.«

»Wovon redet ihr? Wo ist was gelaufen?« Kyle sah verwirrt von einer zur anderen. »Seid ihr beide auf Drogen oder so was? Und wenn ja, kann ich auch was davon haben?«

»Nein, sind wir nicht. Was das Wo angeht – gestern Abend unten im Keller, als sie und Dylan plötzlich verschwunden sind.« Minal stupste Gray auffordernd an. »Komm schon. Spuck's aus. Was ist passiert?«

»Dylan und ich haben uns geküsst.« Die Worte brachen aus Gray hervor, als hätte sie sie seit langer Zeit mühsam zurückgehalten. »Nur ein einziges Mal. Das ist alles.«

Kyle seufzte.

»Wusste ich's doch.« Minal hopste auf dem Sofa auf und ab. »Wahre Liebe. Die riech ich wie alten Käse. Langer Kuss oder kurzer? Mit oder ohne Zunge? Heiratsversprechen oder lasst ihr es locker angehen?«

»Weiß ich nicht!« Lachend hob Gray die Hände. »Und würdest du bitte ein bisschen leiser sprechen?«

»Du und Dylan, ihr würdet das perfekte Paar abgeben!« Minal war nicht zu bremsen. »Ich freu mich so, dass ihr euch endlich geküsst habt.«

Gray hörte ein zischendes Atemgeräusch. Als sie aufsah, stand Sophie mit weit aufgerissenen Augen in der Tür.

Sie sprang auf. »Sophie, ich …« Doch sie wusste nicht, was sie sagen sollte.

»Du bist jetzt mit Dylan zusammen?«, fragte Sophie ungläubig. »Statt für mich hat er sich für *dich* entschieden?«

»So war das nicht«, widersprach Gray, obwohl es in gewisser Weise stimmte. »Es war nur …«

Doch Sophie ließ sie nicht ausreden.

»Warst du deshalb neulich so nett zu mir?«, fragte sie mit zittriger Stimme. »Weil du Dylan hast und ihr euch hinter meinem Rücken über mich lustig macht?« Sie musterte Gray abschätzig von Kopf bis

Fuß. »Was will er überhaupt von dir? Dein Vater ist ein Niemand, und deine Mutter ist quasi 'ne Faschistin.«

»*Sophie*«, zischte Minal warnend.

Doch Sophie war schon auf dem Absatz umgekehrt und stürmte Tür hinaus.

Im darauffolgenden Schweigen tauschten Minal und Kyle besorgte Blicke aus.

»Hör nicht auf sie«, sagte Kyle so laut zu Gray, dass Sophie ihn selbst im Flur noch hören konnte. »Sie ist so eifersüchtig, das ist ja schon fast widerlich. Und *ihre* Mutter hat noch nie was Spannenderes gemacht, als in High Heels einen Bikini zu tragen.«

»Lass das«, fuhr Gray ihn an und legte ihm eine Hand auf den Arm. »Sie muss Weihnachten ganz alleine hier in der Schule verbringen. Und dann auch noch die Sache mit Dylan. Ich glaube, ihr geht's gar nicht gut.«

»Ihre Eltern sind wirklich das Letzte«, stimmte Minal zu. »Aber das gibt ihr trotzdem nicht das Recht, so von dir zu sprechen.«

»Eigentlich wollte ich dich fragen, ob sie über Weihnachten mit zu dir kommen kann«, gab Gray zu. »Meinst du, deine Mutter hätte was dagegen?«

Minal krauste die Nase. Die Vorstellung, Weihnachten mit Sophie zu verbringen, war wohl für niemanden angenehm.

»Wäre sie überhaupt einverstanden?«, fragte Kyle zweifelnd. »Gerade ist sie doch völlig von der Rolle.«

»Gibt nur einen Weg, das rauszufinden.« Gray dachte an Sophies verletzten Blick. »Außerdem sollte sie nicht alleine sein. Ich mache mir Sorgen um sie.«

»Ich seh mal nach ihr«, versprach Minal. »Du besser nicht – dir kratzt sie noch die Augen aus.« Sie warf einen Blick auf ihre Armbanduhr. »Na los, ich glaube, es wird Zeit, dass wir uns fertig machen.«

Demonstrativ sah Kyle auf seine eigene Uhr. »Um fünf Uhr? Die Party geht doch nicht vor acht los.«

»Tickst du noch richtig? Für uns wird's so schon knapp. Ich brauch ja allein für meine Haare schon drei Stunden«, teilte Minal ihm mit, und sie und Gray standen auf.

»Tja, ich brauch dagegen nur zehn Minuten, also muss ich mich wohl solange alleine amüsieren.« Kyle wedelte abschätzig mit einer Hand. »Hinfort, geht mir aus den Augen. Aber wir treffen uns um acht an der Treppe.«

Gray drehte sich auf halbem Weg zur Tür aber noch mal um. »Kyle«, sagte sie. »Danke, dass du dich für mich eingesetzt hast.«

Sein Gesicht nahm einen weichen Ausdruck an. »Keiner spricht so mit meiner berühmten Freundin.«

Draußen auf dem Flur kam ihnen Maya entgegen. »Wir machen uns gleich Wahnsinnsfrisuren«, sagte Minal zu ihr. »Kommst du mit?«

Aber Maya sah ganz und gar nicht glücklich aus. »Ich muss noch was erledigen«, sagte sie ausweichend. »Wir sehen uns später.«

Gray sah sich im Gehen noch einmal verwirrt nach Maya um. »Geht's Maya nicht gut?«, fragte sie, als sie außer Hörweite waren.

Minal schnitt eine Grimasse. »Sie macht sich nur Sorgen wegen heute Abend.«

»Wahrscheinlich macht sie mich für alles verantwortlich«, sagte Gray.

»Wenn das heute Abend vorbei ist, kriegt sie sich wieder ein«, versicherte Minal ihr. »Dann wird alles wieder gut.«

Doch Gray war nicht entgangen, dass sie ihr nicht widersprochen hatte.

»Willst du mit in mein Zimmer kommen und wir machen uns da fertig?«, schlug Minal vor. »Bring all dein Zeug mit. Um wie viel Uhr kommt deine Mutter? Meine Schwester wahrscheinlich ziemlich früh. Sie ist immer zu früh. Ich weiß ja, die Russen kommen, aber ich glaube, heute Abend werden wir trotzdem jede Menge Spaß haben. Ich meine, klar, wir haben später bestimmt Schiss, und es wird gefährlich und so, aber ein bisschen Spaß machen wird's auch. Oh mein Gott, ich kann einfach nicht glauben, dass wir als einzige Schüler dieses Jahr auf den Winterball gehen. Wir sind was *Besonderes*.«

Während die beiden sich auf den Ball vorbereiteten, schwankte ihre Stimmung unentwegt. Mal waren sie aufgedreht und albern, mal verfielen sie in eine ernste Unterhaltung. Obwohl Gray es besser wusste, konnten sich die beiden Mädchen in diesem Moment nur schwer vorstellen, dass etwas Schlimmes bevorstand.

Sie halfen einander beim Make-up und bewunderten gegenseitig ihre Kleider. Zwischendurch lief Minal zu Sophies Zimmer hinüber und traf sie dort mit Maya und Caitlyn an. Die drei machten sich ebenfalls für den Abend zurecht. »Die Ruhe selbst, als wäre nie was passiert«, sagte sie zu Gray, als sie zurückkam. »Die haben übrigens auch Kekse. Wie dumm von uns, hätten wir uns auch aufs Zimmer beordern können.«

»Nächstes Mal.« Wobei Gray so nervös war, dass sie bezweifelte, auch nur einen Bissen hinunterbringen zu können.

Sie halfen einander in ihre Kleider und kontrollierten ihre Frisuren.

»Hier hinten hab ich was vergessen«, sagte Gray stirnrunzelnd und zeigte auf Minals Hinterkopf. Dann griff sie nach dem Lockenstab. »Das mach ich noch schnell.«

»Nur weil wir möglicherweise gegen einen Haufen Arschlöcher kämpfen müssen, heißt das ja noch lange nicht, dass wir keinen schönen Auftritt hinlegen«, verkündete Minal, während Gray eine Strähne ihres dunklen, seidigen Haars um den Lockenstab wickelte.

Gray ließ die Locke fallen und trat mit dem Lockenstab in der Hand einen Schritt zurück, um Minal zu mustern.

»Du siehst toll aus«, sagte sie. Es stimmte. Der weite Rock und der hochgeschlossene Hals von Minals rotem, kurzen Kleid verwandelte sie in eine Göttin. Ihre zimtbraunen Augen wurden durch goldenen Lidschatten betont, und ihr Haar fiel in vollen Locken herunter.

»Na, und du erst«, sagte Minal.

Gray trug das Seidenkleid, das ihre Mutter ihr geschickt hatte. Der kristallblaue Stoff fing die Lichtstrahlen ein und spiegelte sich in ihren Augen wider. Der elegante, tiefe Ausschnitt betonte ihre Figur, brachte aber auch ihre Narbe am Hals zum Vorschein, die sich rot von ihrer hellen Haut abhob.

»Ich weiß, man soll seine Narben mit Stolz tragen«, bemerkte sie, während sie mit dem Finger kritisch darüberfuhr. »Immerhin beweist sie, dass ich überlebt habe. Aber ich kann mich trotzdem nur schwer daran gewöhnen.«

Minal trat neben sie. »Bei dem Kleid wird keinem deine Narbe auffallen«, versicherte sie ihr. »Sie werden nur sehen, wie wunderschön du bist.«

Gray hätte ihr gern geglaubt, und dennoch versuchte sie, ihre Narbe mit ein paar Haarsträhnen zu verdecken.

»Warte.« Minal wühlte in ihrer Tasche, bis sie eine Kette mit Strasssteinen hervorzauberte und sie Gray hinhielt. »Versuch's mal damit.«

Versuchsweise legte Gray sie an, trat einen Schritt zurück und betrachtete sich im Spiegel.

»Oh, viel besser«, flüsterte sie.

Die Kette fing das Licht ein und lenkte glitzernd von der Narbe ab.

So einfach war es, die Vergangenheit wegzuwischen.

Zehn Minuten später liefen die beiden aufgeregt schnatternd die schmale Treppe von den Mädchenschlafzimmern nach unten. Für einen Moment waren die Gefahren, die der Abend womöglich bereithielt, vergessen. Zumindest für diesen Moment waren sie einfach zwei Mädchen auf dem Weg zu einer Party.

Als sie den Treppenabsatz erreichten, lehnte Kyle lässig an einem marmornen Sockel des Geländers. Er trug eine dunkle Sonnenbrille, Smoking und eine dunkle Krawatte – eine Kombi, die ihn in einen eleganten jungen Mann verwandelte.

»Oh mein Gott, *Kyle!*«, rief Gray aus.

Lächelnd sah er auf und streckte ihnen beide Hände entgegen. »Meine Bitches. Darf ich euch sagen, wie *fabelhaft* ihr ausseht?«

Sie überfielen ihn mit Küssen.

»Nenn uns nicht Bitches, aber du siehst echt *heiß* aus«, sagte Minal zu ihm und wischte ihm mit dem Daumen ein bisschen Lippenstift von der Wange. »Du wirst heute garantiert jemanden aufreißen und wir werden dich nicht mehr zu Gesicht kriegen.«

Mit einem Fingerschnips korrigierte er den Sitz seiner Krawatte. »Das ist der Plan.«

Sie hakten sich bei ihm unter und liefen gemeinsam unter Lachen, raschelnder Seide und gegenseitigen Neckereien die große Treppe hinunter. Mit den Jazzklängen und den Stimmen, die ihnen entgegenschallten, wuchs auch ihre Vorfreude, sich unter die Partygäste zu mischen, die sich bereits unten versammelt hatten.

Vielleicht würde später etwas Schreckliches geschehen, doch zuerst wollten sie feiern.

DREIUNDDREIßIG

Um kurz vor acht stand Allie vorn an der Eingangstreppe bereit. Obwohl draußen Temperaturen unter dem Gefrierpunkt herrschten, trug sie keinen Mantel über ihrem langen schwarzen, schulterfreien Kleid. Ihr Haar hatte sie mit einem goldenen Band zurückgebunden und ein Paar antiker Diamantohrringe glitzerte wie Eiskristalle an ihrer Wange.

Kein Mond war am Himmel zu sehen, doch die Lichter in den Bäumen erhellten den dunklen Wald wie silberne Flammen und schufen eine Märchenlandschaft. Rund um den Parkplatz waren Fackeln aufgestellt worden, die alles in warmes Licht tauchten.

In diesem Moment rollte ein Mercedes knirschend über die kiesbedeckte Auffahrt zwischen den Fackeln. Kaum hatte er gehalten, da flog die Tür auf, und eine hochgewachsene junge Frau mit dunklem, gewelltem Haar sprang aus der Fahrertür. Unter ihrem offenen Kaschmirmantel trug sie ein burgunderfarbenes Kleid, das ihren goldenen Hautton und ihre kurvige Figur perfekt betonte.

»Allie, du holst dir noch Frostbeulen«, sagte sie lachend und rannte die Stufen hinauf, um sie zu umarmen. »Tut das gut, dich zu sehen. Nicht zu fassen, dich wirklich hier anzutreffen. Ausgerechnet. Isabelle foltert dich.«

Rachel war einer der wenigen Menschen, die wusste, wie es in Wahrheit in Allie aussah. Seit sie sechzehn waren, waren sie die besten Freundinnen.

»Was hab ich dich vermisst«, sagte Allie und erwiderte ihre Umarmung. »Bitte sag, dass du hier bei mir anfängst und mein Leben weniger einsam machst.«

»Nicht für eine Million Pfund«, verkündete Rachel fröhlich. »Wie geht's meiner kleinen Schwester? Hat sie schon was abgefackelt?«

»Minal macht sich großartig«, versicherte Allie ihr. »Alle Lehrer lieben sie. Und sie ist fast so schlau wie du.«

Rachel sah ganz und gar nicht überzeugt aus. »Tja, ich sag's dir lieber gleich, halt sie bloß von diesen Fackeln fern.«

Während sie sich unterhielten, war eine weitere Frau aus dem Auto gestiegen und hatte sich zu ihnen gesellt. Schmal und zierlich, mit brünettem Haar, das ihre Schulterblätter streifte, und elfenhaften Gesichtszügen. Geduldig wartete sie, bis Rachel Allie losließ, trat dann auf sie zu und streifte ihre Wangen mit einem Kuss.

»Wie schön, dich zu sehen, das ist ja Ewigkeiten her.« Ihr französischer Akzent lag wie ein seidener Schleier auf ihren Worten.

»Nicole, du siehst *toll* aus.« Allie trat einen Schritt zurück, um das bernsteinfarbene Kleid zu bewundern.

»Tut sie doch immer«, sagte Rachel mit einem zärtlichen Blick auf ihre Partnerin. »Französische Frauen haben einfach Stil.« Dann wurde sie ernst. »Wir haben deine Mail bekommen. Ich konnt's kaum glauben. Können wir irgendwas tun?«

»Ich hoffe, dass wir euch nicht brauchen«, sagte Allie. »Mit den Leuten vom Geheimdienst haben wir zwanzig Sicherheitsleute auf dem Gelände. Ihr seid gerade an fünfzehn Kameras vorbeigefahren. Die Polizei steht auf Abruf bereit. Ich weiß es nicht. Diese Typen sind gefährlich. Ich will nur, dass alle darauf vorbereitet sind.«

Rachel legte ihr einen Arm um die Schulter, und der Stoff ihres Mantels lag weich auf ihren nackten Armen. »Lass uns drinnen darüber sprechen. Mir will einfach nicht in den Kopf, dass John Ashford wirklich so ein Risiko eingehen würde. Das wäre ja ungeheuerlich.«

»Er arbeitet nicht allein«, erklärte Allie. »Deshalb fühlt er sich sicher.«

»Fällt das nicht unter Landesverrat?«, fragte Nicole.

»Ja, aber erst mal brauchen wir Beweise«, sagte Allie und führte sie in die Schule an den mannshohen Kerzenständern in der Eingangshalle vorbei. »Das ist das Einzige, was uns noch fehlt.«

Sie folgten dem Flur mit den Eichenpaneelen zur großen, geschwungenen Treppe. Auf dem Weg kam ihnen eine zierliche Frau in einem perfekt sitzenden Anzug entgegen. Ihr glattes Haar schwang um das Kinn herum und gab ihr den avantgardistischen Look eines Filmstars aus den Zwanzigerjahren.

»Oh mein Gott, bist du das, Zoe?«, rief Rachel aus und stürzte auf sie zu. »Wahnsinn.«

Die Trainerin ließ die Umarmungen von Nicole und Rachel stoisch über sich ergehen und sagte: »Danke. Gut seht ihr aus.«

»Du siehst echt toll aus, Zoe«, stimmte Allie zu.

Zoes Stirnrunzeln vertiefte sich, doch um ihre Lippen spielte der Schatten eines Lächelns.

»Dad hat mir ein bisschen was erzählt, aber er kriegt am Telefon nie die Zähne auseinander, deshalb habe ich nur Brocken mitbekommen«, sagte Rachel. »Wie schlimm ist es wirklich?«

»Die reinste Katastrophe«, war Zoes knappe Antwort.

Zwei Kellner in weißen Schürzen eilten an ihnen vorbei in Richtung des großen Saals, und Allie bedeutet ihnen, still zu sein.

»Kommt mit in mein Büro, dann erzählen wir euch alles«, sagte sie und führte sie in das Büro unter der Treppe.

»Ich hätte nie gedacht, dass das mal dein Büro wird«, sagte Rachel.

»Frag mich mal, verdammt.« Die anderen kicherten, und Allie öffnete die Tür und scheuchte sie hinein.

»Oh, du hast es verändert!«, rief Rachel aus und sah sich neugierig in dem Büro um.

»Nur die Teppiche und die Bilder«, sagte Allie. »Wobei ich den Tisch gern noch los wäre. Der nimmt das halbe Zimmer ein.« Sie machte eine vage Handbewegung. »Setzt euch, und ich erzähle euch alles, was ich nicht in der Mail sagen konnte.«

Die vier Frauen saßen zwanzig Minuten beisammen. Am Ende ihres Gesprächs waren Rachel und Nicole ausreichend im Bilde.

»Warum hast du uns nicht früher davon erzählt?«, fragte Nicole.

»Ich wollte euch nicht wieder in diese ganze Welt mit reinziehen, bevor es wirklich sein muss«, erklärte Allie. »Plus, wir wissen nicht genau, wie sicher unsere Kommunikationswege sind. Vielleicht werden Mails oder Anrufe abgefangen. So langsam werden wir alle paranoid.«

Rachel und Nicole saßen ihr gegenüber, und Zoe thronte auf einem Kabinett, den Kopf leicht schief gelegt, während sie zuhörte.

»Und heute Abend? Sind die Kinder bereit für was auch immer geschehen mag?«, fragte Rachel.

»Nein«, erwiderte Zoe, ohne zu zögern. »Wir bräuchten noch sechs Wochen.«

»Wir hatten nur ein paar Tage Zeit, um uns vorzubereiten«, erklärte Allie. »Sie lernen zwar schnell, aber *so* schnell lernt keiner.«

»Wir haben ihnen gezeigt, wo sie sich verstecken sollen. War meine Idee«, fügte Zoe hinzu.

Nicole sah sie an. »Ich glaube, so ist es am besten. Sie verstecken sich und überlassen das Kämpfen den Experten. Was ist mit der Premierministerin?«

»Sie wird gut bewacht. Und sie ist eingeweiht«, sagte Allie.

»Sie weiß, dass sie als Köder dient?«, fragte Rachel ungläubig.

»Es war sogar ihre Idee, herzukommen. Sie meinte, sie könnte die Typen anlocken. Sie vielleicht dazu bringen, einen Fehler zu machen.«

»Mutige Frau«, stellte Nicole fest.

»Die haben versucht, ihre Tochter umzubringen«, erinnerte Allie sie. »Sie will Rache.«

Jemand klopfte an die Tür, und sie bedeutete ihnen zu schweigen. »Ja?«

Die Tür schwang auf, und Carter erschien in einem pechschwarzen Smoking, der seine breiten Schultern und die schmale Taille betonte.

Er lächelte breit in die Runde. »Hi, Rach. Nicole.«

Die beiden eilten auf ihn zu und umarmten ihn. »In 'nem Smoking siehst du echt bombe aus«, sagte Rachel bewundernd.

Er grinste sie an. »Kommt mir vor, als wär's Jahre her, seit wir uns das letzte Mal so in Schale geworfen haben.«

»Das liegt daran, dass es Jahre her *ist*«, erwiderte Nicole. »Wir waren einfach zu beschäftigt. Echt schade, dass wir uns nicht häufiger sehen.«

Allies Handy klingelte, und sie meldete sich brüsk: »Ja?« Mit einem Ohr folgte sie noch immer der Unterhaltung der anderen. Dann legte sie auf und stand auf.

»Die Gäste kommen«, verkündete sie. »Showtime.«

Während sie zur Tür gingen, legte Rachel ihr einen Arm um die Schultern. »Weißt du, ich fühle mich so sehr in die alten Zeiten versetzt, dass ich Gänsehaut kriege.«

»Frag mich mal.« Allie lehnte den Kopf gegen die Schulter ihrer besten Freundin. »Ich habe schon seit Wochen ständig Déjà-vus.«

Geschlossen gingen sie den Flur entlang. Rachel hatte sich bei Carter eingehakt, und Allie und Nicole lachten über etwas, das Zoe gesagt hatte. Doch dann blickte Rachel auf, und ihr Lächeln gefror.

»Jules«, sagte sie. »Es stimmt also, du bist wirklich hier.«

Der Bodyguard war wie angewurzelt auf der Treppe stehen geblieben. Sie trug ein hellblaues, asymmetrisches Kleid mit einem Schulterträger, das über und über mit Perlen besetzt war und bei jedem

Schritt schimmernd das Licht einfing. Ihre blasse Haut und ihre weißblonden Haare leuchteten hell gegen das tiefe Blau.

Nach einem kurzen Zögern stieg Julia mit steifen Schultern die restlichen Treppenstufen hinunter. »Hi, Rachel. Schön, dich zu sehen.«

Allie hielt den Atem an, während Rachel, die Julia seit sechs Jahren nicht gesehen hatte, auf sie zuging. »Mein Vater hat erzählt, du bist eine seiner Besten im Team. Er ist sehr beeindruckt.« Sie streckte ihr eine Hand hin. »Lange nicht gesehen.«

Für einen kurzen Augenblick starrte Julia die Hand verständnislos an. Dann schüttelte sie sie kurz.

Nicole gesellte sich dazu, machte ihr Komplimente über ihr Kleid und ihre Haare und zog sie in eine kurze Umarmung. »Ich kann nicht glauben, wie lange wir uns nicht mehr gesehen haben. Wir haben gerade darüber geredet, was für eine Schande es ist, dass wir uns nicht häufiger über den Weg laufen.«

»So ist das Leben«, sagte Julia. »Kennt kein Erbarmen.«

Allie stand neben Carter und Zoe und beobachtete schweigend die Wiedervereinigung. Carters Hand ruhte leicht auf ihrem Rücken, und sie lehnte sich dagegen und genoss für einen kurzen Moment ihr Glück.

Rachel war weise wie immer. Zeit, ihre alte Wut abzulegen und Jules wieder als eine der ihren zu akzeptieren. Zeit, die Vergangenheit hinter sich zu lassen.

Es war an der Zeit, erwachsen zu werden.

VIERUNDDREISSIG

Als Kyle, Gray und Minal den Ballsaal betraten, hatten sie das Gefühl, in einem Filmset gelandet zu sein. Alles war ein bisschen zu schön und zu perfekt, um wahr zu sein. Auf den Tischen standen weiße Rosensträuße von grünem Efeu umrankt und mit roten Beeren verziert. Schwarz gekleidete Kellner mit schneeweißen Schürzen schwangen Tabletts voller blassgoldener Champagnergläser in einem komplizierten Walzer durch die Menschen. Lebhafte Musik, deren schneller Staccato-Rhythmus gut zu Grays Herzschlag passte, erklang aus dem großen Saal.

Ein gut aussehender, blonder Mann, gut über 1,80 Meter groß, kam auf sie zu. Es dauerte einen Moment, bis Gray Mayas Trainingspartner Seb erkannte.

Kyle umklammerte Minals Arm. »Oh mein Gott«, flüsterte er. »Sieh ihn dir an.«

Seb schien Kyles Erstaunen nicht zu bemerken. »Hey«, sagte er und hob die Stimme, um die wachsende Menge um sie herum zu übertönen. »Habt ihr euch schon den großen Saal reingezogen? Der ist echt ...« Seine Stimme verlor sich, während er etwas hinter ihnen fixierte. »... krass.«

Sie drehten sich um und sahen Maya auf sie zu kommen. Sie hatte ein langes schneeweißes Kleid mit Spaghettiträgern gewählt und ihre blonden Locken mit edelsteinbesetzten Haarnadeln geschmückt, die bei jeder Bewegung funkelten.

»Oh, Maya«, seufzte Gray. »Du siehst aus, als kämst du geradewegs aus einer Parfumwerbung.«

Maya lächelte flüchtig und sah dann hoffnungsvoll zu Seb auf. Er beugte sich über ihre Hand und küsste sie wie in einem Liebesroman.

»Du siehst umwerfend aus«, sagte er.

Ihre Wangen färbten sich pink. Sobald sie außer Hörweite waren, ging das Getuschel los.

»Sie steht total auf ihn«, flüsterte Kyle Gray und Minal zu. »Wann ist das denn passiert?«

»Da liegt ein Zauber in der Luft«, entschied Minal. »Der Winterballzauber.«

»Meint ihr, wir finden heute alle unsere große Liebe?«, fragte Kyle und sah sich um, als könnte der Mann seiner Träume jederzeit aus dem Boden wachsen. »Bitte sagt Ja.«

Über ihr Lachen hörte Gray den Kellner erst, als er mit seinem Tablett direkt neben ihr stand. »Kanapee?«

Es kam so unvorbereitet, dass sie zusammenzuckte. Aber die anderen waren zu beschäftigt, um ihre Reaktion zu bemerken.

»Oh, danke. Ist das Parmaschinken?« Ohne seine Antwort abzuwarten, nahm Kyle einen der zarten rot-weißen Happen und schob ihn sich in den Mund. »Köstlich.«

Ein weiterer Kellner trat mit einem Tablett voller Champagnergläser zu ihnen. Die drei tauschten Blicke aus. »Wir dürfen nur ein Glas trinken«, sagte Kyle und nahm sich eins. »Aber wer kontrolliert das schon?«

»Wahrscheinlich jeder hier«, sagte Minal. Sie und Gray nahmen sich auch ein Glas. Gray hielt ihres gegen das Licht, um die Blasen zu beobachten, die wie kleine Lebewesen durch die goldene Flüssigkeit schwebten.

Sie ließen die Gläser gegeneinanderklirren. »Auf dass wir die Party überleben«, sagte Kyle.

»Auf den Spaß«, verbesserte Minal ihn.

Sie tranken einen Schluck. Der Champagner war eiskalt und köstlich, doch Gray schwor sich insgeheim, nicht zu viel davon zu trinken. Sie musste einen klaren Kopf bewahren.

»Ist deine Mutter schon hier?«, fragte Minal.

Gray sah sich suchend um. Zwar hatte sich das Atrium unten an der Treppe inzwischen in ein Meer aus schwarzen Smokings und farbenfrohen Abendkleidern verwandelt, doch ihre Mutter würde mit ihrem Gefolge aus Bodyguards und Begleitern trotzdem herausstechen.

»Glaub ich nicht. Sie kommt wahrscheinlich zu spät, wie immer.«

»Seht mal! Sophie und Caitlyn.« Minal zeigte auf die beiden Mädchen, die neben ihren Trainingspartnern standen. Sophie trug ein elegantes, schwarzes Paillettenkleid, das mit jedem Schritt glitzerte. Auf der rechten Seite hatte es einen Schlitz beinahe bis zur Hüfte, sodass mit jedem Schritt ihr rechtes Bein entblößt wurde. Gray fiel auf, wie die Männer sich nach ihr umdrehten, wenn sie mit ihrem langen, katzenartigen Gang an ihnen vorbeischritt. Sie war so groß, dass Caitlyn neben ihr winzig wirkte, doch in ihrem dunkelblauen Minikleid sah auch sie sehr elegant aus.

Für den Bruchteil einer Sekunde fiel Sophies Blick auf Gray, doch dann drehte sie sich weg, als hätte sie sie nicht bemerkt. Caitlyn winkte, wurde jedoch von David, ihrem Trainingspartner, abgelenkt, der im selben Moment auf sie zueilte.

»Wo zur Hölle steckt Dylan?« Minal sah sich suchend in der Menschenmenge um.

Kyle zuckte die Schultern und nippte an seinem Champagner. »Keine Ahnung. Ich dachte, er soll Gray heute Abend nicht von der Seite weichen? Wir ziehen doch alle dieses Partnerding durch.«

Gray hatte versucht, nicht an Dylan zu denken, doch nun flatterten tausend Schmetterlinge in ihrem Bauch. Wo war er den ganzen

Tag über gewesen? Seit dem Training gestern Abend hatte sie ihn nicht mehr gesehen. Ohne dass sie es verhindern konnte, braute sich in ihrem Kopf eine Katastrophe nach der anderen zusammen.

Er geht mir aus dem Weg, weil der Kuss ihm peinlich ist. Es war ein Fehler, aber er will mich nicht verletzen. Er wünschte, nichts von alldem wäre passiert. Eigentlich ist er immer noch in Sophie verliebt …

»Er muss doch hier irgendwo sein. Vielleicht im großen Saal?«, schlug Minal vor, nichts ahnend von Grays innerem Tumult.

Während sie sich in Richtung Saal bewegten, trödelte Gray widerstrebend hinterher. Sie wollte auf keinen Fall einem Typen hinterherlaufen, dem sie nicht wichtig genug war, um an einem Abend aufzutauchen, für den sie die ganze Woche trainiert hatten.

Ein Abend, der ihr ganzes Leben verändern könnte.

Ein Mann mit übertrieben frisierten grauen Haaren schob sich an ihnen vorbei, und für einen Augenblick setzte ihr Herz aus. Doch es war nicht John Ashford. Aber er musste hier irgendwo sein, so viel stand fest. Und sie musste bereit sein, ihm, ohne mit der Wimper zu zucken, in die Augen zu sehen.

Der Ballsaal war in gedämpftes Licht getaucht. Kerzen schimmerten auf jeder Oberfläche, eine sechsköpfige Jazzband spielte in einer Ecke und in der Mitte des Raumes bewegten sich schon die ersten tanzenden Paare.

Minal berührte Gray am Arm und ruckte den Kopf Richtung Tanzfläche. »Guck mal, da. Sophie.«

Gray sah zu dem Mädchen hinüber, das mit einem schlanken, dunkelhaarigen Typen tanzte, der ihnen den Rücken zugewandt hatte.

Kyle umklammerte ihren Arm. »Warte mal, das ist aber nicht Dylan, oder?«

Grays Herz setzte für einen Moment aus.

»Kann nicht sein«, sagte Minal unsicher.

Es war nicht Dylan. Als das Paar sich drehte, erkannte sie, dass der Mann viel älter war als die Schüler. Er hatte ein kantiges Kinn, und sein Blick ruhte selbstvergessen auf seiner Tanzpartnerin, als hätte er gerade im Lotto gewonnen.

»Ich glaube, das ist einer von den Wachleuten.« Minal klang schockiert. »Das Gesicht kommt mir bekannt vor.«

Kyles Miene hellte sich auf. »Wir dürfen also auch mit Wachen ausgehen? Das müssten wir mal klarstellen, weil da sind echt ein paar Sweeties dabei.«

David kam herüber und sagte Hallo. Die Abendgarderobe stand ihm gut, sie brachte sein goldblondes Haar und seine feinen Gesichtszüge zur Geltung.

»Nicht schlecht, die Party«, stellte er fest. Diese Bemerkung war an alle gerichtet, doch Gray fiel auf, dass sein Blick auf Kyle ruhte.

Kyle für seinen Teil schien plötzlich ungewohnt schüchtern. Er wurde rot und machte lahme Witze, die nicht annähernd an seine normalen Standards herankamen.

Gray und Minal tauschten bedeutungsvolle Blicke aus, lächelten ihm jedoch aufmunternd zu.

Nach einer Weile unterbrach Kyle seinen seltsamen Small Talk, und David wandte sich an ihn: »Hast du Hunger? Ich sterbe gleich, aber ich komm mir komisch vor, wenn ich allein esse.«

»Ich bin hauptsächlich fürs Essen gekommen«, erwiderte Kyle leichthin, doch Gray war das Leuchten in seinen Augen nicht entgangen. Schnell drehte er sich zu Minal um: »Keine Sorge, ich geh nicht weit.«

Sie bedachte ihn mit einem nachsichtigen Lächeln. »Mach dir um mich keine Gedanken. Viel Spaß.«

Als die beiden Jungs außer Hörweite waren, drehte sie sich freudestrahlend zu Gray um. »Sind die zwei nicht einfach Zucker zusammen?«

»Hast du gesehen, wie Kyle dahingeschmolzen ist?«, fragte Gray lächelnd zurück.

Minal setzte zu einer Antwort an, unterbrach sich jedoch, da sie anscheinend jemanden hinter Grays Schulter erblickte.

»Rachel!«, rief sie aus und stürzte auf eine hübsche Frau zu, die aussah wie eine größere Version ihrer selbst. Sie warf sich in ihre Arme.

»Da bist du ja, Pimpf«, sagte Rachel grinsend und umarmte ihre kleine Schwester. »Die Ruhe selbst, wie immer.«

Minal zerrte sie mit sich. »Komm, du musst Gray kennenlernen. Du wirst sie lieben.«

Rachel schien Gray auf einen Blick zu erkennen, sagte jedoch nur: »Hallo. Ich bin Minals ruhige Schwester Rachel.«

Gray mochte sie sofort.

»Gray.« Sie streckte ihre Hand aus und Rachel schüttelte sie mit einem festen, nüchternen Griff.

Minal sah sich um. »Wo ist denn Nicole?«

»Ich hab sie bei alten Freunden gelassen, um dich zu suchen.« Rachel musterte sie. »Du bist kein bisschen gewachsen.«

»Hallo, ich bin sechzehn«, erinnerte Minal sie. »Ich geh bald in Rente. Meine Wachstumsphase liegt längst hinter mir.«

Mit einem Lachen erwiderte Rachel: »Ich muss noch ein paar Freunde begrüßen, aber ich hab gleich noch ein Wörtchen mit dir zu reden. Also wehe, du versteckst dich. Wir müssen deine Sicherheit besprechen und ob du für all das hier alt genug bist.« Und damit nahm sie ihrer Schwester das leere Champagnerglas aus der Hand und stellte es in einer fließenden Bewegung auf das Tablett eines vorbeikommenden Kellners.

Bevor Minal etwas sagen konnte, wandte Rachel sich an Gray: »Schön, dich kennenzulernen. Behalt mir die Kleine im Auge, okay?«

»Versprochen«, sagte Gray.

Nachdem Rachel ihnen den Rücken zugekehrt hatte, wanderte ihr Blick wieder suchend durch den Saal, doch in dem Gedränge konnte sie Dylan nirgends entdecken. So langsam war sie wirklich verletzt.

Er hatte sie allen Ernstes versetzt. Nach allem, was passiert war, hatte er sie an dem Abend, an dem sie ihn am meisten brauchte, im Stich gelassen.

Auf einmal verließ sie alle Freude, und sie stellte ihr eigenes Glas auf einen Tisch.

Im selben Moment kam Bewegung in die Menge im Flur. Minal reckte sich, um zu sehen, warum alle Richtung Eingang strömten.

»Was ist denn da los?« Minal stand immer noch auf Zehenspitzen.

»Ich kann's mir denken«, erwiderte Gray und verscheuchte Dylan aus ihren Gedanken. »Komm mit.«

Sie und Minal ließen sich mit der Menge zum Eingang treiben, wo sich eine Traube um einen Neuankömmling gebildet hatte. Die Hand ihrer Freundin fest umklammert, drängte Gray sich nach vorn.

In ihrem königsblauen Lieblingskleid und umringt von Würdenträgern, Personal und Bodyguards, die misstrauisch die Menge beobachteten, stand ihre Mutter.

Gray wartete, bis sich die größte Aufregung gelegt hatte, und winkte. »Hi, Mum.«

Die Menge teilte sich, und ihre Mutter streckte ihr beide Hände entgegen. »Liebling! Lass dich ansehen.«

Die Leute machten Platz, damit Gray sich bis zu ihrer Mutter schlängeln und sie in die Arme nehmen konnte. Dann trat ihre Mutter einen Schritt zurück und musterte sie. »Einfach perfekt«, verkündete sie. »Wusst ich's doch, dass es dir stehen würde.«

»Ich liebe es.« Gray drehte sich im Kreis, sodass der Rock um sie herumflog. »Die schönste Überraschung überhaupt.« Dann streckte sie die Hand aus und zog Minal zu sich. »Das ist meine Freundin Minal. Rajs Tochter.«

»Oh, natürlich.« Ihre Mutter strahlte sie an. »Du siehst ihm sehr ähnlich. Und was für ein wunderschönes Kleid.«

Eine Sache, die ihre Mutter zur Perfektion beherrschte, war, den Menschen um sich herum ein gutes Gefühl zu geben. Binnen kürzester Zeit beteuerte Minal ihr aufgedreht, wie toll sie ihren »Look« fand. Während sie sich unterhielten, registrierte Gray, wie reduziert das Gefolge ihrer Mutter heute war. Weder ihre allgegenwärtige Assistentin noch Grays Stiefvater waren mitgekommen.

»Warum ist Richard nicht dabei?«, unterbrach sie die beiden stirnrunzelnd.

»Er ist in Zürich.« Ihre Mutter klang nun vorsichtig. »Irgendeine Krise im Büro. Aber an Weihnachten wird er zu Hause sein und freut sich bestimmt schon auf dich.«

Gray machte ein undefinierbares Geräusch. Sie beide wussten, dass sie kein großer Fan des zweiten Ehemannes ihrer Mutter war. Eine Zeit lang hatte sie ihn sogar verdächtigt, am Komplott gegen ihre Mutter beteiligt zu sein, bei dem sie selbst beinahe umgebracht wurde. Doch ihr Vater und Raj hatten das überprüft und festgestellt, dass er nachvollziehbare Gründe gehabt hatte, um an dem Abend, als sie ihn mit John Ashford beobachtet hatte, im Parlament zu sein. Sie hatten ihn nicht mit der Verschwörung in Verbindung bringen können.

Trotzdem war sie froh, dass er heute Abend nicht da war.

Ihre Mutter hatte sich mit ihrem professionellen Politikerinnenlächeln wieder Minal zugewandt. »Liebes, wärst du einverstanden, wenn ich mich kurz mit Gray allein unterhalte? Es wird nicht lange dauern.«

»Kein Problem.« Ihrem Charme gänzlich erlegen trat Minal einen Schritt zurück und ließ sie allein.

Ihre Mutter wandte sich um und raunte ihren Bodyguards leise etwas zu. Dann ließ sie sie an der Tür zurück und schob Gray von der Menge weg. »Dein Vater und Raj haben mir versichert, dass du auf alles vorbereitet bist, aber ich wollte mich trotzdem noch einmal persönlich überzeugen. Bist du dir sicher, dass du bereit bist? Falls du auch nur den leisesten Zweifel hegst, mein Auto und Fahrer warten draußen und können dich sofort von hier wegbringen.«

Die feinen Linien in ihrem Gesicht verrieten Gray, wie angespannt und nervös ihre Mutter war. Sie streckte die Hand aus und drückte ihre Finger.

»Ich bin wirklich bereit«, versicherte Gray ihr. »Ich habe hart trainiert, und wir haben einen Plan.« Sie sah zu Minal hinüber, die den Blick nervös durch den Ballsaal schweifen ließ. »Wir sind alle bereit. Ich will dableiben. Ich habe hier gelernt, stark zu sein, und du musst schließlich jeden Tag mit noch viel schlimmeren Dingen zurechtkommen. Ich … will für dich da sein.«

Die Wangen ihrer Mutter färbten sich rot, und sie zog Gray an sich. »Wenn dir irgendwas passiert, werde ich mir das nie verzeihen.«

Gray atmete den vertrauten Duft ihres Chanel-Parfums ein. »Mir wird nichts passieren.«

Nach einem kurzen Moment trat ihre Mutter zurück und bedachte Gray mit einem durchdringenden Blick. »Vielleicht bilde ich mir das ein, aber du hast dich verändert. Du bist erwachsener geworden.«

»Ich fühl mich auch erwachsener«, sagte Gray zufrieden. »In den paar Wochen, die ich hier bin, habe ich eine Menge gelernt. Und ich bin bereit, meinen Teil beizutragen. Du kannst mir vertrauen.«

»Frau Premierministerin.« Allie näherte sich mit ausgestreckter Hand und einem Lächeln. »Ich bin Alison Sheridan, die Schulleiterin.«

Grays Mutter ließ den Blick über das figurbetonte Kleid und das jugendliche Gesicht der Schulleiterin gleiten. »Guter Gott, Sie sind doch noch viel zu jung«, sagte sie und schüttelte ihre Hand.

»*Mum*«, zischte Gray entsetzt.

»Tut mir leid, Sie klangen am Telefon um einiges älter«, fügte ihre Mutter erklärend hinzu.

Doch Allie schien nicht im Mindesten gekränkt. »Stimmt, ich bin ziemlich neu im Geschäft«, teilte sie ihr liebenswürdig mit. »Aber ich kenne die Schule sehr gut und bin übrigens eine alte Freundin von Raj Patel.«

»Ah, richtig.« Grays Mutter betrachtete sie nun mit neu erwachtem Interesse. »Lucinda Meldrum war Ihre Großmutter, nicht wahr? Was für eine Frau.« Bewundernd schüttelte sie den Kopf. »Sie ist einer der Gründe, warum ich mich entschieden habe, in die Politik zu gehen. Sie hat vor zehn Jahren eine Rede über ›Die Macht ermächtigter Frauen‹ gehalten, die mein Leben verändert hat. Darin hat sie beschrieben, wie viel sicherer und wohlhabender die Welt wäre, wenn alle Frauen gleichberechtigt wären. Ihre Nachricht war so klar und unbestreitbar richtig, dass ich auf der Stelle beschlossen habe, eines Tages für dieses Amt zu kandidieren.«

»Sie war mein großes Vorbild«, erwiderte Allie. »Ich glaube, sie wäre begeistert gewesen, Sie als Premierministerin zu erleben.«

Während die beiden sich über Allies Großmutter annäherten, tauchte Minal plötzlich wieder an Grays Seite auf und zog sie mit sich. Sie zeigte mit dem Kopf auf die überfüllte Eingangshalle hinter ihnen. »Sieh mal, wer da ist.«

Gray folgte ihrem Blick und entdeckte Dylan in einem mitternachtsblauen Smoking am Fuß der Treppe.

»Endlich«, flüsterte sie.

FÜNFUNDDREISSIG

Quer durch die Menge trafen sich ihre Blicke. Gray gelang es irgendwie, einen kühlen Gesichtsausdruck zu wahren, während er sich durch den Eingangsbereich zu ihnen vorarbeitete. Er sah kein bisschen verlegen oder entschuldigend aus – als wäre es das Normalste der Welt, einfach so einen ganzen Tag lang zu verschwinden.

Trotzdem, als er ihr in die Augen sah, trat das Gedränge um sie herum in den Hintergrund. Ein paar Meter entfernt im großen Ballsaal beendete die Band gerade schwungvoll einen Song und wurde mit begeistertem Applaus belohnt. Gray kam es vor, als wären sie meilenweit weg.

»Ich guck mal, wo Kyle steckt«, sagte Minal taktvoll und verschwand mit einem letzten aufmunternden Blick auf Gray in der Menge.

»Ich hab dich schon überall gesucht«, sagte Dylan und musterte sie von Kopf bis Fuß. »Das ist … ein Hammerkleid. Du siehst toll aus.«

Aus seinem Blick sprach Bewunderung, doch Gray war immer noch verwirrt. »Wo warst du die ganze Zeit?«, fragte sie. »Ich hab dich seit gestern Abend nicht mehr gesehen.«

Sie versuchte ihm nicht auf die Lippen zu sehen. Und nicht an seine Hände auf ihrem Rücken zu denken.

Er schien in dieser Hinsicht jedoch keine Skrupel zu haben, denn sein Blick wanderte in einer Weise zu ihrem Mund und wieder hinauf zu ihren Augen, die ihr die Röte ins Gesicht trieb.

»Tut mir leid, dass ich zu spät bin. Ich habe Carter heute den ganzen Tag bei einem Projekt geholfen, und es hat viel länger gedauert, als wir erwartet haben«, erklärte er. »Wir haben rund um den Zaun ein paar Dinge installiert, die noch schneller melden, wenn jemand versucht, darüberzusteigen.«

Gray runzelte die Stirn. »Warum du? Machen so was nicht die Wachen?«

»Die waren auch dabei. Aber Carter hatte mich gebeten zu helfen.« Seine Stimme klang ruhig und überzeugend, doch irgendwas war an der Sache faul. Er hatte Carter doch noch nie bei so was geholfen. Aber gerade war ja ohnehin nichts mehr normal, rief sie sich in Erinnerung. Sie alle taten Dinge, die sie normalerweise nicht taten.

»Wie lief's denn?«, fragte sie. »Meinst du, das wird funktionieren?«

»Carter und Julia sind davon überzeugt. Es ist einer dieser hypersensiblen Bewegungsmelder, die allein durch Vibrationen losgehen, also beispielsweise, wenn jemand über den Zaun springt …« Er sah über ihre Schulter und unterbrach sich mitten im Satz. »Krass. Da ist die Premierministerin.«

Seine Reaktion kam so überraschend und entwaffnend, dass Gray losprustete. »Ja, sie ist vor ein paar Minuten angekommen.«

Das Gefühl der Kränkung und ihr Ärger verrauchten langsam. Dylan konnte man einfach nicht lange böse sein.

»Sorry. Ich weiß, sie ist deine Mum, aber es ist echt komisch, sie live zu sehen«, verteidigte er sich verlegen.

»Komm. Ich stell euch einander vor.« Sie griff nach seiner Hand, und seine Finger schlossen sich sofort um ihre, als hätte er nur darauf gewartet, sie berühren zu dürfen.

Die Premierministerin begrüßte Dylan mit einer eigenartigen Mischung aus freundlicher Mutter, gewinnender Politikerin und Wer-ist-dieser-Junge-neben-meiner-Tochter-Vorsicht.

»Und woher hast du diesen Akzent?«, fragte sie und musterte ihn lächelnd.

Dylan lächelte nervös zurück. »Aus den Staaten, Ma'am. Texas, um genau zu sein.«

»Texas? Oh, dann bist du ja ein ganzes Stück von zu Hause weg.« Ohne dass ihr Lächeln auch nur um einen Millimeter verrutschte, wanderte ihr Blick zu ihren umschlungenen Händen und dann zu Gray.

Gray hätte ihr gern erzählt, dass Dylan ihr Trainingspartner war. Dass er derjenige gewesen war, der sie alle an jenem Abend sicher von der Kapelle in die Schule gebracht hatte. Doch bevor sie den Mund öffnen konnte, wurden sie von einer neuen Traube Bewunderern abgedrängt.

Gray und Dylan traten einen Schritt zurück, um ihnen Platz zu machen.

»Mann, sie ist echt genau wie im Fernsehen«, stellte Dylan in einer Mischung aus Erstaunen und Bewunderung fest. »Sie hat diese Art, dich anzusehen, und du vergisst sofort alles, was du sagen wolltest, und stehst da wie ein Idiot.«

»Ja, das macht sie die ganze Zeit. Zum Verrücktwerden«, bestätigte Gray liebevoll.

Eine vorbeikommende Kellnerin hielt ihnen auffordernd ihr Tablett mit Champagnergläsern unter die Nase, doch Dylan schüttelte den Kopf.

»Nein danke«, sagte er höflich und Gray musste über seinen Akzent lächeln.

Inzwischen waren sie an der Tür zum Ballsaal angelangt, der warm und überfüllt war. Gray sah sich zwischen den herausgeputzten Gästen um und fragte sich, wer von ihnen wohl echt war und wer zum verkleideten Sicherheitspersonal gehörte. Die meisten gehörten zu Letzterem, so viel wusste sie.

Hin und wieder spürte sie einen Blick auf sich ruhen oder sah, wie jemand leise in ein Mikrofon sprach. Sie wusste, dass in jeder Ecke Kameras installiert waren, die alles aufnahmen. Sie und ihre Mutter waren unter ständiger Beobachtung.

Auf der anderen Seite des Saals entdeckte sie Julia, die sich mit Minals Schwester Rachel und einer schönen Frau in einem bernsteinfarbenen Kleid unterhielt. Ihr Bodyguard fing ihren Blick auf und schenkte ihr ein kurzes Lächeln.

Dylan hielt noch immer ihre Hand und schien nicht im Geringsten daran interessiert, sie loszulassen. Der Ball war so schön, dass sie kaum glauben konnte, dass dort draußen Gefahren lauerten.

Dann fiel ihr Blick auf ein wohlbekanntes, kantiges Gesicht, und ihr stockte der Atem. John Ashford stand mit einem anderen auffälligen Mann mit silbrigem Haar in einer Ecke des Saals. Keiner von ihnen schien sie bemerkt zu haben, und sie beobachtete die beiden verstohlen. Jeder der Männer hielt ein Glas Champagner in der Hand, und sie schienen in eine Unterhaltung vertieft.

Sie guckte wieder zu Julia. Sie hatte ihren Körper so gedreht, dass sie Ashford stets im Blick hatte. Sofort wurde Gray ruhiger. Jetzt konnte er ihr ohnehin nichts tun. Er war umringt von Sicherheitsleuten und ahnte nicht, dass er observiert wurde.

Der Schlagzeuger schlug zweimal das Becken, und die Jazzband stimmte *Night and Day* an. Etliche Paare strömten in die Mitte des Saals. Gray sah Kyle und David, wie sie miteinander tanzten und sich dabei tief in die Augen sahen. Schön sahen sie zusammen aus, und ihre Schritte waren perfekt aufeinander abgestimmt.

Dylan sah von den Tanzenden zu ihr. »Tja, wo wir schon auf einem Ball sind, können wir genauso gut tanzen. Was meinst du?«

Er hatte die schönsten Augen, die sie je gesehen hatte. Ein warmes Braun mit bernsteinfarbenen Flecken. Wenn er sie so ansah, fiel es Gray schwer zu atmen.

»Pass bloß auf, ich werd dir ununterbrochen auf die Füße trampeln«, warnte sie.

»Jaja, nichts als leere Versprechen.« Er zog sie näher an sich heran, und gemeinsam drehten sie sich auf der Tanzfläche. Seine linke Hand lag schwer auf ihrer Hüfte, und seine rechte Hand hielt ihre Finger in einem sanften Griff umschlossen. Mit geschmeidigen und sicheren Schritten führte er sie durch den Saal.

»Ich hab keine Ahnung, wie man zu Jazz tanzt«, gab sie zu und sah sich nach den anderen Paaren um. »Ich tanz immer nur zu normaler Musik.«

Er gluckste. »Ist doch ganz egal, zu welcher Musik. Du hörst einfach auf den Beat und lässt dich davontragen.« Er neigte den Kopf nach unten, sodass sich ihre Wangen berührten, und flüsterte. »Du machst das sehr gut.«

Als sein warmer Atem über die empfindliche Haut ihres Ohres strich, erschauderte sie. Ihr war, als würde der Saal um sie herum langsam untergehen, und nur sie beide bewegten sich allein über die Tanzfläche, sein Arm fest um ihre Taille und ihre Blicke ineinander vertieft. Mochte später die Hölle losgehen, doch in diesem Moment waren sie zusammen, und ihr Glück war perfekt.

»Wegen gestern Abend«, sagte sie und räusperte sich.

»Was ist damit?«, fragte er.

»Ich bereue nichts.«

Sie hätte erwartet, dass er etwas sagte wie: »Ich auch nicht.« Oder: »So geht's mir auch.« Doch stattdessen fragte er: »Kennst du den Text von diesem Song?«

Sie schüttelte den Kopf.

Er hob den Mund an ihr Ohr und begann leise zu singen. »Night and day … You are the one. Only you beneath the moon … Under the sun.«

Sanft strich sein Atem über ihre Haut, und Gray bekam eine Gänsehaut. Sie fühlte sich auf einmal so leicht, dass sie befürchtete, ohnmächtig zu werden. Aber das wäre viel zu peinlich, deshalb riss sie sich zusammen.

Als das Lied endete und die Gäste klatschten, standen die beiden reglos in der Mitte des Saales und wagten kaum zu atmen.

Seine Augen hatten sie so verzaubert, dass sie den Blick nicht abwenden konnte. Es war, als teilten sie etwas, für das keine Worte nötig waren. Etwas, das echt und warm war.

»Komm, wir gehen raus«, sagte Dylan.

SECHSUNDDREIßIG

Das Gespräch mit der Premierministerin hatte Allie einen eigenartigen Energieschub gegeben. Sie erinnerte sie so stark an ihre Großmutter, dass es schon fast unheimlich war. Dieselbe Zuversicht und dieselbe messerscharfe Intelligenz. Dieselbe Art und Weise, alles mitzubekommen und diesen Durchblick hinter einem unerschütterlichen Lächeln zu verbergen.

Nach einer Weile hatten Gray und Minal die beiden Frauen allein gelassen. Da war die Premierministerin einen Schritt näher getreten und hatte leise gefragt: »Ist alles so weit vorbereitet?«

»Ja, Frau Premierministerin. Rajs Team hat alles installiert. Die letzten Sachen wurden heute Nachmittag angebracht.«

Ihr Gegenüber lächelte trocken und sagte: »Bitte nennen Sie mich doch Jessica. Ich will nur sichergehen – vertrauen Sie Ihrem Plan? Wird Gray in Sicherheit sein? Raj hat mir immer wieder versichert, dass ihr nichts passieren wird, aber ich muss es von Ihnen hören.«

Allie hatte gezögert. Am liebsten hätte sie »Ja« gesagt. Doch ihre persönlichen Erfahrungen sprachen dagegen. Sie wusste besser als alle anderen, wie gefährlich dieser Plan war und wie leicht etwas schiefgehen konnte.

»Wenn sie sich an unsere Abmachungen hält, wird alles gut gehen. Wir haben einen Safe Room für sie eingerichtet, und ihr Bodyguard ist stets in ihrer Nähe.«

In dem Moment klingelte das Handy der Premierministerin, und sie zog es mit einem entschuldigenden Blick auf Allie aus ihrer Handtasche. »Tut mir sehr leid, das muss ich entgegennehmen. Würden Sie mich kurz entschuldigen?«

Allie trat zur Seite und ließ sie ihren Anruf erledigen. Da öffnete sich die Eingangstür und ließ zwei neue Gäste mit einem Schwall eiskalter Luft herein. Sie blieben kurz stehen und unterhielten sich mit den Sicherheitsleuten am Eingang. Die Frau war atemberaubend schön – klein und ungeheuer modisch in ihrem weißen Mantel, der aussah wie echter Pelz. Ihre blonden Haare waren zu einem losen Chignon gesteckt, der ihren scharf geschnittenen Kiefer und ihre nordischen Wangenknochen betonte.

Der Mann neben ihr trug einen so exquisiten Kaschmirmantel, dass er geradezu glänzte. Er war schlank, muskulös und hatte dunkles, gewelltes Haar. Seine legere Haltung war ihr seltsam vertraut, aber da er ihr den Rücken zukehrte, konnte sie sein Gesicht nicht erkennen.

Doch es musste zweifellos jemand sein, den sie kannte. Ihr Gefühl trog sie selten. Mit einem Willkommenslächeln ging sie in seine Richtung. Der Mann sagte etwas zu der Frau und drehte sich dann zu ihr um. Ihre Blicke trafen sich im selben Moment, als der Wachmann am Eingang die beiden über sein Mikrofon ankündigte und es über Funk aus ihrem Ohrstöpsel ertönte.

»Neuankömmlinge: Sylvain Cassel und Emily Blair. Identität überprüft.«

Sylvains lebhafte blaue Augen blickten sie an, und für einen Moment stand die Zeit still. Allie war sich bewusst, dass die Leute um sie herum weiterredeten und lachten, dass Getränke gereicht wurden und das Leben weiterging. Doch sie war wie erstarrt.

»Darf ich Ihnen den Mantel abnehmen, Sir? Madam?« Ein Angestellter zerstörte den Moment, indem er eifrig auf sie zueilte und die Hände nach der luxuriösen Garderobe ausstreckte.

»Danke.« Die Frau hatte einen sehr gebildeten britischen Akzent und ließ ihren Mantel von den Schultern gleiten, als zöge sie in einem Hotelzimmer ihr Kleid aus. Sich jeder einzelnen Bewegung bewusst.

Sylvain schüttelte seinen Mantel ab, nahm das Kärtchen entgegen, das der Angestellte ihm reichte, und steckte es in die Brusttasche seines Smokings. Hugo Boss natürlich. Das wusste sie, weil er immer Hugo Boss trug. Sie hatte Fotos von ihm im Finanzteil der *Times* gesehen. Außerdem von seiner Pariser Wohnung in einem französischen Einrichtungsmagazin, und im *Le Monde* hatte sie Bilder von ihm beim Windsurfen vor der Küste Nizzas entdeckt. All das hatte sie gesehen, weil sie ihn regelmäßig googelte.

Die Frau – Emily Sowieso, den Namen hatte sie schon wieder vergessen – sah sie seltsam an. Da bemerkte Allie, dass sie starrte.

Sie schluckte hart, machte einen Schritt auf die beiden zu und versuchte, ihr Lächeln wieder herzurichten. »Sylvain. Emily. Willkommen beim Winterball.«

Die Frau blickte auf eine sehr schöne Art verwirrt drein, doch Sylvain neigte den Kopf. »Allie. Lange nicht gesehen.«

Sein französischer Akzent war weicher, als sie ihn in Erinnerung hatte. Er trat mit einer katzenhaften Schnelligkeit auf sie zu, die sie beinahe vergessen hatte. Binnen Sekunden war er so nah, dass sie sein Parfum riechen konnte – war es etwa das gleiche wie das, was er getragen hatte, als sie noch Teenager waren? Dieselben rauchigen Noten gepaart mit süßlichem Vetiver. Der Duft rief Erinnerungen in ihr wach. Seine Arme um sie, seine Lippen auf ihren. Wie sie sich im Wald geküsst hatten, im Sommerhaus, in ihrem Schlafzimmer, in seinem Schlafzimmer …

Er lehnte sich vor und strich mit den Lippen sanft über ihre linke Wange, dann über ihre rechte. Sie begann sich schon wegzudrehen, als er erneut ihre linke Wange ansteuerte, und für einen flüchtigen, atemlosen Moment, berührten ihre Lippen einander fast. Allie fuhr zusammen und riss den Kopf weg.

»Tut mir leid«, sagte sie eine Spur zu laut. »Der kontinentale dritte Kuss. Den vergess ich immer wieder.«

»Die Engländer haben es immer eilig. Da bleibt ihnen nur Zeit für zwei Küsse«, sagte er und wandte sich an Emily. »Wir Franzosen nehmen uns Zeit zum Küssen, nicht wahr?«

Er war schon immer eine außergewöhnliche Reife ausgestrahlt. Nun war er in sie hineingewachsen. Sein Gesicht war länger und sein Haarschnitt kürzer, sodass seine außergewöhnlichen Augen zur Geltung kamen. Derselbe Sylvain, den sie als Sechzehnjährigen gekannt hatte, nur noch ein bisschen intensiver.

Seine Begleitung ließ eine Hand in seine Armbeuge gleiten und verkündete: »Ich bin halb Französin, aber im Küssen ein Naturtalent.«

Sie hatte etwas an sich, bei dem Allie Zahnschmerzen bekam. Und das liebevolle Lächeln, mit dem Sylvain sie bedachte, machte die Sache nicht besser.

»Wo sind deine Manieren, Liebling? Du hast uns einander noch nicht vorgestellt.« Emily stupste ihn an.

»Natürlich, ich bitte um Entschuldigung. Emily, das ist Allie Sheridan, eine alte Freundin aus Schultagen hier.« Die blonde Frau trat einen Schritt vor und streckte ihre Hand aus. Allie schüttelte sie höflich. »Allie, das ist Emily Blair. Meine Verlobte.«

Allies Lächeln geriet ins Stocken. Keine ihrer Internetrecherchen hatte ausgespuckt, dass er bald heiraten würde. Doch als sie nach unten blickte, sah sie den Ring wie eine gefrorene Träne auf Emilys perfektem Finger – ein Diamant so groß wie das Ritz.

»Du bist verlobt«, stellte sie fest und musterte Sylvain, als hätte sie etwas in seinen feinen Gesichtszügen verloren. Doch da war nichts. Keine Zuneigung, kein Verlust, kein Triumph. Es war einfach nur weich und unbeteiligt. »Ich gratuliere.«

Ein Kellner kam mit einem Tablett Champagner auf sie zu, und

Allie nahm zwei der Gläser herunter. »Hier, trinkt ein Gläschen Champagner.«

Sie händigte ihnen die schmalen Gläser aus, und sie nahmen sie entgegen, ohne ihren innere Aufruhr zu bemerken.

»Bitte. Gesellt euch zu uns auf die Party. Genießt den Ball. Es sind jede Menge alte Bekannte da, Sylvain. Wunderbar, dich zu sehen.«

Dann machte sie auf dem Absatz kehrt und floh.

Eine Viertelstunde später unterbrach Rachel Allie, als sie mit dem Küchenpersonal den nächsten Gang Kanapees besprach.

»Aufgepasst, Sylvain ist da«, sagte sie warnend. »Und er hat 'ne krasse Schnitte dabei, die sich anhört, als wäre sie direkt aus Windsor Castle und vorbei am Buckingham Palace spaziert.«

In einer ruhigen Ecke der riesigen Küche lehnte Allie sich gegen die metallene Theke und sagte: »Ein bisschen mehr Respekt, Rach. Immerhin ist das die künftige Mrs Sylvain.« Sie trank einen langen Schluck Champagner aus dem halb leeren Glas in ihrer Hand.

Rachel starrte sie an. »Er ist *verlobt*?«

»Scheinbar.« Allie schnappte sich eine Tempura-Garnele von einem vorbeischwebenden Tablett und schob sie sich in den Mund. Kauend fügte sie hinzu: »Muss aber ziemlich frisch sein, im Internet steht jedenfalls noch nichts dazu.«

»Autsch. Voll ins Gesicht.« Ohne zu fragen, nahm Rachel das Glas aus ihrer Hand und trank ebenfalls einen Schluck. »Das kommt unerwartet. Wie sieht der Ring aus?«

»Riesig.« Allie nahm ihr Glas zurück, leerte es in einem Zug, schnipste einem Kellner zu und hielt ihm auffordernd ihr Glas hin. »Einmal auffüllen, bitte.«

Unbeeindruckt eilte er herbei und füllte ihr Glas vorsichtig bis zum Rand. Die goldene Flüssigkeit sprudelte. Kaum hatte er die Flasche abgesetzt, da nahm sie schon den nächsten Schluck.

»Sie ist wunderschön«, bemerkte sie grimmig.

»Ja, atemberaubend«, stimmte Rachel zu, nahm ihr das Glas aus der Hand und trank ebenfalls. »Ist das Räucherlachs?« Beide schnappten sich ein Kanapee von einem vorbeikommenden Tablett.

Rachel sah sich in der Großraumküche mit Öfen von der Größe eines Volkswagens und Spülbecken groß genug, um darin zu baden, um.

»Gefällt mir besser hier drin, die Party«, bemerkte sie. »Wesentlich ruhiger.«

Da erst fiel Allie etwas auf. »Wo ist denn Nicole?«

»Unterhält sich mit Sylvain und seiner heißen Verlobten.« Rachel knabberte mit ordentlichen, kleinen Bissen an ihrem Kanapee. »Du weißt doch, sie und Sylvain sind befreundet, seit sie als Kleinkinder zusammen im Kaviar geschwommen sind. Haben sich sicher 'ne Menge zu sagen.«

»Bestimmt.« Allie wandte sich um und sah ihrer alten Freundin in die Augen. »Wie geht's dir denn überhaupt? Alles gut zwischen euch?«

Rachel lachte. »Du kannst mich alles fragen. Ich hab keine Privatsphäre.«

»Hier. Gönn dir ein bisschen Wahrheitsserum.« Allie drückte ihr den Champagner in die Hand.

Rachel nahm einen langen Schluck. »Tja, zugegebenermaßen war's in letzter Zeit ein bisschen schwierig.«

»Inwiefern schwierig?«

»Na ja, du weißt ja, dass ich mein Medizinstudium in Oxford zu Ende gemacht habe und Nicole in London gearbeitet hat. Wir haben uns nicht so oft gesehen, wie wir es gern gewollt hätten. Da wurde unsere Beziehung ziemlich wackelig. Für eine Weile gab es eine dritte Person …«

Allie riss ihr das fast leere Glas aus der Hand, hielt es in die Höhe und begegnete dem Blick desselben Kellners. Wieder kam er mit der Flasche und füllte es auf. Diesmal stellte er die Flasche danach jedoch demonstrativ zwischen sie auf die Theke und ging davon.

»Wer hatte noch jemanden?«, fragte Allie, sobald er außer Hörweite war. »Du oder Nicole?«

»Ich leider.«

»*Rachel.*« Fassungslos starrte Allie sie an.

Mit einem schuldbewussten Ausdruck aß Rachel ihr Kanapee auf und sah sich suchend nach mehr um. »Es war dumm, ich weiß. Ich war einfach einsam und kannte da dieses Mädchen. Wir hatten irgendwann mal eine Menge Cocktails, und dann kam eins zum anderen. Wie auch immer, ich kam mir vor wie der letzte Trottel.«

»Du *bist* ein Trottel.« Doch Allie milderte ihre Worte ab, indem sie sanft ihren Arm drückte. »Weiß Nicole davon?«

»Na klar. Wir erzählen uns alles.«

»Und?«

»Und … na ja, wir arbeiten daran. Verbringen mehr Zeit miteinander und hören uns wirklich zu.« Sie lächelte schwach. »Es hilft. Wird besser.«

»Gut.« Allie hielt ihr wieder das Glas hin. »Die Sache ist eben die, als wir jung waren, wussten wir noch nicht, dass Beziehungen nicht geradewegs ins Glück führen. Man fühlt sich eher wie auf einer Achterbahn.«

»Genau das!« Rachel lachte. »Du fährst Runde um Runde, bis dir kotzübel ist, aber du hast auch dieses Hochgefühl und willst sofort wieder von vorne los.«

Sie lächelten einander an. Doch dann verblasste Allies Lächeln. »Er ist verlobt, Rachel.«

»Ja.« Rachel legte ihr einen Arm um die Schulter. »Aber weißt du was? Du bist glücklich mit Carter. Wenn er glücklich mit Wie-hieß-sie-noch-gleich ist, freu dich doch für ihn.«

Allie wusste, dass sie recht hatte. Doch ein kleiner Teil von ihr hatte Sylvain Cassel nie ganz aufgegeben. Sich zwischen ihm und Carter entscheiden zu müssen, war das Schwerste gewesen, was sie je getan hatte. Beide hatten ihr sehr viel bedeutet. Sie hatte es nie bereut, mit Carter zusammengekommen zu sein – sie waren glücklich. Doch hin und wieder stieß sie auf ein Foto von Sylvain auf irgendeiner französischen Website, und ihr Herz flüsterte kaum hörbar: »*Was wäre gewesen, wenn?*«

Rachel beobachtete sie verständnisvoll.

»Vielleicht ist es an der Zeit, dass du und Sylvain dieses Gespräch führt, das ihr seit sieben Jahren vor euch herschiebt«, bemerkte sie. »Ich hab nämlich den Eindruck, dass keiner von euch heiraten sollte, bevor ihr lernt, einander loszulassen.«

SIEBENUNDDREIßIG

Julia umrundete den großen Saal und lauschte zugleich den Durchsagen in ihrem Ohr.

»Nichts Auffälliges in Sektor zwei …«

»Sektor drei ist sauber …«

Ihr Blick war auf Gray und Dylan gerichtet, die sich langsam über die Tanzfläche bewegten. Die Band spielte gerade *Night and Day* und Dylan flüsterte Gray etwas ins Ohr. Ihre Finger umklammerten seine Schulter fester und hinterließen Dellen im weichen Anzugstoff.

Julias Lippen wurden schmal. Er nahm sich zu viel heraus. So sollte es nicht ablaufen. Er sollte ein Auge auf sie haben und nicht … das. Was auch immer es war. Sie musste unbedingt ein ernstes Wörtchen mit ihm reden.

»Wir sind hier, um sie zu beschützen, und nicht, um sie zu verführen«, murmelte sie.

»Mit wem redest du?« Cameron kam lächelnd auf sie zu. Ihr bronzefarbenes Kleid war perfekt auf ihre warme braune Haut abgestimmt und betonte ihre schönen Augen.

Julia wusste immer noch nicht recht, wie sie mit Cameron umgehen sollte. Sie hatte sich noch nie zu einer Frau hingezogen gefühlt und war sich nicht sicher, was das zu bedeuten hatte und warum es ausgerechnet jetzt passiert war. Doch eine Sache wusste sie: Cameron war schlau und liebenswürdig, und ihre Gespräche machten Julia glücklich.

Sie warf erneut einen Blick auf Dylan und Gray. »Ach, ich grummle nur so vor mich hin.«

Cameron folgte ihrem Blick und sagte: »Ich weiß, was du meinst.«

Mit einer kleinen, steilen Falte auf der Stirn gesellte Zoe sich zu ihnen und scannte den Saal. In ihrem Anzug strahlte sie eine lässige Eleganz aus. Es war eine wahre Freude, zu sehen, wie sie erwachsen wurde. Als Julia Cimmeria verlassen hatte, war sie gerade einmal dreizehn gewesen. Mit einem gestochen scharfen Verstand, aber immer noch tief in der Pubertät.

»Alle Schüler sind da«, berichtete sie. »Noch ist alles ruhig.«

Eine Stimme in Julias Ohr verkündetet: »Neuankömmlinge: Sylvain Cassel und Emily Blair.«

Sylvain. Den hatte sie seit Ewigkeiten nicht mehr gesehen. Ihr Blick wanderte quer durch den Saal in Richtung Tür, doch bisher keine Spur von ihm.

Cameron stupste sie gegen die Schulter. »Redet sie etwa gerade mit Ashford?«, flüsterte sie und deutete mit hochgezogenen Augenbrauen verstohlen auf Jessica Langtry, die in der Nähe der Tür neben John Ashford stand. Drei Schritte hinter ihr waren ihre Bodyguards an ihren maßgeschneiderten Anzügen, die nicht als Abendgarderobe durchgingen, und an ihren deutlich sichtbaren Kabeln am Ohr erkennbar.

Gray und Dylan waren sofort vergessen. Julia beobachtete verstohlen, wie die Premierministerin mit gesenkter Stimme schnell auf Ashford einredete. Ashford, der das Gespräch mit höflichem Interesse eingeleitet hatte, lehnte sich vor und wurde zunehmend hitzig.

Unauffällig Julia hob ihr Handgelenk zum Mund und sprach in ihr Mikrofon: »Swan befindet sich mit der Zielperson im großen Saal. Wie ist es dazu gekommen? Hat er nach ihr gesucht?«

Aus dem Überwachungsraum erklang Carters Stimme: »Negativ. Sie ist schnurstracks auf ihn zugegangen.«

Julia war entsetzt. »Was hat sie vor? Alle im großen Saal aufgepasst.«

»Wir teilen uns auf«, sagte sie zu Cameron und Zoe. »Und versuchen näher ranzukommen.«

Sie trennten sich und verteilten sich im großen Ballsaal. Wie durch einen dichten Schleier nahm Julia wahr, dass es viel zu heiß war und die Band immer noch *Night and Day* spielte. Stimmen sprachen in ihr Ohr.

Sie sah sich im Saal um. Eines der tanzenden Paar bewegte sich auf die Premierministerin zu. Ein Paar an einem nahen Tisch wandte unauffällig die Köpfe. Ein Kellner kam mit einem leeren Tablett herbeigeeilt und begann mit gesenktem Kopf benutzte Gläser und Teller einzusammeln. Dabei ließ er Ashford und Jessica Langtry nicht aus den Augen.

Über den gesamten Raum verteilt gab es mindestens zehn als Kellner oder Gäste verkleidete Sicherheitsleute. Die meisten der übrigen Gäste waren ehemalige Schüler, die in Grundzügen in den heutigen Abend eingeweiht worden waren. Gäste im eigentlichen Sinne waren nur die Premierministerin, John Ashford und eine Handvoll anderer Leute.

Plötzlich zornesrot vor Wut zischte Ashford Jessica nur Zentimeter von ihrem Gesicht entfernt etwas zu und marschierte dann abrupt davon. Was auch immer zwischen ihnen vorgefallen war, es konnte nichts Gutes bedeuten. Seine Schultern waren steif und die Hände an den Seiten zu Fäusten geballt.

»Zielperson setzt sich in Bewegung«, ertönte eine Stimme in ihrem Ohr.

Quer durch den Raum fing Cameron ihren Blick auf. Julia ruckte mit dem Kopf in Richtung des Vizepremiers.

»Hinterher«, formte sie mit den Lippen.

Cameron nickte.

Julia steuerte direkt auf Jessica Langtry zu, die an ihrem Champagner nippte und Gray und Dylan gedankenversunken beim Tanzen beobachtete.

»Frau Premierministerin«, sagte sie, als sie bei ihr angelangt war.

Für einen kurzen Augenblick sah Jessica sie verständnislos an, doch dann hellte sich ihre Miene auf. »Julia. Ach du meine Güte, ich hätte Sie fast nicht erkannt.«

»Ja, Ma'am. Ist alles in Ordnung? Ich habe gesehen, wie Sie mit Ashford geredet haben.«

»Alles in Ordnung. Ich wollte nur kurz mit ihm sprechen.« Die Premierministerin stellte ihr Glas auf einem unbesetzten Tisch ab. Dabei war ihre Hand vollkommen ruhig.

»Könnten Sie mir den Anlass ihres Gesprächs sagen? Wir arbeiten nach einem genauen Plan, der damit steht und fällt, dass Ashford nicht ahnt, wie viel wir wissen.« Zwar versuchte sie sich ihre Anspannung nicht anmerken zu lassen, doch der vernichtende Blick der Premierministerin verriet ihr, dass sie die Vorhaltungen nicht billigte.

»Wir haben jede Menge Streitpunkte, das kann ich Ihnen versichern«, erwiderte die Premierministerin. »Keiner davon sollte Ihnen Kopfzerbrechen bereiten.«

Die letzten Töne von *Night and Day* waren verklungen, und die Menge hinter ihnen applaudierte. Mit einem schmalen, professionellen Lächeln wandte Jessica sich von Julia ab und klatschte höflich. Der Bandleader verbeugte sich kurz in ihre Richtung, hob seine Trompete und klopfte dann mit dem Fuß den Takt des nächsten Songs an.

Da ertönte Camerons Stimme gedämpft in Julias Ohr: »Zielperson befindet sich im Flur. Er telefoniert.«

Prompt kam Carters Antwort: »Versuch, ihn zu belauschen.«

»Verstanden.«

Zoe stand an der Wand im hinteren Teil des Saals und ließ den Blick suchend über die Tänzer schweifen.

Da war wieder Cameron: »Kurzes Telefonat. Er hat gesagt: ›Handelt jetzt.‹ «

Julias Brust zog sich zusammen. Es ging los.

»An alle Wachen am Zaun: Code 2«, befahl Carter. »Ich wiederhole: Code 2.«

Code 2: Macht euch bereit.

Cameron: »Er geht zur Hintertür – soll ich hinterher?«

Carter: »Positiv.«

Julia eilte zurück zur Premierministerin, die immer noch die Tänzer beobachtete. Sie lehnte sich vor und sagte mit gesenkter Stimme: »Frau Premierministerin, wir glauben, es geht los.«

Jessica nickte wortlos. Ihr Gesicht verriet keine Regung – keine Angst und keine Zweifel.

Julia gab dem Team Bodyguards, die taktvoll ein paar Schritte hinter ihr standen, einen Wink. »Es ist so weit. Bringt die Premierministerin in Sicherheit.«

»Warten Sie.« Jessica griff nach ihrem Arm. »Sind Sie wirklich bereit? Was ist mit Gray?« Sie drehte sich wieder zur Tanzfläche um, und ihr Blick wanderte suchend über jedes einzelne Gesicht. »Wo ist Gray überhaupt? Ich seh sie nicht mehr.«

Im selben Moment ertönte Zoes Stimme in Julias Ohr: »Wo ist Firefly?«

Ihr rutschte das Herz in die Hose, und sie fuhr herum. Noch vor wenigen Sekunden hatten Dylan und Gray direkt hinter ihr getanzt. Inzwischen hatte die Band einen neuen Song angestimmt, und die Menge drehte sich wie zuvor durch den Saal.

Doch Gray und Dylan waren verschwunden.

ACHTUNDDREIßIG

Händchen haltend durchquerten Gray und Dylan den Ballsaal.

Gray fühlte sich seltsam leicht, als hätte sich der Boden unter ihren Füßen plötzlich in bauschige Wolken verwandelt. Dieses Gefühl hatte sie noch nie mit einem Jungen gehabt. Jake hatte sie fasziniert, doch sie sich ihm nie so verbunden gefühlt. Dylan hingegen sah sie an, als fände er sie unwiderstehlich. Er redete und hörte ihr zu, als wäre jedes Wort, das sie sagte, von Bedeutung. Und seine Finger waren mit ihren verschränkt, als hätten sich passende Puzzleteile zusammengefügt.

Die Intensität ihrer Verliebtheit machte ihr beinahe Angst. Es war viel zu viel. Sollte er sich gegen sie entscheiden, wäre sie am Boden zerstört.

Er warf ihr einen Seitenblick zu: »Hatte ich schon erwähnt, wie wahnsinnig gut du heute Abend aussiehst?«

»Hast du.« Sie strich mit dem Blick über seine Schultern und die Brust, wo der steife Stoff seines Hemdes flach auf der Haut lag. »Dir stehen Smokings aber auch echt gut, weißt du.«

Sein Lächeln wurde breiter. »Was du nicht sagst.«

Sie waren am Ende des breiten Hauptflures an einer Tür angelangt, die auf die terrassenförmig angelegten Rasenflächen hinter der Schule führte.

»Rausgehen sollten wir besser nicht, oder?«, fragte Gray zweifelnd.

»Wir bleiben direkt an der Tür«, beruhigte er sie. »Nur für zwei Minuten. Ich will kurz mit dir allein sein.«

Die Tür stand offen und ließ eisige Luft herein, die Gray nach dem Tanz im überhitzten Ballsaal den verschwitzten Rücken kühlte.

Draußen waren sie jedoch nicht allein. Ein Mann stand mit dem Rücken zu ihnen und ließ den Blick über das Gelände schweifen, als erwarte er jemanden.

Als er ihre Schritte auf den Stufen zum Garten hinunter hörte, drehte er sich um. Ihre Blicke trafen sich, und Gray erkannte ihn sofort.

John Ashford.

Zischend sog sie die Luft ein und umklammerte Dylans Hand.

»Sie.« Zu ihrer eigenen Überraschung brachte sie kein anderes Wort hervor.

»Oh, wunderbar.« Er bedachte sie mit einem bösen Lächeln. »Das Gute an dir ist, dass du mir die Sache wirklich leicht machst, Gray. Wenn deine Mutter Krieg will, dann kann sie ihn haben.«

Gray blieb fast das Herz stehen.

»Krieg? Was meinen Sie damit?«

Er sah hinter sie in die Dunkelheit.

»Schnappt sie euch«, sagte er.

Ein Rauschen ging durch die Luft, das leise Schlurfen von Schuhen auf den Steinen, und dann wurde alles dunkel. Für einen Augenblick wusste Gray nicht, wie ihr geschah. Die Welt verschwand einfach. Jemand packte sie von hinten an den Armen und hob sie hoch. Sie versuchte zu schreien, doch der Beutel über ihrem Kopf erstickte ihre Schreie, und gegen die starken Arme hatte sie keine Chance, egal wie verzweifelt sie sich zu entwinden versuchte.

Eine Stimme, die sie als Carters identifizierte, rief in ihrem Ohr: »Code 9! An alle Schüler! Code 9. Sofort.«

Code 9. Versteckt euch.

Doch zu spät. Sie waren schon da.

Im Ballsaal spielte die Band ungerührt weiter. Die Bodyguards der Premierministerin hatten sie in einen Safe Room im Lehrerflügel gebracht. Zuerst hatte sie sich geweigert, doch Julia hatte ihre Hand genommen und nachdrücklich gesagt: »Frau Premierministerin – wir *finden* sie. Aber Sie müssen jetzt in Sicherheit. Bitte lassen Sie uns unsere Arbeit machen.«

Das war zu ihr durchgedrungen, und jetzt konnten sie sich endlich auf das Wesentliche konzentrieren.

»Bringt alle Schüler raus!«, befahl Julia mit zittriger Stimme in das Mikrofon, während sie ungeachtet ihres Kleides den Flur hinunterrannte. Aus diesem Grund hatte sie sich für flache Schuhe mit Gummisohlen entschieden – ebenso gut wie Turnschuhe. »Jemand muss Allie holen.«

Da sprach Carters Stimme auf einmal schnell in ihr Ohr: »Wir haben fünf große Fahrzeuge, die direkt auf das Haupttor zufahren. Alle bereit machen. Code 1. Code 1.«

Julias Herz raste. Jetzt war es so weit. An der Tür zum Speisesaal kam sie schlitternd zum Stehen und suchte die Menge rund um die Büfetttische nach Gray ab. Keine Spur von ihrem silberblauen Kleid.

»Wo steckst du nur?«, flüsterte sie.

Minal, Maya und Seb standen lachend und schwatzend neben dem Käsebüfett. Die Schüler hatten keinen Zugang zum vollen Tonmaterial. Sie hatten keine Ahnung, was los war. Minal sah auf. Als ihr Blick auf Julias Gesicht fiel, verschwand ihr Lächeln.

Im selben Moment ertönte Carters Stimme auf allen Kanälen: »Code 9! An alle Schüler! *Code 9.*«

Der kleine Teller aus chinesischem Porzellan rutschte aus Mayas Hand, fiel zu Boden und zersprang in tausend Stücke.

Minal starrte immer noch Julia an. Nur langsam dämmerte ihr, was geschah. Doch dafür hatte Julia keine Zeit.

»Los!«, bellte Julia und gestikulierte wild. »Los jetzt.«

Im Ballsaal stimmte die Band *Summertime* an. Mit schmachtender Stimme sang der Sänger: »Summertime … and the livin' is easy …«

Seb griff nach Mayas Hand und zog sie zur Tür. Minal wirbelte herum, wahrscheinlich auf der Suche nach Kyle. Da kam er schon mit weit aufgerissenen Augen zur Tür herein. Als er die anderen entdeckte, machte sich Erleichterung auf seinem Gesicht breit.

Alex stand stocksteif in der Mitte des Speisesaals und sah sich hektisch um. Wachen rannten in alle Richtungen, einige zur Hintertür, andere zum Eingang.

Wie ein Raubvogel kam Zoe herbeigeschossen, schnappte sich die Schüler und rief: »Los!« Sie stieß sie in Richtung Kellereingänge, und da endlich setzten sie sich in Bewegung.

Doch als sie bei Alex angelangt war, schüttelte er widerspenstig den Kopf und sagte etwas, das Julia nicht verstand. Sofort hob Zoe ihr Mikrofon an den Mund, und ihre Stimme ertönte in Julias Ohr. »Sophie wird vermisst.«

Fluchend rannte Julia zurück zum Ballsaal. Erst Gray und Dylan und jetzt auch noch Sophie. Ihr ganzer Plan ging schief. Sie hatten die Schüler doch extra gebeten, zusammenzubleiben – war das etwa zu viel verlangt? Während sie den Flur entlangraste, sah sie im Augenwinkel Kyle und Minal in einen der Eingänge Richtung Kellergewölbe abtauchen. David und Caitlyn waren direkt hinter ihnen.

Seb und Maya verschwanden durch eine andere Tür.

Sie konnte nicht bleiben und nach Sophie suchen. Sie musste Gray finden. Sie stieß die Tür zum Gemeinschaftsraum auf, doch er diente nur als Rückzug für das Personal an der Garderobe.

Am Fuße der großen Treppe hielt sie inne. Wo konnten Gray und Dylan nur hingegangen sein? Vielleicht in die Bibliothek. Gray liebte es dort.

Sie sprintete den Flur hinunter und rief dabei in ihr Mikrofon:

»Carter, wo war sie zuletzt? Kannst du sie auf den Überwachungskameras finden?«

Erins Stimme antwortete ihr: »Carter ist auf dem Weg, um dir zu helfen. Warte kurz. Ich seh mir grad die Kameraaufnahmen an. Eine Sekunde.«

Doch Julia dachte gar nicht daran zu warten. Sie rannte zum Ende des Flures und stieß die Bibliothektür auf. Auf den ersten Blick schien der Raum leer, doch das Licht brannte. Sie wollte schon umkehren und woanders weitersuchen, als sie einen gedämpften Schrei hörte.

Blitzschnell huschte sie weiter hinein und suchte die Gänge zwischen den Bücherregalen ab.

»Gray? Bist du das?«, rief sie.

Schweigen. Dann, nach einer Weile ein Flüstern und ein gedämpftes, höhnisches Lachen.

»Verdammt noch mal, Gray, das ist nicht lustig«, fauchte Julia. Doch selbst als sie es sagte, wusste sie, dass es nicht Gray war.

»Na, hast du deine kostbare Fracht verloren, Bodyguard? Tst. Das wird sich aber gar nicht gut auf deinen Lebenslauf auswirken.«

Ein großer, schlanker Mann, den Julia als einen der Sicherheitsleute von Cimmeria identifizierte, trat aus der Dunkelheit. Er hatte den Arm um Sophie gelegt, die gegen seinen Griff ankämpfte. Ihr glänzendes Haar hing strähnig herab, und sie war verschwitzt und atemlos. Offensichtlich hatte sie geweint.

»Julia, hilf mir!«, rief sie mit vor Angst geweiteten Augen.

Fassungslos starrte Julia den Wachmann an und versuchte sich an seinen Namen zu erinnern. Sie war ihm nicht oft begegnet. Er patrouillierte nur selten und gehörte nicht zu Rajs Leuten. Er war schon vorher an der Schule gewesen.

»Lass sie los«, befahl sie.

Er lachte nur. »Du glaubst doch wohl nicht im Ernst, dass du hier das Sagen hast? Glaubst du wirklich, du kannst gewinnen? Dann hab ich schlechte Nachrichten für dich. Wir kriegen diese Schlampe von Premierministerin und ihr verhätscheltes Töchterchen. Und dann ist der Rest von euch dran. Es ist schon vorbei. Klein-Sophie war bloß ein kleiner Vorgeschmack.«

Bei diesen Worten schüttelte er das Mädchen wie eine Puppe, und sie keuchte und kratzte ihn mit den Fingernägeln. Ungehalten schlug er ihre Hand weg.

»Mag sein«, sagte Julia. »Aber erst musst du an mir vorbei.«

Sein Lächeln wurde breiter. »Das sollte nicht allzu schwer sein.«

Damit stieß er Sophie zur Seite, sodass sie zu Boden ging, und stürzte sich auf Julia. Sie hechtete zur Seite, sprang auf einen Stuhl, weiter auf einen Tisch, auf der anderen Seite wieder herunter und wirbelte genau im rechten Moment herum, als er wieder auf sie zurannte.

Er war schnell. Sie täuschte rechts an und spürte den Luftzug, als seine Faust ihr Gesicht nur um wenige Zentimeter verfehlte.

Aus den Augenwinkeln sah sie, wie Sophie sich schwankend auf ihren High Heels aufrappelte und sich das Gesicht hielt.

Er holte wieder aus, und sie duckte sich erneut.

Fieberhaft versuchte sie, ihr schockstarres Gehirn wieder zum Arbeiten zu bringen. Er war ein Wachmann, doch er arbeitete gleichzeitig für Ashford. Er musste es gewesen sein, der das Kleid aus Grays Zimmer gestohlen hatte. Vielleicht hatte er das Tor geöffnet, um Ashfords Schergen reinzulassen. Er verfügte über alle nötigen Mittel und Informationen.

Sie musste das unbedingt durchgeben, doch ihre Hände waren kampfbereit erhoben, und all ihre Konzentration war bei ihrem Gegner, der sie wie ein Panther mit stumpfen Raubtieraugen umkreiste.

Er setzte einen gezielten Tritt auf ihr Herz ab. Julia hörte Sophie hinter sich keuchen, aber sie hatte keine Zeit für sie. In Windeseile ließ sie sich zu Boden fallen, rollte davon und sprang wieder auf die Füße. Doch sie hatte sich in der Distanz verschätzt und war ihm zu nahe. Wieder holte er aus, und diesmal traf seine Faust ihre Wange. Ihr Kopf schnellte zurück, und sie sah dunkle Flecken in ihrem Blickfeld. Ihr Kiefer fühlte sich an, als würde er in Flammen stehen.

Bevor Julia sich erholen konnte, traf er erneut, diesmal ihre Schläfe.

Er war stark.

Betäubt von den Schlägen sprang sie zurück und brachte stolpernd ein paar Tische zwischen sie. Sie schob sie in seine Richtung und schickte ihm mit aller Kraft eine Schreibtischlampe hinterher. Sie traf streifte sein Gesicht, und er zuckte zurück und schlug sie fort. Das war ihre Chance.

Sie hob das Mikrofon an den Mund und schrie: »Code Red in der Bibliothek. Code Red.« Ihre Stimme war undeutlich, da ihr Gesicht bereits zuschwoll und ihr das Sprechen erschwerte.

Sophie versteckte sich mit einem Ausdruck blanken Entsetzens unter dem Tisch der Bibliothekarin.

Der Mann rannte auf Julia zu, doch diesmal erwartete sie ihn und sprang über einen Tisch, um die Distanz zu wahren, während sie sich nach einer Waffe umsah. Kurzerhand schnappte sie sich eine weitere schwere Lampe und schwang sie drohend wie einen Baseballschläger.

»Komm schon!«, rief sie durch ihre geschwollenen Lippen. »*Mach schon.*«

In dem Moment flog die Tür auf, und Carter, Allie und Zoe kamen hereingestürzt. Binnen Sekunden durchschauten sie, was los war, und rannten auf den Mann zu.

Schnell wie eine Gewehrkugel erreichte Zoe den Mann zuerst. Sie spring hoch und traf ihn mit einem perfekten Flying Kick gegen die Brust.

Wie ein Stein ging er zu Boden, rappelte sich jedoch innerhalb kürzester Zeit wieder auf und rannte zu Sophie, die unter dem Tisch der Bibliothekarin kauerte. Bevor jemand reagieren konnte, hatte er sie mit der rechten Hand gepackt und mit der linken ein Messer gezückt.

Sophie schrie mit vor Panik geweiteten Augen.

»Lassen Sie sie los.« Carter hob beide Hände hoch. »Sie ist ohnehin nicht die, die Sie wollen.«

»Da wäre ich mir nicht so sicher.« Der Mann ging rückwärts zur Tür und schleifte Sophie mit sich. Ihre Beine gaben nach, und sie sackte in sich zusammen. »*Aufstehen*«, zischte er ihr zu und drückte mit dem Arm fester zu. »Beweg dich.«

Doch Sophie war groß und nicht einfach zu bewegen. Als sie sich Zentimeter für Zentimeter der Tür näherten, fing sie Julias Blick auf. Sie wollte ihr etwas sagen. Ihre Schwäche war nur Show, um ihnen Zeit zu geben.

Carter sah Julia fragend an. Sie nickte. Zoe entging ihr stummer Wortwechsel nicht. Julia, Carter und Zoe verteilten sich und näherten sich dem Mann aus drei verschiedenen Richtungen. Auf einmal stürzten sie direkt auf den Angreifer zu. Julia sprang in letzter Sekunde auf ihn und warf sich auf seinen Arm, in dem er das Messer hielt. Sofort ließ er Sophie los und bedrohte stattdessen Julia damit.

Doch der Angriff von Carter und Zoe, die zugleich von der anderen Richtung angestürzt kamen, verwirrte und schwächte ihn. Julia packte in der Landung sein Handgelenk und verdrehte es in einer schnellen, tückischen Bewegung. Ein Knacken – wie ein Ast unter einer Axt – zerriss die Luft. Der Mann schrie auf.

Atemlos drehte Julia ihm den Arm auf den Rücken, und Carter packte den anderen. »Wir haben ihn«, beruhigte er sie und hielt den Mann mit einem stählernen Griff fest. »Such du nach Gray.«

Zoe hatte sich zu Sophie heruntergebeugt, die zu Boden gegangen war, und half ihr auf. »Bist du verletzt?«, fragte sie und suchte sie nach Blutspuren ab.

Sophie schüttelte den Kopf. »Mir geht's gut. Er hat mir nichts getan.«

Zoe sah Julia an. »Ich bringe sie nach unten.«

Der Flur sah aus wie ein Schlachtfeld. Die Schüler waren in ihrem Versteck und die Kellner verschwunden. Gläser und Teller lagen in Scherben auf dem polierten Boden. Weihnachtskugeln waren von den rennenden Menschen mitgerissen worden und baumelten gefährlich lose an der Tannendekoration.

Keine Spur von Dylan oder Gray.

NEUNUNDDREIßIG

In der Dunkelheit, die sie umgab, hörte Gray die Geräusche eines Kampfes. Der widerlich dumpfe Klang von Fäusten, die auf Fleisch trafen. Das zischende Ausatmen, wenn jemand so hart getroffen wurde, dass ihm die Luft wegblieb. Sie hörte eine weibliche Stimme, die schrie »Code 1. Back …«, gefolgt von einem furchtbaren Geräusch. Ein erstickter Schrei und dann ein grässliches Gurgeln.

Die Person, die sie trug, hatte die Arme wie einen Schraubstock um sie geschlossen. Und er war schnell.

Irgendwo in der Nähe ertönte Ashfords tiefe Stimme, an die sie sich nur zu gut aus jener Nacht im Parlament erinnerte. »Bringt sie zum Auto auf der Zufahrt. Und dann weg mit ihr. Haltet unter keinen Umständen an, bevor sie im Flugzeug ist.« Er klang außer Atem und drängend, aber keineswegs panisch. Als wäre das Entführen junger Mädchen für ihn ein ganz gewöhnlicher Zeitvertreib.

Der stahlharte Arm quer über ihrer Brust erschwerte ihr das Atmen. Ihr Gegner war viel größer und stärker als sie. Sie kannte inzwischen fünf Wege, um einen Angreifer abzuwehren, aber leider keinen, um sich aus dieser Art von Griff zu befreien. Ihre Füße berührten kaum den Boden, und er hielt sie so fest umschlungen, dass sie die Hände nicht bewegen konnte.

Alles geschah so schnell, dass sie sich zwingen musste nachzudenken. Wo waren all die anderen? Wo war Dylan? Er war direkt neben ihr gewesen.

In der Ferne hörte sie aufheulende Motoren. Was waren das für Autos, und wie waren sie reingekommen?

Panik stieg in ihr auf, doch sie schluckte sie hinunter.

Denk nach, Gray, befahl sie sich. *Denk nach.*

Genau diese Situation hatten sie im Training durchgenommen. Was zu tun war, wenn eine größere und stärkere Person sie von hinten festhielt. Sie rief sich Zoe vor Augen, wie sie demonstrierte, was zu tun war.

Sie schloss die Augen und verlagerte das Gewicht. Spürte, wie der Mann, der sie hielt, ins Stolpern geriet, und hörte seinen abgehackten Atem, während er ums Gleichgewicht kämpfte.

Sein Griff war immer noch stahlhart, doch es gelang ihr, die Arme zu beugen und ihm die Ellbogen in die Rippen zu rammen.

Er kämpfte nach ihrer plötzlichen Gewichtsverlagerung immer noch mit dem Gleichgewicht, und als ihr Ellbogen seine Rippen traf, entwich ihm zischend der Atem. Doch es war nicht genug, um ihm wirklich zu schaden, er hielt sie einfach zu fest.

»Hör auf, dich zu wehren, Schlampe«, befahl er.

Gray setzte zu einem Tritt nach hinten an und versuchte, seine Knie oder seine Eier zu treffen. Beides würde funktionieren. Doch wieder vereitelten sein Griff und ihr Mangel an Bewegungsfreiheit ihre Versuche.

Er hob einen Arm und schlug ihr ins Gesicht. Ihr Kopf schnellte nach hinten und landete hart auf seiner Schulter. Die Stimmen in ihrem Ohrstöpsel verstummten.

Ihr Hals hatte ein unangenehmes Knacken von sich gegeben und ihre Nase pochte. Ihr Atem kam in abgehackten Schluchzern.

»Versuch das noch mal, und ich brech deine hübsche, kleine Nase«, sagte die kehlige Stimme hinter ihr.

Die Motoren waren nun ganz nah, und durch den Stoff des Beutels auf ihrem Kopf fiel Scheinwerferlicht.

»Hilfe!«, schrie sie und wand sich nach Leibeskräften. »Hilfe!«

Eine Autotür öffnete sich. »Hier«, sagte ihr Entführer. »Übernimm du sie. Sie wehrt sich wie ein angeschossener Tiger. Setz dich meinetwegen auf sie drauf, wenn's nötig ist.«

Jemand anders griff nach ihr.

»Hier. Nimm das.«

Sie spürte ein Paar Hände auf ihren Armen und hörte das Reißen von Tape. Verzweifelt trat sie nach den Händen, die ihre Beine festhielten. »Lass mich los!«

»Ganz ruhig, Tiger«, befahl eine neue Stimme. Sie spürte das klebrige Tape an ihren Knöcheln, trat aber wieder wild um sich, bevor er sie zusammenbinden konnte. Ihr Rücken drückte gegen etwas Weiches. *Ein Autositz*, dachte sie.

Sie würden sie wegbringen. Zu einem Flughafen. Und von da aus wohin? Wer wusste das schon? Sie durfte es nicht zulassen. Sie musste an Dylan denken. An das grässliche Gurgeln.

Mit aller Kraft stieß sie die Füße in den Bauch des Mannes, der sie »Tiger« genannt hatte.

Diesmal stieß sie auf etwas Festes und spürte, wie sein Körper nachgab.

Blitzschnell nutzte sie ihre Chance und stürzte sich dorthin, wo sie ihn vermutete. Blind kollidierte sie mit einer Masse aus Muskeln und Stoff, hörte sein überraschtes Keuchen, und dann stürzten beide zu Boden. Gray schlug mit dem Kopf so hart auf Metall auf, dass sie Sternchen sah.

Doch sie erinnerte sich an ihr Training und rollte weg von dort, wo sie ihren Gegner vermutete. Mit den frei gewordenen Händen riss sie sich den Beutel vom Kopf.

Nun, da sie wieder sehen konnte, erkannte sie, dass sie halb unter einem riesigen Auto lag.

Ein paar Meter entfernt lag ausgestreckt ein Mann. Blut rann seine linke Schläfe hinunter und bedeckte eine Gesichtshälfte. Es sah aus, als wäre er mit dem Kopf am Auto hinter ihm aufgeschlagen und bewusstlos.

Schnell zog sie ihre Füße unter den Range Rover und war jetzt vollständig verborgen. Sie hörte Rufe und Stimmen, sah Füße herbeirennen. Die Luft war heiß und stank nach Abgasen – das Auto über ihr stand mit laufendem Motor.

»Was zur Hölle ist passiert?«, fragte jemand und schüttelte den Bewusstlosen leicht.

»Keine Ahnung. Vor einer Minute war er noch okay«, sagte der Mann mit der kehligen Stimme. »Verdammt. Ich hätte hierbleiben sollen. Die Kleine ist 'ne Kämpferin.«

»Wo ist das verdammte Mädchen?« Die Stimme des Ersten wurde laut, und sie hörte, wie die Türen über ihr aufgerissen wurden. Der Boden des Autos senkte sich ein wenig, als jemand einstieg.

»Weg«, stellte jemand verärgert fest.

Das Auto erzitterte wieder, als er ausstieg. Seine Füße landeten nur Zentimeter von ihrem Kopf entfernt auf dem Boden. »Sie kann nicht weit gekommen sein. Los, wir müssen sie finden.«

Lautlos robbte Gray über die kalte Erde, bloß weg von den Stimmen, auf die andere Seite des Autos. Sie versteckte sich hinter einem Reifen und spähte vorsichtig hinaus. Die Autos standen auf der Zufahrt am Waldrand.

Ihr Herz wurde schwer wie ein Stein. Was zur Hölle sollte sie nur tun? Sie saß in der Falle.

Die Bäume um sie herum waren von schwachen Lichterketten umgeben, und etwa hundert Meter entfernt erhellten Fackeln die runde Auffahrt vor dem großen, gothischen Gebäude.

Die Schule sah aus wie immer.

Ein schwacher Klang weckte ihre Aufmerksamkeit. Sie hielt den Atem an und versuchte auszumachen, was es war. Musik.

Jazzmusik.

Die Erkenntnis ließ ihr Blut gefrieren. Die Band spielte noch. Die Party war noch in vollem Gange. Hatte wirklich keiner bemerkt, was vor sich ging?

Und wo war Dylan? War er verletzt? Oder gar schlimmer?

Sie durfte nicht weiter darüber nachdenken. Sie durfte nicht an das furchtbare Geräusch denken und was es wohl zu bedeuten hatte.

Er war direkt neben ihr gewesen. Doch bevor sie weggetragen wurde, hatte sie die Laute eines Kampfes gehört.

Sie schüttelte den Kopf und verscheuchte die Bilder.

Die einzige andere Möglichkeit war, dass er für Ashford arbeitete. Das war genauso unerträglich.

Es würde eine Menge erklären, flüsterte eine Stimme in ihr. *Seine Geheimnisse. Warum er immer wieder verschwindet …*

Nein, sagte sie sich entschieden. *Nicht Dylan. Nie im Leben.*

Doch wo auch immer er war, sie musste davon ausgehen, dass niemand ihr zu Hilfe kommen würde. Sie musste das allein schaffen. Aber wie? Wenn sie versuchte zu fliehen, würde man sie zwischen den Lichtern sofort sehen. Sie war von Ashfords Schlägertypen umzingelt. Irgendwann würden sie sie finden.

Aber es gab keinen anderen Weg.

Flieh oder stirb.

VIERZIG

Als Julia durch den Flur rannte, spielte die Band noch immer, obwohl der Ballsaal längst leer gefegt war. Am Fuße der Treppe traf sie auf Rachel, Nicole und Allie.

Besorgt musterte Rachel ihr Gesicht. »Du bist ja verletzt.«

»Mir geht's gut«, gab Julia zurück und fragte dann an Allie gewandt: »Wie ist die Situation?«

»Sechs Fahrzeuge sind durchs Haupttor gekommen«, ratterte Allie schnell herunter. »Mit etwa sechzehn Männern. Gray und Dylan werden vermisst. Cameron auch. Ashford ist verschwunden. Alle anderen sind bereit. Mit Sophie alles in Ordnung?«

Julia nickte. »Zoe bringt sie in Sicherheit. Einer der Wachleute von der Schule …«

»Wissen wir«, unterbrach Rachel sie. »Carter hat eine Warnung durchgegeben.«

»Ich seh mal vorne nach.«

»Die Vorderseite ist gut geschützt«, wandte Allie ein.

Doch Julia gab nicht nach. »Ich seh trotzdem mal nach.«

Rachel, Nicole und Allie tauschten Blicke aus. Dann sagte Rachel: »Wir kommen mit.«

Nicole feuerte ihre High Heels in eine Ecke und lief barfuß los. Obwohl die anderen beiden flache Schuhe trugen, konnten sie nicht mit Julia mithalten, die vorausgerannt war und bereits die Tür aufriss.

Draußen war es bitterkalt. Ihr Atem bildete Dampfwolken um sie herum.

Die tanzenden Flammen der symmetrisch um die gewundene Auffahrt angeordneten Fackeln erhellten die stille Nacht.

Fünf schwarze Range Rover standen wie ein Panzerbataillon in einer Reihe am Waldrand und strahlten die Schule drohend an. Etwas weiter entfernt parkte ein riesiger Traktor auf dem Rasen. Seine mannsgroßen Reifen hatten tiefe Furchen ins Gras gegraben.

Mit einer solchen Maschine konnte man durch beinahe jedes Tor fahren, als wäre es ein Blatt Papier.

Das also war Ashfords Armee.

Im Licht der Scheinwerfer sah Julia Leute umherlaufen.

»Wo bist du, Gray?«, flüsterte sie.

»Die Hintertür.« Erins Stimme schnitt laut und drängend in ihr Trommelfell. »Auf den Kameraaufnahmen ist zu sehen, wie Ashford hinten raus ist und Gray und Dylan kurz darauf auch. Cameron ist ihnen nach …«

Mehr hörte Julia nicht. Sie war bereits losgerannt. Hinter sich hörte sie Allie in ihr Mikrofon rufen: »Hintertür!«

Hinter ihr trappelten schnelle Schritte, doch sie drehte sich nicht um. In rasendem Lauf ging es vorbei an der Küche und verschlossenen Türen, die zu Büros und verborgenen Treppen führten.

Die Hintertür stand weit offen und ließ die kalte Nachtluft herein. Julia flog hindurch, sprang die niedrigen Stufen in einem Satz hinunter und landete unsicher, aber mit beiden Füßen auf der gefrorenen Erde. Im schwachen Lichtschein, der durch die Tür nach draußen fiel, schimmerte ein bronzefarbener Fleck.

»Oh, nein«, keuchte sie und drückte auf ihr Mikrofon am Handgelenk. »Schnell, ein Sanitäter draußen vor die Hintertür. *Sofort.*«

Mit seltsam ausgebreiteten Armen lag Cameron auf der Seite.

Langsam und vorsichtig drehte Julia sie auf den Rücken. Ihr Körper war schlaff und schwer wie eine leblose Puppe. Ihre schönen braunen Augen starrten leer in den dunklen Himmel.

Julia stieß den Atem aus. Um sie herum hörte sie Schritte. Jemand beugte sich über ihre Schulter.

»Wir brauchen einen Krankenwagen!«, orderte Allie hinter ihr und gleichzeitig durch den Lautsprecher in ihrem Ohr.

Eine Gestalt tauchte neben ihr auf und versuchte sie sanft beiseitezuschieben, doch Julia regte sich nicht.

Rachel kniete neben ihr nieder. »Ich bin Medizinstudentin, Julia. Lass mich ihr helfen.«

Langsam stand Julia auf und sah zu, wie Rachel erst den Puls an Camerons Handgelenk fühlte und dann die Finger an ihren Hals drückte.

Ihr Kleid war vorn blutüberströmt.

Über ihren leblosen Körper gebeugt begann Rachel mit der Reanimation. Doch Julia wusste – und Rachel sicher auch –, dass jede Hilfe zu spät kam.

Alle Geräusche um sie herum traten in den Hintergrund. Sie hatten versagt. Es war ein dummer Plan gewesen. Sie hätten es nie versuchen dürfen. Sie hätten es besser wissen müssen. *Sie* hätte es besser wissen müssen.

Sie hatten verloren. Menschen würden sterben.

Wie durch einen Schleier beobachtete sie Rachel, die immer noch über Cameron kauerte, Luft in ihre Lungen blies und rhythmisch mit dem Handballen auf ihren Brustkorb drückte. Wachen strömten aus dem Gebäude und rannten an ihr vorbei. Welch eine bizarre Szene für jemanden, der zufällig vorbeigekommen wäre. Einige der Wachen trugen Smokings, andere Ballkleider und wiederum andere die schwarze Talos-Uniform. Ihre Gesichter verloren sich in der Dunkelheit.

Julia schüttelte den Kopf, und der Nebel lichtete sich. Auf einmal sah sie alles ganz klar vor sich. Ashfords Plan für heute Abend.

Sie hob ihr Handgelenk zum Mund und sagte klar und deutlich: »Schließt die Türen ab. Alle Wachen zur Rasenfläche vor der Auffahrt.«

So schnell sie konnte, rannte sie um das Gebäude herum, vorbei an dem dunklen Flügel mit den Klassenzimmern, dessen hohe Fenster leer auf den Wald hinausstarrten. Sie war sich nur vage bewusst, dass noch Leute neben ihr liefen.

Als sie den gefrorenen Rasen vor dem Gebäude erreichten, sah sie wieder die bulligen Range Rover, deren laufende Motoren Abgaswolken in die Winterluft bliesen.

Ihre Sicherheitsleute hatten bereits eine menschliche Mauer zwischen den Fahrzeugen und der Schule gebildet.

Jemand streifte ihren Arm, und als sie zur Seite blickte, sah sie Allie und Zoe neben sich stehen. Beide hatten den Blick konzentriert auf Ashfords Armee gerichtet. Zu ihrer anderen Seite standen Carter und Sylvain Seite an Seite in ihren Anzügen. Auf Sylvains Gesicht entdeckte sie einen Ausdruck, den sie noch gut von früher kannte.

Er musterte sie aus blauen Augen, und sein Blick strich über das getrocknete Blut und die blauen Flecken. »Hallo, Jules«, sagte er. »Wie in alten Zeiten.«

Julia erlaubte sich für den Bruchteil einer Sekunde den Gedanken, was Allie wohl empfinden musste, hier neben ihrem Ex-Freund und ihrem Partner zu stehen, und verdrängte ihn dann.

»Ist Gray da draußen?«, fragte Allie sie.

»Ich glaube schon.« Julia spähte mit gerunzelter Stirn zu den Autos hinüber. »Aber die sitzen nur rum. Wenn sie sie haben, worauf warten sie dann noch?«

»Vielleicht haben sie sie doch nicht, oder sie können sich nicht entscheiden, was sie als Nächstes tun«, sagte Sylvain. Er blickte von Allie zu Carter. »Wir sollten ihnen keine Zeit zum Überlegen geben.«

Er hatte recht.

Julia hob wieder das Handgelenk zum Mund. »Gray könnte in einem dieser Autos sein. Findet sie. *Jetzt.*«

Und schon stürzte die Front der Sicherheitsleute geschlossen auf die riesigen SUVs zu.

EINUNDVIERZIG

Aus ihrem Versteck unter dem Jeep heraus beobachtete Gray den schmalen Grünstreifen, den sie erkennen konnte. Männer liefen mit schnellen Schritten vorbei. Hin und wieder schnappte sie ihre Gesprächsfetzen auf, wie sie sich mit zunehmend wütenden Stimmen anbellten.

»… Waldrand negativ …«

»… vielleicht tiefer im Wald …«

»… mir scheißegal. Findet sie!«

Mit schmerzhaft gegen die Rippen schlagendem Herzen wartete sie dort unten eine gefühlte Ewigkeit, auch wenn es in Wahrheit vielleicht nur dreißig Sekunden waren. Ihr Kopf pochte, und ihr Nacken tat weh. Sie fühlte sich seltsam schwindelig. Aber das war vielleicht auch nur das Adrenalin. Oder eine Gehirnerschütterung. Sie durfte nicht zulassen, dass der Schwindel überhandnahm. Sie musste sich retten.

Sie war nicht so weit gekommen, um jetzt aufzugeben.

Hier konnte sie nicht bleiben. Irgendwann würden sie darauf kommen, unter den Autos nachzusehen. Es war so naheliegend. Doch irgendwas schien sie abzulenken. Sie hörte einen Ruf, und dann stürzten alle davon. Sie sah ihre Füße vorbeifliegen.

Endlich war die Luft rein. Das war ihre Chance.

In einer fließenden Bewegung, die sie in den letzten Tagen ungefähr hundert Mal geübt hatte, rollte sie unter dem Auto hervor auf die offene Rasenfläche und sprang auf. Schnell, ohne sich umzusehen, rannte sie so schnell sie konnte auf die Schule zu.

Als der Typ sie hergeschleift hatte, hatte sie ihre Schuhe verloren. Der Rasen war eisig unter ihren bloßen Füßen, und Steine drückten sich in ihre Sohlen, doch sie ignorierte den Schmerz.

Ihr Jeep hatte ganz hinten gestanden. Sie rannte an den anderen vorbei und zuletzt an einem riesigen Traktor, der mit seinen hohen Reifen direkt auf dem Rasen stand. Blitzschnell warf sie sich dahinter und schnappte nach Luft.

Der Schwindel kehrte zurück. Sie kämpfte gegen die Ohnmacht an und glaubte für einen Moment, sich übergeben zu müssen. Die Hände auf den Knien beugte sie sich vornüber.

Seltsamerweise spürte sie die Kälte kaum. Von ihrem Inneren schien eine Wärme auszugehen, die sich in ihrem ganzen Körper ausbreitete.

Als der Schwindelanfall vorüber war, richtete sie sich wieder auf und versuchte sich zu orientieren. Von ihrem Versteck aus entdeckte sie eine Reihe dunkler Gestalten, die Schulter an Schulter vor der Schule standen. Bei dem Anblick machte ihr Herz einen kleinen Sprung. Sie hatten nach ihr gesucht.

Ihnen gegenüber standen Ashfords Männer.

Sie suchte nach Julia. Im tanzenden Schein der Fackeln und den grellen Scheinwerfern war sie schwer auszumachen, doch sie glaubte ihr silbernes Kleid in der Mitte zu sehen.

Gray begann wild zu winken, doch ihr Versteck im Schatten des Traktors war einfach zu gut. Niemand bemerkte sie.

Oder doch? Plötzlich löste sich eine Gruppe von vier Männern aus Ashfords Truppe und rannte auf sie und den Traktor zu.

Erschrocken kauerte Gray sich hinter den Reifen und hielt die Luft an. Sie rannten nur Zentimeter an ihr vorbei.

Sie hörte das Trommeln ihrer Schritte und sah ihre Atemwolken in der kalten Luft. Nun waren sie fast am Wald angelangt. Sie waren ihr so nah, dass sie ihre Augen über den dunklen Skimasken glitzern sah.

Doch sie entdeckten sie nicht. Sie sprinteten direkt in den Wald.

Nun war sie zwar in Sicherheit, doch sie saß auch in der Falle. Ashfords Männer standen zu beiden Seiten. Sie musste unbedingt hier weg.

Verzweifelt maß sie die Entfernung zum Schulgebäude ab. Nie hatte sie sich mehr nach seinen schützenden Mauern gesehnt. Doch dafür musste sie erst an Ashfords Schlägern vorbei. Wie sollte sie das anstellen?

Es musste einfach einen Weg geben. Vielleicht konnte sie einen Bogen um sie machen? Weg vom Gebäude und dann wieder zurück? Aber dann wäre sie viel zu lange auf offenem Gelände. Sie war nicht schnell genug, und die Gefahr war groß, dass sie sie in dieser Zeit fassten.

Während sie fieberhaft nachdachte, näherten sich auf einmal schnelle Schritte vom Wald her.

Mit erhobenen Fäusten wirbelte sie herum und keuchte.

Dylan kam stolpernd um den Traktor herum auf sie zu.

Fassungslos starrte sie ihn an. Er hatte Blut im Gesicht und getrocknete braunrote Striemen auf dem zuvor schneeweißen Hemd. Ein Auge war beinahe zugeschwollen.

»Dylan!« Sie rannte zu ihm. »Wo warst du?«

»Keine Zeit.« Er keuchte. Er schien völlig erschöpft. Noch nie hatte sie ihn so außer Atem gesehen. Sein linkes Bein schleifte ein wenig nach, so als wäre er verletzt. Doch er sagte nur: »Wir müssen hier weg.«

»Du bist verletzt.« Ihr Gehirn schien immer noch nicht mit seiner plötzlichen Anwesenheit fertigzuwerden. »Was ist passiert?«

»Ich hab nach dir gesucht. Ich hab gesehen, wie sie dich weggebracht haben, aber einer von Ashfords Typen hat mich windelweich geschlagen. Als ich dem endlich entkommen bin, warst du schon weg. Ich hab überall nach dir gesucht …« Seine Stimme brach, und er schüttelte mit zusammengepressten Lippen den Kopf. »Wir müssen weg. Kannst du rennen?«

»Klar«, versicherte sie ihm.

In Wahrheit war sie so dankbar, dass er noch am Leben und sie nicht mehr allein war, dass sie hätte fliegen können.

Doch sie zwang sich, ruhig und konzentriert zu bleiben. »Wo sollen wir denn hin? Ashford hat Leute im Wald *und* zwischen uns und der Schule.«

»Ich hab die beobachtet«, erklärte er. »Und ich glaube, ich weiß, was die vorhaben. Wenn wir direkt auf das Gebäude zulaufen, schaffen wir es niemals an ihnen vorbei. Viel zu viele, und sie sind zu gut. Wir sollten es mit dem Wald versuchen.« Ein unerwartet verschmitztes Lächeln huschte über sein blutunterlaufenes Gesicht. »Den kennen wir besser als sie.«

Im Schatten des Traktors krochen sie flink nach hinten. Um zum Wald zu gelangen, mussten sie ein schmales Stück über den offenen Rasen laufen. Dort wären sie allen Blicken ausgesetzt, doch eine andere Möglichkeit gab es nicht.

Am Hinterreifen angelangt, beugte Dylan sich vor, um zu sehen, ob die Luft rein war. Dann flüsterte er: »*Jetzt.*«

Leise flogen sie über den Rasen in den Schatten des Waldes. Es dauerte nur wenige Sekunden, bis sie seine schützenden Baumkronen erreicht hatten, und Gray war nie dankbarer gewesen, dort zu sein.

Nichts deutete darauf hin, dass sie auf ihrer wilden Flucht entdeckt worden waren – keine Rufe oder Schritte. Doch sie durften sich nicht in Sicherheit wiegen. Bis dahin war es noch ein langer Weg.

Zwischen den Bäumen verlangsamten sie ihre Schritte. Es gab keinen Pfad, und sie mussten sich so leise wie möglich durchs Unterholz bewegen, um Ashfords Männer nicht zu alarmieren, die hier auch irgendwo waren. Unsichtbar und brandgefährlich.

»Wo lang?«, flüsterte Gray.

Dylan zeigte nach rechts. »Wir laufen immer am Waldrand entlang, bis wir neben dem Schulgebäude sind«, sagte er leise. »Und schleichen uns von der Seite rein. Da hat Ashford, glaube ich, niemanden postiert.«

Klang nach einem guten Plan. Wären da nicht die Männer, die sie erst vor ein paar Minuten genau hier im Wald hatte verschwinden sehen. Sie hatte keine Ahnung, wo sie steckten. Aber einen Versuch war es wert.

Dylan übernahm die Führung. Lautlos und geschmeidig umrundete er die Bäume und bahnte ihnen einen Weg durch das dichte, dornige Unterholz, dass selbst den tiefsten Winter überlebte. Steine, Zweige und vertrocknete Tannennadeln bohrten sich in Grays Fußsohlen, doch sie blendete den Schmerz aus und lief so schnell sie konnte hinterher.

Sie hatten einen umgestürzten Baumstamm erreicht. Dylan sprang darüber und streckte dann eine Hand nach ihr aus, um ihr zu helfen. Doch der Wald schien auf einmal vor ihren Augen zu schwanken. Stolpernd griff Gray nach einem Ast, um das Gleichgewicht zu halten.

»Bist du verletzt?« Alarmiert eilte er zurück und schlang die Arme um sie, damit sie nicht stürzte.

»Mir geht's gut«, versicherte sie. »Mir ist nur ein bisschen schwindelig.«

Er legte eine Hand auf ihre Stirn und hatte klebriges Blut an den Fingerspitzen. »Du hast dir den Kopf gestoßen. Könnte eine Gehirnerschütterung sein.«

Er klang besorgt, doch der Schwindel war schon wieder verflogen, und sie hatte die eigenartige Empfindung, dass ihr heiß und kalt zugleich war. Trotzdem konnte sie wieder ohne Hilfe stehen.

»Alles in Ordnung«, beharrte sie. »Los, wir müssen weiter.«

Er schien nicht überzeugt und blieb dicht neben ihr, während sie weiter durch die Dunkelheit liefen. Es war eine ruhige Nacht. Nur hier und da hörte Gray jemanden rufen. Jeder Schritt schien sich über viele Meter zu erstrecken und das Rascheln getrockneter Farne klang in ihren Ohren laut wie Schreie.

Grays Kopf hatte zu pochen begonnen. Ihr war wieder schwindelig, doch sie versuchte sich nichts anmerken zu lassen. Sie mussten zurück zur Schule. Zu Julia.

In Sicherheit.

Dylan drehte sich zu ihr um, zeigte auf eine Lücke zwischen zwei Bäumen und flüsterte: »Da vorn ist schon der Pfad.«

Sie nickte. Sie hatten es fast geschafft. Doch ihr war plötzlich eiskalt, und sie war todmüde. Es schien, als hätte sie auf einmal alle Kraft verlassen. Jeder Schritt war ungeheuer mühsam. Ihre Füße waren schwer wie Blei, als hätten die Bäume ihre Wurzeln nach ihr ausgestreckt und hielten sie am Boden.

Nach Luft schnappend fiel sie zurück. Weiter vorn trat Dylan auf den offenen Waldweg.

Er hatte noch nicht einmal zwei Schritte getan, da sprang plötzlich ein Mann aus der Dunkelheit und packte ihn am Hals.

Hinter den Bäumen gefror Gray zur Statue. Was sollte sie tun? Der Mann war viel größer als Dylan und hatte den Überraschungsmoment genutzt. Nur eine heftige Handbewegung, und er könnte ihm das Genick brechen.

Panisch sah sie sich nach einer Waffe um. Irgendwas, das ihr helfen könnte.

»Wo ist sie?«, knurrte der Mann. »Wo ist das Mädchen?«

Halb erstickt keuchte Dylan: »Sie ist … direkt hinter … mir.«

Gray stockte der Atem. Er hatte sie verraten. Hatte ihnen einfach rundheraus gesagt, wo sie war.

Wie konnte er nur? Arbeitete er etwa doch für Ashford?

Nicht Dylan. Bitte nicht.

Der Mann drehte sich um und sah in ihre Richtung. Diesen Moment nutzte Dylan, indem er mit dem rechten Arm ausholte und dem Typen mit der Handfläche die Nase brach. Blut strömte ihm über den Mund, und mit einem Schrei ließ er instinktiv los, um die Hände zum Gesicht zu heben.

Von seinem Griff befreit, wirbelte Dylan geschmeidig mit erhobenem Fuß herum und traf den Mann unterm Kinn, sodass er hintenüber gegen einen dicken Baumstamm flog. Sein Kopf prallte dumpf auf, und er sackte in sich zusammen.

Gray beobachtete das Ganze mit offenem Mund. Abgesehen von Julia hatte sie noch nie jemanden so kämpfen sehen. Viel professioneller als alles, was Dylan jemals im Training gezeigt hatte. Es hatte beinahe akrobatisch ausgesehen.

Sie rannte zu ihm.

»Ist er tot?« Doch schon während sie es sagte, sah sie, wie sich die Brust des Mannes hob und senkte.

»Leider nicht«, sagte Dylan kurz angebunden. »Los, weg hier.«

Im Schutz der Bäume folgten sie dem kurzen Pfad. Ihre Schritte waren beinahe lautlos auf der platt getrampelten Erde. Gray hätte Dylan gern gefragt, wie er das gerade angestellt hatte. Wo hatte er so kämpfen gelernt? Doch das musste warten. Wenigstens arbeitete er nicht für Ashford. Daran hatte sie keinen Zweifel mehr.

Der Schmerz in ihren Füßen war verschwunden, und ihr Kopf wurde klarer. Auf dem Pfad kamen sie schneller voran und nach wenigen Minuten lichtete sich der Wald. Durch die Zweige glommen die erleuchteten Fenster der Schule. Endlich kamen sie auf einer Seite des Gebäudes heraus, wo Ashfords Schergen sie nicht sehen konnten.

Erleichtert kämpfte Gray auf den letzten Metern gegen den Schwindel an, der sie erneut in Wellen überkam. Gleich war sie in Sicherheit.

Da hörte sie Motoren und Sirenen. Noch weit entfernt, doch sie kamen näher.

»Ist das die Polizei?«, fragte sie hoffnungsvoll.

»Egal«, sagte Dylan und griff nach ihrer Hand. »Hauptsache, wir sind gleich drinnen.«

Und damit brachen sie aus dem Wald heraus und rannten auf das Gebäude zu.

Der Vordereingang war zu ihrer Linken, der Hintereingang zu ihrer Rechten.

»Wohin?«, fragte Gray atemlos.

»Rechts«, kam es von Dylan.

Sie waren beinahe bei der ersten Fackel angelangt, als die Motoren der Range Rover mit einem Aufheulen zum Leben erwachten.

Schlitternd kamen sie zum Halt, drehten sich um und sahen, wie die sechs bulligen Fahrzeuge mit fliegenden Steinchen im Kies drehten und dann mit Vollgas Richtung Haupttor fuhren, bis nur noch ihre Rücklichter purpurrot zwischen den Bäumen blinkten.

»Sie sind weg«, sagte Gray ungläubig zu sich selbst.

Dylan legte ihr einen Arm um die Schulter und zog sie näher an sich heran. Da erst bemerkte sie, wie sehr sie zitterte.

»Lass uns reingehen«, sagte er.

Stolpernd liefen sie in Richtung Tür, als plötzlich ein Ruf ertönte: »*Halt.*«

Vor ihnen tauchte eine Frau auf und stürzte auf sie zu. Durch ihren Erschöpfungsschleier erkannte Gray Julias einst wunderschönes silbernes Kleid, nun zerrissen und schmutzig. Als sie ins Licht trat, war ihr Ausdruck so besorgt und angespannt, wie Gray sie nie zuvor gesehen hatte.

Doch bei ihrem Anblick löste sich etwas von der Anspannung.

»Gott sei Dank«, stieß sie aus. »Du lebst.«

Wortlos warf Gray sich in ihre Arme. Tränen brannten ihr in den Augen.

Ohne sie loszulassen, sprach Julia mit brüchiger Stimme in ihr Mikrofon.

»Firefly in Sicherheit. Ich wiederhole: Firefly in Sicherheit.«

ZWEIUNDVIERZIG

Von dem Moment an erinnerte Gray sich nur noch sehr verschwommen an die Ereignisse der Nacht.

Kurz darauf trafen zwei Krankenwagen ein, gefolgt von einem Strom Polizeiwagen. Sicherheitsleute in unterschiedlichsten formellen und informellen Outfits liefen über das Gelände und sprachen in ihre Mikrofone.

Kaum zuckten die Blaulichter der Polizei auf der Auffahrt, da kam auch schon Grays Mutter aus ihrem Safe Room geeilt.

Umringt von Sanitätern, die sie untersuchten, hörte Gray sie schon von Weitem durch die offene Eingangstür der Schule. »Ich sage Ihnen, mir kann gar nichts passieren. Meine Güte, ich bin von fünfzehn Bodyguards umgeben. Ich bestehe darauf, meine Tochter zu sehen.«

Als sie Gray in einem Krankenwagen sitzen sah, wo ein Sanitäter gerade ihren Blutdruck maß, brach ihre Mutter in Tränen aus.

»Schon wieder«, schluchzte sie und nahm sie in die Arme. »Es ist schon wieder so weit gekommen.«

»Mom, mir geht's gut«, wehrte Gray sie beschämt ab. »Ist doch nur eine Gehirnerschütterung.«

Ohne sie zu beachten, betrachtete ihre Mutter eingehend die Kopfverletzung. »Warum müssen Partys mit dir eigentlich immer im Krankenhaus enden?«

Während Gray und die Sanitäter sie davon zu überzeugen versuchten, dass sie keine ernsten Verletzungen davongetragen hatte, wurde Cameron gerade zum Krankenwagen gebracht. Als die Sanitäter die Trage über den Kies rollten, lief Julia nebenher und hielt die Hand der bewusstlosen Frau. Mit hängenden Schultern stand sie danach auf der Auffahrt und starrte verloren in die Dunkelheit, wo die Rücklichter des Krankenwagens verschwunden waren.

Camerons schwere Verletzungen rückten Grays Kratzer in ein anderes Licht und brachte ihre Mutter zum Schweigen.

Dylan und Gray hatten Julia von dem Mann erzählt, der sie im Wald angegriffen hatte, und die Polizei und das Sicherheitsteam von Talos hatte daraufhin einen Suchtrupp losgeschickt. Trotz seiner Verletzungen hatte Dylan darauf bestanden, mitzukommen, um ihnen den Weg zu zeigen.

Zwanzig Minuten später hatte die Polizei wieder Ordnung in das Chaos gebracht. Grays Mutter telefonierte mit Raj Patel und ihrem Vater, und Gray stand in eine Decke gewickelt unter dem Vordach am Eingang und beobachtete die Lichter der Taschenlampen, die wie Glühwürmchen durch die Bäume flackerten.

Da flog hinter ihr auf einmal die Tür auf.

»Da ist sie.« Kyle trat mit einem verschmitzten Grinsen aus der Tür, dicht gefolgt von Minal.

Während die drei sich eine ganze Weile in den Armen lagen, versammelten sich die anderen Schüler um sie herum und redeten aufgeregt durcheinander. Sie alle starrten vor Schmutz und waren erleichtert, dem Keller entkommen zu sein.

»Wie war der Safe Room?«, fragte Gray.

»Voller Spinnen«, sagte Minal mit einem Schaudern. »Aber safe.«

»Mein Jackett kriege ich nie wieder sauber«, bemerkte Kyle mit einer Grimasse und schlug auf die Staubschicht. David war neben ihn getreten und Gray bekam mit, wie die beiden einen schnellen Blick wechselten und sich zulächelten. Da wurde ihr Herz auf einmal ganz leicht.

Sophie stand ungewohnt still neben Alex und ließ den Kopf immer wieder an seine Schulter sinken. Zögernd legte er einen Arm um sie, und sie lehnte sich dankbar an. Ihr Gesicht war auf einer Seite blau verfärbt, und Gray fragte sich, was wohl geschehen war.

Nun hatten sie alle ihre Narben.

Während die anderen sich unterhielten, kam Maya herbei und stellte sich neben Gray. Eine ganze Weile schwieg sie, dann sagte sie so leise, dass Gray es sich auch eingebildet haben konnte: »Ich finde dich unglaublich mutig.«

Doch im selben Moment wurden sie von Rufen aus dem Wald abgelenkt. Abwesend streckte Gray eine Hand nach Mayas Arm aus und drückte ihn sanft. Doch ihr Blick war unverwandt auf den Schein der Taschenlampen gerichtet.

»Was ist da denn los?«, fragte Minal und gesellte sich zu ihnen.

Gray erzählte, was im Wald vorgefallen war. Als sie geendet hatte, tauchten die Polizisten vom Suchttrupp einer nach dem anderen zwischen den Bäumen auf. In ihrer Mitte führten sie einen Mann ganz in Schwarz, dessen Hände in Handschellen auf dem Rücken lagen.

»Einen haben wir schon mal«, sagte Kyle anerkennend.

Allmählich fühlte Gray sich seltsam erschöpft. Die Sanitäter hatten ihr ein Schmerzmittel gegeben, und die aufregende Nacht begann langsam ihren Tribut zu zollen. Inzwischen waren sie hineingegangen und lagen ausgestreckt auf den Sofas im warmen Gemeinschaftsraum.

Sie wollte unbedingt wach bleiben, um auf Dylan zu warten, doch ihre Augenlider wurden schwer, und sie döste immer wieder ein.

Gegen ein Uhr morgens hörte sie undeutlich die Stimme ihrer Mutter: »Bringt sie in mein Zimmer.«

Jemand hob sie hoch, und sie spürte, wie sie getragen wurde.

Danach erinnerte sie sich an gar nichts mehr.

Als Gray aufwachte, fielen Sonnenstrahlen durch das Fenster neben ihrem Bett. Sie rollte zur Seite, um nachzusehen, wie spät es war, doch ihr Kopf und ihr Nacken protestierten heftig. Mit einem Zischen hielt sie inne und wartete, bis der Schmerz nachgelassen hatte. Dann drehte sie sich um.

Aber da war keine Uhr. Und ihr Fenster, normalerweise ein hohes Bogenfenster, war auf einmal niedrig und rechteckig.

Stöhnend richtete sie sich auf und sah sich um. Sie war in einem großen, komfortablen Raum gelandet und lag in einem Himmelbett mit weißen Leinenvorhängen.

Verwirrt sah sie sich um. Dann fiel ihr Blick auf den Lieblingskoffer ihrer Mutter, der an der Wand neben der Tür lehnte.

Doch von ihr selbst keine Spur, und das Gebäude kam ihr seltsam ruhig vor.

Vorsichtig richtete sie sich weiter auf, bis sie ihre Beine aus dem Bett schwingen und ihre Füße auf den Boden stellen konnte.

Alles tat weh. Ihre Nase, ein Auge, der Kopf, und als sie in den Spiegel sah, blickte ihr ein wirres Durcheinander entgegen. Auf ihrer Stirn prangte eine lila Beule, ihre Nase war auf das Dreifache ihrer normalen Größe angeschwollen, und die Wunde an ihrem Haaransatz war mit einem dicken Verband verbunden worden.

»Aber immerhin bin ich am Leben«, sagte sie laut zu ihrem stark mitgenommenen Spiegelbild und versuchte ihre Gedanken an Cameron beiseitezuschieben.

Nach einer schnellen Dusche entdeckte sie, dass ihre Mutter ihr Leggins und einen warmen Pulli ordentlich zusammengefaltet auf einen Stuhl gelegt hatte. Daneben stand ein Paar klobige Ankle Boots. Gray realisierte, dass sie es von zu Hause mitgebracht haben musste, denn hier in der Schule hatte sie kaum eigene Klamotten.

Als sie aus dem Zimmer ging, fühlten sich ihre Füße immer noch steif von ihrem Barfußdauerlauf durch den Wald an. Sie versuchte das Gewicht nach vorn auf die Zehen zu verlagern, um den Schmerz ein wenig zu lindern.

Als sie die Eingangshalle erreichte, sah sie einige Koffer neben der Tür stehen. Die Dekoration war bereits vollständig verschwunden. Nichts verriet, dass hier gestern ein Ball stattgefunden hatte.

»Gray!« Mit fliegendem Pferdeschwanz kam Minal auf sie zu gerannt. In Jeans und einem langen Sweatshirt sah sie ganz verändert aus. Erst jetzt fiel Gray auf, dass sie sie bisher nur in Schuluniform gesehen hatte. »Ich dachte schon, du wachst gar nicht mehr auf. Bist du okay?«

Kyle kam mit etwas verquollenen Augen, aber einem selbstzufriedenen Gesichtsausdruck hinterher. »Mädchen. Du hast jede Menge Tratsch verpasst. Wir müssen dich erst mal auf den neuen Stand bringen.«

»Lass hören.«

»Die Polizei ist immer noch da draußen«, erzählte Minal und wippte aufgeregt auf den Fußballen auf und ab. »Jetzt suchen sie das ganze Gelände mit Hunden ab.«

»Was ist mit Cameron?«, fragte Gray.

Auf einen Schlag wurden beide ernst. »Sie kommt wahrscheinlich nicht durch«, sagte Kyle. »Ich hab einen der Wachposten sagen hören, dass sie zu viel Blut verloren hat.«

Gray dachte an Julias blasses Gesicht gestern Nacht, und ihr Herz wurde schwer.

»Haben sie John Ashford verhaftet?«, fragte sie. »Bitte sagt Ja.«

Doch die beiden schüttelten einhellig die Köpfe. »Man hat die Jeeps ungefähr fünfzig Kilometer von hier entfernt gefunden. Keine Spur von ihnen«, sprudelte Minal hervor. »Anscheinend alle gestohlen. Auch der Traktor. Der steht immer noch da draußen rum wie die allerschlechteste Gartendeko der Welt. Alle reden davon, dass es organisierte Kriminalität oder so was war.«

Eine Gruppe Bodyguards in dunklen Anzügen kam mit Grays Mutter in der Mitte auf sie zu. Sie telefonierte. Doch als sie Gray entdeckte, legte sie abrupt auf und schloss sie in die Arme.

»Du solltest doch eigentlich im Bett sein! Wie fühlst du dich?«

»Als hätte ich einen Autounfall gehabt. Aber sonst ganz gut«, erwiderte Gray. »Hunger hab ich.«

»Du siehst furchtbar aus.« Ihre Mutter legte den Kopf schief und betrachtete sie aus der Nähe. »Dein schönes Gesicht.«

»Glaub mir, ich war auch schon zufriedener mit meinem Aussehen«, gab Gray matt zurück.

»Hoffen wir, dass es nun wirklich das letzte Mal war.« Ihre Mutter streifte ihre Stirn mit einem Kuss.

»Mum.« Gray senkte die Stimme. »Ashford wurde nicht verhaftet?«

Die Miene ihrer Mutter verdüsterte sich. »Sie sind noch dabei, die Beweislage zu klären, aber bisher gibt es nichts, was ihn direkt mit dem Angriff in Verbindung bringt. Der Mann, der gefasst wurde, lügt. Genau wie der, der dich in Oxford mit einem Messer angegriffen hat. Er behauptet, er hätte allein gehandelt, was natürlich völliger Quatsch ist. Deshalb müssen sie noch mal alles gründlich durchgehen und versuchen, ihm und den anderen nachzuweisen, dass sie für Ashford gearbeitet haben.«

Was für eine Schreckensnachricht. Sie mussten einfach Beweise finden. Irgendwie. Sonst würde es immer so weitergehen.

Doch ihre Mutter redete mit ungetrübtem Optimismus weiter. »Du hast dich gestern Nacht wacker geschlagen. Allie hat dich in den höchsten Tönen gelobt.« Ihr Handy klingelte wieder, und sie trat einen Schritt zurück. »Da muss ich drangehen, Liebling. Wegen dem ganzen Chaos gestern Abend dreht die Presse völlig durch. Anna versucht alles von London aus zu bewältigen, aber es ist der reinste Albtraum. In einer Stunde fahren wir nach Hause. Ich muss nur noch ein paar Kleinigkeiten erledigen. Was ist mit dir? Hast du gepackt? Nein? Dann mach das lieber. Ach ja«, sagte sie noch über die Schulter, »im Speisesaal sind ein paar belegte Brote. Iss was, bevor wir fahren. Du hast das Frühstück verpasst.«

Und damit rauschte sie davon, das Handy am Ohr und die Bodyguards in einer Traube um sie herum.

Sobald sie fort war, scharten Kyle und Minal sich wieder um Gray.

»Deine Mutter ist echt klasse«, sagte Minal bewundernd.

»Und so unfassbar glamourös«, seufzte Kyle.

»Sie kann einen wirklich fertigmachen«, sagte Gray. »Aber ich liebe sie trotzdem.« Sie hakte sich bei den beiden unter und zog sie mit sich. »Ihr müsst mit mir in den Speisesaal kommen. Ich will alles hören, was ihr mir gestern Nacht noch nicht sagen konntet. Aber ich muss auch dringend was essen.« Sie sah Kyle an. »Und ich muss auch dringend alles über dich und David wissen, und zwar sofort.«

Er wurde rot. »Ein Gentleman schweigt und genießt«, sagte er.

»Tust du gar nicht«, widersprachen die beiden Mädchen im Chor, und sie mussten alle lachen.

»Okay, aber ich hab nur noch eine Stunde, bis das Auto kommt«, warnte er. »Das reicht nie im Leben.«

»Ich kann bei Rachel und Nicole mitfahren«, sagte Minal. »Ich glaube, sie warten noch, bis sich die Lage hier ein bisschen beruhigt hat.« Mit einem Blick auf Gray fügte sie hinzu: »Übrigens habe ich Sophie eingeladen, mit uns Weihnachten zu feiern, und sie hat Ja gesagt. Nur, dass du es weißt: Von jetzt an ist alles deine Schuld.«

Gray verzog das Gesicht. »Tut mir leid. Aber du wirst im Himmel belohnt werden.«

»Hey, Leute!« Bereits im Mantel lief Maya auf sie zu. »Der Fahrer, der mich zum Flughafen bringt, ist da. Ich wollte mich noch schnell von euch verabschieden.« In Röhrenjeans und kniehohen Stiefeln sah sie sehr schön aus. Die Locken hatte sie unter eine Strickmütze gesteckt, doch einige hatten sich wieder gelöst und umrahmten anmutig ihr Gesicht. Sie sah Gray aus blauen Augen an und lächelte schüchtern. »Ich bin froh, dass dir nichts passiert ist.«

»Ich bin auch froh, dass dir nichts passiert ist.« Gray zog sie in eine schnelle Umarmung. »Du kommst doch im nächsten Halbjahr wieder, oder?«

»Ich hoffe.« Maya zögerte. Dann sagte sie mit gesenkter Stimme: »Kann ich dich kurz sprechen, bevor ich gehe?«

»Klar.« Gray drehte sich zu den anderen beiden um. »Sehen wir uns gleich im Speisesaal?«

»Wir halten dir einen Platz frei«, versprach Minal.

Minal und Kyle umarmten Maya zum Abschied und gingen dann angeregt plaudernd in den Speisesaal.

Als sie außer Hörweite waren, wandte Gray sich an Maya: »Was ist los?«

»Wegen Dylan«, sagte Maya zögerlich. »Es gibt da was, das ich dir hätte sagen sollen. Ich wollte es, aber irgendwie dachte ich, es geht mich nichts an, und deshalb habe ich nichts gesagt. Aber im Nachherein kommt es mir falsch vor.«

Gray drehte sich der Magen um. Seit er mit der Polizei in den Wald gegangen war, hatte sie Dylan nicht mehr zu Gesicht bekommen. Als sie ins Bett getragen wurde, war er immer noch nicht aufgetaucht.

»Was ist mit ihm?«, fragte sie. »Ist ihm was passiert?«

»Nein, nein«, versicherte Maya ihr. »Es ist nichts Schlimmes. Ich glaube nur, er hat dir nicht die Wahrheit darüber gesagt, wer er ist. Und das sollte er. Ich sehe doch, dass zwischen euch beiden was läuft, und finde es nicht richtig, wenn du die ganze Zeit über nicht weißt, wer er ist.«

Gray starrte sie an. »Was willst du damit sagen? Wer ist er denn?«

»Ein guter Mensch. Aber kein Schüler. Nicht wirklich jedenfalls.«

»Kein Schüler?« Gray hob ungläubig die Brauen. »Das verstehe ich nicht.«

Am Ende des Flures tauchte ein Mann auf und winkte Maya zu. Sie hob entschuldigend die Hand.

»Ich muss los«, sagte sie zu Gray. »Außerdem habe ich nicht das Recht, dir seine Geheimnisse zu erzählen. Aber frag ihn. Er wird's dir sagen.«

Der Mann rief nach ihr, und Maya lief auf ihn zu, drehte sich auf halbem Wege aber noch einmal mit einem ernsten Lächeln zu Gray um. »Ich bin froh, dich kennengelernt zu haben. Wir sehen uns hoffentlich im Januar wieder. Wenn wir alle am Leben bleiben.«

Und damit rannte sie mit leichten, schwungvollen Schritten den Flur hinunter. Bereit, nach Hause zu gehen.

DREIUNDVIERZIG

Nach dem Mittagessen reisten Minal und Kyle als Letzte ab. Die restlichen Night-School-Schüler waren schon abgeholt worden. Als sie hinter Minal zum Auto ging, bog Sophie noch einmal zu Gray ab und schloss sie in eine unerwartete Umarmung.

»Danke«, flüsterte sie heftig und ging dann ohne ein weiteres Wort davon.

Gray wusste nicht, was sie davon halten sollte. Doch am Ende entschied sie sich dafür, es als Sieg zu werten.

Nachdem die drei fort waren, ließ ihre Mutter ihr durch einen Bodyguard ausrichten, sie solle endlich packen. Widerstrebend schlich Gray auf ihr Zimmer. Der Mädchenflügel war wie ausgestorben, und ihre Schritte hallten laut durch den leeren Flur. Es fühlte sich komisch an. Sie betrat ihr Zimmer.

Alles war genau so, wie sie es gestern hinterlassen hatte, bevor sie zum Ball hinuntergegangen war. Ihr Make-up und ihre Frisiersachen lagen noch über den ganzen Tisch verstreut.

Sie zog einen Koffer unter dem Bett hervor und begann wahllos Klamotten hineinzuwerfen. Viel war es ohnehin nicht – die Kleidungsstücke für ihre Schuluniform ließ sie für das kommende Halbjahr hier. Blieben nur noch ein paar Basics.

Während sie mit Packen beschäftigt war, hingen Mayas Worte wie eine dunkle, bedrohliche Wolke über ihr. Wenn Dylan nicht der war, als der er sich ausgab, wer war er dann?

Sie musste daran denken, wie er letzte Nacht gekämpft hatte. An seinen akrobatische Swinging Kick, mit dem er seinen Gegner hinterrücks zu Boden befördert hatte. Wie im Film.

Wo hatte er so kämpfen gelernt?

Wenn sie ehrlich zu sich war, dann hatte es auch vorher schon Dinge gegeben, die nicht gepasst hatten. Dass er manchmal für Stunden verschwand. Dass er grundsätzlich mehr wusste, als er eigentlich wissen sollte. Sie hatte fast den Eindruck, die Sicherheitsleute akzeptierten ihn als einen der ihren.

Wenn er kein Schüler war, was blieb dann noch übrig? Gehörte er zu den Wachen? Oder war er jemand ganz anderes?

Wenn ja, wer?

»Wer bist du, Dylan James?«, fragte sie laut in die Stille hinein und zog den Reißverschluss ihres Koffers zu.

»Niemand.« Die Stimme kam von der Tür. Sie wirbelte herum. Da stand er und beobachtete sie.

Sein Auge war immer noch geschwollen, aber es sah schon besser aus als gestern Nacht. Sein Gesicht war zwar voller blauer Flecke, doch er hatte das Blut abgewaschen und trug Jeans und einen dunkelgrauen Pulli. Seine Augen blickten ernst drein.

Quer durch den Raum starrten sie sich an.

»Du bist kein Schüler«, sagte sie schließlich. »Oder?«

Ein langes Schweigen folgte. Während er über seine Antwort nachdachte, ließ er sie nicht aus den Augen. »Nicht ganz.«

Gray sog scharf die Luft ein. Ihr Herz begann wild zu pochen.

»Bist du wirklich aus Texas?«

»Auf jeden Fall«, sagte er.

Doch sie war gerade nicht zu Scherzen aufgelegt. »Soll das Ja heißen?«

»Ja.«

»Ist dein Vater wirklich Generalstaatsanwalt?«

»William Tyler James, du kannst ihn gerne googeln.« Seine Stimme klang fest.

Gray war vollkommen verwirrt. »Was stimmt denn dann nicht? Wer bist du?«

»Ich bin Dylan James, William Tyler James' Sohn. Aus Houston.« Er machte eine kurze Pause und fügte dann hinzu: »Außerdem bin ich ausgebildeter Bodyguard. Und neunzehn Jahre alt. Ich habe vor zwei Jahren meinen Highschool-Abschluss gemacht.«

Ungläubig starrte sie ihn an. »Was … du … ein ausgebildeter … *neunzehn*?«

»All das«, bestätigte er ernst. »Ja.«

»Ich versteh's nicht. Was machst du dann hier?«

»Das ist eine etwas längere Geschichte«, warnte er sie. Doch als sie nicht antwortete, fuhr er fort: »Meine Schule in Texas gehört zu einer Organisation, die Aurora untersteht, der Organisation, die diese Schule unterhält. Hin und wieder arbeiten sie zusammen. Und als sich die ganze Sache hier angekündigt hat, haben sie mich gefragt, ob ich nicht für ein Jahr vorbeikommen kann, um zu helfen.«

»Wobei denn helfen?«

»Mir wurde gesagt, die Tochter der Premierministerin kommt auf die Schule und dass die Russen schon seit Längerem versuchen, sie zu entführen. Oder Schlimmeres. Sie wollten, dass ich in deiner Nähe bleibe. Dich beschütze.«

Auf grausame Weise machte auf einmal alles Sinn. Fassungslos wich sie zurück, bis sie an ihren Schreibtisch stieß, und umklammerte die Tischplatte mit beiden Händen.

»Dann war alles, was zwischen uns passiert ist, bloß dein *Job*?« Ihre Stimme wurde lauter.

»Nein«, erwiderte er ruhig. »Nicht alles. Das ist ja gerade das Problem.«

»Hör auf, darum herumzureden. Sag's einfach.«

Ein überwältigendes Gefühl des Verrats überkam sie. Sie hatte jemanden gesucht, dem sie vertrauen konnte. Dem sie glauben konnte. Und sie hatte gedacht, in ihm diese Person gefunden zu haben.

Dylan stand immer noch mit unleserlicher Miene im Türrahmen und wartete geduldig.

»Sag mir die Wahrheit«, sagte sie. »Warst du nur mein Freund, weil du dafür bezahlt wurdest?«

»Nein, niemals«, beteuerte er entschieden. »Mir wurde aufgetragen, mich in deiner Nähe aufzuhalten, aber dass wir Freunde werden könnten, war eine Komplikation, mit der ich nicht gerechnet habe. Mehr als nur Freunde, und das Ganze wurde zur Katastrophe.«

Hitze stieg ihr ins Gesicht. »Zur Katastrophe?«

Er hielt ihrem Blick stand. »Eine Katastrophe, weil es nicht erlaubt ist. Die Wachen, das ganze Sicherheitsteam – die wollen, dass ich dich beschütze. Nicht, dass ich mich in dich verliebe. Aber genau das ist passiert.«

Gray wusste nicht, was sie davon halten sollte. Ihr Herz wollte ihm glauben, mehr als alles andere. Aber wie sollte sie das? Wenn er sie einmal belogen hatte, würde er es wieder tun?

»Ist das wirklich wahr?«, fragte sie, und ihre Unterlippe begann zu zittern. »Wie soll ich dir vertrauen, wenn du mich bisher in allem angelogen hast?«

Er machte drei Schritte durch den Raum und stand mit einem Mal direkt vor ihr, das verwundete Gesicht aufrichtig.

»Du kannst mir vertrauen, weil du im Grunde deines Herzens weißt, dass ich die Wahrheit sage. Sieh mich an und sag mir ins Gesicht, dass ich in diesem Moment lüge, Gray Langtry. Sieh mich an und sag mir, dass du mir nicht vertraust.«

Eine Träne rann ihre Wange hinunter. »Ich weiß nicht mehr, was ich glauben soll«, flüsterte sie. »Ich bin so durcheinander.«

Ein verletzter Ausdruck huschte über sein Gesicht, als hätte er mit dieser Reaktion nicht gerechnet. Er hielt ihr seine geöffneten Hände hin. In diesem Moment sah er so schön aus, dass es beinahe wehtat.

»Ich würde dich niemals anlügen, nicht in so einer wichtigen Sache. Alles, was ich dir gesagt habe, und alles, was zwischen uns passiert ist, habe ich wirklich so gemeint. Ich habe versucht, dagegen anzukämpfen, aber ich konnte es nicht.«

Mit schmerzhaft klopfendem Herzen betrachtete sie sein geschundenes Gesicht. Sie empfand für ihn mehr, als sie es je zuvor jemandem gegenüber getan hatte.

Sie biss sich auf die Unterlippe und stoppte so das Zittern. »Ich glaube dir.«

Er nahm ihre Hand und verschränkte seine Finger mit ihren. »Mehr will ich gar nicht.«

Sie trat in seine Arme und ließ sich an seine Brust ziehen. »Danke, dass du mir das Leben gerettet hast.«

»Jederzeit.«

Er klang unbeschwert, hatte sein Gesicht jedoch fest in ihr Haar gedrückt. Eine ganze Weile standen sie einfach nur da und hielten einander.

Dann trat er einen Schritt zurück und räusperte sich. »Deine Mutter wartet unten. Ich soll dir sagen, dass es Zeit ist, abzureisen. Hast du fertig gepackt?«

Gray nickte widerstrebend. Sie hätte gern für immer in diesem Moment verharrt. Ihr schwirrten endlos viele Gedanken im Kopf herum, und sie wollte gerade einfach nur bei ihm sein.

Doch er griff nach ihrem Koffer, hob ihn hoch, als wöge er nichts, und schon liefen sie schweigend den schmalen Flur entlang und die Treppe hinunter. Erst als sie auf dem Weg zur großen Treppe an den Statuen vorbeikamen, fand sie ihre Stimme wieder.

»Kommst du im nächsten Halbjahr wieder?«

»Tja, um ehrlich zu sein, hängt das ein bisschen von dir ab.« Er wandte ihr das Gesicht zu und sah sie ernst an. »Wenn keiner von uns erfährt, kann ich als Undercover-Schüler wiederkommen. Aber keiner darf davon wissen. Du darfst keinem der anderen – auch nicht deinen engsten Freunden – erzählen, wer ich wirklich bin. Und was wir füreinander empfinden.«

Gray runzelte die Stirn. »Maya weiß doch schon, wer du bist. Schließlich war sie es, die mir von dir erzählt hat.«

»Maya vertraue ich«, sagte er schlicht. »Ich habe ihr schon ziemlich früh die Wahrheit gesagt, damit sie sich sicherer fühlt. Sie hat keinem je davon erzählt außer dir. Und dass auch nur, weil sie wütend war, dass ich es dir nicht selbst gesagt habe.« Er lächelte trocken. »Ich musste mir neulich ganz schön was von ihr anhören deswegen.«

»Minal und Kyle«, sagte Gray entschuldigend. »Ich habe ihnen erzählt, dass wir uns geküsst haben.«

Er verzog schmerzhaft das Gesicht. »Sag ihnen, es war ein Fehler. Oder lass sie schwören, dass es unter euch bleibt. So oder so, wenn einer der Bodyguards davon erfährt, schicken sie mich direkt nach Hause und lassen mich nie wiederkommen.«

An der Treppe blieben sie stehen. Unten in der Eingangshalle entdeckte Gray ihre Mutter, die ungeduldig und erschöpft bei einem Trio Bodyguards auf sie wartete. Julia war auch unter ihnen.

Sie wandte sich an Dylan. »Das mit Minal und Kyle krieg ich hin. Komm einfach wieder, okay? Ich will, dass du wiederkommst.«

Als die Autokolonne in der Downing Street vorfuhr, wurde es bereits dunkel. Gray saß auf dem Rücksitz, den Kopf im Halbschlaf an die Schulter ihrer Mutter gelehnt.

Als das eiserne Tor mit einem Ruckeln und Klirren aufglitt, schlug sie die Augen auf.

Sechs Polizisten mit sauberen schwarzen Kappen, dunklen Jacken und kugelsicheren Westen traten zurück und ließen die Blicke wachsam über die kleine Menge gleiten, die sich in der Nähe versammelt hatte.

Gray entdeckte ein Banner, das besagte »GERECHTIGKEIT FÜR MYANMAR«, und ein weiteres, auf dem es hieß »LANGTRY RAUS«. In ihrem erschöpften Dämmerzustand fragte sie sich für einen Augenblick, ob das zweite Schild wohl an sie oder an ihre Mutter gerichtet war.

Ihre Motorradeskorte fuhr durch das Tor, und das Auto folgte ihnen. Gray drehte sich auf der Rückbank um und betrachtete durch das Heckfenster die Turmspitze des Big Ben auf der einen und das berühmte Riesenrad London Eye auf der anderen Seite. Heute leuchtete es in weihnachtlichem Rot und Gold.

Angesichts der vertrauten Sehenswürdigkeit fühlte sie sich beinahe zu Hause.

Der silberne Jaguar mit Panzerglas fuhr vor der berühmten schwarzen Tür mit der Nummer 10 vor.

Ihre Mutter stieg zuerst aus, und sofort verriet Gray das maschinengewehrartige Klicken von Kameras, was sie erwartete.

Als sie ebenfalls ausstieg, steigerte sich das Klicken.

»Gray! Sieh mal hier rüber! Gray! Gray! Frau Premierministerin!«

Zwischen den Blitzen, die wie Bomben die dunkle Straße erhellten, wurden die Rufe immer lauter.

Ihre Mutter hatte sie vorgewarnt, dass es womöglich zu einem solchen Überfall durch die Presse kommen würde, und wie abgesprochen drehten sich die beiden zeitgleich um und lächelten den Journalisten steif zu. Schon prasselten die Fragen in einem wilden Durcheinander auf sie ein.

»Wie geht es dir, Gray? Bist du verletzt?«

»Gray, was ist mit deinem Gesicht passiert?«

»Frau Premierministerin, wie können Sie die Sicherheit der Nation garantieren, wenn Ihrem Kind so etwas zustößt?«

»Frau Premierministerin, werden Sie um der Sicherheit Ihrer Familie willen zurücktreten?«

Bei der letzten Frage spürte Gray, wie ihre Mutter sich neben ihr versteifte. Sie nahm ihre Hand und sah den Journalisten direkt an.

»Wir Langtrys geben angesichts von Gewalt nicht klein bei«, sagte Gray. »Meine Mutter lässt sich nicht einschüchtern. Und ich auch nicht.«

Sofort drängten die Reporter sie zu weiteren Aussagen, doch ihre Mutter bedachte sie mit einem schmalen Lächeln, das zugleich besagte »Ich bin stolz auf dich« und »Das war so nicht abgesprochen, sag nichts mehr«.

Dann wandte sie ihr Gesicht wieder den Kameras zu und sprach mit dieser Stimme, die dreihundert Männer im Saal zum Schweigen bringen konnte: »Ich werde nicht eher ruhen, bis ich meine Familie in Sicherheit weiß. Jedes Kind sollte ohne Angst zur Schule gehen können. Und jedes Verbrechen wird von unserer Justiz geahndet.«

Dann hob sie die Hand zu einem höflichen Abschied. Die beiden überhörten die vielen weiteren Fragen, die auf sie einprasselten, und wandten sich zur offenen Tür, hinein in die schützenden Mauern von Number 10.

EPILOG

An einem verregneten Nachmittag im Dezember gesellte Julia sich zu den Londonern, die die Stufen zur Westminster Station hinunterströmten, um die U-Bahn nach Westen zu nehmen.

In der Station ging es vergleichsweise ruhig zu. Die meisten Menschen waren über die Weihnachtsfeiertage verreist, und es gab jede Menge freie Plätze. Dennoch stellte Julia sich in den hinteren Teil des Waggons, der ratternd durch die Dunkelheit raste. Einige Passagiere warfen der jungen, blonden Frau im dunklen Anzug neugierige Blicke zu, doch sie reagierte nicht darauf. Sie hatte den Blick gedankenverloren auf die schmutzigen Mauern hinter den Fenstern gerichtet, die zu einem undeutlichen Strom verschwammen.

In Gloucester Road stieg sie aus und atmete erleichtert in tiefen Zügen die kalte, feuchte Luft ein. Zum Schutz vor dem immer stärker fallenden Regen zog sie sich die Kapuze über. Bis zu ihrem Ziel waren es etwa zwanzig Minuten zu Fuß, doch sie schaffte es in fünfzehn und hielt zwischendurch nur kurz an einem Blumenladen an, um einen Strauß leuchtend gelber Tulpen zu kaufen.

An einer Kreuzung musste sie warten. Gegenüber stand ein modernes Gebäude, vor dem drei Doppeldeckerbusse zugleich vorbeirumpelten und ihr eine Abgaswolke ins Gesicht bliesen. Im Sommer war es bestimmt eine schöne grüne Straße, doch jetzt war sie nur von skelettartigen Bäumen und kleinen, matschigen Grünflächen gesäumt.

Am zweiten Weihnachtstag hatte es geschneit, doch der Schnee war nicht liegen geblieben, und der Regen hatte kurz darauf alle weißen Reste weggewaschen. Nun gab es nur noch das typisch englische Grau.

Die Ampel sprang auf Grün und sie überquerte die Straße und steuerte auf den Eingang des Gebäudes zu. Drinnen folgte sie den Schildern in Richtung Fahrstuhl und drückte auf den Knopf für den dritten Stock. Vorn am Tisch saß niemand, und auch auf dem Flur begegnete sie keiner Menschenseele.

Die Tür zu Zimmer Nummer 331 stand einen Spaltbreit offen. Sie klopfte leise und trat ein.

Cameron lag in einem See aus cremefarbenen und weißen Kissen und Laken. Schläuche ragten aus ihren Armen, und um sie herum piepten und summten verschiedene Maschinen.

Als Julia eintrat, waren ihre Augen geschlossen, doch sobald sie näher kam, schlug sie sie auf. Sie lächelte.

»Du schon wieder«, stellte sie mit rauer Stimme fest. »Verdammte Stalkerin.«

»Ruf doch die Bullen.« Julia beugte sich zu ihr hinunter und streifte ihre Stirn mit einem Kuss. »Ich hab dir Schokolade mitgebracht.«

»Oh, dem Himmel sei Dank.« Cameron streckte ihr die Hand entgegen. »Her damit, sofort. Die lassen mich hier verhungern.«

»Tun sie nicht. Ich hab genau gesehen, wie sie dir Essen bringen.« Julia überreichte ihr die flache Schachtel und zog sich einen Stuhl ans Bett. »Du bist einfach nur zu gierig.«

Cameron gab sie ihr zurück. »Kannst du die Folie abmachen? Ich hab gerade keine Schere zur Hand.«

Lächelnd zog Julia die Plastikfolie von der Schachtel, nahm den Deckel ab und reichte sie ihr erneut. Sofort ersetzte der süße Duft von Zucker und Kakao den beißenden Geruch nach Desinfektionsmitteln, der in der Luft lag.

Cameron drückte auf einen Knopf an ihrem Bett, der ihren Oberkörper anhob, sodass sie annähernd aufrecht saß. Dann steckte sie sich eine Praline in den Mund.

»Oh Gott. Dafür würde ich mich jederzeit wieder erstechen lassen.«

»Du spinnst ja völlig«, sagte Julia, doch sie lachte dabei. »Wie fühlst du dich heute?«

»Am Leben. Dankbar. Zugedröhnt.« Cameron hielt ihr auffordernd die Schachtel hin. »Nimm du auch eine. Das ist ein Befehl.«

»Du bist nicht mein Boss«, widersprach Julia, doch sie gehorchte.

»Raj war gestern hier.« Cameron wählte eine weitere Praline und hielt sie gegen das Licht, als könnte sie dadurch herausfinden, was sie enthielt. »Er hat mir von Ashford erzählt.«

»Dieser Dreckskerl.« Julia versteifte sich. Allein beim Klang seines Namens brodelte sie vor Wut.

»Die Polizei hat keine konkreten Hinweise auf eine Verbindung zwischen ihm und den Angreifern finden können«, berichtete Cameron. »Bisher haben sie drei der Männer gefasst, aber alle behaupten steif und fest, sie hätten die Schule angegriffen, weil sie auf der Suche nach Bargeld waren. Ohne Beweise kann die Polizei nichts machen. Er läuft weiter frei herum.«

»Wenigstens ist er seinen Job los«, sagte Julia. »Die Premierministerin hat ihn gleich am nächsten Tag gefeuert.«

»Dann hat er wohl hoffentlich genug?« Cameron schob den Deckel auf die Schachtel und legte sie zur Seite. »Er ist um ein Haar für den Rest seines Lebens im Gefängnis gelandet. Er wird ja wohl nicht weitermachen, oder? Schließlich kann er sich doch denken, dass wir ihn beobachten.«

»So arrogant, wie der ist, würde ich ihm alles zutrauen«, sagte Julia angewidert.

»Aber er weiß nicht, dass wir ihn abhören, sein Haus überwachen und dass der Geheimdienst ihn im Parlament beobachten lässt«, erinnerte Cameron sie.

»Nein, das weiß er nicht. Aber das würde ihn auch nicht aufhalten. Die Leute, für die er arbeitet, dulden kein Versagen«, sagte Julia. »Raj glaubt, dass er es wieder versuchen wird.«

»Soll er doch.« Cameron streckte einen schlauchbehangenen Arm nach ihr aus. Julia nahm ihre Hand, und ihre Finger verschränkten sich. »Dann sind wir bereit.«

Unter ihrer Berührung machte Julias Herz einen kleinen Sprung. Sie hob ihre Finger an die Lippen.

»Ja«, stimmte sie zu. »Diesmal sind wir bereit.«

Mörderische Machtspiele und politische Intrigen

NIGHT SCHOOL-Fans werden Number 10 lieben: neue Story, alte Bekannte

C. J. Daugherty
Number 10. Traue nur dir selbst
Band 1 · Klappenbroschur
336 Seiten · Ab 14 Jahren
ISBN 978-3-7891-1385-7

Alles, was Gray möchte, ist frei sein. Frei von den strengen Regeln ihres Zuhauses, frei von der Presse, die jeden ihrer Fehltritte dokumentiert und frei von den Bodyguards, die sie auf Schritt und Tritt verfolgen. Als Tochter der neuen Premierministerin steht Gray unter ständiger Beobachtung, doch dann macht sie in den verborgenen Winkeln der Downing Street eine Entdeckung, die ihre gesamte Welt auf den Kopf stellt …

Auch als eBook

Oetinger

Weitere Informationen unter:
www.oetinger.de

Berührende Liebesgeschichte – actiongeladene Spannung

C.J. Daugherty
Night School.
Du sollst
keinem trauen.
Band 1
ISBN 978-3-7891-1452-6

C.J. Daugherty
Night School.
Denn Wahrheit
musst du suchen
Band 3
ISBN 978-3-7891-1454-0

C.J. Daugherty
Night School.
Und Gewissheit
wirst du haben.
Band 5
ISBN 978-3-7891-1456-4

Als Allie nach Cimmeria kommt, ereignen sich rätselhafte Vorfälle im Elite-Internat. Allie ist sich sicher, dass man etwas vor ihr zu verbergen versucht. Doch wem kann sie trauen? Dem attraktiven Mädchenschwarm Sylvain? Oder lieber dem undurchschaubaren Carter? Und was hat es mit der sonderbaren NIGHT SCHOOL auf sich, für die eine Gruppe ausgewählter Schüler so hart trainiert?
Fünf Bände Suspense vom Feinsten. Ganz ohne paranormale Elemente.

Auch als eBook und
Hörbuch erhältlich

Oetinger

Weitere Informationen unter:
www.oetinger-audio.de und **www.oetinger.de**